精选一批有特色的选修课、专题课与有影响的演讲，以课堂录音为底本，整理成书时秉持实录精神，不避口语色彩，保留即兴发挥成分，力求原汁原味的现场氛围。希望借此促进校园与社会的互动，让课堂走出大学围墙，使普通读者也能感知并进而关注当代校园知识、思想与学术的进展动态和前沿问题。

三联讲坛

This series covers a great array of college courses and speeches, selected for their intellectual distinction and scholarly excellence. The lectures were transcribed from classroom recordings and retain their stylistic character as they were originally delivered. Our hope is to open the college classroom to the outside world and add a new dimension to the interaction between university and society. The point is not only for the common reader to get in touch with the cutting-edge ideas on campuses, but also for the academia's search for knowledge to become more meaningful by engaging people from the "real world".

三联讲坛

洪子诚 著

问题与方法

中国当代文学史研究讲稿

（增订本）

生活·讀書·新知 三联书店

Copyright © 2018 by SDX Joint Publishing Company.
All Rights Reserved.

本作品版权由生活·读书·新知三联书店所有。
未经许可，不得翻印。

图书在版编目（CIP）数据

问题与方法：中国当代文学史研究讲稿／洪子诚著．—2版（增订本）．—北京：生活·读书·新知三联书店，2018.1（2023.8重印）
（三联讲坛）
ISBN 978-7-108-06102-7

Ⅰ.①问…　Ⅱ.①洪…　Ⅲ.①中国文学－当代文学－文学史研究　Ⅳ.①I209.7

中国版本图书馆 CIP 数据核字（2017）第 213849 号

特邀编辑	李　欣
责任编辑	徐国强
装帧设计	康　健
责任印制	卢　岳

出版发行　生活·讀書·新知 三联书店
　　　　　（北京市东城区美术馆东街 22 号　100010）
网　　址　www.sdxjpc.com
经　　销　新华书店
印　　刷　北京隆昌伟业印刷有限公司
版　　次　2015 年 10 月北京第 1 版
　　　　　2018 年 1 月北京第 2 版
　　　　　2023 年 8 月北京第 3 次印刷
开　　本　787 毫米 × 1092 毫米　1/16　印张 20
字　　数　420 千字
印　　数　08,001－11,000 册
定　　价　59.00 元

（印装查询：01064002715；邮购查询：01084010542）

缘　起

对于孟子而言，"得天下英才而教育之"乃人生乐事之一；对于学子来说，游学于高等学府，亲炙名师教泽，亦是人生善缘。惜乎时下言普及高等教育尚属奢望，大学一时还难望拆除围墙，向社会开放课堂。有鉴于此，我社精选一批有特色的选修课、专题课与有影响的演讲，据现场录音整理成书，辑为"三联讲坛"文库，尝试把那些精彩的课堂，转化为纸上的学苑风景，使无缘身临其境的普通读者，也能借助阅读，感知并进而关注当代校园知识、思想与学术的进展动态和前沿问题。

一学校有一学校之学风，一学者有一学者之个性。"三联讲坛"深望兼容不同风格之学人，并取人文社科诸专业领域，吸纳自成一家之言之成果，希望以此开放格局与多元取向，促进高校与社会的互动，致力于学术普及与文化积累。

作为一种著述体例，"三联讲坛"文库不同于书斋专著：以课堂录音为底本，整理成书时秉持实录精神，不避口语色彩，保留即兴发挥成分，力求原汁原味的现场氛围。作者如有增删修订之补笔或审阅校样时之观点变易、材料补充，则置于专辟的边栏留白处，权作批注；编者以为尤当细味深究或留意探讨的精要表述，则抽提并现于当页的天头或地脚。凡此用意良苦处，尚望读者幸察焉。

"三联讲坛"文库将陆续刊行，祈望学界与读者并力支持。

生活·读书·新知三联书店
二〇〇二年五月

目 录

增订版序 …………………………………… 1

初版自序 …………………………………… 1

前言　课程介绍 …………………………………… 1

第一讲　当代文学史研究现状 …………………………………… 3
  当代文学史研究现状 …………………………………… 4
  研究"滞后"的原因 …………………………………… 6
  寻找新的"学科话语" …………………………………… 9

第二讲　立场和方法 …………………………………… 16
  文学史的"写作" …………………………………… 16
  阐释对象和阐释主体 …………………………………… 31
  "历史的偶然" …………………………………… 36
  "叙事形式"和"真实性" …………………………………… 41
  "时间"与当代文学史 …………………………………… 47
  当代文学史的关注点 …………………………………… 54
  历史"碎片"的整理 …………………………………… 67
  "对抗性"的线索 …………………………………… 83
  概念和叙述的"清理" …………………………………… 88
  "内部研究" …………………………………… 95

第三讲　断裂与承续 …………………………………… 101
  "断裂"：作为一种现象 …………………………………… 101
  当代文学面临的压力 …………………………………… 110
  为问题寻找"参照" …………………………………… 117

"进化"的文学观 …………………………………… 126
对"转折"的研究 …………………………………… 129

第四讲 "当代文学"的生成 …………………… 137

40年代文学的"可能性" ……………………………… 137
"文学共生"的想像 …………………………………… 141
"独立的"文学传统 …………………………………… 148
缠绕不清的问题 ……………………………………… 153
"一体化"和"价值多元" ……………………………… 166
文坛派别的类型划分 ………………………………… 170
类型分析的目标 ……………………………………… 177

第五讲 文学体制与文学生产 ………………… 187

当代文学的"一体化" ………………………………… 187
文学体制和文学生产 ………………………………… 190
当代的文学机构 ……………………………………… 194
出版业和文学报刊 …………………………………… 205
"自由表达"的可能 …………………………………… 209
作家的身份和"存在方式" …………………………… 213
"身份"的几个问题 …………………………………… 218

第六讲 当代的文学"经典" …………………… 233

可供观察的方面（一） ………………………………… 233
有关的题外话 ………………………………………… 237
可供观察的方面（二） ………………………………… 242
当代"经典"的若干问题 ……………………………… 244

  对西方经典的"自主姿态" ………………………… 253
  对于"现代派"的策略 …………………………… 256

第七讲　当代文学的"资源" ……………………… 259
  "左翼文学"等概念 ……………………………… 259
  《夜读偶记》和卢卡契 …………………………… 263
  激烈拒绝的态度 ………………………………… 269
  "异化"问题 ……………………………………… 275
  革命文学的"宿命" ……………………………… 282
  革命文学的"驯化" ……………………………… 286
  批判性失去之后 ………………………………… 299

参 考 书 目 ………………………………………… 302

增订版序

这本书初版的时候，三联书店的郑勇先生在《三联讲坛·缘起》中谈到版式设计时说，"作者如有增删修订之补笔或审阅校样时之观点变异、材料补正，则置于专辟的边栏留白处，权作批注"。郑勇当时还提出，过若干年之后，情况或有变化，作者想法也可能有调整，类似的增删修订之补笔，也可以作同样的处理，以便见识时势、观点变迁的轨迹。

这本书初版于2002年，到现在已经过去十多年了。重读一遍，发现当初的讲述确实存在许多问题：或材料掌握不充分判断有误，或泛泛而谈不很深入。而在十多年后，我对一些事情的看法也有了改变。当年已经写出讲稿而没有时间讲授的部分，似乎也应该补上。可是，如果对这些都一一加以"增删修订"，一方面是现在精力有限难以实现，另方面可能让这本书变得面目全非，而模糊了它的时间上的特征。所以，便放弃这一念头，确定正文仍保持原样，只是选择一些必须补充说明的部分，在边栏留白处作提示性的交代。为了不混同两个时期的批注，初版批注以宋体字，而修订本批注采用仿宋体字加以区别。

2010年，北大出版社在出版我的"学术作品集"的时候，也将这本书列入。由于版式的改变和其他原因，文字作了少量修改。现在的修订本依据的是三联的初版本。

仍要再次感谢郑勇先生和三联书店的支持，感谢贺桂梅在她上学和毕业留校的这二十年中对我的研究工作给予的帮助。我在出版序言中说，没有她，没有郑勇，便没有这本书：这是确实的，并非虚言。

作者

2014年3月于蓝旗营

初版自序

这本书由我在北大讲课的录音整理而成。课程的名称是《当代文学史问题》。上课的地点在一教（第一教学楼）的104教室。课从1999年9月开始,9月的6、13、20、27日,10月的11、18、25日,11月的1、8、15、22日,12月的6、13、20、27日,一共15次。

授课对象原来设定是当代文学研究生,特别是博士生,所以估计人数会在十几二十人左右,并打算讲授和讨论相结合,在讲课的基础上,提出一些问题,由学生分别准备,在课堂上提出他们的报告。实际的情形却打乱了最初的设想。听课人数总是一百多人,除了研究生外,还有本科生,也有进修教师和访问学者。讨论当然完全不可能。而为了照顾于当代文学某些情况不甚了解的听讲者,在现象的说明性解说上也只好多用些时间。这样,原来想讲两方面的问题("当代文学"的"发生"和"当代文学"的形态特征),到学期快结束,发现头一个还没有讲完,剩下的只好作罢。有头无尾,残缺不全,是我上课常患的毛病,上"当代文学"基础课也是如此。不过,当初(50年代)林庚、吴组缃、杨晦、王瑶诸位先生给我们上课,也大都是这样的;杨晦先生讲文艺理论,讲"九鼎",一个学期下来,"九鼎"还没有讲完。这好像是中文系的一个"传统"。这样一想,也就不会感到特别不安。

"当代文学"的"发生",在过去的中国当代文学史研究中,经常被忽略。"当代文学"常被看作因政权更迭、时代变迁而自然产生。这种叙述方式,对证明"当代文学"诞生的"历史必然"和它存在的"真理性"虽说相当有效,但在学术研究上,对问题和现象的这种"平面化"处理,却引开了我们对许多矛盾、裂缝

> 在过去的中国当代文学史研究中,"当代文学"常被看作因政权更迭、时代变迁而自然产生。对问题和现象的这种"平面化"处理,却引开了我们对许多矛盾、裂缝的注意。

具有"先锋"意味,在某些时间里表现了相当的活力的文学,是怎样走向"制度化",怎样失去"弹性"而变得僵硬的?这是无法逃脱的"宿命"吗?

的注意。所以,在课上便用了比较多的时间,来谈"当代文学"的生成过程。这一过程,也可以看作是中国左翼文学在四五十年代之交的演化:它与另外的文学力量、文学成分的紧张、复杂关系;它确立了怎样的文学纲领、路线;以及如何建构它的"当代形态"。从后者而言,又涉及作家分类,文学"资源"选择,文学"经典"的重评,文学体制和文学生产方式的制订等方面。其中,引出了对"中国左翼文学"在当代命运的讨论:这是那时我和一些同学颇感兴趣的问题。这一具有"先锋"意味,在某些时间里表现了相当的活力的文学,是怎样走向"制度化",怎样失去"弹性"而变得僵硬的?这是无法逃脱的"宿命"吗?与此相关的问题是,在文学史叙述和当今文坛上已失去主流地位的"左翼文学",它的经验,它曾有过的以粗糙、不和谐去抵抗"腐败"(文学的和社会的)的努力,是否还是一种重要参照,一种不应忘却的遗产?这都是些令人困惑的问题。

从1961年开始,我大学毕业后就以教书谋生,所以,这些年出版的书,也大多是由讲稿整理、修改而成。譬如《当代中国文学的艺术问题》(1986),譬如《作家的姿态与自我意识》(1990),更不要说《中国当代文学概说》(1997)了,它本身就是一份讲稿。这些书出版的时候,出版社常会提出要求,即想方设法抹去讲稿的痕迹,改造得像"学术专著"的样子。我也乐意于这样做:这至少对评教授,评"博导"什么的有好处。当然,狐狸尾巴不可能藏住,书里许多地方的语气、论述的展开方式,明眼人一看就会发现它与讲课之间的关系。

> 我讲课的时候，当代文学界有的事情还没有发生，有的重要的书还未出版。

　　这一次正好相反。有听过课的学生，还有出版社的编辑，希望不要弄成正襟危坐的"学术"样，要保留讲课的那种情景。内容维持原样不说，课堂的氛围，讲述的语气，一些随意的发挥，也尽量不要改变。于是，在整理时，我便这样去做。不过，这里要说明的是，书现在的这个样子，也不是讲课情景的实录。"真实"并不可能。我只能说，面貌大致不差。有不少修改，也有不少补充。这样做的原因有三。一是我拙于言辞，又有潮州口音，上课时总怕学生听不懂，便会有许多重复和解释；这些在成为书面文字时就完全是多余。其次，有些话在课堂上随便讲讲无伤大雅，写到书里会觉得欠妥当。第三，因为天性怯懦，虽然讲课已有 40 年的"历史"，但只要一站到讲台上，依然还是战战兢兢，没有信心。一旦发现学生有些不耐烦，或漠然而无反应，事先准备好的内容就会随时删节。课安排在上午的 3、4 节，快到中午 12 点，就忧虑学生的饥肠辘辘，常常是在做出"不要着急，还有几句就完了"的声明之后，赶紧将剩下的用三言两语潦草带过。凡此种种，都是无法完全保持原样，而要做修改、补充的理由。

　　我讲课的时候，当代文学界有的事情还没有发生，有的重要的书还未出版。因此，课上的许多说法，现在看来就显得相当落伍。譬如高行健先生还没有获得诺贝尔文学奖，当时我既没有读过，甚至也没有听说过《灵山》、《一个人的圣经》，对他获得这一殊荣也没有丝毫的预感。这些对于一个"当代文学"的研究者来说，是很可惭愧的。许多事情使我认识到，其实不用隔代，不用过几十年几百年，现实就在不断证明我和另外一些"当代文学"研究者的判断力的可疑。当然,是不是"可疑",现在也很难说清楚。这一切在书中都保持原样。另外,按照学术著作的出版"规范",本来应该对引文加以注释,列出引用书籍的出版地和出版时间。但既然不要太"学术",要体现"演讲录"的"文体"特征,对这种"规范"也做了别样的处理。所有课上谈到的重要著作,引用的文字,都不一一加注,只在书后列出这些著作的目录,在正文的引文后用括弧来注明页码。

教师在课堂上讲课,一般都会很专心,会根据情况调整讲课内容、方式,注意听讲者的情绪、反应。但其实也有"走神"的时候。我在"三教"(第三教学楼)上课的时候,就常发生这种情形。教室朝南的窗户外面,就是"五四运动场"(1956年我入学时,还没有这个名字,那时叫"棉花地",以前是一片种棉花的农田?棉花地这个名称,其实相当不错)。教学楼紧挨运动场,这是我们学校建筑布局上许多创造中的一项。上课时,从窗户看出去,有时是无云的晴空,有时就是飞沙走石,尘土蔽日。打篮球的嘈杂喊声经常传进来。现在又有了新的景观:不远处矗立着那穿西装、戴瓜皮帽的北大"太平洋大厦"。这时便会想起:五六十年代三教、四教这个地方,是一个小湖,周围山丘环绕,湖中间还有长着几株柏树的小岛。湖边排列着高大的杨树。几阵秋风过后,树下便积满厚厚的落叶。东边小山后面幽深的树林里,隐藏了一座四合院,住着不知名姓的人家。这一切,如今都已经消失得无影无踪。今天,在北大,那些称作"园"的地方,如勺园、佟园等等,已是有名

现在北大建筑布局的另一项创造,是"见缝插针",只要有空地,就盖一栋楼,什么校史馆,什么光华管理学院等等。

无实。著名的朗润园、镜春园、蔚秀园、承泽园,和二三十年代才有的燕东园、燕南园,也正在经历着相同的命运。这时,便会有一种伤感。

这次的课是在"一教"上。窗外是马路,马路对过是图书馆,而且窗口就有树,真没有什么可以看的。不过,有时候也会有另一种想法:面前许多专注的听讲者,他们花这些时间(有的还要从城里老远赶来)听"当代文学史"的枯燥问题,是不是值得?如果去读一本有趣的书呢?或者听自己喜欢的音乐呢?如果天气晴朗而且凉爽,那么,躺在草地上晒太阳,坐在未名湖边看着湖水发呆,在遍布学校四周的茶馆、咖啡室里和朋友聊天,是不是更好?很显然,一些人为了听课放弃了更好的选择,更惬意的享受,这使我对他们产生歉意。所以,我首先要感谢这些在选择上出了差错的听讲者。

至于这本书能够出版,那完全是学生和朋友努力的结果。没有他们的推动、帮助,这一切只能是塞在抽屉里的一叠杂乱的讲稿,说不定这次搬家就当成废品处理掉了。

我这样说并不是夸张。上第一堂课走进教室时,看到讲台上放着录音机,觉得很奇怪。问是怎么回事。有学生回答说,录下来可以整理出版。对于这"自作"的"主张",我将信将疑。但是此后录音一直坚持着,从不间断。课程一结束,学生就整理了录音,输入电脑。中间有一两次录音机出了毛病,就根据上课记的笔记补充。不到半个月,我收到了磁盘和一份打印好的稿子。我一边修改补充,一边怀疑有出版社肯接受这样的书稿。但不久又告诉我，确有书店表示了兴趣。这时，我便开始生病——近一段时间，每出一本书总要病一场，这好像已成"规律"；当然这回还有另外的原因，就是贪图住大一点的房子，忙于装修和搬家——而稿子还有不少的错乱，注释也未全做好；电脑又感染了病毒，格式受到许多损害不说，所有的注释码都不打一声招呼就从正文中消失。所有这一切，都只好由学生去做。出版社的编辑郑勇先生在北大上过学，不过没有听过我的课。看了讲稿，大概因为我总归是"先生"，所以说了不少肯定的话。也提出一些改进的意见，并认真、细心地考虑了版式、装帧等许多细节，包括改变注释的方法。也要我另起一个不那么古板、老套的书名（他们说我过去的书名都古板而老套）。我搜肠刮肚几天，终于因为缺乏想像力没有做到。交由他们去处理，他们也不比我高明多少，同样一筹莫展，只好使用这个大家都不满意的名字。

  我的同事，那位研究鲁迅、研究周作人、研究鲁迅与周作人、研究曹禺、又研究中学语文教学的教授，曾经说过这样的话（大意如此，出处待查）：我们从学生那里得到的，其实比给予他们的多。我很同意这番话。为了不辜负那些渴求知识的青年人，为了能和他们对话，你就不敢过于懈怠，时时警惕懒惰的本性，而要不断学习，包括从他们那里学习。这样，我们的心态也就不至于衰老得过快。

作者
2001 年 6 月 3 日于蓝旗营

前言　课程介绍

　　按照惯例，第一堂课应该介绍这门课的基本内容，和课程进行的方式。"当代文学史问题"这个课程名称，我去年上课已经用过。但是这学期的内容和过去的不同。为什么不同的课要用相同的名称呢？说起来有点可笑。按学校的规定，不论是给本科生，还是研究生上的课，都要确定下来，包括课程名称、内容，然后由学校输入电脑。并且规定以后开设新课，要提前写报告申请，得到批准之后，才可以开课。这种办法，对于和现状研究有关的学科，造成了许多障碍。说这是规范化，便于管理。可见"规范"不是什么时候都是好东西。我想出的对付办法，就是以后上课，都用已经登记的课程名称，内容却随时变化。这样，课的"名"和"实"，有的时候就不完全吻合。这次的"当代文学史问题"，同上一次的内容不一样，或者说，大部分的内容不一样，和这些年我开过的"当代文学研究专题"等课程，也有很大的区别。这是需要首先说明的。

　　这门课，要讨论的是当代文学史研究的现状，当代文学的生成情况，讨论当代文学史写作的基本观念和描述方法这样一些问题。因为我为学校编写的《中国当代文学史》（北京大学出版社，1999年）教材在上个月已经出版，所以，在讲的过程中，会联系自己写作中遇到的问题这类经验。教材的写作花了许多时间和力气，结果还是没有写好。实在不是不想写好，能力有限吧。其中一个问题，就像陈平原老师批评的，定位不清楚，介乎教材和个人专著之间。这个问题确实存在。这门课本来是想采用讲授和讨论结合的方式。我讲一点，提出一些问题，读一些书，同学一起讨论，这样收获会大一点。但是，真没有想到会有这么多人来听课，很意外。现在人这么多，就没办法讨论了，只好还是一个人哇哩哇啦讲下去。"文学史"问题，况且又是"当代"的，这名字听起来就是既枯燥又无味。

"当代文学"在现在的学科体制中,又普遍被看作是"没有学问"的。是不是这学期选修课太少了?有一次,我和谢冕老师一起参加中央电大的教材讨论会。讨论的有会计学、经济学、市场营销、当代文学等好几门课。讨论会计学等课时,我和谢老师都不敢说话,洗耳恭听。但是,轮到最后讨论当代文学,经济学等的教授们,都争先恐后提意见,从政治方向,到艺术评价。虽然他们开始总会说,我们是外行,说的不一定对。但其实,心里想的可能是:这有什么难的?不就当代文学吗?会后,我和谢老师都惭愧万分(学生笑)。

我先开一些参考书。其他的参考书,在上课时我还会陆续介绍。[1]

---

[1] 参考书目改附在本书的最后。

第一讲　当代文学史研究现状

"中国现当代文学"现在被"规定"为一个分支学科,而"当代文学"则是其中的一个"方向"。我说的"规定",不是比喻,确实是这样的。教育部有关学科的设置,中国文学叫作"一级学科",中国现当代文学是"二级学科"。其中,现代文学和当代文学是这个二级学科里面的两个不同方向。这是我最近才弄得比较明白的。这就是学科划分的制度。说起"当代文学",通常大家都会理解为几个方面。一是当代文学批评,文学的现状研究,另一是文学史研究。另外,当代文学有时还会被理解为现实的文学体制,文学机构,文学现象。因此,和现代文学不同,当代文学研究会召开年会,总是很热闹。参加者除文学史研究者、大学有关教师外,还有作家、文学批评家、文学报刊编辑,甚至还有各级的文学官员,比如文联、作家协会的官员,会议主办地的宣传部长、文化局长等等;讨论的问题,除了作家作品评价外,还会涉及文学政策、体制,什么"多样化"、"主旋律"之类的;除了讨论已经出版的作品,已经发生的文学现象,还会展望前景,如90年代文学会怎样,21世纪会不会出现文学的"新纪元"。现代文学学会会长作报告,一般会讲,这几年有哪些值得重视的研究著作,出了什么样的文学史,有什么值得关注的学术问题;当代文学研究机构开会,会长可能会谈到国内形势,文化环境,执政党和政府的文学政策、措施取得的成果——这些都是我们的"当代文学"的光荣。

别的我们先放在一边,先就文学史和文学批评这两者的关系做些说明,因为我们要确定课的内容。文学史和文学批评的严格划分当然不可能,不过也要承认有所区别。文学批评,或者说现状研究,更注重文本的分析、评价、阐释,在某种程度上有更多的"静态"分析的特点。文学史研究自然离不开(更准确地说,是以之为基础)

> 将"当代文学"与"现代文学"做这样的比较所蕴含的褒贬评价,现在看来不很恰当。在"文学史"被过分看重的时期,现在更需要重视文学批评的价值。当然,问题只在于我们是否能取得一种批评性的观照视野。从这样的意义上,张旭东(纽约大学)说的"当代文学本身要拒绝被历史化"是有道理的。不确定性和与现状紧密关联的"批评"因素,其实正是"当代文学"得以存在的理由,是它的"活力"的来源。在这方面,我们都面临着"锁住历史"和"开放问题"的矛盾,受到这一矛盾的困扰。

> 说起"当代文学",通常大家都会理解为几个方面。一是当代文学批评,文学的现状研究,另一是文学史研究。另外,当代文学有时还会被理解为现实的文学体制,文学机构,文学现象。

文本批评，但它是回顾性的对历史事实的梳理。有的研究者说：文学史研究是研究者关于文学回忆的整理。在这里，"回忆"自然不仅是个人性的，也不仅是经验性的。文学批评关心的是对作家作品的评判、分析，文学史除此之外，还关心作品产生的一系列条件，比如作者的情况，社会环境、社会机制的制约，文学传统如文类、写作方法、体裁等的演变，以及国别文学之间的关系等。现在讲的这门课，是"文学史问题"，说明它主要关注的是后一方面的问题。

　　课的初步设想是，讲下面的几讲：一、当代文学史的研究现状；二、研究的立场与方法；三、历史的断裂与延续；四、当代"文学力量"的构成；五、激进文学思潮及其文学想像；六、文学体制和文学生产方式；七、当代文类演化的状况。这只是现在的想法。按照以前的上课经验，讲到后来，常常会有许多变化、调整，而且肯定也讲不完。讲到哪儿就算哪儿吧。所以这个安排不能完全算数。[1]

当代文学史研究现状

　　这里所说的"文学史"，不仅仅指"通史"，也包括当代文学研究的专题史、文类史、阶段史，以及带有文学史性质的重要作家、流派研究等范围。

　　一种比较普遍的看法是，当代文学史研究落后于现代文学史。有的人甚至认为，现在出版的当代文学史，几乎都不能读，大多是"垃圾"。这当然也包括我过去参与编写的那些。这话听起来很受刺激，让我们这些长期做当代文学史研究的人伤心（有的则感到愤怒），是重大打击。这种说法虽然过于偏激，但当代文学史写作在这20多年中，确实问题不少，说没有取得突破性的进展，大概还是可以成立的吧？

---

[1] 事实确是这样。有些题目没有来得及讲，如"激进文学思潮"、"文类演化"等，但增加了当代文学的"生成"，当代文学的"资源"等题目。

旁注：

文学史研究是研究者关于文学回忆的整理。"回忆"自然不仅是个人性的，也不仅是经验性的。

现在看来，过分"成熟"也不是件好事，而"不成熟"中也许蕴藏着更多的活力。

在2014年，再说当代文学史研究"滞后"已经不符合实际情况。十多年来，当代文学研究出现不少重要成果。这包括文学史著作，也包括思潮史、文类史、问题史、作家作品论等。其间，出现两个"热点"，一是"十七年文学"研究，另一是"回到80年代"的80年代文学研究。"十七年"这个在八九十年代曾被忽略的时段突然成为"准显有人认为这是研究者不努力的缘故。其实不完全是这样;我们还是努力,也很辛苦的;至少是不比另外的研究者更偷懒。平心而论,90年代出版的多部当代文学史,以我见到的几部,也各有特色,可以见到在更新观念和方法、改革编写体例上所作的努力。如刘锡庆先生主编的《新中国文学史略》(北京师范大学1996年版),除文学思潮外,主要以文学体裁区分,特别注重作家的创作个性和文体风格;於可训先生的《中国当代文学史略》(武汉大学出版社1999年版),是个人的著作,评述扼要简洁,有许多富启发性的见解;《中国文学发展综史》(赵俊贤主编,文化艺术出版社1994年版)以作家的"文学观",作品的"文学形态",文学运动的"思潮模式"的"发展"为描述角度。也许会觉得那些划分过于琐碎、僵硬,而框架的设定也有些"先验",但这确是一种有益的试验;而由中国社会科学院文学所集体编著的《中华文学通史·当代编》(华艺出版社1997年版),则是目前已有的当代文学史中规模最为宏大的。共三卷,三大厚本。这部文学史追求全面。除大陆外,也包括台、港、澳和海外华文文学。另外,还用很大篇幅写到少数民族文学,写到文学批评。这些都是创新之处。它写入的作家、作品最多。"排排坐,吃果果"(笑)——当然,座位和果子再多,也不够分配,充分满足需要。因此,是否能坐上位子,排在前面还是后面,在评述时是被列为重点,还是只在"……等"中被列名,便都是个问题。由于这些问题的敏感,在正式定稿、出版之前,稿子都处在"保密"状态中。这部文学史出版后受到的批评之一是比例失调。批评者说,古代那么长时间,在"通史"中只有五卷(不包括"近代"),而"当代"50年,篇幅几乎占了全套书的近三分之一。这个指责当然有道理,不过,在历史的编纂中,总是时间越靠近越详细,这也是一个"规律"。

学",有多方面原因。或者是感到它的"债务"还未被很好清算,或者是在当前社会文化状况下,觉得它的"遗产"仍有加以分析、承接的价值。而对"80年代"的重返,则是试图获得对当代和20世纪中国文学的新知。80年代在现当代文学史上有不可替代的地位:不仅是当代"前30年"和"后30年"的联结点、转折点,也是20世纪中国文学各种问题,各种文学观念和写作"传统"形成紧张对话、转换的时期,是把握、思考20世纪中国文学进程、经验的节点。查建英的《八十年代访谈录》,程光炜和他的学生的系列研究成果(《文学讲稿:"八十年代"作为方法》、《文学史的潜力——人大课堂与八十年代文学》等),和贺桂梅《"新启蒙"知识档案——80年代中国文化研究》值得重视。

听说,这部当代文学史现在正在修改,它的面貌可能会有所改变。

一个作家"官职"的大小，可能和他文学的成就成正比，也可能不是这样。

我觉得问题是另外的方面。比如，因为"当代编"是集体写作，即使经过主编的统稿，各部分在观点和评述方法上也还是显得不平衡。文学史观念也存在可以讨论的地方。前面谈到的作家在文学史中的位置问题，这是写当代史时都会遇到的难题。但是"当代编"编著者这方面的意识和处理方法，突出了这一矛盾。可能会有一种强烈的"国史馆"的权威意识吧？觉得是类似于"定评"的"正史"。这大概和"文学所"的地位有关，觉得有点像过去的"翰林院"？因此，在评价上，入选的作家作品上，便很注意平衡，注意各方面的关系。对于作家的介绍，有的部分很重视"官职"：部长、副部长、主席、副主席、代表、委员什么的，不厌其烦。这些"官职"对作家自然很重要。不说周扬担任作协副主席、中宣部副部长等，能认识周扬在当代的活动吗？不谈袁水拍是如何一步步上升到文革期间的文化部副部长的，能看清楚一个诗人的"命运"吗？不过，"当代编"里面好像不是这样来认识这个问题的。一个作家"官职"的大小，可能和他文学的成就成正比，也可能不是这样。而"当代编"对这些身份的处理方法，会让人觉得它是作家成就的重要标志似的。不过，我在这里要特别声明，我也是文学通史"当代编"的"编委"之一：按照规定，凡撰写两章以上的作者都是"编委"。我为诗歌部分写了两章（定稿时有一章压缩删去）。所以，如果说它存在一些问题，我当然也有责任。[1]

研究"滞后"的原因

对于当代文学史研究的指责，虽然不能同意那种偏激的看法，但也要承认问题不少。造成当代文学史研究不如人意的原因是什么？一种说法认为，在过去一段时间里，有"才气"的人不太愿意研

> 目前，人们对文学史的"集体写作"普遍持怀疑态度，而强调"个人"写作的意义。这是不能一概而论的。集体写作也可以构成一种优势，同时形成一种"个人写作"所不能具备的方式：提供不同见解、不同声音的相互参照、互相质询。当然，前提是参与者确有自己的声音和见解。

---

[1] 在1999年底，见到王庆生主编的《中国当代文学》上、下两册（华中师大出版社1999年版），这是对原来三卷本的修改，也是有较大影响的文学史著作。

究当代文学史。这种说法是否有道理？其实，反过来说可能要好一些。这就是，在八九十年代（至少是到90年代初），许多有才华的人更愿意做文学批评和现状研究。文革结束以后，跟踪、把握当前的文学现象，发现有价值的文学问题和作家作品，确实比研究当代文学史更具有挑战性，更刺激，似乎也更有学术含量，当然也更容易产生社会效应。只要回顾80年代文学界的情况，就能明白这一点。另外一点是，在80年代，所谓"当代文学史"研究，指的是50—70年代的文学现象。这个时期文学的"审美价值"、"文学性"，在文革结束后被普遍怀疑。在未能提出新的视角来证实这些对象的价值的情况下，它的被忽略是必然的。

还有一个值得注意的因素是，"现代文学"与"当代文学"之间的学科关系。张颐武老师曾有一篇文章谈到这个问题。在《天津社会科学》1995年第2期上发表的文章《当代中国文学研究：在转型中》中，他认为中国当代文学研究被限定在"现状"研究，而忽略了"史"的研究的原因，是"现代文学"对"当代文学"的巨大的学科优势造成的。他说，在"新时期"，"当代文学"一开始是从"现代文学"研究中分离出来的，不能形成自己的学科话语，而80年代"个人主体"的这一主导性话语，在"现代文学"中找到最有力的例证。于是，对于20世纪中国文学的轨迹，一些学者将其描述为，五四前后的辉煌起点（高峰），其后是不断退行、下降的过程。下降的起始点有的定在1928年的"革命文学"，有的定在1937年的抗日战争时期文学，而谷底是文革时期。文革结束后才有了文学的"复兴"，这一"退行"才宣告终结。这样，对"当代文学"的历史探索自然没有必要，"当代文学"被看作是"次等学科"，当代文学研究也就被理解为"共时"的现状研究。对20世纪中国文学轨迹的这种理解，是相当

> 准确地说，应该说是在现代文学中的某一线索，某一部分中找到有力证明。

> "当代文学"作为一个学科,不是文革后从"现代文学"中分离出来的,它的体系、概念、描述方式,也就是它的学科话语,当时就已经基本确立。

普遍的,也体现在一些文学史著作中。如最近出版的,由孔范今先生主编的《二十世纪中国文学史》(山东文艺出版社1999年版)。在处理文革前的当代文学现象时,它采取了极大的压缩、忽略的方法,来表达这种评价。

从学科关系来观察当代文学史研究被忽略的问题,是一个很好的视角。但需要做出一些补充和修正。第一点,"当代文学"作为一个学科,不是文革后从"现代文学"中分离出来的,而是自50年代就开始积极建构;虽然当时"当代文学"的时间还很短。它也不是没有自身的学科话语,它的体系、概念、描述方式,也就是它的学科话语,当时就已经基本确立。只不过到了80年代,这一整套的学科话语,受到广泛质疑。

第二点,在"现代文学"和"当代文学"的学科关系上,80年代确实表现了"现代文学"对"当代文学"的强大优势和压力。但是,在50—70年代,则正好相反,是"当代文学"对"现代文学"的优势和压力。在那个时期,"当代文学"倒是"高一等"的。在王瑶先生的《中国新文学史稿》和唐弢、严家炎先生的《中国现代文学史》(这部书的文学史观念和评述框架,确立于60年代)中的文学史图景,与"新时期"一些现代文学史,或一些论著所描绘的图景很不同。王瑶等所展现的是不断上升的图像,新文学是在不断地发展和进步,"当代文学"是"现代文学"克服问题和弱点而上升的产物。现代作家、文学运动存在的问题,只是在解放区文学,只是到了"当代文学",才得到"真正"解决。现代文学的经典作家如巴金、老舍、曹禺、茅盾等,在五六十年代的文学史论著中,是放在审察的、带有一定程度的批评性的框架中处理的。到了80年代,"现代文学"与"当代文学"之间的这种学科等级关系,发生了"颠倒"。因此,"当代文学史"

> 旷新年在《犹豫不决的文学史》(《文学评论》1999/1)中指出,人民共和国成立后,"随着当代政治实践的激进化,中国现代文学史,成了一部左翼文学史";而80年代以来所建立的"'文学性'的文学史秩序"中,"左翼文学就逐渐被排除在'文学'之外"。

的地位,"当代文学"阐释的价值和"可能性",确实在这十多年中,出现了"危机":这是当代文学史研究落后的重要原因。

寻找新的"学科话语"

这样,在80年代后期以来,不少研究者努力于寻求新的"学科话语",寻找新的研究视角的尝试,出现了一些值得注意的研究成果。他们试图从学科之间的关系的变动上,来寻找、确立学科的规范性,试图寻找有效的阐释方法,来为50—70年代文学提供阐释的空间。下面介绍我所见到的一些成果。它们的观点和方法,值得我们认真考虑,当然,我们不见得会都同意。

一是陈思和关于抗战以来文学史研究的想法,这集中表现在他的一组文章中,如《当代文学观念中的战争文化心理》、《民间的沉浮:从抗战到"文革"文学史的一个解释》、《民间的还原:"文革"后文学史某种走向的解释》等(这些文章在刊物上发表后,收入1997年广西教育出版社的《陈思和自选集》)。在这里,"战争文化心理"和"民间"这些提法和概念,既富启发性,也存在许多争议。他提出把抗战到"文革"作为20世纪中国文学的相对独立阶段来处理。这一看法当然自80年代中期起就不断出现,只不过在时间的起点上有所不同。另外,陈思和指出,即使在文学高度"一体化"的时期,仍存在多种的文化因素。它们不仅存在于文本之间,而且存在于同一文本内部。据说,他新编的中国当代文学史,提出了"潜在写作"的概念,来发掘50—70年代的"另类"文本。这是很有趣的想法,我们等待着看到他是如何处理的。[1]

二是黄子平的研究,也就是他的《革命·历史·小说》(香港,牛津大学出版社1996年版)这本书。香港出的,内地的版权听说正

---

[1] 课快讲完的时候,才收到出版社寄来的陈思和主编的《中国当代文学史教程》(上海:复旦大学出版社,1999年9月),因此当时来不及做更多的分析。

"再解读",这指的是唐小兵编的书,也指这些年当代文学史研究的一项工作。

此书已经由上海三联书店在2001年出版,书名改为《灰阑中的叙述》。黄子平的进入"历史深处"揭示文本"生产机制"和"意义结构"的设想,有时会因过分强烈的评价欲求而受到损害。

在联系。这本书的最主要部分,是研究现代中国小说的一种小说类型,他称之为"革命历史小说"。这个概念,自然不是他首先使用,但他给予这一概念以确定内涵,并对它的基本形态做了出色的描述。我的印象是,他力图抛开简单粗陋的政治、美学评价,把对象放到"历史深处",揭示这些文本的"生产机制"和"意义结构"。这种考察是双向的,一方面是小说如何讲述革命,另一方面是革命如何规约、改变我们想像、虚构、讲述革命历史的方式。例如,在分析革命历史小说的文本秩序时,他谈到如何处理"真实"的问题。他指出,我们在过去评论文革时,认为权力往往压抑真相,创造弥天大谎,实际上不完全是这样,事情可能要复杂得多。"权力"并不害怕、回避"真实",而是非常需要"真实"这种东西;收集、控制"全部真实",然后加以分配、流通、消费和"再生产"。当代叙述的秘密不在于凭借"弥天大谎",而在于界定"真实"的标准,对"真实"的组织编排,以及分配享受"真实"的等级。这就是努力把关注点引向"生产机制"和"意义结构"上来。这种研究的可能,其中的一点是对价值决断、意义评判的必要抑制。但是,"指点江山,激扬文字",几乎是我们本能的强烈欲望。这之间的冲突,黄子平如何处理?他在处理时,其间的"圆满"和显露的"裂痕",是我所感兴趣的另一点。这个问题,下面可能还有机会讨论。

"再解读",这指的是唐小兵编的书,也指这些年当代文学史研究的一项工作。《再解读:大众文艺与意识形态》(香港,牛津大学出版社1993年版),收入刘禾、黄子平、孟悦、戴锦华、唐小兵、刘再复、林岗等的一组解读著名文本的论文,如小说《生死场》、《在医院中》、《太阳照在桑乾河上》、《暴风骤雨》,歌剧《白毛女》,话剧《千万不要忘记》,电影《青春之歌》、《红旗谱》等。这些论文的撰写与编不仅注意文学文本,而且注意戏剧、电影等艺术文本。这不只是**解读范围的一般的扩大,而是关系到左翼文化界"对文化及其生产过程的一次大面积重新定义"**。

集,不仅为着具体文本的重新阐释,而且更与"现代文学史的重构"的目的相关。其中特别关注20世纪中国被称为"大众文艺"的实践。80年代以来,现代文学史中左翼文学、延安文学等的地位已大为下降,或被处理得支离破碎。这本书对从20年代江西苏维埃政权提倡的文艺运动,到解放区文艺,以及当代五六十年代文艺的这一线索,给予重新关注,不使我们过早忘却。这是有意义的。唐小兵在书的"代导言"(《我们怎样想像历史》)中,讨论了"大众文艺"与"通俗文学"、"大众文学"等的关系,称延安文艺运动具有"多质结构"的复杂性,是"一场反现代的现代先锋派文化运动"——都是活跃思路的看法。这些解读还有两个现象值得重视。一是不仅注意文学文本,而且注意戏剧、电影等艺术文本。在编者看来,这不只是解读范围的一般的扩大,而是关系到左翼文化界"对文化及其生产过程的一次大面积重新定义"。还有一个是,重视文本的改写、改编、变迁的现象。这应该说是"当代"的重要文学(文艺)现象。是由文学(文艺)在当代政治运动、社会生活的特殊位置决定的。对这种变迁与不同时期意识形态、历史想像的关系,在孟悦对《白毛女》(从歌剧到电影,到芭蕾舞剧),戴锦华对《青春之歌》、《红旗谱》(从小说到电影)的文章中,有很好的分析。

《再解读》一书所收的文章,对文学文本所做的分析的路子有一定的共同点。笼统(或者"粗糙")地说,也可以称为"文化研究"的方法。通过分析文本的文化想像,来讨论文本中蕴涵、呈现的性别、阶级、民族/国家这样一些问题。这种研究,有时可能离"文学"很远;事实上,有的研究者也并不想把落脚点放在"文学"上。不过,像孟悦、戴(锦华)老师等,还是更愿意在"文学"的框限内(当然也不是绝对的)来从事这一工作。读戴锦华的文章,可以发现有两个关

唐小兵主编的《再解读》一书,2007年列入"文学与当代史"丛书,由北京大学出版社出版增订版。除原有篇目外,增加了周爱民、贺桂梅、姚玳玫的三篇论文,唐小兵的"再版后记"和多幅插图。《再解读》收入的论文,在学术路径、阐释理念上其实并不一致。但在运用包括结构主义、后结构主义、精神分析、后殖民理论、女性主义、西方马克思主义来重新进入当代"社会主义现实主义"文学文本,重构文本的语境、体制,并由此进一步发现文本与泛文本之间的裂隙、共谋、相互补充等的复杂关系上,对现当代文学研究产生很大影响。

一般来说,人们对于"再解读"所引发的开拓当代文学阐释空间有较高评价,但对它的限度,以及由此产生的研究上过分迷信理论框架的影响,讨论不足。

> 在一个文化处于"危机"的时代,阐释、再解读的活动,是对历史所做的"文化清理",同时也是一种自我清理,以便在失去立足点的情况下,重新寻找立足点。

注点,或两个限度。一是在材料、对象的选取上,有她所设定的"艺术价值"的标准。当然,这个问题也有它的复杂性。比如,在对待所谓"纯文学"作家和处理"大众文化"现象上,标准不可能一成不变;而究竟什么现象、材料能纳入研究视野,其根据不仅不会,而且主要不以单纯的"艺术价值"来判定。这是令人困惑的问题。另一个关注点或限度是,在阐释时,重视"形式"的因素,发挥可能有的艺术感觉。这避免了把文学文本当成说明文化问题的枯燥材料来肢解。我们或许可以称之为发现、把握"中介"的工作;但这绝对不是纯技术的。具有审美的敏感,有好的艺术感觉,才能深入到作品的感性层次,分辨、体察其间(包括形象、情绪、色调、语词等)细微和差异之处。

前面说到,"再解读"既是对具体文本的再阐释,更重要的是文学史重构的组成部分。它是对文学史图景、描述方法等的一种试验。90年代以来,不少人都在做。谢冕老师主持的"批评家周末",有一个时期也以"再解读"为中心,涉及的文本有《我们夫妇之间》、《洼地上的战役》、《百合花》、《青春之歌》、《望星空》等等。李杨近年来也集中做这方面研究,有的成果已在他的《抗争宿命之路》(长春,时代文艺出版社,1993年)中得到体现,另外的成果,也陆续在《黄河》(山西太原)等刊物上发表。"再解读"工作的背后,是不是有这样的思路?在一个文化处于"危机"(或者用不那么尖锐、不那么耸人听闻的词"转折"来代替)的时代,阐释、再解读的活动,是对历史所做的"文化清理",同时也是一种自我清理,以便在失去立足点的情况下,重新寻找立足点。

上海的王晓明先生在我们系演讲时,曾说到有一种所站立的土地已经被"掏空"的感觉。这大概是他和陈思和提出"人文精神失落"的感性动因吧?80年代普遍存在的那种乐观主义、理性主义,现在,在一部分人中确实出现了破裂。在这样的情况下,阐释活动就成为一项重要、紧迫的问题。当文化出现"危机"("转折")的时刻,我们往往会重新去审视过去被称为"经典"的文本,阐释的主要对象就是那些已经写定的、具有范例性质的文本。在80年代,阐释的文学文本的重点,是另一类的,如鲁迅的《野草》,沈从文的小说,张爱玲、钱锺书的小说等等。这一线索自然还在延续。但在90年代,左翼文学,尤其是当代革命文学的某些文本,又受到某种程度的关注。这是一个值得注意的现象。这一现象表现了什么,与现实社会文化状况是什么样的关系,都值得我们思考。

另外的一项与当代文学史研究有关的工作,是去年(1998)谢冕、孟繁华主编的丛书"百年中国文学总系"。谢老师明确说,体例和研究路向上,主要借鉴黄仁宇的《万历十五年》。从1898年到本世纪末100年的文学历史中,选择具有"典型"意义的11个年份,以此来涵盖、辐射20世纪中国文学的重要问题和现象。第一本是1898年,谢冕老师写的。现代文学部分的执笔者还有程文超、孔庆东、旷新年、李书磊、钱理群等先生。当代文学部分是1956、1967、1978、1985和1993年。另外,计划中还有1919和1962两本,还没有完成。这套书在大的写作原则上有所协调,但基本上是个人的著作。我实际上还没有全部读过。总的印象是,涉及的现象、材料比较具体,有许多感性的东西,这对于我们进入具体的"历史情景",是有好处的。对历史的概括描述自然很有必要,但也会漏掉许多细节,而这些并不是毫无价值的。所以,我在我执笔的那一本(《1956:百花时代》)的前言中,说了这样的意思:我们都相信"历史"是可以被处理为条分缕析、一目了然的;但是,许多具体的情景,事实在不

1962年的一本已交稿,1919"五四"的一年正在写作。估计在今年(2002)能够出齐。

同人的情感上、心理上留下的一切,却不那么容易讲清楚。许多细节,许多体验,有时可能比概括性的结论更重要。这是这套书的有些意思的地方之一,也提供了文学史写作的另一种思路。另一点是,这套书表现了重视文学现象、文学运动、文学环境和文学生产方式的趋向,对作家和文本的关注,比较少。有时谈到作品,也立足于对文学思潮、问题的评述。这是特点,当然又可以说是弱点。这个问题,陈平原先生在座谈会上已谈到。也就是说,在文本的重读与阐释上,似乎没能提供有更大参考意义的经验。还有一点是,一般说来,当代部分比较起来显得弱一些,自然也包括我的那一本在内。我在写的过程中,想法一直不是很明确,借用一句时髦的话,就是没有形成有"穿透力"的眼光。材料的把握有许多欠缺,对现象的理解更缺乏魄力。其实,当代部分我们接触到的文学现象还是比较全面的,但是对这些现象,以及现象之间的关联的理解,有时还停留在一种比较浅表的层面上。即使是文学生产机制、生产方式这类问题,当代部分的研究也未得到有学术深度的开展。上面说的这种差距,除了研究者自身的条件以外,和时间距离、当代文学研究的整体水准、资料的发掘等因素,都有关系。

当代文学史研究还有其他的努力和成果。这些努力,虽然存在这样那样的问题,但是有可能培育出当代文学史研究的新的思路和方法。这种思路和方法所要确立的,并不是简单的对现代文学史研究的"成熟"的方法、理念的靠拢。"当代文学"有许多不同的问题需要解决,需要寻求切合的途径。不同时代,不同时代的文学所提出的问题,既有共同点,又有不能取代的特殊性。现代文学史研究的理念和方法,对观察当代的文化现象和文学问题,并不是完全可以胜任的。"当代文学"究竟提出了哪些新的问题,这些问题怎样对

> 从目前的情况说,现代文学史研究,相对说可能是"很""成熟"了,在这种情况下,要有所进展,主要是寻求对"规范"的偏移;对"当代文学"而言,则是寻找使之"规范"和"稳定"的路子。

待,是当代文学史研究不应回避的。现代文学史研究,经过50年代,尤其是80年代几代学人的工作,处在一种相对的稳定性之中。而对于"当代文学"来说,可以说还是暴露在很大的不稳定性之中。从目前的情况说,现代文学史研究,相对说可能是"很""成熟"了,在这种情况下,要有所进展,主要是寻求对"规范"的偏移;对"当代文学"而言,则是寻找使之"规范"和"稳定"的路子。因而,前者将会有更高的"学术水准",而后者或许有更大的新鲜感和挑战性;因此,我们也不必过分悲观。

现在看来,这种谈论方式不很妥当。只能说,80年代确立的那种现代文学史研究方法,对研究当代文学、文化现象,并不是万能的、完全合适的。

第二讲 立场和方法

这里说的当代文学史研究的"立场和方法",不是普遍性的。就是说,不是讨论我们在从事当代文学史研究时,哪种方法最好,最正确,最有效。讨论的是不同的立场方法的可能性,它们各自达到的境地和限度。而且会更多地联系我这十多年的教学和研究所遇到的问题来讨论。

文学史的"写作"

当代文学史研究,我们一开始便会遇到几个相互关联的问题。一个是对"历史"的理解。文学史是历史的一种分支,首先要面对的是对"历史"如何理解。第二是文学史究竟是"文学"还是"历史"?这个问题是文学史研究难以回避的。第三是"当代文学史"的可能性。我们知道,80年代初,当一些当代文学史出版的时候,唐弢等先生曾提出这样的意见:"当代"文学不能写"史"。所以有一个"当代文学史"写作的可能性或可行性问题。

这三个方面,分别提出的核心问题是:如何理解历史的"真实性";文学性在文学史中的位置;当代人有无可能描述、处理当代发生的文学事件。我想,唐弢先生说的当代不能写史,主要是对当代人处理新近发生的事情的可靠性的怀疑。时间过于靠近,心理、情感缺乏距离,大概就容易看不清楚,过于情绪化吧。是的,我们都是生活在"当代"这样一个历史过程中。谈到五六十年代,以至80年代的文学,许多是我们亲自经历的(广义地说)。我们谈论的"历史"和我们的"记忆"有关。我的岁数大好多,我是1939年出生的。说到"记忆",我们读名人传记,知道天才往往是很小就出类拔萃,两三岁时就有记忆,那时就做出异乎常人的事,说出异乎常人的话。我对于我小时候事情的记忆,大概要到五六岁。现在我能够想起来的

> 研究者自身的经历、体验，在今天，对我们的文学史研究，会带来哪些影响？它们是历史研究的财富，还是障碍？

最早的事情，是五六岁时逞能跳过一条水沟，摔到沟里头，衣服全都湿了。其他的我就记不清了（大笑）。

即使如此，当代的许多事情，我们是亲身经历的，至少是存留着当时气氛的记忆。我们经历过批判电影《武训传》、批判胡适、批判胡风的情景。在文学的"百花时代"，为文学的革新，为如何评价毛泽东的《讲话》进行过激动的辩论。宗璞的《红豆》发表后，"我们"曾到颐和园玉带桥下，"考察"江玫"定情"的地点；不过，当事人的谢冕老师现在坚决否认有这样的事发生（笑）。在"大跃进"民歌运动中，我也试图日写"民歌"三百首（但没有实现）。在文革中，"我们"中的一些人还参加过那部后来被称为"阴谋电影"的《反击》的拍摄，充当了"群众演员"——这种种的经历、体验，在今天，对我们的文学史研究，会带来哪些影响？它们是历史研究的财富，还是障碍？唐弢先生大概更多地看到后者。但无论如何，有没有这种亲历和体验，在对"历史"的处理上，是有许多不同的。正如艾瑞克·霍布斯鲍姆在他的《极端的年代》的"前言与谢语"中说的，"任何一位当代人欲写作 20 世纪历史，都与他或她处理历史上其他任何时期不同。不为别的，单单就因为我们身在其中，自然不可能像研究过去的时期一般，可以（而且必须）由外向内观察，经由该时期的二手（甚至三手）资料，或依后代的史家撰述为托。"（第 1 页）当然，不是说当代人研究当代历史，都是要处理你亲身经历过的东西。事实上也包括（而且更大量的）第二手，甚至三手的材料。但是这些东西跟你的距离非常靠近。在这样的特定时空中，有没有能力、是否有效地处理在这样一个时代发生的事件？这是当代文学史写作时遇到的最主要问题。

文学史研究中，我们首先遇到的是对"历史"的理解这一问

> 做文学史研究的时间长了,也会产生一种厌烦、有时甚至沮丧的情绪,会想,文学史有那么重要吗?其实,有了好的文学本文就足够了!

题。这当然不限于"当代文学史",也不限于文学史。关于"历史"这个概念的使用,在一般情况下,可能有三个方面的涵义。如80年代翻译出版的美国学者菲利普·巴格比的《文化:历史的投影》中所说的,一是发生过的涉及、影响众人的事件,二是对于这些事件的讲述(口头的,或文字的),三是讲述者对于历史事件持有的观点,他在处理这些事件时的观点、态度、方法。后者也可以称为"历史观"。在大多数情况下,当我们说"历史"这个词的时候,指的是前二者。德国的文学史家瑙曼在他的一篇文章《作品与文学史》(这篇文章收入1997年由文化艺术出版社出版的《作品、文学史与读者》一书中)也指出,"文学史"一词在德语里至少有两种意义。他认为我们在研究文学史的时候,首先要区分这两种不同含义。一指文学具有一种在历时性的范围内展开的内在联系。当然对这个观点是有争论的。作家与作家之间、文学作品与作品之间,究竟有没有存在一种历时性的关联?这在文学研究界有不同看法。有的理论家,特别是作家,会更倾向于对作品和作家的独特性的理解。瑙曼当然认为是存在这种联系的。正是因为存在这样一种"内在的联系",我们研究、写作文学史才成为可能。如果否定这种内在联系,文学史的研究就失去了"动力",或者说"基础"。不过,三四十年代英美的"新批评",相信他们会比较不重视,或怀疑这种历时的联系。他们的理论和方法,都更强调本文的独立性和自足性。我做文学史研究的时间长了,也会产生一种厌烦,有时甚至沮丧的情绪,会想,文学史有那么重要吗?其实,有了好的文学本文就足够了!但是,为了不致丢掉现在的饭碗,我们千万不要这样想下去,千万不要轻易怀疑这种"内在联系"(笑)。瑙曼指出"文学史"的另一种含义,是指对这种"内在联系"的认识,以及对它的论述,也就是写出来的文学史,成为著作的东西。因此,"文学史"实际上包括两个层面:一个是"发生的事情",另一是我们对这种联系的认识,和对它的描述的本文。前者是历史事件,是研究描述的"对象",是作为"本文"的"历史"得以成立的前提,可以称为"文学的历史";后者则可以叫作"文学史",它的研究成果则是"文学史编纂"。如果我们说"这部当代文学史并没有很好呈现文学史的规律",这句话中的前一个"文学史",指编纂的成果,后面的则指发生的文学事件和文学现象。

因此,从事文学史研究,谈到对"历史"的理解,主要是在讨论所持的"历史观"。在中国,不论是古代,还是现代,"历史"和"文学"具有一种分明的等级关系。"历史"是最重要的,"文学"相对而言是次一等的东西。"文学"如果要提高它的位置的话,必须跟"历史"产生关联。这大概是古代被称为"史传文学"的文类,其"历史"和"文学"的关系暧昧不清的原因吧。远的且不说,当代文革前的文学创作,在这一点上表现得很清楚。那些被高度评价的叙事性作品,无不被认为是描述了历史的"规律性"的那些作品。当代小说使用的"史诗性"这个概念(如对《保卫延安》、《红旗谱》、《创业史》等的赞誉),不仅是指艺术形态,而且更主要指它跟"历史"之间的关联,即它在承担对革命历史的讲述上的艺术有效性,在确立"经典"的历史叙述上的价值。江青等在《部队文艺工作座谈会纪要》中,提出要组织力量,创作表现解放战争"三大战役"的作品,把这看作一项战略任务。毛泽东对京剧《芦荡火种》修改的指示,提出强调武装斗争的地位,戏的结尾军队要打进去等等,都体现了"历史"对"文学"的压力:历史的讲述是第一位的,艺术自身的内在逻辑和合理性,倒在其次。重视历史和文学的关联的观念,八九十年代也仍然这样。对所谓"新历史小说"的热情,特别是重视《白鹿原》等作品对《红旗

> 这个问题,黄子平在他的《革命·历史·小说》一书中,做过分析。

> 文革时看《沙家浜》,觉得强调郭建光线索,是对原来艺术逻辑的破坏。这种想法,纯粹是"书生"的可笑见识。

谱》所建立的历史叙述产生的"解构"意义,借助"新历史小说"阐释其呈现的历史观,都是文学对"历史"讲述负有重要承担的这种文学观的表现。

说到对"历史"的理解,那么,在 50—70 年代那个时期,大多数人都会确定无疑地认为,历史著述是对于历史真相的真实呈现;它的意义,是揭示历史内在的"客观规律",揭示历史发展过程中的"本质"。这种历史观,建立在"科学实证主义"的基础上。在 1958 年批判"资产阶级学术权威"的"拔白旗,插红旗"的运动中,我所在的班级批判王瑶先生的《中国新文学史稿》。我们所作出的主要指控,就是它对"历史"的歪曲和篡改。比如,我们坚信关于五四文学革命的领导权,关于现代不同政治、文学派别的作家的地位,都存在着一种客观的"历史真相",而《史稿》是对"真相"的篡改——这是当时我们批判的根据。我们的历史信念有两个重要支柱,一个是历史的"真实性";第二个是历史的因果关系,就是历史中发生的事件是有因果关联的,有原因和结果,它的发生、演化轨迹,它的结果,都是有迹可寻,按照一定的"规律"展开的。而历史的"本质"、"规律",是完全可以认知,可以把握的。这是过去我们对"历史"的最基本的信仰。

文革结束以后,特别是 80 年代中期之后,我想不少人的历史观念,多多少少发生了一些变化。也许我们不会完全怀疑历史"真相",历史"规律"的存在,但这"真相"是什么,我们如何能获知"真相","规律"又如何能够把握和检验,这些问题,则好像越来越疑惑,越来越不自信。这种变化的发生,对原有历史观发生的动摇,是两方面的原因造成的。第一,我们不能忽视西方当代史学观点的介绍和引进,包括 80 年代以来"解构主义"的思潮、阐释学的理论介绍,对我们产生的理论上的影响。第二方面则跟我们自己的亲身经历有关。几年前我在上"当代文学研究专题"课的时候,也谈到这一点。理论虽然会起到非常重要的启发作用,但是自身的经历、体验有时更重要。这种经验会渗透在血液中,产生重要的冲击作用,加深对原来的信仰的质疑;而经验、感性留下的痕迹,常常很难擦抹。

举例来说,在我上中学的时候的历史课本,尤其是中国现代史的课本,肯定和现在中学的历史课本有许多的不同。我们关于历史的叙述,其实是在不断修改,总是处在很不稳定的状态之中。那时,中国的现代史,就是中国现代革命史:"旧民主主义革命"和"新民主主义革命"。到了大学,现代的中国史也仍然是中国革命史,课的名称就是这样。"革命"以外的情况,三四十年代"国统区"的政治、经济、文化、社会生活的情况,都排除于现代史的叙述之外。对抗日战争的叙述,也发生了许多重要变化。历史叙述的变化,它的巨大的不稳定,不仅是评价上的不同,而且有历史事实、历史细节的不断更易。文革期间,我们不少老师曾有两年在江西鄱阳湖畔的"五七"干校劳动。因为离井冈山比较近,干校分期分批组织我们到这个"革命圣地"参观。我去的时候,是1971年的春夏之间,那时候,林彪"副统帅"还没有倒台,我们在干校开大会的时候,还是继续在祝他"身体永远健康"。在井冈山的展览馆里看到陈列的工农红军的旗子,上面有的还写着林彪的名字。那时,林彪大概是个连长吧?讲解员给我们讲述龙源口战役时,说这是林副主席"亲自指挥"的。在宁冈的砻市,过去都说是毛泽东和朱德会师的地方。但是,在会师的那块空地上,我们看到竖起的牌子写的是"毛主席和林副主席会师处"。那里的说明,讲解员的讲解,有确定时间,有具体的细

文革时期的"仪式",是值得研究的现象。通常,开大会,每个发言者都会先祝毛主席"万寿无疆",再祝"林副主席""永远健康"。下面的听众也举起"红宝书"齐声予以呼应。

历史叙述与小说写作其实并非井水不犯河水,"真实"与"虚构"并不是界限分明。

这里有一则初版付印时抽去的批注:"'历史'的'真相'并非在事后才被改易、掩盖,在'历史'发生时就是如此。去年(2001年)12月召开中国作协第六次作家代表大会,巴金先生致开幕词,表示'要在以江泽民同志为核心的党中央领导下,沿着先进文化的前进方向的中国新文艺',一定会'迎来灿烂的未来'。但巴金先生已长期住院,不要说不能用笔,也已经不能说话,更无法思考,这个'开幕词'不知从何而来。而且,代表大会还选举他为新一届的中国作协主席。"

节,会师的情景(毛主席从哪个方向走来,林副主席又是怎样走过来的,当时现场的气氛,甚至毛泽东、林彪的表情),都讲得确定真切,好像是现场目睹一样。这种叙述方式,等于明白告诉你,提供的就是不容置疑的"历史真相"。但是,过了几个月,发生了"九一三"事件(林彪、叶群等驾机出逃,在蒙古温都尔汗失事身亡)之后,再到井冈山参观的老师回来告诉我,这些历史"真相"又换成另一个样子,全都改了。旗子上再没有林彪的名字,龙源口战斗的指挥改成了朱德,和毛泽东会师的也不是林彪了。可以想见,对另一种"真相"的叙述,仍然会是具体,确定,绘声绘色,不容置疑的。我举的这个例子,其实倒是比较表面、简单的那一种。历史叙述的真实性所涉及的问题,要复杂得多。但是,这个例子,现在回想起来,倒是说明了历史叙述与小说写作其实并非井水不犯河水,"真实"与"虚构"并不是界限分明。

最近这些年,文学史研究,文学史史学研究的一些著作、文章,常谈到历史写作与"叙述",与"叙述活动"的关系。如王宏志的《历史的偶然》,如王德威的《想像中国的方法》,都引述了海登·怀特在《后设历史学》一书的观点。怀特的这部书应该是出版在70年代,大陆似乎还没有完整的中译本。书的引言(《后设历史引言》)的译文,刊登在陈平原老师主编的《文学史》第三辑上。王德威《想像中国的方法》这本书中,有一篇文章(《历史·小说·虚构》)专门讨论中国的小说和历史的关系,引述了怀特的观点(第297页)。怀特的观点主要是指出"历史"和"叙事"之间存在的关联。我们以前有一种根深蒂固的观念,认为历史著作写的东西是"真实"的,而小说等文学作品则是"虚构"的。怀特以及其他的历史学家提出,"历史"的写作也具有"叙事"的性质,它是"一种以叙事散文形式呈现的文这些论述,至少提醒我们注意历史的"写作"的层面,即具有"文本性质"的叙述活动。"历史"必定要被不断改写、重写的。

字话语结构,意图为过去种种事件及过程提供一个模式或意象。经由这些结构我们得以重现过往事物,以达到解释它们的意义之目的"。怀特在《后设历史学》的引论中,运用了诺思普罗·弗莱的"原型批评"的方法,也运用了叙事学的方法,在19世纪的历史作品的状貌中,"识别出"不同的"情节编排模式",他列举的有传奇模式,悲剧模式,喜剧模式,讽刺模式,以及史诗模式等。他的这种归纳,根源于这样的一种理解:"所有历史——哪怕是最'共时性'或'结构性'的一类——必被赋予某种情节。"[1]这实际上是用分析小说等叙事作品的方法,来分析历史作品。这种分析,即使我们现在对"历史"与"小说"的界限不再看得那么绝对、分明,也难以无保留地接受。甚至会觉得这种把历史叙述与小说写作等同的想法,真有点奇怪。但是,正如王德威所说,怀特的研究带给我们两点启示:"第一,它让我们了解到历史写作实际及认知上的力量,可能不是出于过去实事存在,而是出于其叙述的形式所引发的'功能';第二,历史写作不单是一种将经验组织成形的方法,同时也是一种'赋予形式'的过程,而这种过程必定具有达成意识形态,甚至原型政治的功用。"(《想像中国的方法》,第299页)这里的意思,就是说,"历史"并不能自动存在,自动呈现,它的存在,必须赋予形式,必须引入意义。我们可以看到,在怀特这样的学者看来,历史和小说之间的界限已经相当的模糊,它们都是"写作"的成果。就像罗兰·巴特所说,"历史陈述就其本质而言,可说是一种意识形态的产物,甚或无宁说是想像力的产物"。这些论述,至少提醒我们注意历史的"写作"的层面,即具有"文本性质"的叙述活动。这种活动,都会受到某种"隐蔽目的"的引导、制约,研究者的历史观,他对事情的观点、趣味,必定要投射到他对"过去"所作的叙述中。从这个意思上说,"历

---

[1] 《〈后设历史〉引论:历史诗学》,林凌瀚译,《文学史》第3辑,第357—358页,北京大学出版社,1996年。

史"必定要被不断改写、"重写"的。

不过我们还会有许多犹疑。虽然重视历史的文本性质,重视它的"写作"层面,但在看待历史与小说的关系上,仍会采取谨慎的态度。这是因为,我们仍然信仰历史叙述的非虚构性,对真实、真相、本质仍存在不轻易放弃的信仰。设想一下,如果这点"信仰"也放弃了,那可不是好玩的。那可能会失去"安身立命"的根基,我们长期培育的探索的动力,也会失去。

当然,"历史的真实性"问题,是个复杂、难以说清楚的问题。在50—70年代,当代文学批评中的核心问题,就是真实性。这个问题,包括理论的阐释和文本的评价,都曾发生无休止的,且常常是没有结果的争吵。问题的困难、复杂,其中一个原因是,历史事件本身带有非常复杂的"多面性",或者用有的学者的概念,叫作历史的"含混性"。这导致阐释的多种向度,多种可能。美国的阐释学学者特雷西的著作《诠释学、宗教、希望》的副标题,就是"多元性与含混性"。他在书的一开头就谈到,关于法国大革命研究和阐释,一直到20世纪的下半期,仍存在许多分歧,有非常复杂的情况。包括历史事实本身的认定,和对这个革命的阐释,都发生着非常严重的分裂。他用了很长的一组排比句,来列举对这一事件的无数不同的理解:"法国革命究竟是什么?是近代史的起点,抑或仅仅是传统的强权政治的变相延续?是米什莱令人激动的描绘,即由最终摆脱了压迫的人民创造出来的'人类宗教'?还是卡莱尔启示录式的神话传奇——一场毁灭了所有被触及的个体的事件?是泰纳魔幻般的写真:纯粹一连串疯狂的事件,所有卷入其中的团体和个人的堕落?抑或是勒菲弗尔和索博尔建立的马克思主义读解:封建城堡被资产阶级民主占领后,转而成功地阻止了真正的人民民主出现?"这段话很长,我就不继续读下去了。这里既谈到各种各样的观点,也谈到对一些基本事实的讨论与厘清。他有一个有趣的说法,说被称之为法国大革命的那些事件,"是一可以不断重新涂写的羊皮纸"(第6—17页)。特雷西借此说明的问题是,许多的历史事件本身,总的来说,并没有清晰的、单一的主题,而存在有非常多样化的东西。

不要说离我们已很遥远的法国大革命,就拿中国的"文化大革命"来说,在事实的认定上,在阐释上,也已出现明显的不同。"文化大革命"才过去多少年?如果说1976年结束的话,现在才过去20多年。我们已经有各种不同的阐释,各种不同的反应,包括它的起因、过程以及意义等等,都有了许多的不同的说法。当然,这种分歧,其实早已存在。1993年年底我从日本回来,遇到许多让人吃惊的事情,如顾城自杀事件,如北大推倒南墙开公司做生意等等。另外是读到一些文章,对文化大革命的描述和阐释显然和过去的"主流"看法很不同。这些文章把文革主要描述为毛泽东发动的,对现代"异化"社会(包括人的主体异化、国家政权的异化等)的"拯救"的大规模社会运动。这有没有道理呢?可能是有一些道理的。如果读一读毛泽东的一些著作,他发表的"最高指示",可以体会到这一点。毛主席对解放以后所建立的政权、制度并不满意,他怀念根据地时期的那种平均制、大锅饭。他在1958年的内部会议上就讲,要取消工资制。所以当时有所谓"反对资产阶级法权"的提法,提出在社会主义制度下,不平等的问题并没有解决。记得张春桥还发表了《论资产阶级法权》的文章。毛主席在教育制度,教育发展模式上主张人的全面发展。著名的"五七指示"提出学生不仅要学"文",还要学"工"、学"农"、学习解放军。毛泽东也很不赞成"精英阶层"在社

> 李杨在《抗争宿命之路》下编第二章指出:毛泽东在文革时期的思路"与西方马克思主义呈现出惊人的近似性。文化革命所要达到的目标,不是一种新的民主制度和经济结构,而是一种'新人'的出现,……文化革命旨在唤醒人的自我意识,恢复人的主体性,从而造就一代新人以彻底废除异化的社会结构"。(270—275页)

对文革的另一种阐释是,文革主要是唤醒人的自我意识,恢复人的主体性,通过整体的力量去改变"异化"的社会结构的运动。

会中所处的支配地位。

稍后我读到一篇文章,是美国杜克大学历史系的德里克写的。他的另一篇文章我们在后面还会提到。文章题目是《世界资本主义视野下的两个文化革命》。在谈到毛泽东的教育政策时,他说,"'以政治为纲'这一自力更生的状况,意味公共价值优先于私人价值。能够绝对做到公优先于私的人,必须能从内心克服会导致个人主义的社会差别,不管是阶级和性别、劳动差别、专家和非专家的等级差别,以至最基本的脑力和体力劳动差别",要塑造这样的人,除了恰当的社会环境外,个人也必须致力达到"文化上的自我转化"(第468—469页)。他是从这一角度来看文革的教育政策的。所以,存在着对文革的这样的描述:毛泽东看到建立的现代民族国家成为官僚主义的机器,对人民的主体性形成新的压迫,而发动了文革;他提出"限制资产阶级法权",提倡"大公无私"的人生哲学,描绘打破分工的亦工亦农亦兵亦学的人的全面发展的前景,提出限制商品经济发展以消除"物化"的措施,是为了实现群众的"主观生活形式"的变革。在这些学者的阐释下,文革主要是唤醒人的自我意识,恢复人的主体性,通过整体的力量去改变"异化"的社会结构的运动。类似的这种种理解,在于突出文革的"合理性"或"先进性"。这种思路,对于经历过文革的许多知识分子来说,恐怕是难以接受的。虽然这种理解,并不是说它完全没有根据。所以,收入德里克文章的这个集子的编者刘青峰强调:"从中国近现代思想变迁的大脉络来看,文革研究不能离开两个基点,第一,不要忘记和忽略至今还没有说话的沉默大多数;第二,它必须是中华民族历史反思的一部分。"我想,刘青峰的话隐含着对这种阐释的批评,至少是保持一种距离。

当然，事情并非到此就能迎刃而解。"边缘"、"沉默的大多数"现在已被经常用来抗拒居于中心、主流位置的观点的力量。不过，"沉默"的"大多数"是否能发出声音，发出的声音又是怎样的，这实在难以预料。这让我想起前年我到昌平园去给一年级学生做讲座的一个插曲。我讲完后有一个学生递条子提问。因为我讲到，在我们一般的理解当中，文革是很压制，很残酷的时代，我大概说了类似的印象。这个学生大概不同意我的说法，说这些评价、描述，是知识分子的"话语霸权"；大多数人没有，也不可能讲述他们对文革的记忆。一年级的学生，大都17或18岁，应该是80年代初出生的，文革已经过去了。他们对这场革命的印象，大概是看一些书，或听大人的讲述，或者还看了《阳光灿烂的日子》这样的电影。我想她讲的并不错。什么人才有资格、有可能对文革进行讲述呢？当然是知识分子，包括代表不同利益集团的知识分子。他们能写文章，能写书，能在电视上发表讲话，能写回忆录。而"大多数"则因各种各样的原因"沉默"。可以说，他们对文革的记忆或看法，不比已经讲出来的"少数"人的意见缺乏价值。不过，说到底，"沉默的大多数"终归是一种虚拟的想像，而不是一个可以把握的实体。究竟指的是哪些人？他们会有怎样的看法？无法知道。待到能把意见发表，他已不属于这个被神秘化的"沉默"的群体。即使这样，我仍要强调这种提问所具有的价值，那就是有条件发言的人，因此可以时刻意识到叙述者自身身份和处境上的限度，他的局限性，并细心了解、发现另外的意见。上一堂课讲到的霍布斯鲍姆，在他的书的前面，引述了12位文艺和学术界人士对20世纪的看法。其中，对这个世纪发生的许多灾难，意大利作家李威说道，"我们侥幸能活过集中营的这些人，其实并不是真正的见证人。——也许是运气，也许是技巧，

> 90年代一段时间，北大文科一年级学生在昌平校区学习，二年级再返回校本部。

> 对文革的"破坏性"和"残酷性"的叙述，基本上是在80年代前期确立，成为目前对文革叙述的"主流话语"。它由在文革中受迫害的知识分子和官员"合谋"作出。我们并不想简单推翻这种叙述，但愿意倾听另外的多种叙述，以避免对"历史"理解的简单化和浅表化。

靠着躲藏逃避,我们其实并未陷落地狱底层。那些真正掉入底层的人,不是没能生还,就是从此哑然无言"。我想,对于无论是哪一个时期的历史,无论是哪一方面的现象,在说出我们的考察、了解的事实和意见的同时,记住还有"哑然无言"的大多数,总是有好处的。

"历史真实性"的难题还有另一方面,这就是研究者所依据的材料的可靠性。我们研究文学史,即使是"当代"的,也不可能主要依靠亲身的见闻。哪怕我们能像曹聚仁先生那样,自己就是文学界重要成员,又和许多现代作家有密切交往,写出了像《文坛五十年》这样的著作。在研究当代文学史时,肯定主要还是要利用非直接性、非亲历的资料,以及别人的研究成果。这包括传记、回忆录等。这些资料对文学史的写作很重要,不过,在对待上,处理上,也要很慎重。传记、回忆录的情况很复杂,要做些分辨。但其实,分辨起来也很困难。

记得前几年在讨论李宪瑜(她明年博士就要毕业了)硕士论文《白洋淀诗歌研究》的时候,老师们就交换过对这个问题的看法。"白洋淀诗歌",或"白洋淀诗群",指的是文革期间的,带有"流派"性质的诗歌活动,或诗歌创作成果。我们目前使用的有关"白洋淀诗歌"的材料,都是一些"白洋淀诗群"成员,或个别有关的人的回忆文章。有的老师就说道:我们现在利用的这些材料,都是"孤证",找不到别的旁证或其他材料来印证、检验它们的真实情况。我和刘登翰编写《中国当代新诗史》写到这一诗群,使用的材料也是这样。这不是说我们怀疑材料的真实、可靠,不是说这些材料是假的,而是说,在"实证"的意义上,这样使用材料的方式存在欠缺和漏洞。这会使我们文学史研究发生困难。比如我在《中国当代新诗史》

> 戴锦华指出:中国共产党的"彻底否定文化大革命"的权威结论这一历史定位,"无疑以充分的异质性,将'文革'时代定位为中国社会'正常肌体'上似可彻底剔除的'癌变',从而维护了政权、体制在话语层面的完整与延续,避免了反思质疑'文革'所可能引发的政治危机;但完成一次深刻的社会转型所必需的意识形态合法化论证过程,却必然以清算'文革'为肇始。"(《隐形书写——90年代中国文化研究》,江苏人民出版社1999年版,第42页)

> 现在李宪瑜已经为人师了。

这本书中,说到谁谁是"白洋淀诗群"的重要成员,我根据的就是他们的回忆文章。但是,有一位老师跟我说,你那个说法可能不太对,某某人不是"白洋淀诗群"的,他只是到文革后期,"白洋淀诗群"已经过去了,才稍微有些关系。我当时忘了问这位老师他的材料是从哪儿来的。他也可能是听别人说,因为文革期间他还很小,肯定不会在白洋淀(笑)。那么,究竟哪一种说法更可靠些,我们应该采用哪一种,汰除哪一种?这真是很伤脑筋的事情。

还有一个例子是关于多多的诗的。不久前李杨老师打电话给我,说他读白洋淀诗群中多多的诗,感觉跟后来"朦胧诗"的诗人的作品很不一样,多多的诗更接近1985年之后的某些"新生代"的诗。我想这个判断是对的。多多文革中的诗并不像"新时期"朦胧诗那种的强烈的"社会性",明显的"干预"、"对抗"意识,表达的是更个人性的体验。而这种更具个人性的体验,在文革后的朦胧诗中,为什么反而没有得到更多的表达?我觉得李杨老师好像有点对多多诗的写作年代产生了疑问,虽然他没有明确说。但是,这种想法的产生,对任何一个认真的研究者来说,都是很自然的。他大概看我在《新诗史》中对多多的诗的写作年代说得那么肯定,就打电话问,是不是掌握了"过硬"的材料。我说,我没有其他材料,我的根据,材料的惟一来源,是1985年老木编的《新诗潮诗集》,北大五四文学社编印,一共上下两本,是内部发行的。多多、芒克他们在文革期间写的诗,当时我们根据的就是这样一个选本。大约在1983或1984年,我有一次在三教上课,课后老木告诉我,他正在编诗集,发现了一个非常棒的诗人,我猜想他当时指的就是多多。那么现在问题就来了,这些写于70年代前期的多多的诗,"发表"的时间要到十年之后。我们没有办法提供更多的资料来证实。这确实是个难题。

关于"当代"的文学作品的"年代"问题,在我讲课后的2000年,有过一些讨论。我在2000年1月12日的《中华读书报》上,发表了《文学作品的年代》一文,讨论这一问题。李杨针对陈思和主编的《中国当代文学史教程》一书,发表了《当代文学史写作:原则、方法与可能性》的文章(《文学评论》2000年第3期)。后来,刘志荣等在《文学评论》发表了回应李杨的文章。

> 谈到传记、回忆录的真实性，也是类似的问题。我们既不能怀疑一切，但也要特别小心，保持"警惕"。

谈到传记、回忆录的真实性，也是类似的问题。我们既不能怀疑一切，但也要特别小心，保持"警惕"。有的书、文章，是传主的亲属组织撰写的。你想想，比如我要给我的亲人写回忆录、传记，我会写进影响他的声誉的事情，"揭发"他的"劣迹"吗？我想不太可能，除非有极大的勇气。如果写的是关系比较远的人，可能会比较客观一些。现在我们的一些以著名作家作为研究对象的学会、研究会，作家的亲属就担任学会的要职，或参与学会的实际工作。学会开会时，就坐在主席台上，或者会场的前边，这样，你说话不要考虑考虑？袁良骏先生告诉我，80年代初他编丁玲研究资料时，有的材料、文章，丁玲就不让收入，考虑的自然是对自己形象损害的问题。不过，这好像是"人之常情"。

自传也有一些类似的情形。俄国的思想家舍斯托夫的《在约伯的天平上》，在谈到托尔斯泰的后期作品时，质疑了自传、回忆录的真实性。他说，托尔斯泰曾在某个地方说过，最好的文学形式是自传，舍斯托夫认为是不正确的。"我们大家都完全地属于社会，完全地为社会而活着，因为我们习惯于不仅说的而且想的都只能是社会要求的东西。如实地写自己的传记或诚实自白，也就是讲述自己的不是社会所希望的和所需要的东西，而是你实际所具有的东西。"他说，这就会自愿地使自己"声名狼藉"。"迄今没有任何一个人能直截了当地讲述自己的真话，甚至部分真话，对于奥古斯丁主教的《忏悔录》、卢梭的《忏悔录》、穆勒的自传、尼采的日记，都可以这样说。"舍斯托夫认为，关于自己的最有价值而又最难得的真话，不应该在自传、回忆录中寻找，而应该在虚构的文学作品中寻找。比如，《地下室手记》通过斯维德里盖伊洛夫向我们展现活生生的、真正的陀思妥耶夫斯基，易卜生、果戈理也不是在日记、书信，而是

自传、回忆录等的真实性问题比较复杂，按理说日记等应该可以信赖，但有的也不尽然。如丁玲40年代的日记就经过陈明的修改。陈明这样说到修改的理由："因为要出版的时候她已经去世，没办法和她商量，只得我独自替她改。我为什么要改呢？因为她的日记本来就记得很不完全。我修改过她和毛主席的谈话，因为她与主席的谈话，也是凭记忆记下来的要点，不可能一字不差，意思可能不是很完整。比如毛主席说，茅盾的东西不忍卒读，看不下去。没有讲到茅盾作品的好处。我认为，如果把丁玲的日记原封不动地公开，人们会以为，丁玲是在借毛主席的话攻击茅盾。……再比如毛主席说郭沫若，有才华，但组织能力差一些，我的修改也没有违背主席的基本意思。丁玲接着毛主席的话说，他们的作品还是写得好，我不如他们。丁玲当时记的时候没有想到要去发表。丁玲去世后，我觉得这段谈话有意义，可以发表，比如毛主席一再对她说，看

> 无须要求人们写真实的自传。因为文学虚构是为了使人们能够自由地说话。

在他们的作品，如《野鸭》、《死魂灵》中讲述自己。以我这样的"中庸"的人看来，舍斯托夫的观点过于"极端"，但是又确实说出一些"真相"。另外，我还注意到舍斯托夫在谈论这个问题时的基点。他要说明的是作家的日记、回忆录和作家的艺术想像、虚构的作品这两者，与作家这个"真实"的人之间的关系。他主要不是从写作的伦理意义上来谈这个问题。因此，他说，"无须要求人们写真实的自传。因为文学虚构是为了使人们能够自由地说话"。况且，"真话能给我们什么？！"当然，他同样也说，"我们敬之若神的假话也没有给我们很多东西"。（第110—111页）

前面说的这些话，主要是为了说明历史（文学史）的"写作"层面。文学史是一种"叙述"，而所有的叙述，都有一种隐蔽的目的在引导。这个问题，我们可以通过对几部新文学史编纂史的考察，来作进一步的讨论。

阐释对象和阐释主体

接着我要稍微详细地比较一下两本书，在处理历史，表现的历史观念方面，这两本书的同与异。一本是黄修己先生的——他原来是北大的老师，现在是中山大学的教授。他的《中国新文学史编纂史》，是新文学史的"史"，属于学术史的性质。另外一本书是香港中文大学王宏志先生的，叫《历史的偶然》，也是谈新文学史的写作问题。我觉得这两本书放在一起比较很有意思，而且能够让我们发现一些问题。

黄修己先生在北大读书时比我高一年级，1955级。他是1960年毕业的。我毕业留在学校教书时，对什么是"学术研究"还一知半解，黄先生却已出版了赵树理的研究著作。刚毕业有一段时间，我

一个人，不能只看几年，而要看几十年。"（《我与丁玲五十年——陈明回忆录》）陈明讲的这些理由，让人讶异困惑。丁玲和胡也频的儿子蒋祖林就并不认同这一做法，指出经陈明之手整理发表的丁玲日记《四十年前的生活片断》"与原稿不符"（《新文学史料》1995年第1期）。

日记、回忆录、自传的"真实性"问题，最重要的其实还不是"写作伦理"上的"伪造"、"失真"，而在于"历史记忆"的"重构"的性质。

跟他同住一个房间,大概是19楼216吧。当时中文、历史的单身教师住在这里。记得我去上第一堂课的时候,从19楼到一教的路上,全身发抖,紧张得要命。但黄修己一开始就胸有成竹,神情自若。他备课用的是红格竖行的稿纸,这种现在已经看不到了,用毛笔写,每两堂课写六千多字的讲稿。我当时很纳闷,六千多字我一堂课都不够讲。这就是水平的高低。文革在江西"五七干校"的时候,因为他口才很好,说话条理清楚,又非常有煽动性,我们闲来没事,给他起了一个外号,叫"雄辩胜于事实"(笑)。但这个绰号太长,没有流传开来。其实,黄老师的学问做得很严谨。《中国新文学史编纂史》就是一部严谨、扎实的著作。非常重视材料的搜集、整理、辨析。这是第一部总结中国新文学研究史的专著。为了这个研究,从胡适1922年的《五十年来中国之文学》,到1993年新出版的现代文学史,他读了一百余部。当然并不是都进入他这本"编纂史",但他的资料收集很全,包括港台的一些新文学史。对七十多年来这方面的著作,进行鉴别、筛选,对其中的重要著作,它们的基本内容,特点,取得哪些进展,存在什么问题,给予有说服力的评价。这给新文学史研究史,对考察新文学史的写作,提供了坚实的基础。这部书的价值,还在于提出了一些值得讨论的问题。举个例子说,"导言"中的一句话,这句话也许能在一个方面来看作者的史学观。"导言"中引述了历史学家巴勒克拉夫的一段话,指出历史学和历史研究在二战之后,它的主要趋势发生了很大的变化。黄修己说,这种变化,是"从以实证为主的方法,已经逐渐地转变为强调史学主体作用的阐释型的史学"。他说,"历史的研究会越来越重视发挥主体的作用","因为历史事实是凝固的,而对它的阐释却是无止境的"。他对这种转移("描述型之让位于阐释型"),认为有它的"必然

> "历史事实"是不是"凝固"的?另一个是对阐释主体的认识。研究的对象和主体之间的关系,在研究过程中会产生很微妙的作用,导致"对象"和"主体"的不稳定性。

性",但也表现了对不重视史实,"阐释并不一定要接受客体的检验"的忧虑[1]。——他对历史研究"转移"的概括,是符合事实的。当然,这里包含了许多问题,有的问题,也是我感到困惑的。可以从这里头提出两方面的问题来讨论:一个是,"历史事实"是不是"凝固"的?另一个是对阐释主体的认识。这两个问题,也就是对对象的认识以及对阐释主体的认识问题。

特雷西在《诠释学、宗教、希望》中说,"任何解释活动,至少涉及到三种现实:某种有待解释的现象,某个对那一现象进行解释的人,以及上述两者之间的某种相互作用。"(第21页)这三种现实,三种因素,是互相关联的。从文学史研究说,一个因素是研究对象,即"文学事实",我们所要了解、解释的文学现象本身。这包括作家作品,包括作家的经历,也包括与此相关的社会文化环境的情况等现象。另外一个因素就是研究主体,即从事解释、研究活动的人。有时候我们往往忽视第三个因素,就是研究的对象和主体之间的关系,而这是一个很重要的问题。这种关系在研究过程中会产生很微妙的作用,导致"对象"和"主体"的不稳定性。对象与阐释主体是相互制约的。主体阐释对象,改变对象的状况,对象也限定、制约主体的立场、方法、意图趋向。这个,有过研究工作经验的人都会有体验,只不过有时不是那么自觉就是了。

为什么对象("历史事实")不是"凝固"的呢?因为能够成为研究的对象(或"事实"),与研究者的历史观念,研究者的阐释趋向有关。因而,不仅是不同的研究者,就是同一研究者的不同时期,什么"事实"能构成他的研究的对象,成为他的文学史事实,总在不断发生变化。一个大家都已经熟知的例子是,在50—70年代,大陆出版的现代文学史里,既没有林语堂,也没有钱锺书,没有张爱玲;有的

---

[1]《中国新文学史编纂史》第3页。引述巴勒克拉夫的话,见《当代史学的主要趋势》第6页,上海译文出版社,1987年版。

在文学史研究中，总会发生一部分"事实"被不断发掘，同时另一部分"事实"被不断掩埋的情形。历史的"事实"，是处在一个不断彰显、遮蔽、变易的运动之中。

即使提到，也只是作了批判性的处理。也就是说，他们并不是大陆的文学史的"事实"。同一时期，台湾出版的现代文学史（如王平陵的和刘心皇的），则既没有郭沫若，也没有茅盾，鲁迅也只是很简单地提到，而且评价很低。——这就可以看出，什么"事实"进入文学史，关注了"事实"的哪个部分，这些都非常的不稳定。在现代文学史研究中，对于上海"孤岛"文学，对于抗战时期的"沦陷区文学"，过去很少关注。现在研究的人多了起来，这些"事实"开始被发掘，被纳入视野。

我自己的文学史研究，也是这样。在80年代初我们编写当代文学史的时候，很多"事实"都没有能成为研究的范围或对象。如当代文学团体，作家组织的问题。比如说解放后作家协会这样的组织，这样的事实，当时就不觉得有考察的意义，没有被纳入文学史研究的视野中。刊物的问题也是这样。包括现代文学报刊，当代文学刊物，以及一些重要的书店、出版社，过去并没有成为文学史研究的重要课题，在90年代之后，则成为文学史研究的一个热点。这说明"事实"也是经常发生变化的。其他如作家的经济收入问题，作家的政治地位、社会身份问题，都是这样。在文学史研究中，总会发生一部分"事实"被不断发掘，同时另一部分"事实"被不断掩埋的情形。历史的"事实"，是处在一个不断彰显、遮蔽、变易的运动之中。即使是同一个"事实"，在不同的历史叙述中，它的面貌，它的细节，也会出现许多差异，并不断发生变化。

《追忆康有为》（夏晓虹编）、《追忆梁启超》（夏晓虹编）、《追忆王国维》（陈平原、王枫编）、《追忆章太炎》（陈平原、杜玲玲编）、《追忆蔡元培》（陈平原、郑勇编）。

前两年，中国广播电视出版社出版"学者追忆丛书"，共有康有为、章太炎、梁启超、王国维、蔡元培五本，收入不同时期、不同的人对他们的回忆文章。陈平原在"总序"中谈到，观察的角度不同，再加上立场的差异，对同一件事的叙述和评价，可能千差万别；"至于说史实的'是非'与'真伪',落实到具体文本,并非总是黑白分明"。自然,并不是事情的真伪不再能区分、辨别,在文学史研究中,史实的考证不再重要。但是,确实又不是黑白分明的。因为"事实"都由一定的叙述所提供,因而,它的非"凝固",它的不稳定性,可以说是它的一种属性。

另外一个是研究主体的问题。研究主体的不稳定性,或者说它的"非自足性",我想在90年代,大家对这个问题已经看得更清楚一些了。在80年代,在文革刚结束的时候,是个个人"主体"重建的时期。那时候,提倡人的尊严,人道主义,刘再复先生提出"文学的主体性"。当时大家所想像的"主体",大体上是启蒙运动时代确立的自主的、自足而完整的主体。而90年代以后,所谓完整、自足的主体,会觉得是一种"神话",一种幻觉。因为我们每个人都生活在特定的语境中,我们的思想、情感、生活方式、想像方式,包括我们使用的语言,都是这样一个语境所"给予",或者说,受它很大的制约和影响。所以,所谓自足的主体性是值得怀疑的说法。记得1988年夏天,在北戴河举办过一次"文学夏令营"。严家炎、谢冕、汤一介、叶廷芳等先生都作了演讲。当时,刘晓波先生也有一个讲座,他显然对西方世界的个人主体的独立、自由的状况,作了相当理想化的描述。乐黛云老师就不太同意他的讲法。她举了许多例子,说明所谓个体的"自主性"其实是脆弱的,我们是生活在"他人引导"的世界中。她举了美国一些教授的生活和学术研究作例子,说明这些看起来很"自主"的决定、路向,都受到社会环境、学术体制的严格制约。那时,杰姆逊还未到北大来讲课,他的《后现代主义文化理论》也还没有出版,当然也还没有成为畅销书。但我从乐老师那里知道了"他人引导"这一词语,给我留下很深印象。因为80年代,我

> 在大学里教书,便从见习助教,到助教,到讲师,到副教授,到教授,一步一步"爬"上去。……等熬到能写出符合规范的论文,等搬进了三居室,也终于熬成了教授,这个时候也就两鬓斑白,同时也就到了办退休手续的时候。

也是个理想化的"主体性"的信奉者。想想也是,我们一辈子所走的路子,有多大程度是"自主选择"的?大学毕业的时候,分配小组的人看我缺乏生活应变能力,做别的事肯定做不出名堂,就把我留在学校教"写作课"。在大学里教书,便从见习助教,到助教,到讲师,到副教授,到教授,一步一步"爬"上去。在这个期间,逐渐了解什么样的论文符合要求,学会写多多少少符合"学术规范"的论文和著作,让各级的学术委员会按照尺度去认定、检验。生活上,从住筒子楼,在楼道里烟熏火燎做饭,到按年龄、工龄、学历的计分方法排队搬进二居室,再排队搬进三居室。——等熬到能写出符合规范的论文,等搬进了三居室,也终于熬成了教授,这个时候也就两鬓斑白,同时也就到了办退休手续的时候(笑)。当然,我们也用相似的模式来"规范"不如我们资格老的人。也不能说一点都没有想试图超越这些限定,但成功总是很少,失败的居多。即使是成功的"超越",也可能是进入另一种限定罢了。说到这里,不由得想起这样的话:"自主性是一个被映照出来的面具。"

"历史的偶然"

好了,回过头来谈另外一部新文学史的编纂史吧。王宏志先生是香港中文大学翻译系教授。严格地说,这本书,不能称为新文学史编纂史,作者也没有这样的打算。这部书的副题是"从香港看中国现代文学史",限定了所谈的范围。它主要讨论的是 50—70 年代在香港出版四部现代文学史。他把讨论的范围限定在:第一,地点是香港。这点很重要。他非常明确地意识到这关系到研究者的身份、地位和处境的问题。第二,是在 50—70 年代这个时间出版的。这个时段的香港,在与大陆和台湾相比较所表现的特殊处境,是个重要的问题。第三,研究对象是中国现代文学史。在这部书中他讨论的几部文学史是:曹聚仁的《文坛五十年》,这是1955年在香港出版的,这部书现在内地也有了版本[1]。王宏志把它叫作"见证的文学史"。大家都知道,曹聚仁是一位著名的"报人",也是个作家,他跟许多作家有交往,所以他采取的写法是"见证"的写法,主要以他的亲身经历和见闻为主,是一部"回忆录性质的书"。第二部是李辉英的《中国现代文学史》,这是1970年香港的东亚书局出的。还有一部是徐訏的《中国现代文学过眼录》,虽然出版在1991年,但是里面的文字写在70年代,所以,王宏志也把它归入这一时间段。还有一部是大家很熟悉的司马长风的《中国新文学史》,有三卷,分别出版在1975、1976和1978年。记得我是80年代初期才读到这部书的,已经记不清楚是香港正式的版本,还是内地的盗版本。

王宏志的主要研究思路在什么地方呢?他的重点是考察政治、社会、历史、教育、文学,文学史理论,和编写者自身等各种因素的互相牵制、影响,对文学史编写产生的制约。也就是说,他非常注重文学史的面貌,和编写者的身份、社会地位、生活境况、文学观点、政治立场等的关联。由于这部书属于香港文化研究的课题,作者也特别注意现代文学史与香港这个地域的特殊关系。他提出的问题是:曹聚仁、李辉英这些作家的文学史是在香港编写、出版的,那么,他们跟香港究竟是什么样的关系?第二个问题,他们能不能称为香港的文学史家?第三,他们为什么选择在50—70年代的香港来撰写一部中国现代文学史?第四,这些作者在大陆成长,成名,他们的过去经历,也就是所谓"大陆经验",在他们的文学史写作中,又起到什么样的作用?这些经验怎样制约了他们的文学史写作?还有一个问题是,他们的文学史跟同一时期中国大陆编写的文学史

---

[1] 大陆版为东方出版中心1997年版。书前陈鸣树的《曹聚仁〈文坛五十年〉序》中,说这部书由香港新文化出版社1954年出版。但王宏志,以及《香港文学书目》(香港:青文书屋,1996)均署1955年出版。

有什么异同？这种异同跟他们生活的香港这样一个地点有什么关系？——我想，王宏志先生是位头脑清晰，善于提问题的研究者。当然任何好的研究，都是能在对对象以及相关问题考察的基础上，来提出问题，产生进一步辨析、思考的关节点，或者是研究的生发点。

可以稍稍多花点时间，来具体看看《历史的偶然》中的一些描述。书里面谈到，曹聚仁等四位作家，都不是在香港土生土长的。他们四个人都是在1950年前后从大陆来到香港。大陆与香港的封关的时间，大概是1950年的7月份。这些人既不能称为"香港作家"，但也不能算作"南来作家"。香港中文大学教授卢玮銮（她又是著名散文作家，发表散文的时候，用"小思"的名字）对"南来作家"的定义是，指那些在三四十年代因各种因素而暂时来港的作家，如茅盾、夏衍、萧乾、戴望舒等。而李辉英等是1950年前后来到香港，而且一直留居香港，他们并没有南来北往地来回穿梭，从1950年到香港后，就一直住下来。因此，也可以说就是"香港作家"或"香港学者"了。但是，另一方面，这些作家跟香港又都有一种疏离感，一直到他们的晚年，跟香港的文化总处在一种隔离的、不是很融洽的状态中，并没有能完全投入，没能与香港认同。对这个问题，卢玮銮分析说，这些作家都来自于大陆，来自于文化强势、文艺主流的大陆。因为大陆跟香港，显然构成一种强势和弱势的关系。一般在大陆有比较长写作经历的作家，不容易认同香港的文化，总是在文化地位上保持一种优势的感觉。与这个相联系的是，对他们在香港的现实处境，又会产生一种强烈的失落感。所以王宏志说，"由始至终他们只是香港的过客，甚至是非常无奈的过客"（第28页）。他们并没有抛弃大陆的经验，而且，大陆的经验在他们在香港的写作中，

关于历史的"偶然"，读陈平原2005年的著作《触摸历史与回到五四》（北京大学出版社）相信会留下深刻印象。其中讲述五四学生运动那一天发生的种种细节，为我们勾勒了一个与过去的描述不同的"五四"。在这个叙述中，一些偶然性的事件、细节对事情的展开起到重要作用。

仍是支配性的。因此,他们的文学史著作中的文学史理念,文学史内容,以及对这些内容的诠释,基本上是来自在大陆形成的那种经验。

虽然《历史的偶然》分析了这几位作家的这些共同点,但并不做一种笼统的、趋同的评述;而这在我们的当代文学研究中,是经常使用的。这些作家中,有的反共立场非常明显,非常公开,比如司马长风。有的就不是这样,比如说曹聚仁。原来是打算留在大陆的,但是一直到 1950 年,他还没有找到工作,也没有给他安排什么工作,所以他有一种很孤单的感觉。王宏志的这本书引用了李伟写的《曹聚仁传》(南京大学出版社 1993 年版),其中分析了曹聚仁为什么离开大陆的原因。曹聚仁这个人在 30—40 年代和国共两方面的作家都有一些联系,两方面有时都把他看成朋友,但是有时候两方面又都可能把他看成很可恶的人,对他进行攻击。1949 年 5 月的时候,曹聚仁一直停留在家,没有收入,家庭陷于困境。而且据王宏志引证李伟《曹聚仁传》的研究,他在解放初期的时候,曾经在北大听过一次艾思奇的演讲。四五十年代大陆向往革命的知识分子,对艾思奇应该是不陌生的。他是中共党内著名的哲学家,他的主要的著作是《大众哲学》。《大众哲学》在延安,在 40 年代的解放区和国统区,以至到解放初期,在青年知识分子中有广泛的读者。曹聚仁听艾思奇的演讲,"使他猛然一惊":"一块砖头砌到墙头里去,那就推不动了,落在墙边,不砌进去的话,那就被一脚踢开了。"(《历史的偶然》第 23 页,《曹聚仁传》第 333—334 页)这对于在 20 年代末就确定了不卷入政治漩涡,只做"一个看革命的旁观者"的人来说,是个重要的打击。《曹聚仁传》认为这是他离开大陆的很重要的原因。所谓"旁观",就是在政治斗争、冲突中,在政党政治中保持某种独立

> 文学史写作，背后总有一些他要超越、批评或纠正的文学史的影子存在。"非政治"的态度，实际上是对当时主流政治的一种抗衡，是一种政治立场。司马长风的文学史，那种政治立场，意识，一点也不比他所反对的王瑶的新文学史弱。

性，这是现代中国一部分知识分子的选择。但这种选择却往往难以实现。他意识到在大陆继续当一个"旁观者"的不可能：要不就砌到墙里头，要不就落在墙头外被抛开了。他就怀着这样一种人生立场，认为走了，离开大陆当一个旁观者可能更好一些。王宏志分析了他的这种立场，与这部《文坛五十年》的选材、评述体系的关联是有说服力的。

对于为什么在50—70年代的香港来写现代文学史这个问题，《历史的偶然》这部书指出，在这个期间，大陆和台湾的历史叙述都受到政治等外在因素的严重掣肘；而香港这个地方，相对来说，提供了个人意愿表达的较大空间，自由度相对要更大一些。当然，所谓的"自由度"、"表达空间"，并不是绝对的，而且是有一定的趋向性。实际的情形也是如此。他们的文学史写作都有针对性。实际上，文学史写作，背后总有一些他要超越、批评或纠正的文学史的影子存在。80年代后期，陈思和、王晓明他们提出"重写文学史"，也是出于这样的背景。反对、纠正、超越一些文本，构成他们写作的重要动机。曹聚仁、司马长风的写作，可以看到针对当时大陆现代文学史，以至台湾的一些现代文学史的清楚背景。特别是对于影响很大的王瑶的《中国新文学史稿》的针对性。当然，还有刘绶松的《中国现代文学史初稿》等。王宏志在谈文学史写作的个人意愿和自由空间这一点上，始终持一种辨析的、对"浪漫化"保持警惕的态度。司马长风、徐訏的文学史虽然反复标榜一种客观的、中立的、艺术的态度，一种非政治的态度，说他们的文学史论述，坚持的是"文学性"或"艺术性"的标准。王宏志很有说服力地指出，他们其实也表明了非常强烈的政治立场；这种"非政治"的态度，实际上是对当时主流政治的一种抗衡，是一种政治立场。我们读司马长风的文学

> 在20世纪90年代，一些想"重写"中国当代文学史的研究者会发现，他们试图批评、超越的当代文学史有两个系列：一是50年代开始建构的文学史秩序，另一是80年代确立的以"文学性"和"多元共生"的想象所确立的文学史叙述。这增加了"当代文学史"叙述上的复杂性。

> 所谓"纯"文学理论,所谓纯粹以"文学性"、"艺术性"作为标准的文学史,只是一种学术神话。

史,那种政治立场,意识,一点也不比他所反对的王瑶的新文学史弱。《历史的偶然》的第一章,标题是"(非)政治论述",从一个方面,我们可以理解是辨析那些"非政治论述"的"政治论述"性质。80年代中期的"文学自觉"、"回到文学自身"的文学"非政治"潮流,也可以看到它的政治涵义。王宏志的第一章的标题,有点类似于特里·伊格尔顿《20世纪西方文学理论》最后一章的标题:"结论:政治批评"。王宏志和伊格尔顿其实都在说明,不必把政治拉进文学理论(或文学史),"政治从一开始就在那里"。伊格尔顿说,这个标题"并非意味着:'最后,一个政治的代替物';却意味着:'结论是,我们已经考察的文学理论具有政治性"(第213—214页)。如果王宏志先生允许我们代他仿照这种语式说话,那就是,"(非)政治论述""这个标题并非意味着:'文学史,政治的代替物';却意味着,'我们已考察的文学史具有政治性。'"当然,"政治"这个词,不应该做很狭窄的理解;"我们用政治一词所指的仅仅是我们组织自己的社会生活的方式,及其所包括的权力关系"。所谓"纯"文学理论,所谓纯粹以"文学性"、"艺术性"作为标准的文学史,如伊格尔顿说的,只是一种学术神话。确实是这样,文学理论,文学史,这些与人的意义、价值、语言、感情、经验有关的论述,必然和更深广的信念密切相连,这些信念涉及个体和社会的本质,个体和社会的关系,权力的问题等等。它们怎么能保持"纯粹性"呢?

"叙事形式"和"真实性"

我们一直在讲的,都是文学史的"写作"所具有的"叙事"性质。对于对象的把握的方面和重点,以及所作的不同的阐释,都使写作带有想像性。举个简单的例子吧。有一位"高级干部"写的回忆录,出版在 80 年代。里面谈到江青——自然,江青这时已经是被打倒的"四人帮"了。这个回忆录写到江青在延安的表现,说她到延安后,遇到毛主席或其他中央的首长讲话、做报告,江青总是早早地端着马扎,争取坐在第一排的位置,还认真记笔记,偏着脑袋,做出非常认真听讲的样子,目的是为了引起报告人的注意。有的回忆录还写到,江青估计毛主席或其他领导要经过什么地方,会跑到那里去等候等等。这些叙述,我想都已包含有想像的成分。它们的目的,都是为了说明,这是江青的非常恶劣的表现:一到延安,就有强烈的向上爬,有夺权的欲望,是一贯的野心家。不过,有时候我也会想,如果她不是"四人帮",没有被"打倒",或者说是个著名的女作家,那么这些细节,说不定可以被叙述为颇为"浪漫"的故事。

前些天我读《万象》这份杂志。它沿用了 40 年代上海有名刊物《万象》的名字。40 年代《万象》在当前的名气,大概跟张爱玲的"走红"有关系。"新时期"的《万象》创刊在 1998 年末,出版和主办单位署辽宁教育出版社,但杂志还是在上海办的吧,一派"海派文化"的浓厚气息,笼罩着一股对三四十年代上海奢靡文化的怀旧气息。第 1 卷第 5 期(1999 年 7 月)有一篇文章,回忆徐志摩、陆小曼什么的(陈巨来:《陆小曼·徐志摩·翁瑞午》)。现在大家都在历史的尘埃中挖掘"美丽"的故事。不过这篇文章倒不是现在写的。作者陈巨来,是著名篆刻家,在文革间撰写《安持人物琐忆》,文章就是从琐忆中摘出的。里面讲到,林徽因从美国留学回来住在西山的别墅里,追求她的人很多,"不可胜计"。有一天,林徽因对她的追求者说,我现在想吃东安市场某个大水果摊的烟台苹果,你们看谁第一个买到,不准坐汽车。大家便纷纷出发。梁思成借了一辆自行车,第一个买到,回来时不小心被汽车撞跌在地,"脚骨折损",忍痛第一

> 上海在按照原来风格重修石库门。据说百乐门歌舞厅也已恢复,还挖掘出 30 年代当年演奏乐曲的谱子,好营造出当年的气氛、情调。

在文学史上，被我们记住的作家，可能是不很相同的。有的是作品的确写得好，有的是有许多或者凄婉，或者悲壮的动人的故事。当然，也有的是文章既写得好，身世经历又动人。

个完成使命。《万象》的编者说，由于作者文革期间无资料可查，兼以传闻之讹，意思是他说的不能全信；总之是不能当作"信史"，可以作为"掌故野史"看待。这个先不去管它。林徽因是个才女，又是那么有名的作家。在文学史上，被我们记住的作家，可能是不很相同的。有的是作品的确写得好，有的是有许多或者凄婉，或者悲壮的动人的故事。当然，也有的是文章既写得好，身世经历又动人。林徽因算哪一类呢？不知道。但是有一点是清楚的，讲这个故事的人，和听故事的人，比如我们，都是当作浪漫、有趣故事的。如果林徽因不是现在我们认定的形象，或者她因为什么问题挨批判了，那时，对这个故事的叙述，可能又会是另一个样子。大概会像50年代一些男批评家批判丁玲，批判莎菲女士那样，忿然地认为是在"玩弄男性"了（笑）。这种推测当然有些荒唐，但是，"历史"告诉我们，这并不是不可能发生的。

接下来的一个问题是，强调文学史写作的"叙事性"，在文学史研究中还能不能提出"真实性"这样的概念，这一类的问题？这个问题虽然会感到困惑，但是它是没有办法回避的。荷兰的佛克马、蚁布思夫妇写的《文化研究与文化参与》这本书——根据佛克马1993年在北大讲课的记录整理——对这个问题有这样的分析。他们倾向于把文学史，文学研究和文学批评加以区分。他们指出，最近，人们的注意力投注到历史研究所选择的"叙事形式"的重要性上面去，历史叙事形式并不是一扇洁净明亮的窗户，人们可以没有阻碍地透过它去看过去。佛克马说，这面窗户可能镶有有色玻璃，或者用其他形式歪曲被看到的景象；有的历史学家（如海登·怀特）所关注的，"是这扇窗户的特质而非透过它所能看到的景象"，所以他们集中讨论的是历史叙事的形成，而不是历史叙述的"真实性"（第

67—68页)。集中讨论历史叙事形式,佛克马把它称为"叙述历史学"。叙述历史学所研究的是这个"玻璃窗"是不是"有色"的?是什么"颜色"?或者它是不是凹凸不平的?透过它会出现什么样的图象,即在叙述上会造成什么后果。总之,它关注的是这个"中介"的性质。"叙述历史学"回避,或不回答历史的叙述和发生的事情之间的关联。但是,"真实性"还是一个问题。我们不能够因为强调历史的"叙事性",而否认文本之外的现实的存在,认为"文本"就是一切,"话语"就是一切,文本之外的现实是我们虚构、想像出来的。即使我们承认"历史"具有"修辞"的性质,我们仍然有必要知道,"哪些事是历史上实际发生过的,它们具有何种程度上的历史确切性"。这就像特雷西所说的:"对于犹太浩劫这样的血腥屠杀,我们能否说它是否实际发生过并不重要吗?当犯罪的铁证从水门事件的录音带中找到时,我们能说这并不重要吗?这些东西并不是信念,更不是虚构,而是确凿无疑的历史事实。"特雷西列举的是西方文化中的重要事件,包括法国革命,美国革命,俄国革命,包括丘吉尔是否下令处死西科尔斯基,杜鲁门为何决定使用原子弹等等。在中国的近现代史中,也有一系列的经典事件,一系列的重要历史事件。它们不是文本所构造出来的,不是只存在于文本之中。"这些事实要求我们做出道义上的反应,因为把它们作为事实来陈述,本身就是一种处在道德责任中的行动"(《诠释学、宗教、希望》第65—66页)。跟外在世界断绝关系的那种"解构"式的理论游戏,有时确实很有趣,很有"穿透力",很犀利;但有时又可能是"道德上无责任感"的表现。对于后面这种情况,是需要我们警惕的。

但是究竟什么叫"真实性",什么叫"真实",怎么判断"真实",判断"真实"的标准是什么?像这样一些问题并没有给出一个可信性的回答。谈到"真实",那么,必须有一种判断的标准。这种标准,应该设定为很多人都认识到或同意的,但是这种"标准"的设立是很困难的。同时,有关"真实"的标准或定义,有没有可操作性?它又将如何验证?如果说鲁迅生于哪一年,他写过哪些小说,某本杂文集由哪个出版社出版,他是什么日期和瞿秋白第一次见面的……这些简单的事实的确认,那是没有问题的。但是如果我们处理的事情稍稍复杂些,如谈到事实之间的联系,那么麻烦就来了。

我们本来还要讨论文学史研究中的"文史之争"的,不过,因为时间的关系,这个问题就不讨论了。但这也是文学史写作中经常会遇到的矛盾。文学史到底是"历史",还是"文学"。"文学"和"历史"之间确实存在一些矛盾和有冲突的方面。按照一般的要求来说,历史研究带有一种刚才说的"真实性"或"可检验性",但是文学本身的阐释更多地带有强烈的主观性。这两者怎么结合起来,这是一个问题。文学史的写作就是要寻找过去我们所说的文学发展的"规律",当然现在我们可能不用"规律"这样的词。但是文学史研究总会特别关注作家作品之间,以及很多的文学事实之间的历时性联系,包括文类的变化。比如"小说",要讨论现代小说和古代小说的关系,现代小说演变的过程,不同的小说种类("文人小说"和"通俗小说",写实小说和浪漫小说等)的关系。如果我们过分地关注这样一些因素,或者说过分关注文学现象的"类同性",那么在研究中,可能会相对忽视作家作品的独创的因素或个性,忽视作品存在的创造性的价值。文学史的写作,我们可以发现两个趋势:一种是把它写成像"历史",关注演变过程,关注事实的联系,而且会更多地强调文学作品的外部因素,重视外部因素对文学事实产生的决定

是更强调对文本的"文学性"分析,还是更关心文学现象产生的文化机制,甚至把文学当作文化现象的一部分,这是当前文学史写作中"文""史"冲突表现的另一方面。

文学史有时是多么乏味,多么没有意思。

性影响,也就是突出"历史"的成分。"外部研究"这是韦勒克、沃伦在《文学理论》这本书中提出的概念,把文学研究分成"外部研究"和"内部研究"。他们所说的"外部研究",指作家的传记,以及作家、作品存在的社会历史环境等等。他们是"新批评"的观点,强调文本的自足、独立。但是,如果我们完全接受"新批评"的主张,那实际上可能就没有文学史,或者文学史写成单独的文本阐释的组合。过分地强调作家的独创性,作家作品的不可替代性,这种文学史会变成什么样子呢?很可能变成作家作品评论的"流水账"。

说到这里,我想起我和刘登翰合作写的《中国当代新诗史》(人民文学出版社 1993 年版)。出版之后,开过一个座谈会,是在北海后门的文采阁吧。牛汉先生是很耿直、坦率的先生,他对我的写法有不同意见。我把他 80 年代的诗歌,在章节上归入"七月派"的诗群里面。他发言说:我根本就不是"七月派","七月派"早就不存在了;50 年代"七月派"就不存在了,我就是我,为什么还把我放在"七月派"里头?会中间休息的时候,我解释说,牛汉先生,我不把你归到"七月派"里头,把你归到哪儿去呢?(笑)要写文学史嘛,总要安排一定的章节,不能说所有的作家,大家各写一节,牛汉写一节,郑敏写一节,艾青一节,蔡其矫一节地排列下去。那的确就是一个作家作品目录了。但是,像我那样的挖空心思,为每个作家设计一个座位,这也反过来证明,文学史有时是多么乏味,多么没有意思。当然,让影响、联系、演化什么的都见鬼去吧,就某一个时期,挑选你认为杰出的作家作品,一一品评,这也不失为文学史的一种方法。希望有一天,我们会有机会来试试看,试试看这种强调"独创性"、"文学性"标准的文学史写作,会暴露什么样的矛盾和

> 80年代初，唐弢先生在报纸上发了一个短文，叫作《当代文学不宜写史》，引发了相关问题的讨论。

问题。

"时间"与当代文学史

　　这个问题，前面的课上已经提到过。当代文学能不能写史，这是 80 年代初提出的问题。提出这个问题的学者是现代文学史专家唐弢先生，另外王瑶先生也有类似的看法，但是他没有正式发表文章。唐弢先生在报纸上发了一个短文，叫作《当代文学不宜写史》，引发了相关问题的讨论。虽然唐先生反对，不过大家好像不听他的，当代文学史照样一本接着一本的出。唐弢先生为什么提出这个问题呢？我觉得有两方面的意思。一个可能出在"当代"这个词的语义上。如果是"当代"，那就是正在发生的事情，是"现状"，正在发生的事情就不是"历史"，当然无从写史。所以"当代史"本身就存在矛盾。但是，这个理由不是很重要的，因为"当代"这个词，在现在的中国，在许多情况下，有它特殊的涵义。我们不是也可以换一种说法吗？比如"20 世纪后半叶文学史"之类的，既堂皇，又有学术意味。对于这样的名目，大概就不会有反对意见了。反对的另一层意思，是当代文学史所处理的事情离我们时间过近，按照一般的理解，太过靠近就不能获得一种"历史"的处理方式，只能做一些评论，一些阐释，这些应该是现状研究或者文学批评的范畴，它们难以获得一种文学史研究的价值，进入文学史研究的范畴。这是 80 年代初的看法。

　　有的人认为，北大中文系在处理这个问题上，是倾向于唐弢、王瑶先生的意见，是比较慎重的。大家会注意到我们本科生的基础必修课，从来不叫"中国当代文学史"，都是叫"中国当代文学"，这个跟"中国现代文学史"课在说法上是不同的。另外我们出版的教

> 唐弢先生当年说当代文学不宜写史，除了时间太近之外，更重要的一层意思，可能是对1949年以降30年的文学成就、价值的怀疑。不过他没有这么明说。有学者在谈到80年代一些人的历史观的时候说，在当时，在他们那里，"当代"是没有史的。戴锦华说，"如果说，80 年代是一个现代中国的记忆自历史忘怀洞中渐次浮现的时段；那么，它却同时伴随着关于当代史的失忆症的发生。这一重构过程不仅在历史断裂说的不断构造中，使完整的当代史成为难于触摸的时段，而且它甚至成功地构造了我们作为亲历与见证者的体验与'合法'、经验间的碎裂。"（《写史者沉思》）

材,也没有用"史"这样的名字。如我和张钟等先生合编的《当代中国文学概观》,或者《当代文学概观》[1],没有用"史"的概念。文革后开设当代文学史课,课的名称为什么没有用"史"?我现在记不清了。这个问题,也许张钟、谢冕先生当初有过考虑。但是,原因肯定并不是认为"当代文学"不能写史。为什么叫"中国当代文学",当代文学教研室在这样一层意思上,观念可能比较明确,就是这门课,所用的教材,包含的是两方面的内容,一个是当代文学史的内容,另一个当前发生的文学现象、文学潮流,即还没有进入"史"的范畴的东西。这都包括在我们研究、讲授的范围内。至于教材为什么叫"概观",更没有深意。编教材时,并不想很全面,不想处理当时还看不大清楚的文学运动、斗争,只就创作作初步、概括性的归纳。意识到这一点,便觉得"概观"是一个合适的名字,低调一些。记得这个书名还是佘树森老师起的。30年代有的现代文学史著作,也有用这类名字的,如伍启元的《中国新文化运动概观》,吴文祺的《新文学概要》等。

"当代文学"写史,肯定是没有什么问题的。即使在80年代初也是这样。那时为什么会出现这样的疑问,却值得研究。前边提到的黄修己的《中国新文学史编纂史》,它评述的现代文学史著作,第一部是胡适的《最近五十年中国之文学》。胡适这部著作是为上海《申报》馆50周年特刊"最近之50年"写的,并不是专门讲"新文学",新文学只是它的一个"尾巴"。但是,也可以看作是胡适对"新文学"的发生史的研究。因此,黄修己把它称为"新文学史研究的开始"(《中国新文学史编纂史》第3页),是有道理的。胡适这篇文章发表在1922年3月,1922年离新文学发生——按现在一般的理解是1917——只不过5年的时间。《编纂史》评述的另一部重要著作,

---

[1]《当代文学概观》,北京大学出版社1979年版。经过修订后,1986出了新的一版,并改名《当代中国文学概观》。

> 为什么胡适、朱自清写在距新文学诞生仅有五年或十余年的书,就可以列入现代文学史的评述范围,而且给予颇高的评价,没有人说他们当时不应该做"史"的研究,而在80年代,"当代文学"已经过了三十多年,却还提出"不宜"写史呢?

是朱自清的《中国新文学研究纲要》。这是他在学校讲课的讲稿。20年代末和30年代初,他在北师大、燕京大学讲过这门课。这个讲稿当时并没有出版,80年代经过整理后出版[1]。这部讲稿,离新文学开始的时候,也不过十多年。《编纂史》评价说,讲稿虽然只是纲目性的,但内容相当完整,"是一部颇有见解的、充实的新文学史著作的骨架子"(《中国新文学史编纂史》第31页)。为什么胡适、朱自清写在距新文学诞生仅有五年或十余年的书,就可以列入现代文学史的评述范围,而且给予颇高的评价,没有人说他们当时不应该做"史"的研究,而在80年代,"当代文学"已经过了三十多年,却还提出"不宜"写史呢?这个问题我就想不通了。这里面,确实存在了一种学科等级的观念,表现了学科的"压力"。认为不宜写史的,大概都是一些从事古代或现代文学史研究的学者。他们所依据的学科标准,史学模式,是已经表现得较为"成熟"的古代史、现代史的成规。这种"强势"学科已建立了它的叙述体系,它的秩序。而"当代文学"在他们看来并未建立起它的"体系",或者说曾经确立的秩序已经受到损害,坍塌。它的撰述失去了学科"体系"的笼罩和保护,而暴露在受到普遍性质疑的空间里。举一个小例子。现代,或清末,一个事实上不怎么样的作家,一篇没多大意思的作品,一旦被串连在这种"成熟"的撰述体系中,它们的价值便迅速提升,对它们的研究也富有史学意味。这样的情况,我们不是看得很多吗?

> 在一些"历史悠久"的学术机构和大学里,总会出现"成熟"的"强势学科"对于刚兴起的弱势学科的压抑。这种"压抑"通常的手段是对于"学术规范"的强调。

当然,时间的确是一个问题。因为我们好像都相信"时间"是公正的,"时间"会检验一切,这样,"时间"就是历史叙述公正性的一个首要保证。对"当代"写史可能产生的失误的疑虑,根源于这样的认识。这种想法当然有道理。缺乏时空的一定距离,研究者获得超越眼界会比较困难,容易就事论事。身处其中,情感、经验上的一些

---

[1] 1980年,赵园根据保留下来的三种稿本加以整理,整理稿刊于《文艺论丛》第14辑,上海文艺出版社1982年2月出版。整理工作情况,见《文艺论丛》同辑刊登的赵园《整理工作说明》。

这里有一则初版付印时抽去的批注:"在评选20世纪50部优秀文学图书的会上,一位著名的现代文学研究者私下对我说,不要说《废都》受到激烈的批评,过若干年后,它恐怕会是20世纪中国小说中为数不多的杰作。"原先这个批注有误。不是"20世纪50部",而是"百年百部优秀文学图书",1999年由人民文学出版社和北京图书大厦联合举办。我作为终评评委之一参加了最后的讨论。距离这个评选,"若干年"已经过去。对《废都》的评价确实发生很大变化;总体而言其价值的认定有很大提升。至于是否"会是20世纪中国小说中为数不多的杰作",肯定仍存在争议。

因素,会成为一种束缚。我在《作家的姿态与自我意识》这本书中(第175—176页),曾经引述了法国文学社会学家埃斯卡皮《文学社会学》中的观点。他根据美国心理学家莱曼的调查,说由"历史记忆"(文学史,百科全书,教科书,学术论文等)所记住的作家,大概只占发表作品的人的百分之一;而"当代"(近三十年左右)与过去的作家被"记住"的比例,则大抵上是一比一。因此,文学史写的事情越靠近文学史家所生活的年代,就会成为一大篇作家作品的目录(第163页)。我们的当代文学史,不正是这样吗?最典型的例子是《中华文学通史》的"当代编"。我最近写的《中国当代文学史》也有这个问题。对于90年代文学的处理,曹文轩老师在座谈会上说得很坦率:就写到80年代,90年代不要写。他说,里面提到的作家,有一大半都可以去掉。他还举了一些作家的名字,我这里就不说了。曹老师的意见是对的,这么靠近,凭什么做判断?90年代那么多的长篇,那么多新起的作家,那么多的畅销书,又是"风头正健","实力派",又是"晚生代作家","70年代作家",文学的"新新人类",还有"美女作家"(笑)。那么多的作品首发式,讨论会,许多作品都被宣布为划时代的。你又不是独具慧眼,肯定会像是走入了迷魂阵一样的晕头胀脑。

"时间"过近对当代史产生的障碍,还可能有情感因素方面的。许多作家都健在,仍在写作,不断调整写作路向。有的作家还可能与文学史家认识,甚至是朋友,如此等等。这都可能对文学史处理带来影响。情感的问题,还可能是另一种性质的,例如顾城。顾城我在文学史中当然也写到了,作为"朦胧诗"时期的重要诗人之一,他的地位得到承认,这是没有问题的。在文革结束后的一段时间里,在推动诗歌语言的更新上,在尽力清除当代诗歌语言的"被污

> 我们在观念上，总把喜爱的作家的"光明面",想像得"太闪眼"。这样，"失落"、幻灭感的产生,责任也在我们一边。

染"上,在寻求一种比较直接,比较单纯的方式进入诗歌上,他做了值得重视的实验,也取得一定的成果。他的诗的情感和想像的"资源",来自于和现实保持距离的敏锐心灵。这种激发,有着炫目的光彩,但必定是短暂的。他意识不到这种写作处境的内在的悲剧性,他愿意生活在幻觉中。这些都不去说它。我要说的是,1993年年底的"事件",让许多人很震动。对于心理不很健全的人来说,这种"事件"有时候会构成难以跨越的情感障碍。自从那个"事件"以后,我再也没有认真读过他的诗。他的《墓床》、《英儿》等,朋友送给我,我也没有认真读过。为了文学史写作的"科学性",应该冷静重读他的作品,却没有做到。有的批评家说,顾城终于可以进入他所向往的"天国"了。"假如真有天国的话"(借用张洁《爱,是不能忘记的》里面的句子),我不知道上帝是否肯接纳他。《创世记》上写道——大概是第4章——种地的该隐把地里的出产作为供物献给上帝,他的兄弟亚伯则拿羊羔做供品;上帝看中亚伯的供物,不喜欢该隐的,引起该隐的忌恨,偷偷杀了亚伯。上帝说:"你兄弟的血,有声音从地里向我哀告,地开了口,从你手里接受你兄弟的血。现在你必从这地受咒诅。你种地,地不再给你效力,你必流离飘荡在地上。"因为说到顾城追求的"彼岸",也便引出了上面这样一段话。对一些事情的判断,其实并不需要什么高深理论,只是常识。诗、文学确实不是伦理课本,但也不是与道德不相干。当然,过了一段时间,或者换一代人,就能够比较"客观"地处理作家的经历、行为和写作之间的关系。而我们,在观念上,总把喜爱的作家的"光明面",想像得"太闪眼"。这样,"失落"、幻灭感的产生,责任也在我们一边。就像曹聚仁在《文坛五十年》的结尾所说的,"谁若把文人当作完人看待,那只能怪我们自己的天真了"(第386页)。另一位学者谈到文

> 2001年秋天,为了完成谢冕先生交付的编选《中国新诗大系》(1978—1985)的任务,才冷静重读顾城的一些诗,也选了他的不少作品,主要是写于1982—1985年的短诗:这大概是他写得最好的一个时期。

最近出版了《十作家批判书》(陕西师大出版社1999年版)，宣称是"对当下中国文学的一次暴动和颠覆，把获取了不当声名的'经典'作家拉下神坛"。涉及作家有钱锺书、余秋雨、王蒙、梁晓声、王小波、苏童、贾平凹、汪曾祺、北岛、王朔。另外，新近翻译出版的英国保罗·约翰逊的《知识分子》(江苏人民出版社1999年版)，里面涉及了卢梭、雪莱、易卜生、托尔斯泰、海明威、萨特等知名的"知识分子"，揭发他们的自私、忘恩负义、勾引妇女、爱慕虚荣、贪婪等等。这部书配合了当前中国摧毁"神性"的世俗化潮流。

对于约翰逊的《知识分子》这本书，看法其实非常分歧。有许多高度的评价，也有学者持质疑的态度，指出它"污名化"的大多是具有批判精神的"知识分子"，显示了作者"右派"的

本和作者的区别时，也讲了相似的意思："我们有时在与作者见面时，往往可能体验到一种奇异的失望感，这主要是我们的问题。"(《诠释学、宗教、希望》，第37页)这位学者讨论的是经典阐释的问题，他引了作家普鲁斯特的话，"艺术品是由艺术家身上某个明显不同于其平常自我的自我创作出来的"。他谈的，不是作家人格，人与文的关系，着眼点不一样。其实，作家也是各式各样的。就如曹聚仁先生说的，有朱自清、叶绍钧这样的"恂恂儒者"，也有"狡猾阴险"的。不过，话说回来，作家还是值得我们尊敬的，我们总归要感谢他们。他们教给我们想像，使我们的语言有了更新的活力，创造了尽管是虚幻的对话的对象，让我们这些终日为各种卑琐欲望折磨的人，不致惶惶无着，有所寄托，有所希望。我们也就不要过于苛刻。曹聚仁先生讲了这样一件事，一个年轻女孩子非常爱好徐志摩的诗，对多才美貌的陆小曼也心向往之，曾要求替她介绍、引荐，见陆小曼一面。曹回答说："还是让她的美妙印象住在你的理想中吧！"曹先生怕她真见到本人，会大失所望。现在文坛上有着普遍的作家、作品重评活动，其中目的之一，是破坏过去对某些作家的"神化"，还作家"真实"的"人"的形象。这自然很好。但是，对作家有一些"理想化"想像也无碍，还是不要把我们"理想中"的"美妙形象"破坏得过于彻底吧！

"时间"的距离过近，被普遍看作是当代文学史研究的不利因素。但是从另一面说，当代人研究亲身经历、见闻的一些事情，也有后来人不能取代的长处，提供后来者难以提供的叙述。他的亲身参与，他的见闻，他的感受，他个人和同时代人的情感、心理反应，不是后来的人通过想像、猜测所能把握的。问题是能不能把这些转化成为一种洞见的优势，而不是成为固执、褊狭的屏障。所以，"当代

> "当代人"叙述"当代史",意味着是在讲述记忆中的往事;叙述者的一生,是这段历史的一部分,而这段历史,也可以说是他的人生的一部分。

人"的研究和后来人的研究,应该互相参照互相补充。前面课上谈到英国历史学家霍布斯鲍姆写的《极端的年代》,评述20世纪历史的。他写作的一个重要的动机,就是提供他所把握到的东西,而这些东西可能是后来人依靠间接资料的叙述所不能替代的。"当代人"叙述"当代史",意味着是在讲述记忆中的往事;叙述者的一生,是这段历史的一部分,而这段历史,也可以说是他的人生的一部分。这就是特点,包括长处和局限。当霍布斯鲍姆说到他在哈佛大学讨论班上课,他经常提到"二次大战"。有一个"聪明的美国弟子"就发问,既然有所谓"二次大战",是不是表示从前还有过一场"第一次世界大战"?这个发问,真让人感慨:任何一个被他的学生问过"这样一个问题的人","都知道即便是有关当年的一些基本常识,在今天也不能视作理所当然了"(《极端的年代》第5页)。

"公正"的"时间"其实是很"冷酷"的,历史发生的一些事情,在时光流逝中,又很容易被掩埋。重视现实合理性的人会说,掩埋是必然的,我们不能生活在记忆中。而重视历史经验对现实的加入的人,就会对这个表示忧虑。读中学的时候,课文里有鲁迅的《纪念刘和珍君》,说到"造化又常常为庸人设计,以时间的流驶,来洗涤旧迹"。诗人公刘文革刚结束时写有一首诗,题目叫《哎,大森林!》,里面有这样的句子:"为何你喧嚣的波浪总是将沉默的止水覆盖?/总是不停地不停地洗刷!/总是匆忙地匆忙地掩埋!"——这都是表现了对"时间"在"洗涤旧迹"上的威力的恐惧和无奈。发生过的事情的确是很容易被人忘记的。所以,在北大"20世纪中国文化研究中心"成立的时候,我写了一段短文,谈到为什么我们对20世纪中国文化的研究有一种紧迫感,理由之一是,使得20世纪被掩埋的重要事情,得到及时的挖掘,同时也使得一些东西不至于过快地

政治倾向。而另一种质疑是:"思想者的贡献仅仅在于思想。思想为思想者贡献之后,就已经成为人类的共同财产,成为文明的组成部分,而不再为该思想者所独有。思想是否为思想者所实践,仅仅对思想者有意义,对思想则没有意义。思想的对象是整个人类。"(止庵《沽酌集》)

前面说到我给学生讲文革,学生质疑这种"当事人"的叙述的可靠性(见本书第27页)。但还存在另一种质疑,即没有经历过文革者是否有资格叙述文革历史。在一次学术会议上,年轻学者讲到"样板戏"的成就,引发了"亲历"的老一辈学者的愤怒:"文革时他们还是小孩子,懂得什么?!"

他们通常会过分地把这段"历史",看作他们或光荣,或暗淡,或悲惨的生命经历的证据。

被冲刷掉。我觉得这就是研究 20 世纪的动力之一。因为有些事情,时间所造成的隔膜会越来越深刻。所以,当代人研究当代历史,有他不可取代的价值,或者说有他独特的角度。

当代文学史的关注点

"当代人"研究当代文学史,因为有上面说的独特的位置,角度,因此,在把握、切入"历史"时,方式也会有许多的不同。最明显的一点是,"历史"阐释的"当代性"动机会更强烈。当然,所有的历史写作都存在现实的动因,回答现实提出的问题。而当代人对自身经历的"历史"的叙述、探寻,由于有着感性的历史人生经验的加入,这种"当代性"更加突出。

如果认真读读 80 年代以来出版的有代表性的当代文学史,会有这样一个印象,这就是,这些文学史很少较为独立地关注当代文学中的语言、文体、文类等形态问题。虽然 80 年代有过"文学自觉"的提倡,但是并没有成为当代文学史考察的主要动机。显然,这些问题没有成为"紧迫"问题。当代文学过程在作家、文学史家的情感和意识(包括学术意识)中留下的,主要是一种难以摆脱的压力。他们通常会过分地把这段"历史",看作他们或光荣,或暗淡,或悲惨的生命经历的证据。这些,都制约、影响到当代文学史考察的角度和方式。根据我的感觉,也联系我从 80 年代到现在研究的情况,我觉得,有几个问题,是这 20 年中当代文学史写作普遍的关注点,或者说切入的角度。

第一个关注点,是持续的"评价"的冲动。文学史写作,当然离不开评价。选择什么作家、作品,对这些作家、作品如何放置,如何评述,都体现了写作者的价值尺度。不过,当代文学史所涉及的"评价",在情况和性质上有所不同。它更主要的是关系到某一时期,某一文学形态的问题。具体地说,就是对于革命文学,对于延安以后的文学,对于"建国"以后的"社会主义文学"的成就,文学史地位的估价。"当代文学"在"20世纪中国文学"中究竟处于什么样的位置,到今天,也还是为不同立场的文学史家所关切,有时甚至成为他们的主要动机。这反映了"当代文学"(尤其是它的50—70年代)地位、价值的极端不稳定性,和文学史评价上歧见的严重。这个问题,其实不是80年代以后才有的,在五六十年代,以至文革期间的文学论争中,就是一个焦点。从那个时候开始到现在,一种"标准"的提出问题的方式是:为什么某某时期的文学不如某某时期的文学。在50年代"解冻"时期,对苏联文学,提出的问题是,为什么后20年不如前20年?在这里,划分"前"、"后"的界限,是全苏第一次作家代表大会确立社会主义现实主义的权威地位的1934年。在50年代中期的中国,则是新文学的后15年,为什么不如前20年?这里的分界点是延安文艺整风的1942年。另外,也有提出"解放后"上海的电影生产为什么不如"解放前"的。到了80年代,问题变换为,为什么新文学的后30年不如前30年,等等。

这种提问所包含的评价冲动,基本上是一种总体估价,它既指向某个文学时期,又关系到对某一种文学形态。具体说,就是被称为"左翼文学"、"社会主义文学"或"无产阶级文学"的这种形态。这里,我不想详细介绍论争的情况,同学如果有兴趣的话,可以读读这样的文章。如50年代秦兆阳的《现实主义——广阔的道路》,刘宾雁的《电影的锣鼓》、《上海在沉思中》,刘绍棠的《现实主义在社会主义时代的发展》、《我对当前文艺问题的一些浅见》等。还有文革刚结束后,赵祖武等的文章。有的文章,并不是这样非常直接地

赵祖武《一个不容回避的历史事实——关于"五四"新文学和当代文学的估价问题》(北京,《新文学论丛》1980/3),提出新文学后30年成就不如前30年。

事实上，八九十年代出版的不少当代文学史，在评价上常出现前后矛盾、冲突的情形。对"十七年文学"和对"新时期"以后文学的评价尺度，显然不一致。

提出问题，但是包含着相似的估价。

评价的压力，给当代文学史的研究带来许多问题。一是有的问题被掩盖，得不到很好展开；这一点，我下面可能还要讲到。另一方面是，评价本身的标准、尺度，常会出现混乱、不能很好协调统一的情况。这种标准的矛盾，当然不是指不同的研究者之间，而是指一部著作、文章内部的矛盾。比如说，当我们确立了对"社会主义文学"所体现的文学观念、价值观念和文学方法的信任的尺度，那么，我们将如何评价八九十年代的许多与此相冲突的文学现象？但是，坚持所谓"纯正"的艺术信念就没有问题了吗？这种"信念"的内涵且不去说它，它有足够的力量和可能性，来承担考察20世纪中国文学的复杂现象和问题吗？这是十分可疑的。当然，这种矛盾，不仅仅存在于当代文学史的写作中，现代文学史也一样存在。旷新年说，他从钱理群老师他们编著的《中国现代文学三十年》[1]中，感到一种叙述的暧昧，一种犹豫不决，他把它称作是"犹豫不决的文学史"。他指出《三十年》率先为"通俗文学"留下了广大的空间，而且对"新旧文学"的观察态度，也发生了"深刻的以至是根本性的变化"。旷新年的"犹豫不决"这个词，用得很好。我好像也看到了《三十年》的矛盾，它的"犹豫"，所以，我也写了一篇短文谈到这个印象。我说，《三十年》的历史叙述，"拒绝为着文学'纯粹化'而进行不断的等级划分的思维结构和话语方式，是否意味着也要反省'五四'激进力量对待知识的态度"？"对文学的独创性的审美准则的信仰，与'大众文化'的衡量标准之间，启蒙主义的对批判性的强调，与文化上的'反现代性的现代性'立场之间，如何能够在一种叙述中取得协调"？(《〈中国现代文学三十年〉中的"现代文学"》) 不过，这些年的许多现当代文学史，都是犹豫不决的。因为我们就生活在

---

[1]《中国现代文学三十年》，钱理群、吴福辉、温儒敏著。修订本由北京大学出版社1998年出版。旷新年的文章，刊发于《文学评论》(北京)1999年第1期。同期刊载了《〈中国现代文学三十年〉中的"现代文学"》和《矛盾和困惑中的写作》。

一个犹豫不决的时代,特别是90年代,"历史在这里左右逢源,在这里发生了时空错乱"——在我们所经历过的时代中,有的时候倒是方向目标十分明确,一往直前,从不犹豫的,如五六十年代,如80年代。有的就不行了。钱老师在谈到他编写《三十年》的体会的时候,就讲到这层意思。他说,80年代他们提出"20世纪中国文学"的时候,充满了自信,毫无顾忌,旗帜鲜明;而现在90年代,脑子里充满了问题和疑惑,似乎是从堂吉诃德转向了哈姆雷特。接着说了这样一段话:"我无法认同我们曾经有过的现代化模式,及其相应的文学模式,我也不会全盘照搬西方的现代化模式,及其相应的文学模式;但我却无法说出我到底'要'什么,我追求、肯定什么。径直说,我没有属于自己的哲学,历史观,也没有自己的文学观,文学史观。"(《矛盾和困惑中的写作》)我想,钱老师也不是说完全"没有自己"的价值观、信念,这里,只是强调在90年代遇到了复杂的问题,思想陷入难以摆脱的困境。我有的时候也有这样的困惑,不过,我没有他的那样执著。他经常皱着眉头,很痛苦。我呢,想不清楚,苦恼,就想,管它呢,先吃饭睡觉再说。

那么,是目标明确,自信,一往直前好,还是充满疑惑、脑子里存在一大堆问题好?如果一定要讲好跟不好的话,那只能说,主张、目标明确、自信固然很好,但是犹豫、疑惑也不见得就不好;反过来,犹豫、疑惑如果要不得的话,那自信和一往直前也不见得一定可取。这种回答有点像说绕口令,也是一种"犹豫不决"式的回答。我想说的是,80年代的精神状态不应该轻易否定,但是也无需沉迷在那种状态中;90年代体验到矛盾、困惑,肯定不是倒退。联系到文学史写作,可以这样说,"犹豫不决"的文学史,比那种前后矛盾而"浑然不觉"的文学史,比那种"没有矛盾",但同时也没有见解的文

(请读读他的《心灵的探寻》、《丰富的痛苦》等书。在后面的写于90年代的著作中,他表达了这个时期探寻的知识分子的典型心态:"为一种失落感压抑感所攫住,并且像陷入了'无物之阵'似的,无以摆脱。"(《丰富的痛苦》第328页,时代文艺出版社1993年版)

我开玩笑说,我们研究的,其实是一种"说来惭愧"的文学。

学史,要好得多。尽管现代文学史的研究看起来已经相当"成熟"了,相当"有水平"了,旷新年和钱理群还是质疑这种"成熟",这种稳定,这是值得向他们致敬的。

和这种紧张的"评价"的意识有关系的,是对本世纪中国文学为什么在当代(50—70年代)会出现全面"衰退"状况的原因的探寻。当然,正像我已经讲过的,这种提法本身现在也是受到质疑的。有一些研究者对这种看法持保留,或不赞成的态度。他们认为50—60年代(一般来说,大家都不把文革时期包括在内)也创造了"很好"的文学。不过,许多人都认同了这种"衰退"的估计。我们当然也可以讲,现代文学也不是很"伟大"的。比如上海的王晓明先生,他对20世纪中国文学的评价就比较偏低。几年前,他主编了3卷本的《二十世纪中国文学史论》的论文集,他在《序》里面对20世纪中国文学自然是有积极的评价,但是他也很犹豫,他在像陀思妥耶夫斯基的《卡拉马佐夫兄弟》这样的"丰富而深邃"的作品面前,也会产生一百年、二百年之后,20世纪的中国文学在文学史著作中会不会落得"一笔带过"的命运的忧虑。我对文学的要求并不很高,倒是没有怀疑这一百年中国文学的价值,但是时时在怀疑"当代文学"的价值。一个研究者,时时在怀疑他的研究对象的价值,这不是个好兆头。这些年,就是这种投入和沮丧不断交错,或者同时出现,这很影响我的情绪。王晓明说,他10岁时读到的第一部小说,"说来惭愧",是浩然的《艳阳天》(《二十世纪中国文学史论》序言)。《艳阳天》在十七年的创作中,还算是比较好的一种了。因此,我开玩笑说,我们研究的,其实是一种"说来惭愧"的文学。

如果我们相信这种判断的话,接下来的问题就是,这种"衰落"是怎样发生的?80年代中期刘再复曾经提出一个问题,何其芳到延

比较王晓明主编的《二十世纪中国文学史论》初版本(三卷本,东方出版中心,1997)和修订版(两卷本,东方出版中心,2003)在选目,尤其是王晓明撰写的两篇序言的异同,是饶有兴味的事情。这里发生的变化,缘于"时势",和随时势变迁的"心情"。王晓明的前一篇序言,对20世纪中国文学的描述,基本上是基于"世界文学(西方文学、俄罗斯文学)参照系"的尺度,而修订版序中,对20世纪中国文学特殊经验,尤其是"左翼文学"经验有更多关注。"从现实

安之后，思想"前进了"，艺术为什么反而"倒退了"？这反映了当时对作家进入"当代"的一种看法。按照这种提问题的方式，可以继续扩展下去。比如艾青为什么思想前进了，艺术反而倒退了；比如曹禺，比如巴金，张天翼，骆宾基……不过，当时我想的是，思想"前进"，艺术"倒退"，这前进和倒退的判断是怎么做出的？我们究竟用什么样的尺度来衡量前进和后退的问题？当时，我主要怀疑"思想前进"的判断，其实，"艺术后退"的依据，也不是不需要做出说明的，不是"自明"的。不过在80年代，许多人都接受了"衰退"的这样的描述。这成为文学史研究的内在的关注点。

谈到这个问题，当时带普遍性的认识是，中国当代作家艺术的普遍衰退，跟外部环境有非常重要的关系，但是也不能完全把责任归到环境归到外部压力上，在作家的心性结构、价值观念、文化修养上，或者说"内部因素"上，会出现一些什么问题？我们有时候会感到奇怪，像冯至，在40年代写过那么好的散文和诗，为什么到了50年代会对自己的成果否定得那么坚决？会变得那么激进？他是真心为自己的《十四行集》、《伍子胥》，为自己的散文感到惭愧，甚至觉得厌恶吗？在否定、批判西方现代派文学上，他是非常激进的，包括他对艾青的批判也是非常激进的。艾青成为右派之后，50年代写的批判艾青的文章中，冯至是写得最认真的。这里要修改一下，他对艾青的批判用"认真"这个词比较恰当，"激进"不怎么合适。什么样的动力驱使他来做这样一种工作？在那种时候，有不少批判文章只是作出一种表态，进行谴责：这或者是不太愿意像样地去做，或者是水平不够。冯至却是有水平，又愿意认真去做的一位。"进入"当代的现代作家的处境，他们作出的反应，选择的道路，实在是一个很值得研究的问题，包括曹禺先生等等。一些现代文学的研究

逼出来的反思"，让这部史论的编选者质疑80年代对"左翼文学"冷淡的倾向，强调重新定义"左翼文学"以释放其现实意义的时代诉求。事实上，这部文学研究史料书的编选者：王晓明，他的学生罗岗、倪伟、倪文尖、薛毅，这些年都持续关注左翼文学，关注当代社会主义和社会主义文学的经验，和这些文学传统的现实意义。他们在这方面有许多突出的成果。

冯至《论艾青的诗》，载《文学研究》1958年第1期，收入《诗与遗产》，北京出版社1958年版。

四五十年代之交的作家状况，或者说进入"当代"的现代作家的思想情感和创作状况的研究，近十来年有不少出色成果。就我读到的，如钱理群的《1948：天地玄黄》，程光炜的《文化的转轨——"鲁郭茅巴老曹"在中国（1949—1976）》，贺桂梅的《转折的年代——40—50年代作家研究》，以及张新颖对沈从文转折期的研究等，都很有特色。

者，在撰写这些作家的研究论著时，会觉得他们进入"当代"以后的文学道路，重要性降低而加以忽略，对于当代文学研究者来说，则是很有价值的问题。我想，这是视点的不同。从这个角度来看，"当代文学"暂时还不宜于取消。为了这个题目，我写过《作家的姿态与自我意识》，这是90年代初写的一个小册子，在《当代中国文学的艺术问题》中，也有一些章节写到这个问题。但是我对这个问题没有研究好。一方面材料的把握不够，另外问题的讨论缺乏深入。

有一个时期，我和有的老师有这样的想法，觉得那些有所谓的"自由主义"倾向的作家，在"当代"表现得比较"软弱"。这种所谓"软弱"，其中的一种表现，就是"极端化"，把自己的立场完全否定，向着相反的方向的靠拢。"七月派"那些作家，胡风的追随者，就不完全是这样。他们虽然受到许多打压，但是许多人一直坚持他们的文学理想、生活信念，不大容易认错。不过，我后来想想，这种概括是很简单化的，不大妥当。"七月派"作家的处境跟"自由主义"倾向作家不一样。"七月派"作家许多是共产党员，革命者，而且他们认为自己是真正的"马克思主义者"。胡风和周扬争论，焦点便是谁是真正的马克思主义。总之，像胡风和朱光潜、曹禺先生，在"当代"的"自我意识"，他们对自己的"身份"的确定，都是很不同的。一个能说明问题的例子是，在1954年年底批判胡适，检查《文艺报》"错误"的中国文联扩大会议上，胡风发言激烈指控周扬等保护资产阶级、压制"小人物"，举的例子便是解放后对朱光潜的批判斗争不力。可以看到，不同作家在"当代"的位置的差异。简单指责"软弱"之类，可能是不恰当的。我1956年到北京上大学，1961年毕业后留在学校教书，也当过班主任，我非常清楚地知道，那些"出身"不好的同学，为了能表现自己的进步，在学校当时建立的"评价机制"中取得比较好的地位，得到"组织"的信任，他们要付出什么样的努力！他们的付出比别的同学要多得多，为了证明自己，也会有一些更"激进"的言行。记得文革刚开始的时候，有一个出身不好的中学女生，为了表明自己对毛主席的忠心，把毛主席像章别在自己胸口的肉上。这些事，在当时，或者在事后，想起来让人震悚，也让人感伤。但是，上面说的都是一些感想，同学们千万不能拿它们代替认真的研究。

跟这个问题有关系的，是现代知识分子跟中国革命的关系。不过，这个问题已经不属于"文学"史的范围了，跟"文学"的关系越来越远。这就像80年代一种流行的嘲讽的说法，说是当代文学在国外，往往被当作了解中国社会政治问题的材料，意思是它本身不具备"文学"的价值。但是，反过来想，能在这些"材料"中看到中国人的精神生活的投影，也是值得我们花些时间在上面的。"文学"价值是什么？它就那么重要吗？"文学"能说明它自己吗？现在忽然评价那么高的"晚清小说"，文学价值就那么高吗？所以，离"文学"远一点就远一点吧。中国现当代的许多作家都是追随革命、拥护革命的。他们的许多人又是十分关切国家民族的命运的。"革命"所展示的一种生活图景，一种新的价值观，在一个时期，的确产生了非常强烈的吸引力。现在，有的同学认为在四五十年代一些作家追随革命、拥护革命是被迫的，不得已的。实际上不是这样。我们知道在四五十年代之交，有不少作家可以选择离开大陆，但是他们大多留下来；有的当时就在国外，也回到了大陆。这里面的原因很复杂，具体到每个人，也很不一样。但是，他们首先都面临着对政局巨变之后的社会前景和个人命运的基本估计，这是不能回避的。中国革命的成功，一个长期分裂，而且贫穷落后的国家，有可能改变这样的状

圆熟的东西就总是好的吗？有的时候，不是需要一种抽象、概念化，
一种不和谐、粗糙，来破坏这种有着腐败气味的圆熟吗？

况，因此表现了热情，表现了信心，我看这是很自然的。当然，我不是说，在当时，这就是惟一的、最正确的选择，不是这样。我只是说，这是一种可以理解的，因此对做出这种选择的许多人来说，也是合乎"逻辑"的选择。

1949年解放的时候，我小学刚毕业。"解放"对我来说也是非常有吸引力的。现在说起来觉得有点莫名其妙。也没有受过太多的苦，没有受地主压迫什么的。当然也不是地主资本家出身。那么小，也不懂得忧国忧民。但是"解放"的确使我非常兴奋，觉得有了一种全新的价值观，一个新的生活世界。当时看县里中学教师剧团演出《北京人》那个话剧，给我留下最深印象的，"说来惭愧"，竟然是研究中国猿人的袁任敢和他的女儿袁圆，觉得在那个透不过气的世界里，他们真是黑暗王国中的"一线光明"——当然，我当时还没有读过杜勃罗留波夫评《大雷雨》的文章，这个说法不是当时就有的。有这样一个场景：灯都灭了，在窗户纸上出现的"北京人"头盖骨的剪影，有一段袁任敢的独白。当时非常激动。小时候上学，为了抄近路，我常常穿过县城里一个很大的供菩萨的庙，潮州话叫"老爷宫"。庙的廊庑，后殿，排列着高大泥塑，阴暗，潮湿，一股叫人压抑的腐败气味。每次经过，我都匆匆低着头走过。当时看到袁任敢父女，觉得有了一点清新空气，好像逃离了这个"老爷宫"。当然，曹禺的研究专家告诉我们，在《北京人》里头，这两个人物是缺乏血肉的，抽象的，而且那个场景可能是个败笔，是曹禺硬添加上的"光明"。现在想起来，那时候我的艺术感觉一定很"不正常"，会把粗糙、拼凑的东西看成最好的东西。不过，圆熟的东西就总是好的吗？有的时候，不是需要一种抽象、概念化，一种不和谐、粗糙，来破坏这种有着腐败气味的圆熟吗？

但是,作家、知识分子与"革命"的关系又是非常暧昧的问题。这个问题,80年代以来就一直在热烈讨论。看了一些作家的材料,觉得有两个问题可能至关重要。一个是,知识分子在革命中,在革命之后的社会里,究竟处于什么位置?鲁迅在左联成立大会上的讲话,说诗人文学家,不要以为现在为劳动大众革命,将来革命成功,劳动大众一定特别优待,捧着牛油面包来献他。这篇文章是很著名的了,收在《二心集》里,在解放后一直被引用来警戒知识分子。鲁迅在这篇文章中还说,"不待说,知识阶级有知识阶级的事要做";什么事,如何做,却没有具体讨论。这其实是一个很关键的问题,鲁迅当时可能也不大明白。第二个问题,是革命所强调的"统一思想"、"集体意志",跟知识分子强调的独立性,独立思考,"自由思想"之间,是什么关系?在这两个问题上,我们看到发生的很多摩擦、冲突。文革初期,大概在1967年的时候,"揪叛徒",瞿秋白也是被"揪"的一个,尽管他去世30年了。在50年代,我们对他很崇敬,我们年级一个班组织的文学社,就用他的名字命名。但是,突然说他"叛徒"了,根据是他在福建长汀的国民党监狱里写了《多余的话》。红卫兵砸了瞿秋白在八宝山的墓。当时(1968年),他们编了一本《瞿秋白批判集》,是北师大"井岗红军"兵团编印的,这本书我现在还保存着,里面收入了《多余的话》。这是我第一次读这篇文章。我看到了过去不知道的"另一个"瞿秋白。他对革命、政治的看法,他的厌倦,对自己所做的嘲讽。这是一个很重要的文本,对考察知识分子和"革命"的关系,之间的暧昧、摩擦和冲突,是很重要的。当然,瞿秋白有他自身的特殊性,但他的经历、思考,也有某些共同的东西。最近翻译出版的史景迁的书《天安门》,副标题是"知识分子与中国革命",通过康有为、梁启超、鲁迅、沈从文、丁玲、老舍、王实

关于《多余的话》的真实性,是否是国民党捏造的,或被篡改的,一直存在争议。但许多人都肯定它为瞿秋白所写。

味、闻一多等等作家、知识分子的生活道路和思想矛盾,来讨论这个问题。康有为、鲁迅、丁玲是这本书的叙述"主线",瞿秋白也占了一些篇幅。史景迁的名字翻译过来应该是斯潘思,但是说斯潘思,大家都不知道他是谁,一说史景迁就有好些人知道了。他是美国耶鲁大学的历史系教授,前些年到过北大讲学,在北大出版社出过《文化类同与文化利用》这本书。瞿秋白的《多余的话》在《天安门》这本书中,很受到注意,尤其是结尾那些反讽的,带有悲凉意味的话。"总之,滑稽剧始终是闭幕了。舞台上空空洞洞的,有什么留恋也[是]枉然的了。好在得到的是'伟大的'休息。至于躯壳也许不能由我作主了。"接着瞿秋白这样说:

> 俄国高尔基《四十年——克里摩·萨摩京的生活》,屠格涅夫的《鲁定》,托尔斯泰的《安娜·卡里宁娜》,中国鲁迅的《阿Q正传》,茅盾的《动摇》,曹雪芹的《红楼梦》,都很可以再读一读。
>
> 中国的豆腐也是很好吃的东西,世界第一。
>
> 永别了!

这使我想起了在50年代相当流行的一本书,是捷克斯洛伐克的革命者伏契克写的。他也被捕入狱,被处死之前写了《绞刑架下的报告》。记得也有类似瞿秋白的幕要拉开(或者是关闭?我没有查对,可能讲错了)的说法。但是伏契克讲这些话的时候,完全是很庄严的,悲壮的;瞿秋白很不同,表现的是一种"滑稽"的,无奈的意味。因此,在60年代那个激烈而且狂热的年代里,他自然要被激进的革命者,被红卫兵看作叛徒了。那个时候,太平天国的李秀成,也

《多余的话》的真伪,过去一直存在争议。现在确定为瞿秋白所写,应该没有太大的问题了。1991年人民出版社出版的《瞿秋白文集》第七卷,将它作为附录收入。之所以放在附录里,"编者按"这样说,"从文章内容,所述事实和文风看,是瞿秋白所写;但其中是否有被国民党当局篡改之处,仍难以断定"。近二十年来国内发表的讨论《多余的话》的论文多至五六十篇,瞿秋白的传记和研究论著也都有涉及。中国社科院近代史所李铁键的《瞿秋白传》(1986),特别是《〈多余的话〉·导读》(贵州人民出版社,2005),对《多余的话》有深入讨论。

是因为在狱中写了《自述》,在文革前夕被当作叛徒批判的。

史景迁在他的叙述中,很注意那些表现知识分子在革命中苦涩处境,或者说苦涩的体验的文本。这些文本里面,包含着一种特殊意味的"反讽"。在这种"反讽"中,叙述者好像体味不到快感,不能得到解脱,反而投入更深的精神泥淖中去。除了《多余的话》,史景迁征引的作品,还有鲁迅《故事新编》里面的《出关》,丁玲的《夜》,还有她在延安写的《在医院中》,还有老舍的《猫城记》。《猫城记》的情况要不同些。鲁迅笔下的老子,在出关之前,应邀为守关的官员和兵士讲课。老子"道可道,非常道"地讲起来,但是,听的人却"面面相觑","显出苦脸",或者大打哈欠,打起瞌睡来;他编写的讲义,被放在关口的架子上,而架子上已经堆了"充公的盐、胡麻、布、大豆、饽饽"。《多余的话》不同的是,正是投身革命的知识分子自己,而不是别人(比如守关的官员和兵士),质疑了他原来认为神圣的、有意义的信念和工作的价值,把他关于政治、革命、历史命运等的叙述,和好吃的豆腐并列。但是这种质疑和嘲讽,不是置身度外的,而是有许多的困惑和痛苦的,所以我说是"苦涩的反讽"。其实,1956年王蒙的《组织部新来的青年人》这个短篇,也是多多少少触及这个主题。小说写到这个"没有出路"、"没有答案"的"悖谬"情景。但是作者不愿意展开,他有意无意想回避,或者想用自己的乐观来修补这里面的裂缝。韩国学生朴贞姬,她现在在北大读当代文学博士学位,对这个短篇有很好的解读。她写了一篇短文,里面这样说,这是关于一个年轻人如何走向"成熟"的挣扎的本文,"本文命运决定了要么他屈从于他所进攻的世界,要么做一个孤独而注定失败的斗士。本文没有给他第三条出路。在一个价值被损害的世界里,寻找不被损害的价值的主人公必然失败"。她还说,在本文

《在医院中》、《组织部新来的青年人》等,都在叙述青年知识分子在革命中的道路和命运的故事。

> "当代文学"不仅仅指一个简单的时间段落,而且是一种相对独立的文学形态,当代文史史的研究,更应该关注它的"自身的"文学形态的问题。

中,"那失败变成勉强成功是作家的固执","因此,主人公在宿命的寻找中,他的冒险只不过一次次地成为寻找现实依靠力量的过程,从虚幻的'镜像'娜斯嘉,到与他志趣相投的赵慧文,再到区委书记周润祥,而主人公灵魂的冒险,体现他内心精神历程提升与开阔的可能性被堵塞了"。[1] 这篇文章说,本文没有提供第三条道路,不过,无论在现实中,还是在许多作家的作品中,总是不屈不挠地在寻找这第三条路,尽管也总是以勉强的,矛盾的,破裂的,或者反讽的结局的形式出现。除了十分冷峻彻骨的,否则,投身革命的作家、知识分子,总不承认失败。这是一种动人的执著,也是一种沮丧和悲哀。

秦兆阳修改王蒙这篇小说时,在一些部分比较明确地显现这种不可能,这种失败。但是秦兆阳"骨子里"也是不承认失败,不过他有更多的犹豫。可是王蒙对这种修改还是不愿意,不愿意秦兆阳往前走,认为这是加深了、扩大了小说中的不健康的因素。因此,80年代王蒙恢复写作之后,重新编他过去的作品集,就坚持恢复小说原来的名字(《组织部来了个年轻人》),不愿保留秦兆阳的修改。这里不是比较两个有些差别的文本的高低,而是说明不同的作家对这个问题的不同想像和不同的处理。

如果我们承认"当代文学"(特别是它的 50—70 年代)有它的"特殊性","当代文学"不仅仅指一个简单的时间段落,而是一种相对独立的文学形态的话,那么,当代文学史的研究,更应该关注它的"自身的"文学形态的问题。这些问题,在我们已有的文学史写作中,大多已经浮现,但是,在一般情况下,它们许多还没有被作为"问题"来研究。有的时候,我半开玩笑说,"当代文学"这个概念,这种分期方法,迟早总要消亡的,我们也迟早要失业下岗的;不过,我

> 这个短篇当时修改的情况,和王蒙对秦兆阳修改的看法,可参见《关于〈组织部新来的青年人〉》,《人民日报》1957年5月8日。批评秦兆阳对这个短篇修改的"错误",是毛泽东提出的。

---

[1]《命运与形式》,《海南师院学报》1997 年第 3 期。在文章中,作者还指出,"很难保证林震不会渐渐变成刘世吾,而被作家王蒙自己所批判与抨击的性格很可能正存在于他自身之中。这正显示了作家的命运形式。"

们最好再挽留它一段时间。不为别的,就是因为有的重要问题还没有很好研究、回答,不能眼看这些问题随着这个概念的消失而被埋葬。举例说,比如在当代,"文学"和"文艺"之间的关系。又比如,小说、诗等各种题材概念的提出和发生的变迁。文学语言和叙述方式的"当代"形态的确立和特征。文本修改和"经典化"这一当代现象的意识形态含义,"组织生产"、"集体写作"等当代的文学生产方式等等。可以提出的问题还有很多。这些问题是不是有研究的价值?这可以讨论。但是,20世纪中国文艺界所进行的"革命文学"、"大众文艺"的"实验",对它的考察,不是可以轻易忽略的。这不仅仅是因为它曾经存在,而且还因为现在还存在,当然,又还因为它的"合理性"并不是已经完全崩溃。我在一篇文章中对1958年的"大跃进"文学,对文革的文学(如"样板戏"),使用了"实验"这个词。有的同学觉得不能接受。这叫用词不当。其实,仔细想想,不是"实验"是什么呢?"三结合写作","诗配画","报捷文学"、"赛诗会"、"广告诗",打破"第四堵墙"的《十三陵水库畅想曲》,"纪录性故事片","诗报告",钢琴伴唱《红灯记》,交响乐《沙家浜》——这样大规模的文艺"实验",以前好像还没有过。这是一种有目的的美学实验,自觉开展的"先锋"性的文艺运动。

这些"实验",大多发生在"大跃进"和文革初期。它的重要特征之一,是打破"文学"的界限,创造革命的"大众文艺"的丰富样式。

历史"碎片"的整理

我现在想稍稍结合我编写《中国当代文学史》的体会,来谈谈当代文学史的研究方法,或者说"切入"历史的角度的问题。为什么要以我编写过程的体会来谈?这其实是一种"取巧"的讲法。我可以避免普遍性地回答不同角度、方法的利弊这样的问题,而只是想说,哪种方法、角度,对我这个研究者,对我所要解决的问题比较合适，比较恰当。

80年代中期开始，特别是进入90年代以后，对过去产生的那些当代文学史，许多人都有不满意的感觉，包括我参加编写的《当代中国文学概观》在内，觉得那种评述体系，那种叙述方式，存在许多问题。许多在学校和研究所工作的研究者，都希望能有一些突破，能摆脱原来的文学史叙述体系。这种"突破"的想法，在90年代之后出版的一些当代文学史著作和教材中，开始得到体现。最明显的一种思路是，提出新的文学史理论，并且建构一种新的概括方式和描述方式。在前面的课上，我已经简略地介绍其中的一些成果，这里就不再重复了。我们看到了进展。当然，有个别的好像反而"后退"。我看到前两年才出版的一种，前面有一章是"'一化三改'文学"。这种说法以前从未听说过，很奇怪。仔细一读，原来是指50年代初写工业化，写对私营工商业，对农业，对手工业的"社会主义改造"的作品。当代文学已经有那么多莫名其妙的概念、说法，早就把我们搞糊涂了，千万别再制造新的花样了。

在90年代，试图用"创作方法"来概括这50年的当代文学，是一些研究者比较热中的想法。但是，这就要提出不少概念来涵盖纷繁复杂的文学现象和创作成果。有的著作中，就分别提出了诸如现实主义、革命现实主义、非革命现实主义、文学理想主义、革命浪漫主义、异化的现实主义、古典主义、现代主义等等的名目。要分辨清楚这些"主义"的意思，它们之间的区别，不是一件容易的事，而哪些作品归入哪种主义，更是一件伤脑筋的事。还有一个现象让人不太好理解，为什么每个作家，每部作品，都非要戴一顶"主义"的帽子不可呢？我把这叫作"主义情结"。借用胡适的话，我们还是少谈些主义，多研究些问题吧！当然，在这许多的"主义"中，我们最钟情

新世纪以来的十多年间，当代文学史有若干重要的成果出版。如董健、丁帆、王彬彬主编的《中国当代文学史新稿》（2005），孟繁华、程光炜的《中国当代文学发展史》（2004初版，2011修订版），陈晓明的《中国当代文学主潮》（2009）等。另外，严家炎主编的《二十世纪中国文学史》（2010），丁帆主编的《中国新文学史》（2013）等著作，也都包含当代文学部分。

的是"现实主义"。但是,让这个"主义"来涵盖当代的种种创作现象,总会捉襟见肘,有时是不得要领。这样,这个"主义"便不得不衍生出许多分支,如现实主义的深化,现实主义狭隘化,现实主义的异化,现实主义的拓展,新现实主义等等。这种方法有很多问题和毛病。起码是有许多漏洞,或者是不能自圆其说的地方。因为对某种文学现象所作的概括,提出的概念,它的有效性是很有限的。

我上次说过,陈思和先生也试图建构一种新的当代文学史评述体系。他主编了《中国当代文学史教程》。但是这本文学史我现在还没有看到[1]。具体的情况,这里没有办法介绍。但是我了解他的一些想法。因为他现在在主持中央电大的当代文学史课。我过去也参加过中央电大当代文学的教学,编教材,录音,录像,好像现在还在用。但是做得很不好,那些录像课,简直不能看,电大的学生不爱看,因为是照本宣科。现在由陈思和主持,做了很大改革。他们准备拍摄二三十集的电视片,把文学史知识,作品讲解,作家生活经历,对作家的访问等等的图像资料编集在一起。我看过讲陆文夫的一集,开始就是苏州的河,小桥,配着丝竹音乐,有对陆文夫的采访,有陈思和的讲解,还有电影《陈奂生上城》的片断,很好看。这样,上当代文学大概就不会打瞌睡了。这牵涉到陈思和对大学的当代文学教学的具体设计。我了解到的有两点。一个是教学安排上的"多层次"。也就是说,大学刚进来的时候,不必讲许多的文学运动,概念,论争,主要是选择若干好的作品,培养学生好的美学趣味,当然,还有好的阅读习惯和分析方法。更深一步的问题,留待高年级,或者研究生去解决。我猜想,他的这部《教程》,可能是更偏重于低年级学生的,更关注具体文本的分析。另外一点是,他想努力改变当代文学史的整体面目。不是局部的,对某个作家,某个作品的评

由于中国的特殊国情,到2001年年底,陈思和的这一设想告吹。电视片大概只拍了两三集就无法继续下去。而他主编的电大教材,在三番五次的审查、专家审定的马拉松式过程之后,才在2001年初正式出版。

---

[1] 大约是到这门课快结束时的12月,才收到陈思和委托出版社代寄的这本书。书的装帧、版式、用纸的精美,令人羡慕。拿我在此前后出版的《中国当代文学史》的装帧、印刷、纸张来和它相比,真有天壤之别。

价,而是格局的重构。他最近很注意做的工作,是发掘过去被掩埋,或者被忽略的文本。他在为中央电大编写教材和作品选时,就很注意这些方面。如少数民族的民间说唱文学、诗,50年代做了许多的搜集、整理、改编的工作。《阿诗玛》,《刘三姐》,《望夫云》等等。他提升了这些文本的"当代文学史"的地位。另外非常关注被掩盖的、被压抑的那一部分文学,在50—70年代的非主流的,"异端"的部分。这些部分,过去许多人也很重视,但没有像他那样,作为一条重要线索清理。他想突出这样的线索,来重构当代文学史。如胡风写在解放初期的长诗《时间开始了》,如《傅雷家书》,和"火凤凰丛书"中的作品,包括《从文家书》,张中晓的《无梦楼随笔》等。另外,对一些我们熟知的当代文本,也可能会有新的阐释。胡风的《时间开始了》出版后就受到批评。在和刘登翰合写《中国当代新诗史》的时候,我重读过,不过当时觉得不怎么好。那种泛滥散漫,没有节制的风格,实在不喜欢,《新诗史》中也就没有多谈。现在想起来觉得也不怎么对。这倒不是我现在对胡风的那些诗的看法改变了,而是因为我在这本《新诗史》里面,谈了许多远不及胡风的诗。即使在"审美"的层面,我的尺度也不能保持基本的一致。我现在已经想不清楚写作的时候的具体考虑。但是,不少文章,不少书,写完出版后,总是后悔不迭。

我也是想能发现50—70年代许多被"遗漏"的,"另类"的东西的。我不相信那个时期,人的情感、观念、表达方法就那么统一。为了寻找"遗漏"的"珠宝",真花费了不少时间。翻过不少作品集、选集,各种过去的杂志,从《人民文学》,到许多重要省份的杂志。结果非常失望,好像并没有发现让人振奋的东西,或者说很少。去年曹(文轩)老师跟作家林斤澜他们编当代的短篇小说选,在50—70年代这个阶段，也是想发现一些被遗漏的"珠子"。我等着他能有新的发现。可是他打电话，却回过头来征求我的意见，问我有没有发现，我说我还想问你有没有发现呢！（学生大笑）。他在电话里大致讲了他们的选目，那个选目跟我设想的差别不很大，总是赵树理的小说、路翎的小说、孙犁的小说等等，就是那些作品。所以，知道陈思和先生在发掘、重构当代文学史的另一线索，我总有点怀疑它的可能性。

当然，进入80年代之后，陆续出版、发现了一些新的作品，它们也已经逐渐地进入文学史写作中来了。比如上面提到的《傅雷家书》。《傅雷家书》出版在80年代初，流行很广，销量很大，所收书信陆续有所补充。80年代在当代文学史中，散文部分一般来说没有讲到这个书信集，但是现在有许多文学史把这个作品写进去了。《从文家书》、《张中晓随笔》是最近才公开出版的。《从文家书》收入沈从文和张兆和40年代末到50年代中期的一批来往信件，大概是到1957年前后。《无梦楼随笔》收从张中晓的遗稿中发现的一些读书、思考的笔记片断。同学们大多没听说过张中晓这个名字，但他是当时非常"著名"的"胡风分子"。说他著名，最主要是《关于胡风反革命集团的材料》（人民出版社1955年版）中，收了张中晓给胡风的几封信。在这些书信加的按语中，对张中晓加的按语很厉害。张中晓在给胡风的信中，批评了毛泽东的《讲话》。他在创作思想上，和胡风的主张很相同，强调主观、热情、苦难。从这种理解出发，他说他讨厌《讲话》中的"暴露"、"歌颂"的讲法，说应该换成痛苦、欢乐、追求和梦想。张中晓还说《讲话》也许在延安时期是有用的，现在是不行了，说"帮闲们""奉之若图腾"，拿它来"屠杀生灵"。还有就是他说的"我脾气变了许多，几乎恨一切人"的话。不过，据80年代一

不过，当时也曾有过担心，这样挖掘"异端"所重构的当代文学史，会不会让人产生对"历史"的另一种误解？这是个需要思考的问题。

> 张中晓,一个文质彬彬,眉目清秀的瘦弱的青年,穿着那个年月大家都穿的中山装,藏青色,整洁,也就是二十出头吧。这样的书生,"反革命"能"反"到哪儿去呢?怎么就容不得他呢?

对于张中晓的信的删节拼凑的情形,参见《无梦楼随笔》中的《青春祭——记张中晓与胡风》(梅志)一文。

些材料的公布,张中晓的这封说"恨一切人","对这个社会秩序,我憎恨"的信,是被断章取义的。这些话都有上下文的。张中晓那个时候,肺病很重,没有工作,情绪很坏。在《材料》中,经过这么一编排,加上编者按语的阐释发挥,他在当时我们的印象里,就"构造"成了很凶恶,很疯狂的反革命。而且,不知道为什么,我当时还认定他是个老头子。这次,读了《无梦楼随笔》,最让我震动的倒不是那些笔记的内容,而是书的前面张中晓的那张照片。50年代初在北海白塔前面,一个文质彬彬,眉目清秀的瘦弱的青年,穿着那个年月大家都穿的中山装,藏青色,整洁,也就是二十出头吧。这样的书生,"反革命"能"反"到哪儿去呢?怎么就容不得他呢?想想真觉得不可思议。他1955年被捕入狱到他去世(大概是文革还没开始的时候)的情况,已经无法弄清楚。是哪一天死的,在什么情况下死的,没有人能确切知道。没有亲属,留下的照片好像也只有这一张。"时间"不是"公正"的吗?可是,才不过三四十年,留下的痕迹已经不多了。当然,从文学史研究的角度说,这些在监狱中,或者在其他的异常环境下写下的笔记,这些关于思想哲学等方面的片断思考,是不是可以归入文学作品,是可以讨论的。《从文家书》中的有一些篇章,从我们通常的所谓的"文学性"的理解来衡量,进入文学史的讨论范围,困难应该小一些。不过,"文学性"也是一个问题,下面还会讨论到。

我刚才讲到,突破原来的文学史体例,原来那种对材料的选择方式,在80年代后期,我也曾经产生过这种想法。我参加过《当代文学概观》的写作,后来又修订过,名字改叫《当代中国文学概观》,修订本是1986年出来的。第二年,也就是1987年,我和张钟老师到黄山参加中央电大当代文学的一个教学会,当时我也是中央电

> 我看我们有点不诚实。至少是有一种严重的"学术惰性"。

大的主讲教师,当然,去参加这个会,主要还是我以前没有到过黄山。我跟张老师讨论过《概观》的问题。我开玩笑说,我们这本书第一句话就有问题。"序言"一开头这么讲:"1949年中华人民共和国成立,标志着我国进入了社会主义历史时期,历史的巨手同时揭开了我国社会主义当代文学的篇章。"这种叙述方法,是当代文学史通常都会使用的,讲法大同小异。但是,这种说法很含糊,抓不住。我当时跟张钟讨论,"历史的巨手"指的是什么?"篇章"是怎样揭开的?"社会主义文学"这个概念又是什么含义?我们当时编书的时候,没有讨论过这些问题,没有对这些概念的内涵作过界定。如果说"社会主义文学"是指用马克思主义作为指导性的世界观来观察世界,来进行写作的话,是在作品中着重表现"工农兵"形象,并且表现了对历史进步的乐观想像的话,那么,"社会主义文学"能涵盖"新时期"以后的很多文学现象,很多作品吗?能说北岛的诗是"社会主义文学"吗?顾城的诗又怎么样?王安忆的小说呢?汪曾祺的小说呢?更不说什么"先锋小说"、"新历史小说"了。可是许多教科书,一打开,就说翻开了"新的一页",进入了"社会主义文学"的时期。如果用来指称十七年和文革的大部分创作还说得过去的话,80年代以后的情况,就不能自圆其说了。这些问题本来是非常显露的,不难看出来的矛盾现象,但是,没有人对这些提出疑问。我看我们有点不诚实。如果这话说得太重,至少是有一种严重的"学术惰性"。当时我跟张钟商量,将来我们可不可以编这样一种文学史,就是以我们所确立的"文学性"、"文学审美"的标准,来对1949年以后的文学材料重新选择,来建构有自己特点的文学史著作。他当时也觉得很好,但是后来我们没有做。

没有做的原因很多。从我自己来说,遇到了几个难题,当时觉

> 这种叙述方式,在"当代"的历史写作中是一种常见的方式。它在抹去一切裂痕的过程中来支撑这一叙述的确定的"真理"性质。

从90年代后期以来，"文学性"一直是文学界的重要话题。这一讨论，是以对80年代文学实践，对80年代建构的"纯文学"想像的历史反思和批判作为前提的。其中，李陀的《漫谈"纯文学"》（《北京文学》1999年第3期）一文，起到引发热烈讨论的作用。

得很难解决。第一个问题，我们提出要用"文学性"的标准来选择文学材料，选择作家作品，那么"文学性"的标准是什么？"文学性"不是一说就明白的，在我们的理解中总是相当含糊，难以把握的。不要说"文学性"的高低，就是"文学"和"非文学"的界限，有时候也觉得非常难划分。举个例子，比如说鲁迅的杂文，或者说杂文这种文体，究竟它是不是文学，一直有争论。50年代，当时中文系的主任杨晦先生就反对把鲁迅的杂文当作文学作品来讲，他提出的理由是，鲁迅杂文虽然有很多"形象"，但是这些"形象"并没有具备一种独立的意义，它只是起到说明、论证一种观点的作用，是一些比喻性形象。杨晦先生提出的判定"文学"和"非文学"的标准是，"形象"应该有它的独立性，或者说"自足性"，在作品当中拥有独立的品格。我们现在知道，这种观点是站不住脚的。不要说很多的散文，就是很多所谓的"政治小说"、"政治诗"，还有寓言性作品，都会被排除在"文学"之外。另外一个问题，"文学性"高低的判断也很困难。这个问题，更多的成分，是关系到自信心的问题。如果是自己平时读书，我可以从自己的兴趣和爱好出发来做选择和判断。比如说我喜欢这些作品，不喜欢那些作品。这种选择、判断，和个人的性格，生活经历，文化修养，阅读习惯有很多牵连。但是我没有信心说，实际上也不能说，我不喜欢，不太喜欢的那些作品，就不能进入以"文学性"作为标准的文学史。常常是，有一些文学界评价很高的创作，并不能引起我的兴趣，而我明白，我的兴趣相当不可靠。这是当时遇到的一个难题。

我曾经给《北京文学》写过一篇短文，叫《问题的批评》（1997年第5期），里面有这样一段话，表明了一个时间我的困惑。"你还坚持浪漫主义的情感是'真切'和'自然流露'的说法吗？你主张'没有形象就没有艺术'的标准吗？你信奉俄国形式主义的'陌生化'的理解吗？你能用'象征、玄学'作为衡量创作水准的尺度吗？'状态性'、平面化、无深度等等，在今天是不是也已构成了一种最新的衡文的规则？……"当然我不是说我们在评价作品上，已经没有任何共同点，但是，评价上"分裂"的现象在现在十分明显。这种"分裂"的突出，说明了我们生活的社会的"分化"，同时，也说明原先，比如文革或文革之前那种文化评价的机制已经崩溃，它的权威性已经坍塌。从个人的角度看，说到文学评价的困难，主要还不是理论上。我们所设定的"衡文"标尺，其实主要不是根据某些条文、理论，大半是来自我们的阅读经验。我的文学阅读范围并不大，我担心这种有些狭窄的阅读，导致"尺度"的偏狭。当时曾经具体想过，按照这种"文学性"标准，什么作品应该汰除，什么作品应该入选，结果发现被列入的作品非常的少，特别是 50—70 年代。很多作品都觉得缺乏"文学性"。那么这个文学史就空空洞洞的，没有作家没有作品，写什么文学史？所以，这个所谓"文学性"作为标准的文学史，根本就没法动手。

  80 年代之后，出现了一批所谓"复出"的诗人、作家，包括在 1955 年成为"胡风分子"，或者 1957 年成为"右派"的作家。"复出"的诗人也被称作"归来"的诗人。这两个词，很好地说明了这些作家的身份和自我意识。他们是在一种非正常的情况下，被抛离了正常的生活轨道，现在又重新回到原先的位置。这种"归来"意识，成为他们写作的主题，同时构成对他们的束缚。只有少数的"复出"作家、诗人能突破这种"归来情结"。不过，这个问题再谈下去就离题了，不在这里讨论。这些作家、诗人，主要是诗人在 50—70 年代写下一些诗，这些诗是秘密写的，当时不可能发表，80 年代以后才陆续公开发表。这些诗已经被大家经常引用,文学史也会经常提到。比如说曾卓的《悬崖边的树》、《有赠》。《悬崖边的树》这首诗,谢冕老师有过很"经典"的分析。写 50—60 年代受难的知识分子心理、精神上的畸形状态;这棵树被吹到平原尽头的临近深谷的悬崖上,孤独、寂寞,但又倔强,"似乎即将跌进深谷里,却又像是要展翅飞翔"。还有艾青的《鱼化石》,这两首诗,几乎成了这个特殊年代受难知识分子心理的概括。不过,艾青的《鱼化石》写在他"复出"之后。牛汉文革期间在湖北咸宁的"五七干校"也写过不少诗,包括《悼念一棵枫树》、《华南虎》、《半棵树》等。还有绿原,文革期间写过《重读〈圣经〉》,他的《又一个哥伦布》,应该是写在因胡风事件入狱的时候。这样的诗还有流沙河的《故园九咏》、《梦西安》、《情诗六首》,蔡其矫的《祈求》。这都是写在 50—70 年代。当然,穆旦文革临近结束前后的那组诗,如《智慧之歌》、《演出》、《春》、《夏》、《秋》、《冬》、《停电之后》,大家都很熟悉了。

还有就是"知青"在 70 年代写的诗。知青的写作,当然我是说那些在当时被看作"异端"的创作,最早的是食指(郭路生)1968 年开始的作品,后来有"白洋淀诗派"在文革期间写的作品,有舒婷、顾城写在 70 年代的诗,还有一些手抄本小说。——这些"复出"作家和知青的作品,可以说构成了当代文学在 70 年代以前被称为"异端"的这个线索,或者说过去"遗漏"的作品。其实,"遗漏"这个词用在这里不是很恰当,下面还要谈到。这是一些"碎片",发现了这些作品以后,大家都很兴奋,想把它们串连起来,使当代文学变得稍微丰富一些,或者说,改变它的整体面貌。

但是后来又觉得一些问题不好处理。看来,犹豫不决,思前想后,什么事都做不成。这就是我在前面的课中谈到的,在这些作品写作时间的确定上遇到的问题。这些诗有的篇末注明了写作的时间，如"写于1961年"，1972年等等，但是它们公开在刊物上发表，是在80—90年代。这样就会出现文学史工作中的作品"系年"的问题，究竟我们把它们定在什么年代上。我们假设它们确实写在1961或1972年，一般来说，我们好像也没有理由不相信，但是这些作品在当时并没有产生什么影响。它们或者放在抽屉里，或者根本就没有写下来，存放在脑子里。写出来的，也不会有多少读者。这就是说，并没有构成一种"文学事实"，构成文学事实是在它们公开发表的80—90年代。当然，这里的情形要有所区别。像文革中的诗，手抄本小说，当时是产生过影响的，已经构成了一种文学事实。有的就不是这样。第二个问题，有的诗，标明是写在60年代，或者70年代。随便举个例子，如曾卓的诗《有赠》，流沙河的《情诗六首》，分别标明是写在1961和1966年。但它在刊物上公开发表的时间，是80年代。那么，从1961、1966到80年代，也就是从写作到发表期间，作者有没有进行过修改？特别是发表的时候？如果有的话，修改的程度怎么样？如果做了修改，而且是重要的修改，这些作品的写作时间还能定在61和66年吗？这个问题我在80年代中期就遇到过。那时给留学生上课，讲顾城的诗，像《我是一个任性的孩子》、《生命幻想曲》等。顾城有的诗说是写在1972年，有些诗是写在69、70年前后。在课堂上我还说，顾城很小的时候，大概八九岁上小学，就写过一些精彩的像格言一样的小诗，我还在黑板上抄了几首。课间休息的时候，一个美国学生问我，老师你根据什么认为这些诗写在69年或者还要更早一点的时间？我说我根据的是顾城自己谈诗的文章，还有诗后头标明的写作时间。这个学生也没有反驳我，但是摇摇头，完全是不相信，甚至有点讥讽的眼神。我说顾城很早熟，

罗贝尔·埃斯卡皮认为，"'发表'一词……是供众人支配的意思"。"为了使一部作品真正成为独立自主的现象，成为创造物，就必须使它同自己的创造者脱离，在众人中独自走自己的路。"(《文学社会学》36—37页。浙江人民出版社1987年版)该书还引述了让-保罗·萨特在《文学是什么？》中的意见："为了使文学出现，必须具有一种具体的行为，它就叫做阅读……文学只能随着这种阅读的延续而延续。除去这一条，纸上就只留着黑色的污迹。"(112页)

> 对 50—70 年代,我们总有寻找"异端"声音的冲动,来支持我们关于这段文学并不是完全单一,苍白的想像。

但他们还是不相信,不相信上小学的时候就对政治那么敏感,对社会生活做那样的概括。这个问题没有办法解决,我提不出有力的证据证实那些诗一定写在那个时候。那个学生当然也没有材料证明不是写在那个时候。就这样不了了之。

文革期间,还有文革前的那条"异端"的,秘密的文学线索,这方面的材料,我们只有某些当事人的陈述,这些陈述有时又含糊不清,或有矛盾,没有别的旁证,别的方面的材料来作为印证。这使我们陷入尴尬之中。你不能不信,但又放心不下,事情就是这样。如果材料比较脆弱,经不起检验,这个文学史就很可疑。因此,在写《中国当代文学史》的时候,我曾经想过把这些发表在 80 年代以后的 50—70 年代的作品,都不放在 50—70 年代来处理,而是在 80—90 年代设立一到两章,叫作"文学化石的挖掘"之类的题目,因为它们的确是在 80—90 年代才被读者读到,被文学界评论的。后来,我还是没有这样做。我觉得这样做,可能有点刻薄,有点"残忍",不太厚道,这不大好。文学本来就是一种想像,承担我们的希望,那么,文学史就非要那么"科学"吗?对 50—70 年代,我们总有寻找"异端"声音的冲动,来支持我们关于这段文学并不是完全单一,苍白的想像。所以到后来这种想法就放弃了。我做了不一致的,也可以说是矛盾的处理。有的作品还是放在 50—70 年代范围里,有的就放在正式发表的年代。

但是,文学史史料的真实,确切,还是要坚持,或者说"追求"的。这种事情,在文学史工作中,会经常碰到。80 年代初,我在研究田间的诗的时候,就遇到这个问题。1980 年春天在南宁开"全国诗歌讨论会",我提交的论文就是研究田间的诗。这次会的焦点是对"青年诗歌"(当时,"朦胧诗"的名称还没有出现)的评价,谢冕、孙

> 现在回过头来重读文革后的伤痕、反思文学,文学主题、情节、情感、语言、叙述方式的"雷同"和"模式化",也是相当突出的现象。对这个时期的文学,现在也存在着寻找"异端"、"非主流"的冲动。

绍振先生都做了坚定支持、"保卫"北岛、顾城等的诗歌的发言。可是我的论文却是什么田间的诗，实在是十分迟钝。对田间的研究，时间拖得比较长。后来读田间1985年出版的自选集，人民文学出版社出的，叫《田间诗选》，收30—80年代的诗。我以前就知道田间这个诗人不断地修改自己的作品，从40年代后期就不断修改。有修改得好的，也有的在我看来是修改得不好的。读《田间诗选》的时候，我把他过去的一些诗集找来进行比较。在《田间诗选》中有一个栏目，叫"街头诗一束"，收了15首，跟他过去的诗集一比较，发现其中有8首是以前没有的，1985年才在诗选中出现。这些新出现的"街头诗"的想像方式、语言、意象的运用，都跟过去我们熟悉的他的"街头诗"有很大的不同。和《义勇军》、《假使我们不去打仗》、《坚壁》等相比很不同。比如新出现的"街头诗"有这样的句子："手抚青山，身在险峰"；"站在门前，望到天边"；"血汗来把黄土染，红心当作灯来点"；"我要大喊一声，地球，地球，来一个大翻身，让一切魔鬼在火海之中烧绝烧尽"等等。如果我们读过1958年的"大跃进"民歌的话，就会很清楚，这是典型的"大跃进"民歌的想像方式和语言方式，那种"浪漫主义"。"大跃进"民歌经常说，站在门前，或站在山里，望到"天安门"，还有"地球来个大翻身"等，这些都是"大跃进"时期的一种想像。在抗战时期，实际的生存问题是很紧迫的，哪里会有"望到天边"这样抽象、不着边际的奇想。望到天边干什么呢？这种"大跃进"民歌式的诗，在田间的诗中却说是"抗战街头诗"。当时我给一本叫《中国现代作家评传》（山东教育出版社1986年版）的书写田间的评传。我不知道新增加的"街头诗"是怎么回事。有人提醒我，最好去问问田间本人，好把这个事情落实。可是我没有去，我有点怕见名人，还怕问了会有新的麻烦，所以一次也没

在作品时间认定的处理上，有时候常让人困惑。从文学史写作的严谨、"科学性"的要求出发，自然必须有充分的证据落实作品的"写作时间"，但基于情感的因素，有时候也觉得过分"较真"，怀疑作者标识的写作时间，有悖情理，显得不大厚道。谢冕主编的十卷本《中国新诗总系》（人民文学出版社，2010，我也参加了这一工作）在这个问题上，采取了这样的处理办法：老一辈诗人（如牛汉、曾卓、穆旦、绿原等）标示写于六七十年代，在80年代才发表的诗，都放到六七十年代时间段处理，而"青年诗人"（如北岛、顾城、芒克、食指等），他们标明写于文革期间的诗，则放在公开发表的80年代，作为"80年代文学"看待。这种处理方式，不能自圆其说，自相矛盾，采用双重标准。这个处理方式其实是我最先提出的，其中透露着无奈。

有去见田间先生。但我不能不对这个可疑的现象做出说明。后来终于有了这样的一种解释：这些街头诗的原稿可能已经佚失，现在诗人根据记忆追写，不免将这一时期的文学风尚加入其中。我觉得这个讲法还比较好。（学生笑）这个意见，也写进我的一本书（《当代中国文学的艺术问题》）中。我没有说他是"伪造"或别的什么。因为许多作家我都是很崇敬的。在我的印象中，田间是很严肃、正派的，而且不是个惹是生非的人。当然，我实际上并不了解他，但总觉得在文学界争权夺利的斗争中，他好像没有什么出格的举动。所以我确实不愿意相信他会伪造自己的作品，好像也没有这个必要。

田间这个诗人，过去曾经评价比较高，经常和艾青相提并论，如1946年闻一多就这样做。他的创作的评价，现在当然是比较低了。他的命运也不是很好。我在《1956：百花时代》这本书中提到他。丁玲在中央文学讲习所当所长的时候，田间和康濯两个人都是讲习所的秘书长。后来1955年在秘密批判"丁玲、陈企霞反党集团"的时候，康濯跟田间都被连累。康濯这个作家大概是很机灵的，他很知道怎么调整自己的立场、态度，他表现很好，可能是"立功补过"吧，所以作家协会党组给中央写的报告里头，说康濯表现很好，"免于追究"。田间就有点想不开，觉得这个事情很严重而自杀，差点就死了。我想他可能抗战时期写过许多的街头诗，当时的街头诗，有的印成诗传单，有的写在石头上、墙上，没有留下底稿。1958年重新追忆的时候，会加上当时的想像和语言风尚，用语，想像方式等等。田间从60年代到他去世的80年代，一直生活在"大跃进"的关于"人间天堂"、"人间乐园"的幻觉中，一直走不出来。他的诗也没什么变化。这个事情，是很奇怪的。

这是谈到作品的年代的问题。其实50—70年代距离我们生活

在作家、诗人的评价上，既反映一个时期的文学风尚，也体现了不同艺术主张的批评家的见解。闻一多40年代高度评价田间，与田间当时在解放区创作的新路向相关。相反，胡风则认为田间是从原有基点上的后退。

的年代,这段时间,相隔并不是很长,对于一个评论家或文学史的研究者来说,有时候甚至可以忽略这个时间跨度。从文学史对史实的要求来说,当然要求准确。但是,对于作品的评论、阐释来说,早几年晚几年有多大关系呢?一篇作品或一本书,早几年或晚几年发表或出版,有时候并不是很重要的事情。那么为什么在当代文学史中,这成为一个敏感而值得注意的问题呢?因为文革结束所划分的这些时期,在我们现在的普遍性理解中,有一种对比的性质,或者说发生了比较大的变化,发生了"断裂"。50—70年代,文学写作和作家的表达,受到比较严酷的控制,"自由表达"的空间狭小。到了80年代,这种想像、表达的空间得到很大的拓展。那么,在这样不同环境中写作的成果,的确不能随便混淆。如果说蔡其矫的《祈求》,牛汉的《华南虎》,绿原的《重读〈圣经〉》这些包含有尖锐的批判性的作品,不是写在文革中,而是写在文革后,这些诗对我们产生的感染力,它们的价值,不会完全一样。这是为什么我们要注意年代的原因。再举一个例子说,冯至的《北游及其他》这个诗集,写作出版在20年代末。我第一次读,是1958年和谢冕、孙玉石老师在和平里编写《中国新诗发展概况》的时候。读的是解放前的版本,现在忘了具体的出版社和出版日期。80年代我重读时,用的版本是50年代人民文学出版社的《冯至诗文选集》,发现和当初的印象不一样。一对比,知道冯至做了许多改动。一是词语上的,语言习惯上的,另外是把他认为是消极的思想情绪,改成"健康"、"积极"的。我想,我们以后如果谈到他的这部诗集,谈到50年代的修改本,应该指明是"写于20年代末,修改于50年代",不能笼统说它写在20年代。负责任的作家自己也不应该这样说,不应该这样"误导"读者。

有各种各样的作品,有的和外部环境紧密相关,对它的阐释很

> 对作品写作年代的考辨与争论,事实上与我们对"时代"的看法有关。

记得在90年代初，他的"第11交响曲(1905)"，曾一度在乐迷中流行，特别是海廷克指挥音乐大会堂交响乐团的那个录音。这种"流行"，也和"时代"有关系。

欧阳江河这首诗，在对萧斯塔柯维奇身世和音乐的理解上，不知道是否受到所罗门·伏尔科夫《见证》一书的影响？1999年我上课时，还没有读过这本书。《见证》70年代后期在美国出版。作者是苏联的音乐学者，1979年移居美国。他自己说，从1971年起，萧氏接受他访谈的建议，《见证》是萧氏的口述记录。大陆中译本出版在1981年，译者叶琼芳，书名为《萧斯塔科维奇回忆录》（外文出版社；花城出版社1998重版时改名《见证》，台湾中文译本书名为《证言》）。书中以萧氏口吻说："我大部分的交响曲是为遭受迫害的亡魂所立的墓碑，……太多同伴冤死后，连遗骨何处都不知道。唯有音乐可以弥补憾恨，我要奉献我的音乐给所有的受害者。"——这也就是欧阳江河的"数十万亡魂的悲泣响彻其间"的意思。但是，这本书一直他受争议，它的真实性受到怀疑。它既没有录音，没有原始记录稿，也没有萧氏授权的证明。而萧氏的遗孀，他的一些亲友、同事也纷纷出来否定。因而，在许多历史学家和音乐史家眼里，这部口述回忆录无法信而可征。台湾音乐人徐昭宇有专题论著涉及这一争议（《假作真时真也假——〈证言〉争议史》）。《见证》一书的争议史，是观察某一特定时空的人和事的复杂性的典型"案例"，它的价值，相信不限于萧斯塔柯维奇的研究本身。

难脱离作品生产的社会政治背景，有的与环境的关联就间接一些。比如说帕斯捷尔纳克的《日瓦格医生》，写在40—50年代，写作和发表的时间问题，就很重要。如果写在现在，作品的意义就不会一样，当然，整个写作也会发生很大变化。音乐也是这样。比如苏联作曲家萧斯塔柯维奇的作品，我们也应该把这个作曲家的许多作品放在那个时代里来衡量，才能够注意其中的一些东西。他的一些交响乐，有些尖锐、不和谐的音响，表现了一种紧张的情绪，同时又有一些嘲讽的色彩，这些东西的产生，当然跟作家自己的性格有关，但是我相信也跟他所处的时代，他在这个时代的命运有关系。欧阳江河有一首诗，叫《萧斯塔柯维奇：等待枪杀》（诗集《谁去谁留》，第10页，湖南文艺出版社1997年版）说：

> 他的全部音乐都是一次自悼
> 数十万亡魂的悲泣响彻其间
> 一些人头落下来，像无望的果实
> 里面滚动着半个世纪的空虚和血
> 因此这些音乐听起来才那样遥远
> 那样低沉，像头上没有天空
> 那样紧张不安，像头骨在身体里跳舞

欧阳江河的诗，既表达了他对音乐的理解，也讲了他对萧斯塔柯维奇所处时代的理解。当然萧斯塔柯维奇是个复杂的作曲家。他也写了许多并不很出色的作品。比如50年代前期，我听过许多他的电影配乐，《攻克柏林》、《伟大的公民》、《易北河会师》、《马克西姆的青年时代》、《革命摇篮维堡区》、《带枪的人》、《青年近卫军》、《牛虹》等等。这些电影我都看过。我不太清楚这些电影配乐现在的价值,但肯定不会是他最好的作品;音乐界好像不再提它们,他们推崇的是他的一些交响曲和后期的弦乐四重奏。

"对抗性"的线索

　　以上是我放弃建构"异端文学史"的原因,也就是在作品年代上遇到的困难。还有一个原因也需要提出来,这也是研究当代文学史中涉及的一个问题。我们有时候会把50—70年代的文学过程,看成是两种对抗力量的互相争斗、抗争的过程。这两种力量,代表截然对立的意识形态。我觉得这个看法可能也需要检讨。

　　上星期五德国海德堡大学的瓦格纳教授来北大讲课,在陈平原老师的课上。他讲的是"公共空间"问题,具体对象是晚清的《申报》,研究当时这一重要媒体。陈平原老师可能觉得我的研究在观念上比较落后,方法也需要改进,对我说你来听一听,我就去听了(学生笑)。瓦格纳教授的课讲得很好,他对晚清那一段的材料很熟悉,而且他直言不讳地批评中国学界的研究不重视材料。他举了一个例子,人民大学新闻系是研究中国报刊史很出名的,但是资料室没有《申报》,连缩微胶卷、复印本也没有。他说,没有这些材料怎么研究呢?他说他们国外的学者比较重视中国的材料书,而不重视中国学者写的著作,不愿意买中国学者写的著作。这听起来有点悲凉。当然也没关系,中国学者写的书还有中国人看,中国有这么多人,也不错了(学生大笑)。国外的汉学学者的研究当然有许多很出色,对国内的研究也产生了很大影响。不过,也不必太迷信。有的国外学者的研究,和中国的情况,好像也存在一些隔膜。他们关注的事情,和我们也不很一样。

> 以"二元对立"的思路来分析50—70年代当代文学,在一段时间是颇流行的思路。有必要研究这种思想方法产生的根据。

瓦格纳教授讲完课，中文系请他吃饭。我跟他从"一教"[1]走到勺园，路上聊天。谈到对50年代之后中国大陆"公共空间"的理解的问题。这样，便引出了当代文学中的那条我们称为"非正统"或"异端"的线索。他说到中国当代历史剧的问题，认为有两条不同的线索，一条是郭沫若为代表的线索，就是一种配合政治的、配合主流意识形态的、歌颂性的历史剧，比如郭沫若的《蔡文姬》、《武则天》。这都是一些"翻案"的戏，《蔡文姬》为曹操翻案，《武则天》为武则天翻案，都是配合当时形势的作品。他认为当代历史剧还存在另一条线索，这条线索和前面的一条，构成"对抗"的关系，是以田汉、孟超、吴晗为代表的。举的作品有吴晗的《海瑞罢官》、孟超的《李慧娘》、田汉的《谢瑶环》，还有田汉写在1958年的《关汉卿》。认为这些作品是对当时的政治进行对抗。我听了以后有点吃惊，不太同意他的看法，就开始争辩起来。我说，至少《关汉卿》这个作品是不能够列入你所说的对抗性的"异端"创作来看待。他当然也不同意我的看法。因为很快就到了勺园，这件事就不了了之。

按照我们，也就是大多数中国学者的看法，好像不做这样的理解。《关汉卿》发表在1958年，那一年，关汉卿被列为"世界文化名人"之一来纪念。当时社会主义阵营有一个组织，叫"世界和平理事会"，每年都会推出几位已经去世的文化名人来纪念，包括中国、西欧、俄国的古典作家和个别的现代作家。1958年是关汉卿逝世700周年。当然是不是逝世700周年也还是疑问，因为关汉卿的生卒年是个可疑的事情。田汉接受了这么一个任务，编写一个剧本来歌颂元代这个戏剧家。《关汉卿》这个剧，大家都知道，它的确突出关汉卿用杂剧作为武器，来对抗当时的暴政这么一个主题。这个剧有些细节还是有根据的，但是大的事件、情节是虚构的。当时的评论界，

因为是路上的交谈，这里转述他的主要观点。是不是准确，不能确定。但大意应该不差。

---

[1] 北大第一教学楼，建于50年代，设备已很简陋、陈旧。

一般认为,田汉是以"一直战斗着的梨园领袖"的身份,来写"战斗在 13 世纪的梨园领袖的形象"。这话是戏剧评论家戴不凡先生说的(《响当当的一粒铜豌豆——读话剧剧本〈关汉卿〉断想》,《文艺报》1959 年第 16 期)。也就是说,田汉写关汉卿,是拿他自己当成关汉卿来写。这是一种浪漫主义的创作方法。这个剧确实抨击了专横、残暴的贪官污吏,为受枉屈的弱者鸣冤。但是,能不能把它当成是在影射现实的政治呢?我认为是很难站得住脚的。

我们知道,从 50 年代开始,对古典文学的评价,在思想倾向方面,有一些很重要的尺度,一个是"人民性",另外还有"爱国主义",也是一个很重要的尺度。"人民性"的概念应该是从苏联过来的,它的理论根据是列宁的"两种文化"的论述。一种是统治阶级的文化,一种是人民的文化。50 年代衡量古典作品是"进步"的,还是"反动"的,"进步"到什么程度,价值高不高,其中一个很重要的因素,就是它的"人民性"的高低。所谓"人民性"在当时的理解,就是看能不能体现人民的利益,对当时的统治者的黑暗的揭露、同情人民的疾苦等等。所以 50 年代,对杜甫诗的评价,比对李白的评价要高,特别是他的"三吏"、"三别"这样的"写实"倾向的诗歌。对关汉卿的评价也是这么一个尺度。为了证明关汉卿是一个"伟大"的戏剧家,当时的很多文章都特别强调他的杂剧对黑暗统治的抗争,对下层百姓的同情。田汉也是按照这样的思路来构思剧本的。因此,对田汉的话剧也都从这个角度,给了很高评价。

当时对这个剧发表批评意见的不多,好像只有杨晦先生,就是过去我们中文系主任。他当时发表了论关汉卿的两篇长文,在对古典作家的评价标准上,和其他研究者并没有大的不同。但是他不同意田汉把关汉卿写成一个"战士"。他说在十三四世纪时期的元蒙

> 我不同意将田汉话剧《关汉卿》作政治对抗性的理解,现在也还是这样认为。但是,这并不否定对这个时期一些作品内涵的多层、复杂,和可能的隐秘寄托的分析。这种寄托,有时候并非确定的政治观念,而是情感性的流露。程光炜在他的《文化的转轨——"鲁郭茅巴老曹"在中国》(2004)中,就尝试从事件、文本中发现缝隙,深入探索郭沫若、茅盾、老舍、曹禺等人在当代的处境、思想情感的矛盾。

有的事情，仅靠文本内部结构的分析，不一定能做出较为恰切的判断；在这类问题上，还是要看到文里和文外。

当时的研究者不能容忍杨晦的这个说法，现在有些研究者，也不愿意了解社会环境和人的复杂性。这反映了一种相当牢固的思想逻辑。

统治下，这个关汉卿的形象"就太简单化了"；"关汉卿要是像田汉同志笔下的那样，恐怕他就不可能在那个污浊的泥坑里滚下去，要知道，那是跟猪在泥坑打滚的情形十分近似的呢！而且他也就不可能，事实上也不容许他写出那样多的戏曲来呀"（《论关汉卿》，《文学研究》1958年第2期）。这可以说是当代人对一个材料很少的历史人物的不同想像。这个"猪在泥坑打滚"的说法，很使那些把关汉卿当成"战士"的人生气，他们写文章反驳了杨晦先生。杨先生还认为《西厢记》是关汉卿的作品，好像也没有什么人同意他的这个说法。这些好像是题外话。我想说的是，有的事情，仅靠文本内部结构的分析，不一定能做出较为恰切的判断；在这类问题上，还是要看到文里和文外。

问题到底出在哪里？我第一堂课讲到，那种"历史体验"有时候还是很重要的。有的研究者，想当然地把当时的许多作品都归到一种对抗性，或者一种"异端"作品的范围里，实际上并不完全是这样。我在《中国当代文学史》中对这些问题的处理，就比较慎重，有时也处理得很含混。这本书的第十章，用了"在主流之外"和"非主流文学"这样的说法，我紧接着便作了许多的限定，许多的说明。我说，"非主流"是一个"历史的"概念，"它相对于不同阶段的那些被接纳、被肯定、被推崇的主张和创作而言"，"它的范围、性质，与当时文学'规范'的状况有关"。虽然很啰嗦，还是很必要的。举另外的例子来说，在1958年的时候，因为"大跃进"的形势，当时认为流传很广的《唐诗三百首》选诗的标准很不对，所以找人重选，出版了《新编唐诗三百首》。很多作品都换了，加进了很多表现社会黑暗，表现、同情人民苦难的作品。如果我们这个尺度不慎重把握的话，也会把这种编选方式，把这个选本归入对当时政治的一种抗议。这

> 对于那些"非主流"的文学,我们在文学史上要做的,是要研究究竟偏离到什么程度,在什么点上偏离了当时的规范主题或规范叙述。

种讲法距实际情形太远了。即使一些被我们列入"异端"、"非主流"范围的作品,对它们的性质的分析,对文本的解读,也应该具体对待。邓拓、廖沫沙、吴晗的"三家村"的杂文,不能说成是对当时统治的抗议,尽管姚文元在文革开始时,批判它们是"反党"的。邓拓、廖沫沙、吴晗当时都是政府的"高级干部",就像瓦格纳教授说的,他们都是"高官"。邓拓当时是北京市委书记,主管宣传的,吴晗是北京市的副市长,廖沫沙也是北京市的高级干部,统战部长。他们在《三家村札记》、《燕山夜话》中所体现的一种观点,是政权内部一种比较"开明"的观点,是另一种思想和政策的反映。对于50—70年代的"非主流"文学,它们的偏离程度和性质,应该给予限定,而且要给予分析、说明。把当代文学中一些偏离"规范"的东西处理为完全对立的,这是一种值得考虑的处理方法。我们在文学史上要做的,是要研究究竟偏离到什么程度,在什么点上偏离了当时的规范主题或规范叙述。比如说路翎的《洼地上的"战役"》,在什么地方偏离了当时规范的叙述,它在哪些地方引起了谴责和批判?而不能笼统地放置在当时肯定的那些作品的对立面上。虽然作家因为这些作品受到很大的打击,在当时被说成是反党、反社会主义,甚至反革命,但是现在我们的研究,正是要给予澄清。不能够采取这样一种简单的处理方式。这是我对这个问题的一些理解。

> 另外,把是否"偏离"规范,偏离的程度大小简单当作价值判断的尺度,也是需要思考的问题。

目前大家在讲到50—70年代文学的时候,经常应用"一体化"这个概念。我的《中国当代文学史》也多次使用这个概念,不过在许多地方我都用引号把它括起来。这个概念用起来很顺手,但是它的含义也应该做一些分析。"一体化"并不是一种"单一化"。"一体化"在我的印象里应该是指当时整个文学格局的一种总体状况、趋向而言。而且"一体化"是一个历史概念,在各个不同阶段它的具体内

《中国当代文学史》在描述50—70年代文学时期特征时,使用了"一体化"的概念。这个说法受到一些批评。后来,我陆续写了《当代文学的"一体化"》(2000)和《当代文学史中的"非主流"文学》(2005),作了解释和补充阐述。我的意思是,当代文学中"一体化"和"非主流文学"等概念,虽然是描述这个时期文学总体特征的有效概念,不过,它们也是历史性的、"流动"的概念;既是结果的标识,更是在说明一个过程。而归根结底,使用这些说法,不是为了笼统地封闭历史,而是为了开发对多种文化构成在当代纠结、冲突的深入研究。

涵也是有差别的。在这样一个文学阶段中,它是一种文学的要求,而且是一种强制性的规范要求,它以国家的权力作为保证。保证文学的题材、风格、主题,甚至人物、语言,达到一种统一化的要求。但是这种统一化规范、要求,在不同的阶段也会作出不同的调整。而且统一的规范,不管有多么强大的国家权力的保证,也不可能达到"纯粹"和"绝对"。这就出现了一种陈思和先生所说的"多层性"。这种"多层性"不仅体现在作家、作品之间,比如这个作家和那个作家之间,这个作家的这部作品和另一部作品之间,而且也常常体现在某一部作品的内部。同时,这种"多层性",也并不是处于对立或者对抗的格局中,它们的关系也不都是那么清晰。

概念和叙述的"清理"

上面谈了在当代文学史研究中,试图寻找"突破"的一些想法。这些想法,没有实行就放弃了,一些是出于对所依据的那种文学史观念的怀疑,有的是觉得做起来存在许多困难,就退却了。比如要花那么多的精力去搜求被"遗漏"的材料,去做调查,访问作家和有关的当事人,寻找可以获得的档案材料,真觉得做不来,时间和精力都不允许。

90年代之后,好像又回过头来,试着采用一种"清理"的方法,来清理当代文学史原来的概念和叙述。从研究的重点来说,主要不是把作家作品、文学运动等等,从特定的历史语境中抽取出来,用自己所信奉的价值尺度,比如政治的尺度,或者审美尺度,来作出判断,加以评价;而是努力把问题,把作家作品放回到"历史情境"之中去观察,来看某一部作品,某一种体裁、某一类题材、某一个概念,有什么样的和历史关联的形态特征,还有这种特征的演化的情况,关注这种形态产生和演化的环境与条件。我在《中国当代文学史》的"前言"中,把这种方法叫作"增加我们'靠近''历史'的方法"。这种想法,或者说研究的角度、思路,自然不是什么新东西。就我们系的老师说,钱理群提出"历史的现场感",陈平原提出"触摸历史",意思都是相近[1]。"触摸","现场感"这些说法很不错,我看比"回到历史"的"回到"要好,要有分寸些,比"回到"较不容易引起误解,也指明这种"靠近"历史是一种追求,带有意向性的含义。

这种方法,换一种说法,也可以叫"历史批评"的方法。所谓"历史批评"的方法,用特雷西的话说,就是"那些被作为事实陈述的事情是如何成为事实的"。也就是说,"那些过去似乎是如此自然的历史和社会风俗,现在却被理解为不是自然的表达而是史的表达"(《诠释学、宗教、希望》第65页)。在我们过去的文学史中,那些我们经常使用,习焉不察的事实、概念、评价,是如何形成的,是通过什么样的办法"构造"出来的?——这是90年代我的主要思路。我有一篇文章叫《"当代文学"的概念》(《文学评论》1998年第5期),就是按照这样的思路写的。通过这种"清理",能够使过去那些表面看起来很严密,统一的叙述露出裂痕,能够在整体板块里头,看起来很平滑、被词语所抹平的"板块"里头,发现错动和裂缝,然后来揭露其中的矛盾性和差异。这种方法是在原先已有的叙述的结论上发现问题,或者说,把既有的叙述"终点"作为出发的"起点"。比如"当代文学"这个概念,80年代以来,许多人对这个概念不满意,议论很多,但又扔不掉它,无可奈何。当代文学界经常议论的是,"当代文学"这个概念究竟合不合理,能不能用它来概括50年代以来的文学历史?另外一个问题是,1949年能不能作为"当代文学"的起点。如果不能的话,文学分期是不是应该尝试另一种分析方法?

---

[1] 参见钱理群:《中国当代文学史写作笔谈》,《文学评论》(北京)2000年第1期。

还有这个概念本身,许多当代文学研究者都认为应该替换。因为这个概念包含一种"暧昧性",很妨碍大家对"当代文学"的理解。"当代文学"老是让人觉得是"当前"的文学,这导致了语义上的含混,和"当代"与"史"之间的矛盾。另外,"当代文学"老是没有终点,不断地,无限制地延伸,这一点也是让大家很烦恼的问题。教"当代文学"的虽然被许多人看作"没有学问",但却是有点辛苦。这叫作没有功劳也有苦劳。比如说"现代文学"1949年就止住了,也就30年。"当代文学"老是没完没了。而且现在作品越来越多,每年几百部、近千部的长篇,中短篇就更多了。每年新出现的作家也很不少。说老实话,许多作品我都没读过:这哪有资格研究"当代文学"?所以,许多人希望给它一个下限。当然,提出这种建议的,大致是年过半百、精力已经不济的人,像我这样的。但是,时限究竟划在什么地方?又用什么样的名目来取代?也是很费心思的问题,到现在也没有见到好的办法,只好由它"当代文学"地下去。

但是我考虑"当代文学"的概念,思路不完全这样。具体的想法是:承认"中国当代文学"是一个已经使用了好多年的概念,而且,这种分期方法在相当长的时间里,已经成为既定的事实,在很多文学史中已经做过这样的表达。"清理"的方法要做的工作是,"当代文学"是什么时候提出的?怎样提出的?它的出现形成了什么样的文学分期方法?这个概念的提出和相关的分期方法有怎样的"意识形态"含义?——对过去使用的概念,叙述方法,不是急着把它们抛弃,寻找替代的概括方式和叙述方法;虽然这些概念和叙述方法很可能被淘汰,被取代。

我说过对这些概念、叙述方法要"挽留"。这种"挽留",当然不是简单认同,也不是继续沿袭。轻易抛弃的话,有许多重要问题会

<small>"挽留"这个说法的发明权,应该属于曹文轩,是他在对《中国当代文学史》的笔谈文章中提</small>

随着这些具有体系性的概念和叙述的消失而消失，这是很可惜的。因此，《中国当代文学史》在总体框架上，并没有很大的变化。过去当代文学史的格局，如以题材分类来描述作家的方法，我也还在使用。当然，这种使用有许多的不同。举个例子说，比如说"题材"问题。"题材"为什么在当代文学中是非常重要的问题？它和左翼革命文学的文学理想是什么样的关系？为什么从50年代开始，会把文学创作区分为"工业题材"、"农业题材"、"军事题材"、"革命历史题材"这样一些范畴、概念？这些概念是在什么意义上产生的？好像除了斯大林时期的苏联以外，没有一个国家会有按照社会经济生活的行业、门类来划分文学类型的这种情况。那么为什么会出现这种概念？有了工业，政府设了工业部，文学也相应有"工业题材"；有农业部，也有"农业题材"；有国防部，就有"军事题材"。这想起来有点怪。但是从这种划分方法，也可以看到中国当代文学的一个重要的特点，就是：这种文学是国家、政党"组织"、管理的文学。国家、政党不仅要组织工业、农业的生产，军队的建设，而且要"组织"文学的生产，组织精神产品的生产。

"组织生产"是本世纪初俄国革命胜利后，20年代苏联的"无产阶级文化派"提出来的。他们认为文化、精神产品的生产也应该跟工业、农业的生产一样，应该由国家、政党按照拟定的计划，有步骤地实施，加以组织。而且他们提出一种"文学工厂"的设想，就是要组织一种专门的机构，把一些作家，特别是工业、农业领域中工农出身的作家，集中到"文学工厂"里来，按照国家的需要来生产。所以在20—30年代，和这个概念相对应的，又有了"社会订货"的概念。著名的诗人马雅可夫斯基曾经有一段时间非常拥护这种做法。他在分析诗歌时，诗的好坏的第一条标准，就是"社会订货感"

出来的。他的文章题目就是《对一个概念的无声挽留》（《文学评论》2000年第1期）。令人感到意外的是，"当代文学"这个概念现在还是在使用，还没有寿终正寝，也还没有灵童转世。但无论如何，它终将有消亡的那一天的。

在当代中国，1958年前后和文革期间，按照"社会订货"来"组织生产"的文学（文艺）生产活动，表现得最为突出。

是明确,还是模糊,提出要"把当前的、迫切的问题贯穿到作者和读者的抒情境界中去"(《诗歌分析》,《马雅可夫斯基选集》第 5 卷,第 156 页,人民文学出版社 1961 年版)。就是社会迫切需要什么样的产品,我们来生产什么样的产品。"社会需要"如何体现呢?在那个时期,很大程度上是由国家、政党来表达的。因此,这种题材概念,也可以说是国家计划经济的派生物。当代"题材"概念的另一个问题,题材是划分"等级"的,不同题材的价值不相同。因此有"重大题材"、非重大题材、一般题材的区分。"题材"(指作品写到的社会生活范围)本身已具有不同的价值级别,作家自然会拥挤在"重大的"、"热门的"、"尖端的"题材上。

还有一个问题,每一个时期,文学生产"指导者"(作协等机构)又总会根据写作情况,要求写作题材要全面涵盖重要的社会生活领域,并且把这一点,作为文学取得进步、取得成绩的根据。不要说以前的,就是最近新出的一些当代文学史,在谈到当代文学的成就时,题材的覆盖的广泛、全面,还继续是重要理由之一。它们通常有这样的描述:从工厂到农村,从部队到学校,从边疆到城市,从现代到古代,不论是革命斗争题材,工业题材,农村题材,少数民族生活题材,老一辈革命家题材,国际斗争题材……在创作中都得到表现。为什么所有的社会生活领域都进入文学写作的题材领域,是文学成就的衡量标准呢?

还有一个问题,就是"题材"的历史性变迁。在 20—40 年代,现代文学有过"乡土小说"、"乡村小说"等的概念和用语。在"当代",通常使用的却是"农业题材小说"。这些说明小说类型的概念不能简单等同。"农业"这个词,倒是很恰切地提示了 50—70 年代写乡村的作品的特征,这就是小说的关注点,表现的范围,确实是"农业",农业生产和围绕农业生产开展的运动、斗争:互助组,农业合作化,人民公社,两条道路斗争等等。过去乡村小说中写到的民情风俗,家族关系等,没有留下多少痕迹了。自然,"工业题材小说"更不是过去的都市小说或市民小说。当代文学写到城市,可能认为有价值的就是工厂,工业生产。市民生活是缺乏题材意义的领域。

总之,从"题材"这个问题,便可以对这个时期文学特征、形态展开分析,同时也会触及当代文学的"生产方式"的特征,就是"组织生产"的问题。组织生产,现在也是存在的,不过不像文革和文革前那样严格、普遍。现在,包括作家协会、文联、文化部、宣传部对一个时期文艺创作方向作出的指示,要写些什么题材,出些什么作品,比如庆祝"建国50周年"组织文学作品写作。这种组织生产还建立了经常性的制度,像我们熟知的"五个一工程",和"主旋律"的提倡,献礼工程等等,这都是国家组织文艺生产的方式。不过,我要特别说明的是,这里首先不是要简单地判断这种"题材"规定,这种组织生产的方式是对的,还是有问题的。我们首先要做的,是这些概念的具体含义,和特定文学体制,文学理念,文化政治的关系。说到"组织生产",信仰"写作自由"的人可能会觉得很可笑,作家写什么,怎样写,应该由他自己选择、决定。这一点,大概没有什么疑问。而且,对八九十年代文学的"进步"的肯定,作家的"自主性"总是被着重提到的因素。可是,如果我们不对"自由"、"自主"抱有幻想和迷信的话,很容易就能看到它的限度。在今天,存在着另一只强大的"组织生产"的无形的手,一种看不见的力量,这就是被叫作"市场"的"怪物"。我们每个人,要想摆脱是很不容易的。有的强调创作的自主性的作家,其实他的一举一动,都围绕着文化市场的需求转,被这只手所操纵。这一点,我们会看得越来越清楚。

> 在文学(文艺)创作上使用"工程"这个词,很传神地显现了文学生产的当代特征。政府有关部门成立的"重大革命历史题材影视创作领导小组",也是组织生产的领导机构。

不要说五六十年代，就是 80 年代以来，我们编写的当代文学史所使用的许多概念，和基本的叙述方法，还有评价体系，实际上是 40 年代后期就开始确立的。它主要不是文学史家后来的归纳，主要是文学界的权威批评家，文艺界的领导者的设定。他们在确立一种文学方向，推动这种"方向"实现的过程中，同时也确立了概念和叙述方式。或者更确切说，这种概念和叙述方式的确立，正是为着"当代文学"的生成。我们作为一个研究者，把"当代文学"作为研究的对象的时候，毫无疑问，作为"当代文学"重要构成的概念，即它的话语方式，也必然是我们的研究对象。有一位教当代文学的老师来信说，过去，在她的观念里，"'当代文学'是'我们的'当代文学，而你的当代文学就是'当代文学'。"这话听起来有些拗口，却很好地说明了研究的立场、视角的问题。当然，这样说，并不是说"'我们的'当代文学"的研究视角就没有价值了。

> "当代文学"不是"我们"的当代文学，也不是"他们"的当代文学。它仅仅是"当代文学"。

下面我要介绍日本的一位叫丸山真男的学者的观点。这些观点，我是读孙歌的文章了解到的。丸山真男在谈到研究对象的时候说，只有把研究对象作为独立的存在，承认它具有独立的语境，这种研究才能深入了解对象的内在逻辑。他引用了德国社会学家曼海姆的话："学问的自由的前提，就在于试图把任何其他集团，任何其他的人都置于'他在'之中加以把握的根本性的好奇心。"[1] 其实，这应该是"常识"，但有时"常识"容易被忽视，所以，现在有一句话，叫作"回到常识"。可以设想一下，作为"当代文学"构成的理论、观念和现象，如果它们一开始就简单地转化为我们的历史叙述，而不是成为我们历史研究的审察对象，而且，我们时时不忘记把我们的影像投射到对象的身上去，那么，研究还如何开展呢？

过去，许多当代文学史叙述的根据、"源头"，就是毛主席的《讲

---

[1] 参见孙歌：《文学的位置》，《学术思想评论》第 3 辑，第 49—50 页，沈阳：辽宁大学出版社，1998 年版。

话》,是周扬在第一次文代会上的报告,他在第二、第三次文代会上的报告,是《坚决贯彻毛泽东文艺路线》、《文艺战线上的一场大辩论》、《为最广大的人民群众服务》等重要文章、社论。《纪要》(《林彪同志委托江青同志召开的部队文艺工作座谈会纪要》)现在当然被我们看成是个反面的、反动的材料,但是,它所使用的概念,它的叙述体系,与周扬等的文章、报告,并没有根本的不同,因此可以说它也一起在继续影响我们的历史叙述。这种叙述方式,叙述体系,没有得到很好的"反省"就直接进入我们近年的当代文学史中,这反映了研究、思考的限度。我不是说这些概念、叙述方法都是不对的,应该全部予以清除。不是这样。说要"反省",是不把它们看作本质化的、不言自明的东西。把它们放在历史语境中加以分析,探讨这些概念,这些评价体系是在什么样的条件中产生的,它们的具体含义,它们的限度。这些概念,叙述,本来就属于某种特定的观念和制度,但是它被本质化了,实体化了,我们也接受了这种本质化,结局只能是陷在这种牢固的成规之网中。

"内部研究"

前面讲到的这种"清理"的方法,也可以叫作"内部研究"的方法。说起"内部研究",大家很容易就想到韦勒克对文学研究所作的"外部"和"内部"研究的划分。我这里说的"内部",意思不完全这样。前面我提到孙歌的文章,她的文章发表在《学术思想评论》这个刊物上[1]。孙歌是中国社科院文学所的研究员,文章题目是《文学的位置——丸山真男的两难之境》。丸山真男前面已经提到过了,他是日本政治思想史学者,前些年刚去世(1914—1996)。里面讲到,丸山真男高度评价野间宏,因为丸山从他那里找到了一种带有

---

[1]《学术思想评论》由贺照田主编,到1998年底,已出版4辑。辽宁大学出版社出版。

普遍意义的工作方式，这就是"通过从对象内部把握它来达到否定它的目的"。这也就是我在前面讲到的"历史批评"的方法吧。

> "历史主义"的"内部研究"；能深入到对象内部，较具备瓦解对象的内在逻辑的功能。

孙歌文章说到，面对历史对象，从外部对它进行批判比较容易，但是这种外部的态度很难深入到对象中去，不具备瓦解它的内在逻辑的功能。而"历史主义"的态度是深入到对象中去理解对象的内在逻辑（《学术思想评论》第3辑，第43—44页）。丸山把这两种方法，称作"启蒙主义"的和"历史主义"的方法。80年代以来，在中国现当代文学的研究中，我们体验到这种外部的、"启蒙主义"的视角所发挥的批判的力量。今天，它的弱点、局限也得到充分暴露。这种方法，过分信任一种普遍性的理论和法则的力量，忽视了对象的具体性，个别性的方面。

前些年很流行的对中国现代或当代知识分子、作家的类型划分，大体上就是这种方法的成果。它的批判性力量，和它的粗糙的归纳方式，都在这种分析中同时显示。著名的比如李泽厚先生、刘小枫先生的分析。刘小枫在《流亡话语和意识形态——关于20世纪流亡文化的话语社会学简论》这篇文章中，谈到20世纪在俄国、中国的三种知识分子类型。一种是认同于"总体性形态话语"，相信这种主导的、总体性话语的"科学性"和"道义性"，主动放弃原先的信仰和世界观；第二种是在"总体话语"和"个人言说"之间徘徊的知识分子；第三种类型是维护"个体言说"的重要性的知识分子（《这一代人的怕和爱》，第136—145页）。

这种分析贯穿着明确无误的理论框架和价值判定。对"知识分子"的分析、划分，自然是重要的。在历史过程中，不同的人有不同的表现，态度，不能采取抹煞区别的方法来处理。否则，是对历史的不负责任。因而，刘小枫说了这样的话："知识分子类型问题亦绝非

> 非主导的"异端"也同样具有"固定化"的可能,因而和所谓的"正统"具有相同的结构。

无关紧要。"但是,这种分析存在的问题,同样显而易见。它在理论上可能是有效的,在分析的具体实践上,却会遇到许多困难,许多复杂的问题。更为重要的一点是,"总体话语"与"个体话语"之间的界限、边界,并不总是那么清晰;正如丸山真男所指出的,非主导的"异端"也同样具有"固定化"的可能,因而和所谓的"正统"具有相同的结构。目前,这种"外部"视角的方式,在当代文学的研究,特别是所谓"宏观研究"中,仍十分流行。我自己也深受影响,同学们能很容易看到就存在于我现在讲授的这门课中。

当然,不是说只有"历史主义"的,内部的视角才是好的,别的应该抛弃。这种"历史主义"的方法,丸山真男指出,它的难点在于很容易被对象同化,因为认同式的"理解"而丧失批判精神。指出这一点是十分重要的。为着深入对象中去,"理解"对象的内在逻辑,抑制简单的暴露式的处理方法,和道德主义的感情冲动,是必要的。抑制一开始就做出评价的欲望,抑制强烈的感情介入;虽然在文学史写作中,评价是不可避免的,但是过度的评价,过度的情感介入,也是有害的,会使一些问题受到遮蔽,一些问题不能得到展开。但是,在这个过程中,你也得冒失去批判精神的风险。所以,丸山说,"理解他者","理解"并不等于"赞成",它不包含把对方合理化和正当化的意图(《学术思想评论》第3辑,第49页)。这些说起来都容易理解,不过,做起来会有许多困难。或者像上面说的,容易把自己的影像投入到对象中("我们的"当代文学),或者又容易抱一种冷漠的,"客观主义"的态度。

这两种情况,在我编的这本《中国当代文学史》里面应该都有。对这本书,我听到两种不同的批评,两种不同的反应:有的说我不敢讲,怕"出问题",因此许多问题缺乏展开,不够尖锐没有讲

> 昌切在《学术立场还是启蒙立场》(《文学评论》2001年第1期)中谈到我写的《中国当代文学史》,指出"虽然著者谨言慎行,尽量保持中性的学术立场,……但常常……不自觉地偏离学术立场,认同启蒙性质的概念","游移于学术立场与启蒙立场之间,可惜也未能很好地解决这个问题"。

根据这本当代文学史，我编写了一个"中国当代文学"的提纲，供同等学历硕士学位考试用。出版社领导认为"不妥"。学位办公室说应由专家来做鉴定。先后鉴定的专家有赵园、刘锡庆、张炯、杨匡汉、曹文轩、谢冕等先生。他们都说没有什么大不妥之处。但还是不行。这个提纲就不了了之，没有了下文。

透。当然"不敢讲"的确是有这个成分，因为我是个比较胆小怕事的人，很尖锐的话虽然有时也想讲，但也怕讲（学生笑）。另一种批评是这本书"政治倾向不妥"。这是某个权威的出高等教育方面的书的出版社领导的批语。"不妥"大概就是有问题，政治立场有问题的意思。这两方面的批评，对同一本书看法距离这样远，这也从一个方面看到当代文学史研究分歧的严重。但是从另一方面说，又反映了这本书存在的矛盾和缺陷，也就是孙歌在文章中说的"两难"。两难是一种无法摆脱的命运，不管在什么样的意义上说。

　　当然，如果谈到具体处理的技术，也有一点考虑，这就是觉得不需要讲很多。我觉得我们现在的教材太细，这是为了考试用的。有的事情分析得太多，太细，反而不好，反而把其中的复杂含义缩减了。只需要把"基本事实"（当然是经过编排的，而不是现在常说的什么"原生态"）讲出来就够了。至于这个事实说明了什么问题，留给读者做。举一个也许有点不沾边的例子。你们读过艾青的短诗《鱼化石》吗？好像我前面已经提到过。这是现在的许多新诗选本都要选的一首诗，是艾青"复出"时写的，一首在体制上常见的"咏物诗"。诗里写到的，是原来在浪花里跳跃的，动作活泼、精力旺盛的生命，"不幸遇到火山爆发，／也可能是地震，／你失去了自由，被埋进了灰尘"；在过了多少亿年之后，地质勘察者在岩层里发现了"你"，形态"依然栩栩如生"。诗的第4和第5节是这样的："但你是沉默的，／连叹息也没有，／鳞和鳍都完整，／却不能动弹；""你绝对的静止，／对外界毫无反应，／看不见天和水，／听不见浪花的声音"。一般来说，"读诗人"会在这些质朴的叙述中，发现虽"栩栩如生"却"不能动弹"的沉痛，发现对命运的复杂感悟。不过，"说诗人"不愿意事情就这么含含糊糊地过去，紧接着他便出面来对形象的意义加以阐说:"凝视一片化石,/傻瓜也得到教训:/离开了斗争,/就没有生命。"不知道同学是什么印象,我读到这里,不夸张地说,真的"非常失望"!人的生活的具体性和体验的复杂性,被我们的常常按捺不住的概括肢解,简化了。

在《1956:百花时代》中,我谈到丁玲和周扬之间的矛盾,谈到丁玲1955年被打成"反党集团"的事。有的人认为我讲得不够,或者我的倾向性不鲜明。我确实只是"罗列"了当时指控丁玲的主要材料,意思是让读者了解在50年代的时候,把一个人打成"反党集团"的成员,根据是什么。这样也就够了。太多的说明并没有必要。况且,我真的不知道周扬当时为什么非要把丁玲打倒不可。另一个方面,我也不赞同把过去的不幸者、失败者、受难者过分美化、英雄化。80年代以来,当代的受难者成了"文化英雄",这是理所当然的。这体现了历史演化的趋向。但是也要警惕过分的"英雄化"。比如,因为丁玲当时被打倒,就说她在文艺主张、文艺路线上跟周扬等有严重分歧,是在坚持一种"正确"的路线。我不清楚这种判断有什么根据。她在50年代前期,是被作为实践毛泽东文艺路线的杰出者来褒扬的。她写的论文,如《到群众中去落户》等,她批评萧也牧的文章《作为一种倾向看》,都坚定维护毛泽东文艺路线的正统性,并没有出现在文艺主张上像胡风和周扬那样的分歧。究竟是什么原因,真的不可能做非常明确的判定。当然可能有许多个人恩怨,比如当时批判时,有人揭发丁玲在《太阳照在桑乾河上》写的文采,是影射周扬的。文采在小说里当然不是个太正面(当然也不好说是"反面")的人物。还有人说,在40年代在解放区的时候,周扬的爱子死了,丁玲幸灾乐祸。但是,丁玲对这些指控,都做了反驳、澄清。这当然透露出他们之间的个人恩怨。一个更为重要的线索

> 文学艺术虽说会被看作很纯洁,有很高的精神性,但是,在宗派、集团和个人利益,在权力的分配、占有上的争斗、冲突,和其他领域并没有什么不同。

是,中国文艺界,包括左翼文艺界内部存在的宗派矛盾。这一点,倒是许多研究者都谈到的。左联时期的分裂,延安时期的"鲁艺"和"文抗"的不同山头,等等。文学艺术虽说会被看作很纯洁,有很高的精神性,但是,在宗派、集团和个人利益,在权力的分配、占有上的争斗、冲突,和其他领域并没有什么不同。特别是,在文学领域充分政治结构化之后,斗争的尖锐,甚至残酷,可以说是必然的。

第三讲 断裂与承续

"断裂":作为一种现象

在文学史研究上,文学分期是一个"基础的",同时是一个重要的问题。文学史分期,在很大程度上,是对历史过程中断裂和承续的关系的理解。推广来说,断裂和变革应该说是一种"现代"现象。不管是在中国还是西方都是这么一种情况。但是对中国近一百多年的历史来说,"断裂"、变革的现象和思潮特别激烈,而且特别频繁。我们常说的"20世纪中国文学"——对了,对"20世纪中国文学"这个提法,有一些研究者提出了质疑;韩毓海老师就不只一次地说,"世纪"是一个西方的概念,是基督教的一种纪年方式。用它来描述、概括中国文学历史并不合适。他的这个看法,大概体现了美国学者柯文的"在中国发现历史"的观念和方法,也就是不是"西方中心观",而是"中国中心观",从中国"内部"来考察中国的历史进程。所以他认为需要对这个(或这类)概念进行重新思考。但是这个问题我在这里肯定谈不清楚,也缺乏准备,现在先不去管它。我们还是"20世纪中国文学"吧。

在这一个世纪中,"断裂"的现象特别多,而且在一个时期内,也特别受到注意。在1990年出版的《作家的姿态与自我意识》这本小书的第四章"超越渴望"中,我曾经谈到,在80年代的时候,"突破"、"变革"、"超越"这么一些词,是使用频率非常高的一组词。这表现了当时文学界对于变革的非常强烈的愿望和期待。在与历史的关联上,"变革"是强调一种"切断",而不是强调"承续",不是强调历史的连续性。变革、突破、创新,80年代活跃着这样的普遍性意识。我们系当代文学研究生和老师都很熟悉,并且有的时候还引用的黄子平的一句名言:"创新的狗追得我们连撒尿的工夫都没

> 在80年代的时候,"突破"、"变革"、"超越"这么一些词,是使用频率非常高的一组词。这表现了当时文学界对于变革的非常强烈的愿望和期待。

有。"这大概是他读研究生的时候说的。这种心理、情绪,实际上也是"后发展国家",或者我们所说的"发展中国家"的一种普遍性的心态。其实不光是 80 年代,在这个世纪,在"当代",都一直存在着,我们对这些也很容易理解,容易产生共鸣,引发我们的想像。这种现象和心态,像 50 年代的"多快好省"的总路线,1956 年的"跑步进入社会主义",1958 年的"大跃进","超英赶美","一天等于二十年":这样一些口号的提出,都根源于这样一种心态。毛主席的词《昆仑》,对这种观念、意识、情绪,表现得特别强烈,特别集中:"横空出世,莽昆仑,阅尽人间春色。……一万年太久,只争朝夕,要扫除一切害人虫,全无敌。"毛主席的词,包括这一首,在文革当中经常被引用。有的战斗队、战斗兵团,就有叫"横空出世"的,叫"只争朝夕"的,或者"全无敌"的。如果有一个兵团叫"独立寒秋",那很可能这个"兵团"全部成员只有一个人,所以他"独立寒秋"(笑)。

实际上在这一百多年里头,断裂和变革可以说是历史的中心主题。主张改良的、保守的思潮在这一百多年中也存在,但是在很长的时间里,在中国大陆并没有成为主要的潮流,没有取得一种支配性的地位。大家学习当代文学史,应该记得"当代"文艺界第一次批判运动,是批判电影《武训传》。对这部电影,政治思想和政治路线上,主要是批判它的"改良主义",批判改良主义的反人民的性质,文学上批判的是它的"反现实主义"。周扬的总结性质的文章,就是这样的标题:《反人民、反历史的思想和反现实主义的艺术》(《人民日报》1951 年 8 月 8 日)。因为"新中国"是革命,是武装斗争的成果;如果强调改良主义的合理性和正当性,当然,就等于质疑了革命的合理性和正当性。因此,对《武训传》引发的问题,在这样的逻辑线索中,肯定是具有严重的性质。我说的"逻辑线索",也就

> 有人把90年代称为"告别革命"的年代。"告别革命"是一种普遍性的心态。

是一个前提,在这个前提下,《武训传》的问题是严重的。这个前提,一是否认对"历史"不同阐释的合法性,另一个是否认文学写作的"修辞"性质,和作家的"虚构"的权利。如果放弃这个前提,所谓"严重性质"也就不存在了。

现在情况发生了很大的变化。在90年代,保守主义的、改良的思潮在大陆,似乎已经占据了思想文化界的中心位置。现在"时髦"的、有感染力的思想并不是革命的、剧烈变革的思想,而是保守主义的、改良的思想。所以有人把90年代称为"告别革命"的年代。"告别革命"是一种普遍性的心态。当然,这个短语也是李泽厚、刘再复两位先生的一本书的名字(《告别革命——回望二十世纪中国》)。这本书是他们的对话录。刘再复在后记中谈到李泽厚对这些对话的主旨的概括,说"这就是'告别现代,回归古典,重新探求和确立人的价值'"。对这个主旨,"后记"的解释是:"所谓回到古典,不是否定现代社会而回到古代社会,而是在文化取向上回复理性,回复人文关怀,回复文艺复兴时期和启蒙时期的一些古典的价值观念和古老命题,重新探求和确立人的价值和人的尊严。"(第308—309页)看来,这是90年代中国学者的另一次"人文精神讨论",只不过是发生于海外,参加的人也少得多。

90年代的人文精神探求问题,有它深刻的历史背景。这一点,刘再复在书的"后记"中也讲到。主要是两个方面。一个是近百年的政治,近百年的革命所产生的后果。另外一个是商品化、市场、金钱、广告与技术对人所产生的"异化"。更直接的原因,可能跟90年代以后苏联、东欧社会主义国家的解体,社会主义、共产主义运动出现的问题有直接的关联。当然,他们生活在"西方",又更直接感受到"机器世界"的技术统治对人的压抑。而对中国大陆的人文精

"告别革命"年代,有时被表述为"后革命时代"。不过前一个短语含有更明显的意向性和价值色彩。在中国,人们一般会把文革的结束看成"后革命时代"的开端。

但是,八九十年代"告别革命"的思潮,在90年代末到新世纪的思想界和文学界,转化为反思的对象。在文学写作上,有对于文学回应社会现实问题,以及"底层写作"的强调;在文学史上,是试图对"左翼文学"现实积极意义的揭发,对"十七年文学"的评价在一些研究者那里,也发生了与"重写文学史"时期的不同变化。当代的"人民文学"建构的理念和运作方式,这个时期代表性作家如柳青、赵树理、浩然等的地位得到提升。特别是柳青和赵树理获得持续不断的研究热情。

神提倡者来说，面对的是90年代初"市场经济"推进所产生的震撼。对刘再复他们的书，包括《放逐诸神》等，评价当然很分歧。赞成的批评的都有。以前我也读过李泽厚、刘再复的许多书和文章，但是都是分开地看。这次为了备课，就把一些重要的著作放到一起对比地看。这种"对比"，主要是"历时的"，这就能看到他们各人的不同时间论述的异同。看过以后，有两点想法。一点是，所谓"重建人文精神"，和"告别革命"，其实是一件事情的两个方面。李、刘这样鲜明的提法，虽然在90年代，但是，在文革之后，"告别"的进程已经发生。"革命"的意识形态既然已经不能成为精神支点，"寻找"也好，"重建"也好，就会提出来。但是，在他们的著作中，也会看到这十多年出现的一些变化。这是另外的一点。

《告别革命》这本书，把上世纪末从谭嗣同开始的近代"激进主义"思潮的反省和批判作为主题。它主要提出来的观点是"要改良，不要革命"。他们说的"革命"这个词稍微要做点解释。在序言中他们作了限制，明确地讲到他们所指的"革命"，不是指一切的变革行为或变革主张；他们所反对的"革命"是指以暴力的方式来推翻一种制度或政权的行为。不管是来自"左"的革命，还是来自"右"的革命。另外，还有一个注释，他们所反省的"革命""不包括反对侵略的所谓'民族革命'"（第4页）。我想，这里指的大概是抗日战争之类的事件——民族危亡时刻对日本帝国主义的反抗。他们的历史观，在这个对话录中表现得很清楚：赞成英国式的"改良"，不赞成法国式的"革命"。不赞成像丹东、罗伯斯庇尔的雅各宾派的革命，就是"法国大革命"的"激进派"。李泽厚回顾了世纪初，康有为、梁启超在辛亥革命前夕和孙中山的"革命派"关于"革命"与"改良"的争论，康有为提出了"君主立宪"，提出"托古改制"或"虚君共和"，实

"那些认为革命阻碍了中国现代进程的人，忘了中国现代民族国家的形成伴随着旷日持久的革命。……正是革命使现代因素渗入到中国的各个阶层，最广泛地完成了现代文化'启蒙'，革命造成的民族国家缔造了统一的国内市场……在20世纪中国的条件下，导致了统一的现代民族国家的'革命'，把整个社会空前组织起来的'革命'难道就是一个可以超越的'历史阶段'？"（韩毓海：《知识的战术研究：当代社会关键词》127页。中央编译出版社2002年版）

际上都是一种英国式的改良。李泽厚说,康有为提出的这种主张现在看起来很有道理。他认为我们过去对康、梁批判太多,这个"案"现在应该"翻过来"。刘再复也认为,康、梁很有远见,比孙中山更了解中国。而且李泽厚说,革命是一种能量的"消耗",改良则是一种能量的"积累"。他们在这本书中猛烈地批评"革命拜物教"。

我们做文学研究的人,对革命史、政治思想史缺乏了解,对社会改革方案和政治实践,所知也不多(其实也不能说不了解,从中学开始,这些问题就广泛分布在我们的各种课程中,我主要说的是缺乏深入的研究、思考)。所以很难对他们这种观点作出判断,也就是这种主张和思潮的根据与合理性。这里主要谈的是一些观点变化的激烈。我们知道,李泽厚在文革结束的时候,曾经产生过很大的影响,有一度曾被看成是类乎知识青年的精神领袖人物。在《告别革命》中,刘再复也说他"深受他的学说的影响",并且评价说,"百年来的中国思想界,如果没有康有为、梁启超、胡适、鲁迅,20世纪下半叶如果没有李泽厚,整个中国现代思想史就是另一种状况"。1979年出版的《中国近代思想史论》,第一版就印了3万多册,到80年代中期就印到4万多册,而且后来继续再版。在当时是一本影响很大的学术著作。当时李泽厚高举"五四"的"启蒙"旗帜,高举"民主"、"科学"的旗帜来批判当代的"封建主义"——他认为当代,特别是文革的历史,是一种类似封建"复辟"的历史行为,所以重新提出"启蒙"的历史任务。

我这里读一段李泽厚书中的话,这段话是现在评述80年代的思潮和文化状况时,经常被引用的一段。这段话可以代表李泽厚当时的思想,甚至是那个时期的"时代精神",一种浪漫主义的、启蒙主义的文化精神氛围。他说:"打倒'四人帮'后,中国进入一个苏醒

> 我在这里说,"做文学研究的人"对革命史、政治思想史缺乏了解——看来这只用在自己身上有效。一个明显的事实是,90年代中后期以来,在相当一部分学者那里,文学研究与社会政治,与思想史,与革命史的关联越来越紧密。而一些原先的文学研究者也以文学作为平台,向思想史、政治史等方面倾斜、转移。他们自觉对时代负有责任,深感"纯文学"的雕虫小技完全无法承担,而且损害承担这一责任。

的新时期：农业小生产基础和立于其上的种种观念体系、上层建筑终将消逝，四个现代化必将实现。人民民主的旗帜要在千年封建古国的上空中真正飘扬。因之，如何在深刻理解多年来沉重的经验教训的基础上，来重新看待、研究中国近代思想史上的一些问题，总结出它的科学规律，指出思想发展的客观趋向以有助于人们去主动创造历史，这在今天，比任何时候，将更是大有意义的事情。"（《中国近代思想史论》第488页，人民出版社1979年版）这段话表达了李泽厚历史乐观主义的情绪，同时也表现了当时思想文化界重新祭起"启蒙"旗帜以批判封建主义的潮流。

在《中国近代思想史论》这本书里头，他对康有为、梁启超的改良主义进行了非常激烈的抨击。在很多段落中，包括文章的整体中，都反映了这个立场。他说，改良派康有为、梁启超和整个改良派思潮，"一开始便带着它极其狭隘的阶级性格"，他们是中国近代最先反映资产阶级意图，具有一定进步性质的早期自由主义。但是后来，随着帝国主义侵略的加剧，救亡运动的高涨，阶级斗争的尖锐化，他们"必然要借助同封建君主派的勾结，来竭力压制革命，为封建君主制度辩护"。李泽厚说，"革命民主派与自由主义改良派的分歧和斗争，几乎是近代各国资产阶级民主革命中一条普遍发展规律"（第85页）。而在当时，李泽厚是站在支持、肯定革命民主派的历史功绩一边的。在这本书的《康有为思想研究》这一部分里面，他论述了"托古改制"的失败，论述了康有为"由改良倒退至反动，由资产阶级改良派变而成封建主义辩护士"，也论述"革命"到来的必然和必要。那么我们现在看到，到了90年代，李泽厚在这一方面，已经，如果不说"彻底"但也是基本上改变了他的立场。这种改变，是相当普遍的。他转而来阐述改良派的主张的合理性，正当性，对激进的革命民主派的理论、策略和行为进行反省和批判。之所以在这里做这样的对比,并不是说一个人的主张、学术观点不可以改变,主要是要说明思潮变迁的激烈。这种观念、情感趋向的变化、断裂的现象,在20世纪的中国是十分常见的。我们自己也是这样:想想十几二十年前的情绪、看法,再看看今天,有时我们自己都觉得吃惊。不过,我要补充一点的是,不能说李泽厚的历史观和80年代初的完全不同,事实上有很重要的连续线索;他80年代的思想史论著就存在内在矛盾。

如果不从政治或社会变革的角度,而从文学的角度来看,激进的、要求激烈变革的情绪,和在文学史上产生的效应,也是十分明显的。在20世纪的中国文学历史上,也留下了一串大大小小的断裂现象和时间。而且,"先锋"和"落伍"的位置转换速度之快,也令人瞠目。1932年,刘半农在《初期白话诗稿》的"序"中的一段话,常常被用来说明这种变化的急遽。刘半农这个人物,我们知道在新文化运动中很激进,是当时有名的"猛士"。他的话是:"我们这班当初努力于文艺革新的人,一挤挤成了三代以上的古人。"这句话,旷新年在他最近的著作《1928:革命文学》的开头也引用了,他是为了说明"革命文学"的提倡对于"五四"所产生的自觉"断裂"。旷新年对于中国近代以来的"革命"的观点,显然和李泽厚他们不同。"革命是现代性的最高表现形式,也是后发展国家发展现代化的重要方式"(第12页)——这是他的基本论点。"革命文学"的问题,后面可能还要讲到。总之,在30年代初,只有十多年的工夫,在激进的"革命文学"的浪潮中,"文学革命"的弄潮儿转而成为落伍者。鲁迅在这一浪潮中也受到攻击,被激进者看成"封建余孽"。

这种现象一直延续下来。在提倡"社会主义文学"的五六十年在对"断裂"的信仰中，许多文本不断被改写，以避免进入"落伍"的行列。田间改写《赶车传》，歌剧《白毛女》改编为芭蕾舞剧《白毛女》，黑白片《南征北战》改变为彩色片《南征北战》……

代，巴金、茅盾、曹禺、老舍等三四十年代的创作的"缺陷"，在一种更"前进"的艺术目标下被揭发，而像《红旗谱》、《红岩》、《创业史》等，被看成是代表社会主义文学方向的创作。到了文革，这些又变成了在"文艺黑线"中产生的"毒草"，这时，"样板戏"才是"真正的"无产阶级文艺。"朦胧诗"刚出现的时候，被许多人看作"古怪诗"，拒绝接纳。但是，在1983年前后它刚刚站住脚跟的时候，也就是说，在论争中，它的价值，它的文学史地位被比较广泛承认的时候，它也已经被"挤"到"落伍"的位置上。记得大概是1983或1984年，我参加过社会科学院文学所的一次座谈会。对文坛信息，我总是很闭塞，外界的情况很多都不大了解。参加会的有新诗研究者，诗评家，还有一些"朦胧诗"的诗人，比如顾城等。当时，会上就有关于"朦胧诗"已经"过时"的意见，并且转达了更年轻的诗人的"打倒北岛"的说法。我确实吃了一惊。觉得好不容易刚刚跟上"朦胧诗"的步伐，这个东西就过时，就"落后"了。这可怎么办？以后，我又听到关于诗的问题的各种提法。当时，作为一种激进的诗歌观念的体现，出现了"现代诗"的概念，这个概念，包含了一种价值认定。在80年代到90年代，陆续听到这样一些说法。有一种说法是，中国的现代诗是从"九叶"诗人才开始的。另一种说法是，1985年之后才有"真正的"现代诗。另一种同样"激进"的观点是，"真正的"好诗是表现"生命体验"的诗，这种诗，从90年代才开始。"真正的无产阶级文艺"，"真正的现代诗"，"真正的好诗"，80年代以后才有"真正的当代文学"，这些提法表达的文学理想虽然截然不同，但是文学的进化论观点，和激进的思想逻辑，却没有什么差别。

我们对作家所作的文学史处理方式，也是这样。80年代以来对作家的处理方式，类型的划分，包括划分"代"的处理方式，实际上也是渴望变革,渴望创新,一种要不断地处于"先锋"位置的情绪的反映。"朦胧诗"之后有"新生代","新生代"这个概念可能跟"第三代"之间有一些交叉;"新生代"之后又有"晚生代";"晚生代"之后又有"60年代作家";最近又有"70年代作家"。当然再过不久又有"80年代作家","80年代"之后可能又有"世纪末作家",或者像现在教育部评定的"跨世纪学术带头人"一样,有"跨世纪作家"。——这种"代"的划分,先不谈有没有道理或者有没有必要,实际上也是强调一种"断裂",强调以"代"发生的变异作为群体标志。这一点,和五六十年代稍有不同。那时候,这种对"时间"的强调还没有达到这样绝对的地步。有一种说法,"70年代作家"是没有"历史",没有"历史记忆"的一代,他们的作品只有"现在时",也自觉拒绝"历史"。不知道是不是这样。不过,从另一方面想,他们中的一些人,可能是承续了现代中国的一项重要"历史记忆",这就是对"断裂"的信仰。

> 对于"断裂"的信仰,是现代中国文学的一项重要的"历史记忆"。

去年(1998)朱文、韩东他们组织了一份名叫"断裂"的问卷,成为文坛的一个热点。11月在重庆开的"当代文学研究会"年会上,也谈到这个问题。大会发言时,有的做文学批评工作的先生对这份答卷非常激动地反对,说对他们,"我一个都不宽恕",表现了激烈的态度。这得到许多人的赞同。也有的态度就不是那么鲜明。从整个答卷的设计看,当然目的是明确的。不过,被提问的人的意见,也不完全相同。这个答卷所表述的一些情绪,里头可能也有一些合理成分。它采取一种激烈的方式来质疑当前的文学体制和文坛格局。我们的文学体制,文坛的格局,难道没有需要审察的地方吗?一个人的观点有时和他的处境有很大关系。1958年不是有一首"新民歌"吗?里面有两句是"什么藤结什么瓜,什么阶级说什么话"。有时我

> 在批评家和作家的关系问题上,需要反省的不是报恩之类的问题,而是批评家的独立性的问题。

批评家自是对文学现象和创作文本发言,这是他们的工作对象。但是,有精湛见解和独特文体风格的批评论著,也可以离开批评对象而获得独立的地位;并不见得一定依附作品生存,不一定就是"寄生虫"。拿现代作家、批评家来说,鲁迅、沈从文、孙犁、汪曾祺的一些批评文字,刘西渭(李健吾)的《咀华集》,苏珊·桑塔格、米兰·昆德拉的评论,以至夏志清《中国现代小说史》对某些作家作品的分析,本身就都是优美的、启人心智的"创作"。

问自己,你在大学里有一个稳定职位,还是个"名牌"大学,而且是"教授"。有的人会说,你凭什么?比你棒得多的人,为什么处境反而不如你?作家、诗人也这样。凭什么你比我出名?地位比我高?出书那么容易?还被写进文学史?我一点也不比你写得差!是的,有很多的不合理。这里面涉及体制的问题,权力的问题。当然,我也不同意答卷里面的很多讲法,包括批评家和作家的关系、作家和文学传统之间的关系。因为也骂到大学的中文系,我这四十多年来就在中文系教书。我们是常人,被人骂不会假装说很愉快。但答卷里的说法真真假假,所以也不必太认真。有的批评家说,以前辛辛苦苦扶持你,现在你反而"忘恩负义"。其实不要从这方面去想。在批评家和作家的关系问题上,需要反省的不是报恩之类的问题,而是批评家的独立性的问题。批评家要摆脱这种"依附"的"寄生"的地位,要紧的是有自己独立的意见要表达,有自己的立场和精神追求。至少应该有这样的信念,他的批评文字,和作家的创作一样,都是精神探索的不同构成。所以,批评家无须过多考虑对作家应持什么态度,是谄媚,还是反面的"骂杀"。他和作家之间是平等的,他也有自己的事情要做,他和作家的关系,也无所谓恩怨的问题。

当代文学面临的压力

对文学史研究来说,我们怎样观察"断裂"这种现象,如何提出问题呢?"断裂"当然是一种存在着的历史事实。不管"五四"文学革命是不是"现代文学"的起点,"文学革命"出现的现象,诞生的"新文学",跟过去的文学相比,不是很鲜明地构成了一种对比吗?五四文学和30年代文学之间,也出现明显的裂痕;虽然对这一断裂的性质、估计,研究者之间看法很不同。前面提到的旷新年的书,是非常强调五四和"30年代"的裂痕的,他从思想意识的方面论述这种"断裂"的性质:"李初梨、冯乃超、彭康、朱镜我等留日的青年知识分子运用崭新的马克思主义的社会科学理论对于'五四'资产阶级的现代性进行了全面的合理化批判,揭露了'五四'个人主义、自由、民主等概念的意识形态性质,摧毁了资产阶级的意识形态和阶级意识的蒙昧状态……"(第10页)抗日战争开始,在文学史上也常常被看作一种"断裂"。40—50年代之间,更是这样:因此被以"现代文学"和"当代文学"的不同命名加以分隔。十七年与文革,在一个时间里,无论激进的左派,还是它的对立面看来,也都认为是不可混淆的两个不同时期。还有就是文革与"新时期"之间的关系,也通常认为是这样一种状况。所以,文革后的文学,被称为"文学的复兴"。从上面所作的描述中,也许可以看到,被我们所指认的"文学断裂",既是指一种存在的现象,同时,指的又是一种普遍存在的心理、情绪,或者是一种姿态。在有的时候,"断裂"与其说呈现在"文本事实"中,不如说带有更多的文本外姿态成分。从这个角度看,"断裂"也是一种文学实践、文学运动的展开方式。我觉得对这个问题,可以从以上的三个方面看,虽然它们不可能清楚区分开来。

因此,在80年代的当代文学史中,"十七年"与"文革"往往被处理为两个不同的文学时期。但在后来,它们之间的界限逐渐模糊起来。

为什么会产生这种情况呢?有一个大家可能认可的理由是,文学界存在着强烈的落后意识。变革的要求,是对现实情境的强烈不满,并且希望能在很短时间里取得"突破"。文学的理想、目标,有的时候可以说成是空无依傍的,超越已有的一切的,事实上都是在与"既有的"所作的参照、对比中做出的。80年代初,许多人对"当代文学"的"贫困"的感觉,首先来自"现代文学"的参照。由于八九十年代大陆文学取得的进展,这方面的压力有所缓和。不过,在我们心理上,西方文学,包括俄苏文学对中国"当代文学"所构成的对比性压力,并没有削弱。当然,当代文学状况的估计因人而异,有时还相差很大。我听到一些老师、批评家说过他们对于中国现当代文学"落后"的尖锐评价。我在前面的课上讲到王晓明先生在《二十世纪中国文学史论·序》中表达的这种感觉。他说:"从80年代中期开始,至少在现代文学研究界,另一种更为严厉的判断逐渐生长起来:在1949年以前的30年间,虽然出现了若干优秀的作家,也有一些作品流传到今天,但从整体来看,这30年间的文学成就其实是不能令人满意的。甚至还有人坦率地说,中国现代文学的最重要的价值,恐怕就是充当思想史研究的材料。"在这里,他讲到这种判断产生的根据:"随着人们对20世纪世界文学的了解日渐广泛,那种觉得中国现代文学相形见绌的看法也日渐扩散。"他并且认为鲁迅"以世界文学的标准衡量","还不能算是伟大的作家"(《二十世纪中国文学史论》第1卷,第1—2页)。王晓明说,原来大家对"新时期"抱有很大希望,以为能出现文学的"黄金时代";现在,"一个真心热爱文学的读者",似乎有理由对整个20世纪的中国文学"表示失望了"。他在这篇"序"的最后,激情地叙述他再一次读《卡拉马佐夫兄弟》之后受到的强烈震撼和幸福感,并盼望中国文学的研究和教学,能尽早建立在诗意的阐发,建立在"文学的价值"上。可以看到,在《卡拉马佐夫兄弟》等为范本的"世界文学"的标准,也就是"诗意"的、"文学价值"的尺度的度量之下,中国这个世纪的文学便显出了它的苍白和幼稚。

有一个时期,我也有和王晓明相似的看法,虽然没有这么激烈。归根结底,我们长期以来总有不能释然的一种情绪。这种情绪也不是现在才有的。30年代文坛就有人提出,我们为什么没有托尔斯泰?当时提出这个问题,有特殊的背景,大抵是针对左翼文学的。不

> 强调"审美价值"和"文学性"的声音,目前渐见微弱。但也有一些学者,始终确认"坚守文学性的立场是文学研究者言说世界、直面生存困境的基本方式,也是无法替代的方式"(吴晓东《记忆的神话》,92页。新世界出版社2001年版)。

过,就是在"左翼"的革命文学占有绝对支配地位的时期,左翼文学已经在坚持它独立的文学观和评价体系,这个问题也没有消失。这是颇为奇怪的一件事。在五六十年代,或者是在文革期间,像周扬、江青、姚文元等,在他们的文章或者讲话中,都认为"社会主义文学",或者"真正的无产阶级文学"是人类历史上最"先进"的文学,不管在思想内容上,还是艺术形式上,都是过去和现在的"封建主义文学"和"资产阶级的文学"所不可比拟的。但是实际上,在心理上,在潜在意识上,无论是周扬,还是更激进的文艺家,他们都难以彻底摆脱这种"落后"感,很难摆脱他们要超越的这种巨大压力。

举一个例子,大家可以看一看在1958年发表的《文艺战线上的一场大辩论》(《人民日报》2月28日和同年《文艺报》第5期)。这篇文章署周扬的名字,参加执笔的有林默涵、张光年、刘白羽等人,是对文艺界"反右派"运动的总结。因为"右派分子"说解放后的文学不行,这篇文章反驳了这种说法。在证明"社会主义文学"的价值的时候,文章所展现的论述逻辑,在当时是很"典范"的,被大家普遍使用。首先它强调"社会主义文学"是"历史上前所未有的一种新型的文学",这种文学"和最先进的阶级、最先进的思想、最先进的社会制度相联系","过去任何时代的文学都不能和它相比",这包括人物形象、主题、乐观主义的历史态度等。但是,紧接着就会说,"社会主义文学还是比较年轻的文学,苏联文学从高尔基1907年发表《母亲》算起,到现在不过50年出头一点",而"我国文学明确地自觉地走上为工农兵,为社会主义服务的道路是在延安文艺座谈会以后开始的,到现在才有15年多一点"——"怎么能拿衡量几百年、几千年中所产生的东西的尺度来要求几十年中所产生的东西呢?"可以看到,在这里,"进攻"很快就转到"防守",转为辩护。这周扬原来设想这个讲座能持续举行,由他和文艺界其他的理论家主讲。但后来并没有继续,原因不明。58年批判巴金小说,我在的班级也组织相关的小组。在中宣部文艺处请教林默涵对巴金作品的看法时,林最关心的是周扬在北大报告的反应。

这里的记忆有误。50年代周扬在北大的演讲有两次,一次是1958年,题目是"马克思主义美学",另一次是59年,题目是"文学与政治"。这是他实践他这个期间"建立中国自己的马克思主义美学"主张的组成部分。"自己的……"这个短句,在当时有丰富的意涵。在周扬看来,虽然有毛泽东的《讲话》等论述,但是中国还没有像普列汉诺夫那样的系统的文艺美学;而"自己的"在当时,既蕴涵质疑"欧洲中心"的指向,也蕴涵对"苏联中心"的偏移。这方面的论述,可参看周扬1958年在河北省文学理论会议上的长篇讲话(《文艺报》1958年第17期)。

种论述逻辑,自信、勇气和犹豫、胆怯混合在一起;想抛开"旧时代文学"的衡量标尺,又没有办法抛开。我想,这可能是像周扬、何其芳、茅盾他们,都受过"封建主义",特别是"资产阶级"文学的熏陶、浸染的缘故,"鬼魂附体",想摆脱也摆脱不了——当然,很多时候其实是不愿摆脱。瞿秋白《多余的话》的结尾,讲到可以一读的,不是他在苏区实验的大众文艺那样的作品,而是《阿Q正传》、《安娜·卡列宁娜》、《红楼梦》。周扬1958年在北大演讲,题目是"文艺与政治",办公楼礼堂坐得满满的。我做了详细的笔记,后来找不到了。《周扬文集》不知道为什么没有收进这个报告。周扬在最后,讲到会很快出现无产阶级文艺高峰的时候,神采飞扬,说我们会出现我们的但丁,我们的莎士比亚,我们的托尔斯泰……周扬做报告很有感染力,是个演说家。这番话也体现了那种论述逻辑:所要超越的对象却成了目标。这就叫"悖论"。包括文革期间,像江青的《纪要》,他们组织的文章,都反复地讲过要破除"对中外文学的迷信",破除对"三十年代文学"的迷信。这都说明了这种"迷信"是现实中存在的压力。江青在指导"样板戏"制作的时候,就对《网》、《鸽子号》这样的美国电影赞不绝口。不过,比起周扬、茅盾、何其芳他们来,江青读的"中外文学"作品显然太少,艺术鉴赏力也大有问题。她迷恋的是"好莱坞式"的东西。她神采飞扬推崇的不是但丁、莎士比亚,而是《飘》这样的小说和电影。

　　一直到现在为止,这种对比、参照所产生的巨大压力,还是能够容易感受到。这种观察中国现当代文学的视角,很难摆脱。虽然说在今天,在近代史研究上,在近代文学研究上,"在中国发现历史"的思路和方法越来越被重视,学者们发现了"被压抑的现代性",质疑了西方的冲击开启了中国文学现代化的这种"陈见",指出在晚清,就存在着"文学传统内生生不息的创造力"[1]。但那好像也解决不了多大问题。

批评界说的"诺贝尔文学奖情结",也是对这种压力的反应。今年《北京文学》第4期发表了刘再复四万多字的关于诺贝尔文学奖的长篇文章,也是讨论这个问题的。对于中国作家到现在还没有得到这个奖项,通常会产生两种想法:一种是很急迫,很想得到,总想着哪一年哪个中国作家会获得这项"殊荣",证明中国文学的成就,可以和"外国文学"(主要是"西方文学")平起平坐了。因此,就发生了一百多位作家联名推荐艾青的事件。另外一种情绪就是,你那个诺贝尔文学奖有什么了不起,一点都说明不了什么;许多大作家如托尔斯泰、鲁迅就没有被评上,说明它是不公正的,是西方意识形态的产物。刘再复文章的用意,我从字里行间看出,他就是为了回应这两个问题。他首先说,诺贝尔文学奖虽然有缺点,但基本上还是公正的,以维护诺贝尔奖的权威。接着,刘再复谈到为什么我们得不到这个奖,那是因为中国文学还是有不足的地方,同时他又开出一个名单,说我们现在的作家中有得奖可能和潜力的人。刘再复在美国的科罗拉多大学,研究、翻译中国现当代文学的葛浩文先生也在这所大学,他们之间很熟悉。他列出的有潜力的作家,可能也是葛浩文的看法。这些作家,大概是莫言、李锐、余华这几位。这个名单我不知道记错了没有。刘再复可能是要告诉我们:不要着急,我们还是有希望的(学生笑)[2]。这篇文章谈论问题的方式,也体现了这种跟西方文学对比而产生的落后感。当然,我觉得刘再复的这

前些年,高行健获得诺贝尔文学奖,不过,他被认为是法籍华裔作家,与中国无关。到了2012年,莫言获奖,中国作家终于跻身这一行列,长期的焦虑之后,可以如释重负了。其实不然,还是不满意,仍有激烈的批评,如认为莫言根本不够格。当然,如果换另一位作家获奖,争议也仍会发生。这种耿耿于怀,是无法释然的梦魇。

---

[1] 参见王德威:《被压抑的现代性:没有晚清,何来五四?》,《学人》第10辑,第219—237页,南京:江苏文艺出版社,1996年版。

[2] 在整理这部书稿的时候,2000年的10月12日,终于传来了高行健获得诺贝尔文学奖的消息。这一决定,在华人圈引发了不同看法,甚至对立的争论。对于一个"作家"而言,由于目前绝大多数中国大陆读者仍未读到他的《灵山》、《一个人的圣经》等作品,便难以作出判断。但是,对于那种"终于有中国人(或华人)获奖"的兴奋,另一种反应则是,高行健是法国人,与中国无关。

> "二三千年光荣的诗底传统——那是我们底探海灯,也是我们底礁石——在那里眼光守候着我们,……我们是不能不望它的,我们是不能不和它比短量长的。我们底诗要怎样才能够配得起,且慢说超过它底标准;换句话说,怎样才能够读了一首古诗后,读我们底诗不觉得肤浅,生涩和味同嚼蜡?"(梁宗岱《诗与真·诗与真二集》,第30页,北京:外国文学出版社1984年版)

篇文章写得不错,很平易,很有逻辑上的说服力,也有很多事实。

对于现当代文学来说,中国的古典文学自然也是一种参照物。但是,在20世纪较多时间里,它没有成为像西方文学那样的非常重要的参照物。不过,诗好像是例外。中国古典诗歌对新诗构成的巨大压力,是显而易见的。30年代梁宗岱先生说过,大致意思是,中国辉煌的古典诗歌既可以是新诗的灯塔,也可以是新诗的礁石。大家可以看看郑敏先生发表在《文学评论》1993年第3期上的文章(《世纪末的回顾:汉语语言变革与中国新诗创作》),她从中国古典诗歌跟中国新诗之间的关系,特别从语言变革的方面,来质疑中国新诗道路,质疑现代白话作为诗的媒介。她的主要观点是,中国新诗因为用白话作为媒介,否定、舍弃了古典语言和古典文学传统,结果是现代汉诗至今未能出现"世界级"的诗人。她的这个看法,在国外汉学界中,也有相似的主张。如哈佛大学的著名学者宇文所安(也就是欧文,我们更熟悉欧文这个名字),还有澳大利亚国立大学的威廉·兼乐,他们都批评本世纪的汉语没有写出伟大的诗,没有可以传世的诗篇。郑敏先生是著名诗人,她90年代的诗还是写得很好。她又是研究美国文学的,对现代西方文论也很熟悉。她的意见,得到大家的重视。有赞同的,也有不同意,同她商榷的。咱们系的老师臧力——他可能觉得"力"有"暴力"倾向的嫌疑,改成"棣"了——有一篇文章,叫《现代性和新诗的评价》[1],虽然没有直接提郑敏的文章,实际上是对她这篇文章和类似看法的回应。文章开头提问题的方式就可以看到这种针对性:"为什么我们总能在对新诗进行总体评价的时候感觉到古典诗歌及其审美传统的徘徊的阴影?或者说,用范式意义上的古典诗歌来衡量新诗,其学理依据在哪里?或者,从语言的同一性出发试图弥合古典诗歌与新诗的断

---

[1] 唐晓渡主编:《现代汉诗年鉴·1998》,第280—290页。北京:中国文联出版社,1999年版。

> 关于新诗评价的争论,关系到我们关心的普遍性和特殊性的难题。

裂(或称差异)的可能性究竟是""一种切实的建议,还是一种似梦的幻想?"这篇文章的核心观点是,新诗对现代性的追求这一现象本身"已自足地构成一种新的诗歌传统的历史",因此,新诗的"评判标准是其自身的历史提供的"。新诗评价问题,已经争论了近百年,这个问题需要专门研究,但是研究起来也很难讲清楚。不过,臧棣的说法倒是挺有意思。我们是不是可以"推广"这种说法?比如说,中国现当代文学对现代性的追求,已经构成了自足的传统,因此,它的评价问题,评判的标准,也是"由其自身的历史提供的"?这样,也许能减轻"当代文学"的巨大压力?这个争论,关系到我们关心的普遍性和特殊性的难题。郑敏先生他们更相信人类有共同的审美标准;在对文学、诗作评价的时候,所持的标尺不可能是两样。而臧棣,还有现在在北大访问的学者奚密(美国加州大学戴维斯校区教授,我听过她在北大的演讲),他们强调的是"特殊性"。他们可能更倾向于,中国古典诗歌有它自身的"传统",它的评价尺度,不能简单应用在新诗评价上。如果就一般的事情,我倾向于在承认特殊性、个别性的基础上,不放弃对普遍性和共同性的寻求。说到新诗,却会更拥护奚密、臧棣的意见。这是要不得的"双重标准"。理由只有一条:那么多的诗人和新诗爱好者,近百年来付出那么多的心血,至今仍有那么多的人着迷,轻易贬损它,说它"失误",觉得实在是于心不忍。

> 奚密的演讲,后来以《现代汉诗的文化政治》为题发表,文中批评了郑敏文章的观点。见《学术思想评论》第5辑,1—19页。

为问题寻找"参照"

在参照中发现问题,和为了问题而寻找"参照":这两种思维方式,实际上很难明白区分。总的说来,在 80 年代,文学界最热门的是"西方"的现代文学,而近些年,俄苏文学又重新成为一个重要的参照对象。这个问题也是一个值得研究的文学现象。这跟90年代之后,文化思想界反思中国作家、知识分子精神、人格的弱点或缺陷的意图有关系。这种对比的基本思路是,在相近的社会状况,相近的社会政治体制之下,苏联为什么还能出现那么多"有价值"的精神成果?原因是什么?强调俄苏文学对我国当代文学具有重要参照价值的人,他们可能会觉得,在俄国和苏联的一部分文学作品和思想著作里头,表现了对独立的精神和文学传统的持续探索的热情,而这是中国"当代文学"所缺乏的。

大家都知道,这个世纪,中国文学界对俄苏文学一直都很关注,有大量的翻译介绍。但是,不同时期,为了不同的目的,因为不同的价值取向,关注的重点和阐释的方向,会出现很大的不同。90年代以来,特别是近几年,对俄国的文学、哲学、思想史等方面的著作,介绍得最多的是被称为俄国"白银时代"的作家作品。这当然和五六十年代比有很大的变化。这里,我先引述刘小枫先生的一个评述,来展开对这个问题的讨论。《这一代人的怕和爱》这本书有比较大的影响,在座的同学,相信许多都读过。里面有一章谈到巴乌斯托夫斯基的《金蔷薇》这本书。这本书应该是翻译、出版在50年代后期。我记得,大概1956年或者1957年的《人民文学》杂志的"创作谈"栏目,曾经选登了部分章节。从刘小枫文章里得知,巴乌斯托夫斯基在临终前作了全面修订,修订本的中译本也已经出版。但是修订本我还没有读到。50年代这本书出版时,我正上大学,我们班的一些同学,特别是喜欢现当代文学,爱写些东西的,都读过,是当时很受欢迎的一本书。当然,多数读者,是把它看作创作谈一类的书来读的,事实上,正如刘小枫指出的那样,它的内容和意义,不限于"创作经验"的范围。记得里面有一篇写安徒生的,叫《夜行的驿

《金蔷薇》原为李时所译。90年代,薛菲补译了巴乌斯托夫斯基写于60年代的《契河夫》、《亚历山大·勃洛克》等四篇,由漓江出版社于1997年重版。

车》，写安徒生的一次旅行。在一个夜晚，他与几位女士同坐在一辆马车上。因为安徒生的相貌比较丑，不是很好看，大概像我一样（学生笑），但他心里有很多的爱，这种爱是深厚、阔大的。但现实中不能得到，不能表达，当然，也可能得不到回应。就在这个旅行的，周围漆黑一团，谁也看不清谁的夜晚，爱得到一个想像的时机。当时读的时候，感到一种温暖，同时也体验了一种苦涩。我们从这里可以了解安徒生在诸如《海的女儿》等作品中所表达的情感。

刘小枫谈到这本书对"他"（在文章中常转化为"这一代人"这个有很大的涵盖面的词）所产生的震撼。他说，"我们的心灵不再为保尔的遭遇而流泪，而是为维罗纳晚祷的钟声而流泪。这是两种截然不同的理想"。也许是比较迟钝，在 50 年代当时，亲近保尔和亲近"维罗纳晚祷的钟声"，并没有在我的心中构成对立的冲突。但对于历史、理想等的观点这样的问题，这里不去讨论。下面要讨论的是我们如何描述具体历史情境的问题。因为这个和我们课的内容相关。刘小枫写道："在那个只能把辛酸和苦涩奉献给寒夜的时代，竟然有人想到把这本薄薄的小册子译介给没有习惯向苦难下跪的民族，至今让我百思不得其解。"（第 19—20 页）在另外一处地方又讲道："'五四'以来，中国文人对俄国文化的译介占比重相当大，似乎，对俄罗斯文化了解最多。实际恰好相反，中国文人对俄罗斯文化根本谈不上了解。他们得知的大都是与俄罗斯文化精神相悖的东西，是产生于 19 世纪下半叶的虚无主义思潮的惑人货。"（第 24 页）他使用了"根本"、"相悖"这样一些绝对化的词语。从这样一些叙述和判断，可以引发一些有意思的话题。比如，我们应该如何叙述"当代"的历史？如何叙述这个世纪中国进行的翻译和"文化传输"的活动？这里只是提出一些问题，引起同学的思考；因为对这些

> 我很相信刘小枫的一句话:"前理解从哪里得来? 从遭遇中得来。"

问题,我缺乏系统研究。不过,读了这几段话以后,我很感慨。这让我很相信刘小枫的一句话:"前理解从哪里得来? 从遭遇中得来。"他所说的"这一代人",指的是"知青"一代。其实,不仅是不同"代"的人,就是同为"这一代人"中有不同遭遇的,对"历史"的了解和描述,都会有那么多的差异。刘小枫用这样的话来描述50年代和60年代,究竟是不是合适,是不是过于简单?那是单一的"只能把辛酸和苦涩奉献给寒夜"的时代吗?《金蔷薇》的翻译出版,在当时是一个非常意外的、"百思不得其解"的事情吗?能这样来描述当年的翻译出版情况吗?这都是疑问。看来,50—60年代距离今天不过二三十年光景,但是对它的叙述,已经出现了很大的分裂。

还有一点,是对这一百年来,中国文化界对俄罗斯文化译介的估计。在历史哲学、思想信仰方面,刘小枫是批判"历史理性主义",而推重、信仰"永恒神性"和人的精神的宗教品质的。他认为,这种神学传统,是"真正的俄罗斯文化精神"。最近北京三联书店出版了别尔嘉耶夫的《俄罗斯思想》(雷永生、邱守娟译,1995年版)。别尔嘉耶夫是"十月革命"以后被驱逐出境的,属于俄国的"流亡知识分子",《俄罗斯思想》是他在巴黎写的一本著作。他对于"俄国革命"的批判,主要不是从政治上,而是从人的精神生活的合理性,从"宗教哲学"上。《日瓦格医生》其实也是这个传统。别尔嘉耶夫讲到他对俄国文化、思想精神的理解。这种理解,跟刘小枫对俄国文化精神的看法相近;或者说,刘小枫更多地从别尔嘉耶夫等人那里,来了解俄国的文化精神。《俄罗斯思想》的开头,引用了19世纪俄国诗人丘特切夫的话:"用理性不能了解俄罗斯,……在俄罗斯,只有信仰是可能的。"然后别尔嘉耶夫说,"为了理解俄罗斯,需要运用神学的信仰、希望和爱的美德"(第1页)。在书的结尾,他总结性地

> 别尔嘉耶夫的《俄罗斯思想》,是一部思想史的书。它的文体有点独特。它不是采用论证的方式,而是描述性的散文体。从书里,我们无法知道这种描述的充分根据和确切程度。它不是经验主义意义上严格的历史叙述,大致上可以看作是"创世主对于俄罗斯的期望"。不过,这些描述确实很吸引人。和中国有些学者对俄罗斯精神、文化的简单化描述不同,别尔嘉耶夫倒是充分揭示了这个民族思想、精神的复杂性、两极性。

强调:"俄罗斯民族——就其类型和就其精神结构而言是一个信仰宗教的民族。……俄罗斯的无神论、虚无主义、唯物主义都带有宗教色彩。出身于平民和劳动阶层的俄罗斯人甚至在他们脱离了东正教的时候也在继续寻找上帝和上帝的真理、探索生命的意义。"这是别尔嘉耶夫对"俄罗斯精神"的一种概括。他说,"俄罗斯人把爱看得比公正更高"(第245—246页)。这种描述,跟刘小枫的描述很相近。别尔嘉耶夫的这本书原来在苏联被列为禁书,苏联解体之后,有几家杂志把这本书翻译、刊载,也引起了苏联学术界、思想界对这个问题的辩论。

即使基于这样的理解,我觉得也不能说五四以来中国文化界对俄国文化的译介,是一些"惑人货",是和"真正的"俄罗斯精神相悖的东西。一方面,这可能把事情过分简单化了。也许如别尔嘉耶夫所说的,19世纪的俄罗斯,是一个"尖锐地分裂的世纪",是"内在的解放和紧张的精神追求和社会追求"同时存在的世纪。另外,对于产生于19世纪后期的"虚无主义思潮"——这大概指的是过去被称为"革命民主主义"的思想成果和社会实践——在评价上也是值得讨论的。20世纪以来,中国文化界对俄国文化的译介当然存在许多问题,但是也取得重要成果。对五六十年代,现在有的研究者,包括一些学生,觉得那是个什么都读不到的时期。西方文学、俄国文学都是被封锁的。实际上不是这样。50年代到60年代初这个时期,是对西方(主要是西方古典文学,尤其是19世纪以前的文学,包括俄国的)翻译很多,对一些重要作家的译介相当齐全的时期。上面的那种印象不知道是怎么产生的。包括刘小枫在他的文章中提到的许多作品,当时都有出版和发表。比如契诃夫的《带阁楼的房子》,契诃夫的大部分小说和戏剧,甚至他的一些书信和对他的

以在当时的苏联备受争议的作家陀思妥耶夫斯基为例,50年代翻译出版的小说有12种。《被侮辱与被损害的》、《罪与罚》、《白痴》、《卡拉玛佐夫兄弟》、《地下室手记》等都有译本,有的还不止一种译本。

回忆录。蒲宁、叶赛宁的作品,当时评价自然不高,但有许多我们都读过,有的是单独出版,有的是在刊物上发表,包括普里希文的散文,勃洛克的一些诗。普里希文写俄罗斯的风景,大自然,沼泽,森林,夜晚和日出,都曾经让我们着迷。更不要说普希金的著作。《欧根·奥涅金》翻译得比较晚一些,40年代才翻译的。但是很早的时候,《上尉的女儿》、《驿站长》这样一些散文式的小说,本世纪初就已经有译本了。查良铮(穆旦)先生在当代的重要功绩,就是翻译了普希金等的许多作品。在当代,当然更不用说托尔斯泰、陀思妥耶夫斯基、果戈理、赫尔岑、屠格涅夫,包括俄国革命民主主义者别林斯基、车尔尼雪夫斯基那样的著作。包括音乐、绘画——如现在又提出来的19世纪末期列维坦的风景画。音乐像格林卡、莫索尔斯基、柴可夫斯基、夏克里亚宾、普罗科菲耶夫等,在50年代都有许多介绍。上高中的时候,在南方的那个县城里,我就听过中国唱片公司出版的普罗科菲耶夫的《罗密欧与朱丽叶》组曲,好像还有夏克里亚宾的钢琴奏鸣曲。当然,那都是78转的唱片,摇摇把的唱机。在北大上学的头两年,哲学楼的101教室,几乎每个星期六晚上都有学生社团组织的唱片欣赏,包括西方的和俄国的古典音乐……在我的印象里,那个时代并不只有《钢铁是怎样炼成的》、《日日夜夜》、《收获》、《茹尔宾一家》、《青年近卫军》这样的作品。并不只有哈恰图良的《大刀进行曲》,当然,这也是一首名曲。所以,历史的情境不能这样简单地描述。就是艾特玛托夫的一些作品,在60年代也已经读到。

但是,在过去对俄罗斯文化的介绍中,确实存在这样一种情况,就是它的另一个侧面,另一个线索,在过去是受到压抑、受到限制。这不仅在中国是这样,在苏联也是这样。我看过一个材料,1953

年斯大林去世后苏联的"解冻"时期,陀思妥耶夫斯基的作品获得出版,莫斯科排长队争购。相比之下,那时中国购买、借阅这个作家的著作,倒不是困难的事情。确实,在八九十年代以前,我们没有出版过某些俄国哲学、基督神学的著作,比如索洛维约夫的,比如我们现在出版的别尔嘉耶夫、舍斯托夫的著作。在文学方面,特别是20世纪苏联的所谓非主流的文学,被压制查禁的那条文学线索,也没有获得正面的译介。50年代我知道阿赫玛托娃,并不是读了她的作品,而是读了日丹诺夫批判她的报告,说她是个"荡妇"。80年代读到她的诗,无论如何也不能将这些诗和这个词联系起来。文学的被压制的线索,还有帕斯捷尔纳克、茨维塔耶娃、阿斯塔菲耶夫、曼德尔斯塔姆、布尔加科夫、索尔仁尼琴等。俄国的形式主义文论,特别是巴赫金,在这些年的中国文学界,受到特别重视。音乐也是这样。在"新时期"以后,我听到了拉赫玛尼诺夫的交响曲,钢琴协奏曲,听到他的《钟声》、《晚祷》这样的宗教题材音乐,听到萧斯塔柯维奇的后期交响曲。这些在五六十年代确实是被封锁的,可能还包括斯特拉文斯基的《火鸟》、《春之祭》这样的作品。记得文革刚结束,有一部电影,名字我忘记了[1],里面配乐的主要旋律,就是拉赫玛尼诺夫的第二钢琴协奏曲。那时我才开始听他的音乐。北大经济系有一位老教授,是个乐迷,那时还没有CD,他有四五百盒古典音乐原声带和许多唱片,当时觉得他是那样富有。他第一次给我转录乐曲,就是拉赫玛尼诺夫的第二钢琴协奏曲和第二交响曲。记得交响曲是美国圣路易斯交响乐团的。那时真是受到感动,忧郁、哀伤和高贵、辉煌的结合,真是奇妙极了,是纯粹俄罗斯式的。不是那种狭窄的忧郁,哀伤也不过分,有一种神性的宽阔。这是文字无法表达的。许多同学都看过电影《钢琴师》,里面的钢琴师演奏的就是拉

1953年人民文学出版社出版的《苏联文学艺术问题》,是中国文学界学习"社会主义现实主义"的"教程",在当时有广泛流传。收入《苏联作家协会章程》,日丹诺夫在第一次苏联作家代表大会上的讲演,以及40年代联共(布)中央关于文学刊物,文学问题的决议和日丹诺夫的报告、讲话。在1953年3月到9月间,共印行三次,印数达三万余册。

---

[1] 后来问了戴锦华,她说应该是滕文骥导演的《苏醒》,西安电影制片厂出品。

多多当时写的一首诗《手艺》，副标题就是"和玛琳娜·茨维塔耶娃"。但我不清楚他当时的阅读是原文还是译本。

氏的第三钢琴协奏曲。他的音乐，从当时的具体情境说，好像能特别呼应走出文革之后的心理和情绪。其实，像茨维塔耶娃这样的诗人，在文革中已经引起白洋淀诗人的注意，成为他们诗歌革新的重要"资源"，在多多等写在那个时期的诗中，留下了不难辨识的痕迹。

1956年爱伦堡出版了《解冻》这个中篇。这个中篇当时中国也没有翻译出版。《文艺报》在一篇谈到苏联文学现状的文章里，把它译作《融雪天》。"解冻"这个词后来成为一个特定政治、文学时期的指称，也成为打破禁锢，出现"转折"的同义语。"解冻"在当时也意味对另一类作品的开禁，就像中国"新时期"的"重放的鲜花"的说法那样。这个被禁锢、被压抑的方面的发掘，进入当代的文化视野，毫无疑问非常重要，它有可能改变，或者说影响我们文化创造的性质和路向。但是，它和过去的翻译介绍的东西，并不是处于对立的关系中，更不能完全取代。实际上，比如说帕斯捷尔纳克的《日瓦格医生》，在文学传统和精神渊源上，跟契诃夫有非常紧密的联系。帕斯捷尔纳克对生活的看法，对文学的看法，在小说写作上具体的处理方式，甚至叙述方式，都跟契诃夫有很明显的联系。帕斯捷尔纳克在《日瓦格医生》中，通过主人公之口，来讲他对俄国文学的看法。日瓦格说，他最推崇的俄国作家是普希金和契诃夫，而并不很喜欢托尔斯泰、陀思妥耶夫斯基。这个问题将来我可能还会涉及到。因为契诃夫是以平易的方式来处理日常生活，他不在他的作品中抽象地讨论生与死的问题，"末日"的问题，"时代出路"的问题。而托尔斯泰、陀思妥耶夫斯基都在他们的作品中议论这些问题，把它们作为很重要的主题。这是帕斯捷尔纳克的一个很重要的观点。这个观点，包括他对俄国作家的评价，和他当时对"革命"所作的反思有关系。

即使谈到19世纪后半叶俄国革命民主主义者的理论、实践，恐怕也不能简单加以否定。当然，我这样说，也带有一种个人的色彩，一种具体的生活体验的成分。在50年代，我们读过不少被叫作"革命民主主义者"的文章、著作。包括别林斯基、杜勃罗留勃夫、赫尔岑、车尔尼雪夫斯基等的作品。确实，我们上学时，上"文学概论"课，常常是"斯基"和"夫"的绕不过来。"杜勃罗留波夫评论奥斯特洛夫斯基的《奥勃洛莫夫》……"——这话念起来很像是一个"绕口令"。我们读过《黑暗王国中的一线光明》，读过别林斯基对俄国文学的年度评述（我怀疑我们现在的年度评述的做法，跟这个"传统"有关），也读过别林斯基给果戈理的信。这些文章、著作，有我们当时觉得很有气势、才华横溢的东西。在50年代我们也曾经"年轻"过，对这些文章中表达的对不公正的社会的憎恶，对一个人道的社会的向往的激情，常常兴奋不已。这种感动，我现在也不特别后悔。也许他们有关文学的观念，关于俄国出路的设计，现在有许多值得检讨的地方，但好像也难以简单地把它们轻易抹去。

我在这里的这种谈论问题的方式，应该说是有缺点的。对这些问题的讨论，不能依据当时的一些记忆。按道理应该重新去看，重新阅读有关材料，和这些年的研究成果，才能做出一种比较有根据的评价。但我没有这样做。一个是精力的问题，时间的问题；另外一个是，有时也不想去重读。因为有很多这样的经验，有些记忆中的很好的东西，后来再去看，再去重新体验，会觉得很失望，然后就产生"当初你为什么会那样"的自责。结果变成心里头好的记忆都没有了，都清理空了。这样生活会变得很困难。过分清醒，这对一个人其实是很大的损失。包括在书里的，在与人交往，在大自然中所体验的东西。所以，有时不愿意

> 害怕重读，害怕再次体验的损失可能会更大，会漏掉更多的、值得珍惜的东西。在生活中，也许更应该警惕害怕"重新体验"的怯弱的情绪。

再去看那些曾经留给我很好记忆的作品，比如说《带阁楼的房子》，就不愿再去读它。

这是我们谈的外国文学和俄国文学的压力。因为到了90年代，有一个时期，文化界的热门话题是顾准，还有陈寅恪，甚至还有辜鸿铭。和80年代不同的是，"文化英雄"也换了一批。另一个不同是，这些人物之间竟是这样的不同，有这样相异的价值取向。这和80年代一定程度的一致性确实不一样。对这些问题的谈论，总会联系知识分子，特别是当代中国知识分子的性格、精神的弱点问题。弱点是从什么地方发现的，用什么作为参照来挖掘的？一个是顾准这样的人物，另外就是拿过去被压抑的俄国、苏联的文学、作家作为参照物。这里提出的一个问题是，为什么在相似的社会环境里头，俄国会出现一些后来还让读者喜爱，或者说价值很高的著作，在这些著作中有那么多的对人的生存处境和精神处境探索的东西？而中国为什么不能？这种提出问题的方式，应该是有它的合理性的，但是只是作这样的比附的话，是不是也有一些简单化的弊病？这是值得我们研究的一个问题。

"进化"的文学观

另外，文学界对"断裂"的重视和强调，还和对于文学的"进化"、"进步"的信仰有关。因为意识到了"落后"，就更增加了这种追求不断"进步"的迫切性。这种意识，现在也还是普遍存在的。比如对20世纪以来的文学的命名，我们就可以看到这种强烈的"进化"观念。五四文学革命的成果我们命名为"新文学"，但是文学革命产生的"新文学"到1928年就变得"落伍"，所以又有"革命文学"的提倡。到了40、50年代之交的时候，郭沫若、周扬提出的另一个文学命名,叫"新的人民的文艺"。50年代,"社会主义文学"的概念开始出现,1958年就有"共产主义文艺"的提法,表现了更高的级别。到了"文革"的时候,江青他们又提出来"真正的无产阶级文艺",也就是说过去的是"冒牌"的,或者"不纯粹"的。文革结束后是"新时期文学";1985年则有人提出这一年才有"真正的"当代文学——这是命名中表现的"进化"的观点。这种进化的观点强调文学的"时代性"、变动的性质;因为时代的变化,和观念的进步,文学的道路也一定呈现不断进步的,向上攀升、阶梯性的发展路向。我觉得这也是一个问题。现在是"世纪末",大家都在展望21世纪的中国文学,也是对文学有一个新的期望。所以文学界经常也跟政治等领域一样,提出"新世纪"、"新时期"、"新阶段"等等这样一些概念。我的书《作家的姿态与自我意识》就是"新世纪文丛"中的一本。这个文丛出版在1990年,它的《总序》把80年代文学称作"我国社会主义文学的'新世纪'",并预期90年代"新世纪"文学之花"生长得更旺盛,开放得更加火红、鲜艳"。一般来说,在这个问题上我比较不那么"浪漫"。因此,在1998年这套书再版的时候,我在自己的那一本里,补写了个"后记",主要是为了说明对这个"新世纪"的看法。因为我在这本书中谈到:80年代的文学是个"过渡期"。"过渡期"也是一个大家使用很多的概念。"过渡期"的说法,也是在预设了一个成熟的、更好的时期的出现。我在"后记"中说,如果现在写这本书,我不再使用"过渡期"这样的一些说法,因为不知道要"过渡"到什么地方去,而且,确实不知道将来的文学是否就比现在,或者过去好。这个说法,有点模仿鲁迅的《过客》,那个过客也不知道前面是什么地方。我们当然可以谈中国文学21世纪的路向,谈我们的理想,我们的想像,没有理想总归是不好的。但是很多变化会出人意为什么我们陷入这种对"时间"和"进化"的固执迷信之中?

料。肯定会有好作家,好作品,优秀的作品,甚至可能有杰作,但是"大繁荣"、"新世纪"之类的说法,总觉得是一种套语。马克思在他的《〈政治经济学〉批判》里头,还有一个物质生产跟艺术、精神生产之间不平衡的观点,他显然并不完全信赖"发展"和"时间",不一定认为物质生产的发展,社会的现代化程度,就一定能够产生和这种程度相适应的、更"高"的艺术,为什么我们反而陷入这种对"时间"和"进化"的固执迷信之中? 这种对文学"进步"的信仰,对"共产主义文艺"的预期,导致在"大跃进"时期,文学理论界曾经有过质疑、"颠覆"马克思论点的尝试。1959年《文艺报》第2期发表了周来祥的一篇文章:《马克思关于艺术生产与物质生产发展的不平衡规律是否适用于社会主义文学》。说马克思所论述的艺术生产和物质生产不平衡的现象,是专指剥削阶级居于统治地位的"旧社会"而言的,在社会主义制度下,已被艺术生产适应于物质生产的新现象所代替。文章作者依据的,是毛泽东的那句有名的断语,"随着经济建设的高潮的到来,不可避免地将要出现一个文化建设的高潮"。《文艺报》发表这篇文章还加了编者按,要大家参加讨论,说对这个问题的进一步探讨,"定能鼓起我们的勇气来利用新社会的一切优越条件,争取旷古未有的文学艺术大繁荣"。但是,这个讨论,这个对马克思的论点的质疑,后来并没有继续下去,草草收场。大概周扬他们的观点和当时最激进的一派还有一些区别,另外,可能在对马列主义经典作家的态度这个问题上,也有些犹豫。虽然关于文学艺术"旷古未有"的"大繁荣"的预期,后来是落空了,这丝毫也没有破坏我们这种会有大繁荣的信心。在这种情况下,在文学运动的展开上,在文学史的叙述上,就会急切划分各个时期,并赋予时期之间的"断裂"、"超越"的意义。

> 后来对"十七年"文学思潮、文学现象研究中,很少有人提到周来祥1959年发表于《文艺报》上的这篇文章。倒是荷兰的比较文学学者佛克马在他写于1965年的著作《中国文学与苏联影响(1956—1960)》中注意到它。佛克马指出,这是为当年"文学大跃进"提供的美学理论上的支持。佛克马的这部著作,在80年代初文学研究所内部刊物(《文学研究参考》)就有介绍,但中译本则迟至2011年才在中国出版(季进译,北京大学出版社)。很显然,它的参考价值对中国研究界已经大为减弱。

"断裂"、"转折",既是一种文学现象,也是文学史叙述。

对"转折"的研究

"断裂"、"转折",既是一种文学现象,也是文学史叙述。因此,接下来我要谈的对"转折"的研究,会涉及文学现象,也会涉及以往对这种现象的叙述。为了方便,我叫它作"转折的研究"。这个研究,可能会由这里提出文学史一些重要问题的"线头"。那么,我们该从什么地方下手呢?

过去的文学史编写,在处理这些"转折"的事件,或者时期的时候,通常的方式是不去做具体分析,不做深入描述,而采用判断的、结论性的方式来处理。这种文学史的撰述方式,会导致对这种转变、断裂的具体情况,没有办法弄清楚,不清楚不同的两个文学时期之间的具体联系。在学科的设置上,则产生了"古代"和"现代","现代"和"当代"之间的截然断开这样一种清晰界限。这种处理方式有它的"文化政治"涵义,或者说是一种"策略",是"断裂"的实施者和确立者的一种文学史叙述方法。比如说,我们看当代文学史,到现在为止,任何一本当代文学史,打开第一页,就会看到一种"宣告",一种断语,就是中华人民共和国的成立和第一次文代会的召开,宣告中国"当代文学"的"开端","社会主义文学时期"的开端。这是文学史叙述上的一种断裂性的处理。这种叙述方式,这种处理的潜在的意思,是为了落实这种转折或者断裂的"必然性",是"自然"发生的,是一种不可抗拒的历史规律。在这种确定的判断之后发生的一切,文学力量、派别之间的关系、冲突,文学各种因素起伏消长的事实,推动这种"转折"实现的活动、谋划,就完全被掩盖了。对"五四"以来的"新文学史"的处理,大体上也采用这个方式。"转折"、"断裂"的具体事实和过程,很少纳入我们的研究视野,好

与对"转折"的文学史撰述的宣告式处理相联系的,是把"转折"前的文学,描述为贫弱、苍白、僵化、不得不改弦更张的形势。五六十年代现代文学史对40年代后期国统区文学的描述就是这样。

文学史叙述的断裂性处理,有它的"文化政治"涵义,或者说是一种"策略"。

像已经不成问题了。

现在有些学者已经注意到这个问题。最近中国社科院文学所现代文学室[1]的刘纳先生,她出版了一本著作叫《嬗变》(中国社会科学出版社 1998 年版)。《嬗变》这本书的副标题是"辛亥革命时期至五四时期的文学"。作者的研究截取的时间,是 20 世纪初到五四前后。她把这个时间,不仅看作"过渡",而且当作一个文学时期来对待。而且,从研究的思路上看,又有意识地质疑五四新文学的倡导者,文学革命的实行者(如胡适等)对这个时期文学的否定叙述,而细致考察当时文学的具体相貌,也包括文学革命的发动和展开的情形。它实际上是认为这个时期的文学存在多种因素,多种可能性,可以有多种选择。退一步说,是认为这种历史的"必然"可能有不同的呈现方式,不同的路向。总之,这种研究思路,对我们有一定的启发意义。

当代文学史研究,我们过去也相当忽略了"转折期"的研究。比如文革和"新时期"之间的状况,就研究得不多,总觉得是很清楚,很自然的事情。特别是 40、50 年代之交的状况,从所谓的"现代文学"到"当代文学"的这个转变,究竟是怎么转变的,更是没有认真思考过。这个研究,涉及到回答"当代文学"是怎样"发生"的这个问题。韩毓海老师写过一篇文章,叫《中国当代文学的发生与现代性的问题》,刊登在《上海文学》上,得过这个刊物的奖,但什么奖我忘了。文章收进《从"红玫瑰"到"红旗"》这本书里。这是我读到的谈"当代文学"发生的文章中最好的一篇,或者谨慎说,"之一"吧,因为我读的文章可能不全。韩毓海在书中表达的"立场"也值得我们重视。他说:"只有具体、细致地了解'秩序'如何生成、确立和转化,知识分子才能有所作为,批判和介入都不是依凭那种酒神式的激

十七年,文革与"新时期"文学之间,也被叙述为一种"断裂"。对它们之间的复杂关系,现在也还没有得到充分研究。

90 年代末,对当代文学以"文革"结束为标志的转折的研究,确实没有很深入讨论,一般是描述为一种"断裂式"的变化。但在近些年,尤其是"当代文学60年"的前后,对"前30年"和"后30年"之间的关系,各自的性质,断裂与承续的具体内容,包括如何评价这前后30年,成为当代文学研究界讨论的热点。

---

[1] 在这门课快结束时,发现吉林大学中文系为申报中国现当代文学的博士点,已把刘纳请到那里去工作。

情和流于一种姿态。"(第9页)他的这本书,和别的书一起,共10本,冠以"生于60年代学人文丛"的名字,也是一套丛书吧。每本书的前面,都有"我们这一代人"的题目,作者各自表达他们对"文化立场"、"知识传统"、"代际差异"等的观点。在文学界,电影界,"代"经常是作家、诗人、导演分类的一种方法,现在,对学术研究者也要引入这种代际的类型分析的手段吗?"代"也可以成为学术的时期特征、学术个性的尺度吗?如果说"代"是必要的,是一种不容忽视的事实的话,一定要提出这种分析的基点,那么,要紧的可能是由此反省各自的生活经历和知识传统的局限,而不是像小说、诗的创作那样,把"代际差异"作为先进和落伍的界限。自然,代际分析,是出生越晚越有优势。我是出生在30年代末,假如也编一套丛书,叫"出生于30年代学人文丛",大家一定会觉得神经有点不正常。

对四五十年代的文学"转折",我虽然觉得很重要,也做过一些研究,但是不很深入、具体。如果要认真研究的话,还应该读大量的材料,包括当时的报刊杂志,特别是抗战之后出版的杂志,还有报纸的副刊,当时出版的作品,文坛状况,开展的活动,等等。但是,因为身体一直不好,力不从心,不能胜任。看到咱们系的许多老师,像研究现当代文学的曹文轩、陈平原、戴锦华、钱理群等老师,精力那么充沛,做的事情那么多,成果那么多,真是羡慕!当然,他们的成绩,最主要的是有丰厚的积累、准备,但精力旺盛,也很重要。所以对40—50年代这个重要时期的研究,希望有些同学来做。我也希望已经毕业、现在在香港岭南大学任教的陈顺馨做相关的题目,出的题目叫"香港与40—50年代的文化转折"。因为香港在这样的转折期中处在重要的位置。抗战期间和战后,许多文学界人士,包括左翼作家,来往于香港和内地。左翼文学界对"当代文学"的发生所开展的工作,有许多在香港进行。当然不仅限于左翼作家。后来,一些在国外的作家通过香港进入内地,进入"解放了的中国",也有一些作家解放之后通过香港到了台湾、国外。另外,50年代之后,香港特殊的社会文化环境,也为文学的"生产"提供另一种和台湾,和大陆不同的机遇。这些都值得研究。研究的起码条件就要掌握资料。香港中文大学的郑树森、黄继持、卢玮銮教授,做了很多工作,已经出版了好几本资料性的书[1]。

对"断裂"的讨论,在研究方法上,首先应该对目前的现、当代文学的时期划分做一些调整。我很同意许多研究者这样的说法——当然我也有这样的想法,就是,研究"当代文学"不能从1949年开始。这不只是指知识背景,或者只是问题的溯源。大家都明白,谈"当代文学"自然要对延安文学,对左翼文学的情况有深入了解。我这里说的,是一种"实体性"的研究。至少应该从1945年,就是抗战结束开始。当代文学的生成或发生,在时间上,应该是40年代下半期到50年代这样一段时间。对"当代文学"历史的叙述,应该从40年代后期开始,包括文艺上的一些论争,文艺创作的情况,文艺界各种力量的对比、组合、调整、冲突等。钱理群老师开设过40年代文学的专题课,也打算写"40年代文学史",我一直等着他的书出来。但是他好像不想做下去了,只做了一个小说方面的,而且是一部分的小说,就停了,这是很可惜的事情。当然,他可能有更重要的事要做。我们知道30年代是新文学的一个很重要的时期,出现了很多著名的、有影响的作家,而且30年代也是左翼文化建立了自己理论体系和创作成果的时期,对后来的文学产生了很重要的影响。但是,40年代的重要性,很长时间没有被认识。它的重要,可能不是像30年代那样的。这是酝酿、存在着多种文学路向、趋势的时

其中,研究的题目之一是,以杂志为中心,描述各派文学力量对于"当代文学"的想像。选择的杂志可以有:《希望》(以及《泥土》、《呼吸》),《文学杂志》,《文艺先锋》,《华北文艺》,《大众文艺丛刊》等。

---

[1] 包括1927到1941的香港新文学作品选、新文学资料选,1945到1949的香港本地和南来文人作品选,1945到1949的香港文学资料选,共五册,由香港天地图书有限公司于1998—1999年出版。

期。这个时期的文学的值得重视,是有着多样的可能性和展开的方式。当然,后来确立了一种路向,选择了一种方式。为什么做出这样的选择?这就是我们要研究的问题——所以对当代文学,在研究的时间上,我们至少要往前推到抗日战争结束这样一个阶段。

第二个要提出的问题是,40—50年代文学的"转折"、"断裂"的含义是什么?我在《中国当代文学史》和《"当代文学"的概念》中都谈到对这个问题的理解。以前的文学史都认为,"当代文学"是一种"新"的文学,一种新"质"的文学的出现。这当然有道理。文学史在评述这个问题的时候,不只是说"当代文学"相对于"自由主义"的文学有不同的"质",而且相对于四五十年代的革命文学,也是这样。不过,"转折"和"断裂",在我的理解中,仅仅是表现为一种"新"的文学观念和文学形态的出现。当然也包含这样的因素,但是并不完全是这样。这个"转折"和"断裂"还表现为,40年代不同的文学成分、文学力量之间的关系的重组,位置、关系的变动和重构的过程。即从文学"场域"的内部结构的分析上来把握这个问题。这种理解起初是受到韦勒克在《文学理论》、《批评的诸种概念》这些著作中关于"文学分期"的说法的影响[1],也包括韦斯坦因在文学分期问题上的讨论[2]。韦勒克认为,我们对一个文学时期的划分,主要是根据这个时期产生的文学"规范"的理解。如果我们说这个时期是一个"独立"的时期,那可能会认为它有一种有迹可循的文学规范的存在。他说,这种"规范"的产生、变化、衰落,都是有迹可循的,可以看到它的变化的状况。而且,一个时期的"规范",在另一个文学时期之中,并不是完全消失,完全更改,出现一种全新的"规范",而是其中互相因素、力量的交错,关系的变更。在四五十年代

目前大多数当代文学史,在时间上是以1949年作为起点。但也有认为应该以1942年延安文艺整风、毛泽东发表《讲话》作为起点的。如陈晓明的《中国当代文学主潮》,并认为这种时期划分应该成为"当代文学的常识"。他在书中指出,以1942年作为起点会更合理。具体分期:第一时期,1942—1956年,社会主义现实主义的起源与基础建构阶段;第二时期,1957—1976年,社会主义现实主义文学不断激进化阶段;第三时期,1977—1989年,"新时期"文学阶段,也是社会主义现实主义修复与重建阶段;第四时期,1990年到21世纪初,中国当代文学由社会主义现实主义的一体化转向多元格局的时期。文学史分期自然基于文学现象、状况本身,但也是文学史家的阐释。在80年代初,对当代文学史就有所谓"三分

---

[1] 韦勒克、沃伦:《文学理论》,第306—308页,刘象愚、邢培明、陈圣生、李哲明译,北京:三联书店,1984年版。韦勒克《批评的诸种概念》中的《文学理论、文学批评、文学史》和《文学史上的进化的概念》等篇,丁泓、余徵译,成都:四川文艺出版社,1988年版。

[2] 乌尔利希·韦斯坦因:《比较文学与文学理论》第4章"时代、时期、代和运动",刘象愚译,沈阳:辽宁人民出版社,1987年版。

法"、"四分法"的争论,而我在北大上课,从80年代就一直坚持以"文革"结束为界的"两分法"。程光炜主编的"80年代研究丛书"有一本名字是《文学史的多重面孔》——"多重面孔"是一个很好的说法。这不仅指文学现象呈现的多重面貌,也应该指文学史研究叙述的多样成果。历史描述有"多重面孔"不是坏事。有多种理解,就有可能引发争辩以深化对问题认知,也有可能呈现历史的不同层面。

文学史研究中,对文学的多种成分,多种因素的存在,我们是承认的,但是对它们之间的关系,和产生的后果的研究,注意得不够。就是说,"转折"并不是指现代文学和当代文学之间出现两个完全不同的时期,这种"转折"在很大的程度上,应该看成是文学的构成成分重组的过程,发生了格局上的变化。当然,在这种重组的过程中,必然会出现新的因素,或者带有新质的文学形态。

"转折"研究的第三个问题,是要把"文学史叙述"包括在我们的研究范围之内。这个前面好像已经谈到过。也就是说,一方面,当时的历史事实是怎么样的,包括创作、文学论争等的情况。另一方面,还要注意到,当事者、批评家、文学史家在当时对"历史"做了怎么样的叙述。这个方面的内容,有不同的文学派别的理论家、文学史家对40年代,包括新文学以来的历史所做的评述、总结,也包括在"当代文学"生成过程中对这种文学所做的文学史性质的叙述。这种历史叙述,严格上说,不是"事后"的总结,和我们现在描述五六十年代的文学是不太相同的,尽管我们的叙述,也包含着复杂的"文化政治"含义,也一定程度上参与了对那一阶段文学"历史"的建构。但还是有差别。那是当事人的一种设计。实际上,对他们来说,历史事实与对历史的叙述这两者在当时密不可分;因为这种叙述也参与了历史的构成,推动了这种"转折"的实现。我们过去的研究,不太注意这方面的材料,有时是把这些材料,把这些叙述,只当作我们需要修正,需要推翻的判断来看待,而没有看到这些叙述,本身就是研究对象的内在构成的部分。这里说的文学史叙述,具体指的是什么呢?一个是抗日战争结束之后,左翼文学家和我们所称的"自由主义"文学家对五四以来的新文学,对抗战时期文学,和对40年代后期的文学所做的评述。这方面的材料很多。在1945年到40年代末,发表了许多这方面的文章,包括诗歌、文学运动以及小说等。萧乾、朱光潜、李长之、郭沫若、茅盾、胡风、冯雪峰、邵荃麟等,都有类似文字发表。他们是为了现实文学问题来叙述"历史"的,援引"历史"来为文学的现实方向、展开方式提供依据。这也包括第一次文代会上的总结报告,当然,也包括王瑶等先生在50年代初撰写的文学史。这些实际上都参与了对当时的"转折"的推动和实现。所以在材料上,在观察的对象上,可能应该有所扩大和调整。

当然,我们现在讨论文学分期,实际上也都关系两个方面,一个是文学的"事实",一个是对这些"事实"的叙述。其实,许多的"事实",都是"叙述"上的事实。这就是为什么研究要重视"事实",也要重视"叙述"的原因。比如说,前一段文学界讨论得比较多的,关于"新时期"与"后新时期"的问题。现在文学界已经不像五六十年代那会儿,控制文学界的力量对历史的叙述,具有不容置疑的权威性。这样,一些学者提出、论证"后新时期"的存在,另一些则极力反对,认为"后新时期"是心造的幻影,是构造出来的。主张这种分期的,是张颐武、陈晓明等先生。谢冕和张颐武老师的著作《大转型——后新时期文化研究》(黑龙江教育出版社1996年版),就是持这种观点。这部书论述的中心,是说明80年代到90年代,整个文学、文化的状况发生了"转折"性质的变化和断裂。《大转型》这本书,不知道什么原因,谢老师和张老师都没有送给我,我问谢老师要,他也没有给我。但是我还是读了其中的大部分。现在手头没有这本书,不好做确切的引述。但是也有一些人不赞成这种分析,像南方的一些作家、学者,我读过李庆西的一篇文章,就很激烈批评这种关于"后新时期"的描述。这种对"事实"的不同描述和所做的不同判断,应该说是正常的。既然我们承认可以有多种文学史叙述,当然就意

> 陈晓明、张颐武他们更多看到八九十年代之间的"断裂",更认可"大众文化"逐渐占据"主流"位置的现状。而反对者更重视这两个十年之间的连续性,更重视 80 年代所表现出来的"人文精神"、"启蒙精神",表现了对 90 年代文化状况的忧虑和不安。

味着一定会有不同的文学史分期。在我看来,陈晓明、张颐武他们更多看到八九十年代之间的"断裂"。或者说,他们在文化立场上,更认可这种断裂,更认可"大众文化"逐渐占据"主流"位置的现状。而反对者更重视这两个十年之间的连续性,更重视 80 年代所表现出来的"人文精神"、"启蒙精神",强调它们在 90 年代的文化创造中的地位,而表现了对 90 年代文化状况的忧虑和不安。从对这个个案的分析中,我们可以具体看到在文学史分期问题上,作家、文学史家、批评家不同的文化立场,他们不同的文学、社会理想的表达。有一天,如果我们考察这一时期的文学、文化现象,研究、撰写文学史(文化史),那么,除了当时的创作、作家状态等事实外,这种不同的"叙述",也必须进入我们的视野,关注这种"叙述"是怎样参与建构文学的时期特征的。

第四讲 "当代文学"的生成

40年代文学的"可能性"

上一堂课我讲到,40年代的文学有多种"可能性"。有的同学问,"可能性"是什么意思?是不是说,50年代之后,"当代文学"的状况,除了左翼文学成为最主要的,甚至是惟一的文学存在之外,是不是认为会出现另外一种情形?我想我说的"可能性",不是这样一个意思。我们说"历史"可能这样或可能那样,如果当时发生了什么,不发生什么,"历史"将会怎样等等,这都是事后的假设、想像或者推论。时间的那种不可逆的性质,使我们实际上不可能有根据地推论另一种可能性的出现。特别是在40年代后期,下面我还要讲到,有力量去"规范"、控制文学界的,实际上只有左翼文学这样的文学派别。那么为什么又说40年代文学有多种可能性呢?这是从这样的角度来谈这个问题的:在当时,特别是在40年代前期,存在着多种追求的作家,出现不同形态的作品以及作家群,有着不同的文学的生存空间。而且这些文学、作家和作家群,都具有一定的实力,具有一种生命力。

40年代的文学环境与30年代相比,发生了变化,这种变化如果用一句话来概括,就是不同的文学流派生存的空间要扩大一些。空间的扩展,有这样一些原因:一个是当时整个的政治形势,民族生存问题的紧迫,可能暂时掩盖其他一些矛盾,比如说阶级矛盾,政治集团的冲突等。在这个时期,国民党政权对文化控制的程度也有所放松。在文化界逐渐上升为主要位置的革命文学,在对待其他的文学派别的策略上,也较为宽容,也就是实行"统一战线"的政策。不过,这种宽容,在抗战结束以后,革命文学界内部在总结的时候,是持检讨的态度的,认为在方针、政策上出现了"右倾"的情况,只强调团结,忽略了必要的斗争。这个,可以看看1948年邵荃麟执笔的文章《对于当前文艺运动的意见——检讨·批判·和今后的方向》(香港:《大众文艺丛刊》第1辑),和茅盾在第一次文代会上的报告《在反动派压迫下斗争和发展的革命文艺——十年来国统区革命文艺运动报告提纲》(《中华全国文学艺术工作者代表大会纪念文集》,新华书店1950年版),就可以明白。邵荃麟说,抗战时期的文艺,左翼文艺在克服了"关门主义"后,却不自觉地削弱了自己的阶级立场,因此,文艺运动中就缺乏了一个以工农阶级意识为领导的"强旺思想主流",也缺乏这种思想的组织力量。这就是"右倾"。"右倾",从另一个方面来理解,就是引导不力,放任自流,有些"自由化"。这就产生了如邵荃麟所说的种种不良倾向,如个人主义意识和思想的膨胀,对"内在生命力与人格力量的追求",追求文艺的"永恒价值",歌颂"原始生命力",高扬"超阶级"的"人性论和人格论",强调"冷静的观察"和"个人的感受力",在创作中表现了在残酷、尖锐历史斗争下的苦闷、彷徨、感伤……邵荃麟所说的这种"右倾",对这个时期的文学产生的这样的影响,如何估价,现在需要重新思考。在八九十年代,这些被"检讨"的现象,却都是被作为文学取得进展、回归文学"自身"的积极"症候"来加以阐述的。

另外,一些研究者也经常提出,40年代作家的生存环境和生活方式,发生了一些改变,对文学状况也有深刻的影响。一个重要的变化是,很多作家离开了大城市,到了偏远的内地,到了乡镇。空间的迁徙的状况有点类似文革期间。文革期间也发生了城市人口向农村,向偏远地区的迁徙。一是知青上山下乡,一是干部到"五七干校",还有一部分城里居民,"不在城里吃闲饭"被遣送到农村。不过,文革是一种有组织的活动。研究抗战时期的文学,就不能不谈这种"迁徙"。比如"九叶诗人"的创作,王佐良、袁可嘉先生在谈到穆旦、杜运燮他们的"现代主义"时,都使用了类似的这样一个说法:"同现实密切联系"的现代主义。这个特点,是当时的现实处境和作家的生活体验决定的。

参见王佐良《中国新诗中的现代主义——一个回顾》,《文艺研究》1983年第4期。

我们都知道像穆旦这些诗人,都经历过离开城市中的大学校园,到了西南联大,有过从长沙步行到昆明的长途跋涉。另外穆旦在1942年还参加过"中央远征军",到缅甸战场参加抗日战斗。穆旦后来还因为这个事情,在1958年被定为"历史反革命",因为他担任过远征军司令部的翻译官,当时司令是杜聿明。后来又到青年军的207师。这段经历,现在的记载很少,我们读到的,也是经常被引用的,是王佐良的那篇《一个中国诗人》的文章中的讲述。这篇文章,附在1947年出版的《穆旦诗集1939—1945》(自费出版,沈阳,1947年)里面。这个诗集和王佐良的文章,我都是迟至70年代末才读到。王佐良说,"那是1942年的缅甸撤退,他从事自杀性的殿后战。日本人穷追。他的马倒了地。传令兵死了。不知多少天,他给死去战友的直瞪的眼睛追赶着。在热带的豪雨里,他的腿肿了,疲倦得没有想到人能够这样疲倦,放逐在时间——几乎还在空间——之外","而在这一切之上,是叫人发疯的饥饿,他曾经一次断粮达8日之久"。王佐良先生说,穆旦很少对人讲起这段经历,在他的诗中,写到这件事的,也只有一首,就是《森林之魅——祭胡康河上的白骨》。他对战争、战争时期的生活的体验,和另外一些诗人大不相同。比如说晋察冀根据地的年轻诗人陈辉[1],战争在他的笔下很有诗意,明亮、乐观。这位诗人1944年死在战场,年仅24岁,他的名字,相信大部分同学听都没听说过。

但最近诗人西川在一篇文章中,对陈辉颇推崇,这使我感到有点意外。

---

[1] 1958年,作家出版社出版了陈辉的诗集《十月的歌》,有田间写的序。

穆旦的诗，不要说和陈辉不同，就是和冯至40年代初的诗和散文，也不很一样。冯至写到对森林，对草原的"永恒"的赞美，对"鄙弃了一切浮夸"的昆虫、小花等无名的小生命的亲近，对简单、质朴、平凡的向往。在"默默地对着永恒"的大自然图景面前，"觉得我随身带来的纷扰都变成了深秋的黄叶，自然而然地凋落了"。但是，穆旦在原始的，近乎"永恒"的森林、大地面前，在"无名"的昆虫、野花那里，体验到的则是"惧怕"。《森林之魅》这首诗，以"森林"和"人"的对话来展开，最后一节是"葬歌"。"葬歌"是穆旦常写的，他对个体身心的死亡和更生的问题，总有一种敏感。人在这里，陷入了"树和树织成的网"，他体验到这原始的自然的"温柔而邪恶"的要求，"在横倒的大树旁，在腐烂的叶上，/绿色的毒，你瘫痪了我的血肉和深心"。而森林许诺给人的美丽，要"等你枯萎后来临"，"美丽的将是你无目的眼"。那掩埋着战死者尸骨的地方，

> 静静的，在那被遗忘的山坡上，
> 还下着密雨，还吹着细风，
> 没有人知道历史曾在此走过，
> 留下了英灵化入树干而滋生。

刻骨的饥饿，毒烈的太阳，绿色的毒，树木的绿色的牙齿，"笑而无声"，窒息在难懂而又无始无终的梦里——穆旦讲出了这样的尖锐的感觉。这在中国现代诗人中，确实是很少见的。

战争对地域产生的分割，也多少影响了文学追求的分化。我们经常说的"国统区"、"大后方"、"解放区"以及"沦陷区"，不同区域与文学主题、题材等文学风貌上的变化，有重要关联。像通俗小说

"绿色的毒"，树木的"绿色的牙齿"，——中国现代诗人中，似乎没有人这样谈论自然，谈论战争。

在40年代前期也有发展。"雅"、"俗"的渗透融合，也是近来对这个时期文学的一种描述。这方面，大家常举张爱玲的小说。另外，在40年代，文化上出现了对"五四"的激进思潮的反省，这也是当时比较重要的问题。这种反省，是文化思潮上持续的紧张状态趋于和缓的表现，形成了一种气氛、条件，使文化建设获得比较平稳的心态，包括对外来文化，对本土文化遗产的接纳，也有助于在外来影响和文化传统之间的融合和创新。当然，在这样的情势下，整个的文化是否如后来左翼文学家的检讨那样，缺乏一种强旺的主流，而使琐屑、无聊的东西得到缺乏控制的生长？或者说，为着一个比较健全的环境和目标，一定的代价的付出不可避免？或者说，本来就无所谓好坏优劣，文化上的区分等级不过是自称"优选者"的精英的可笑偏见？这是我们需要讨论的问题。

"文学共生"的想像

如果按一种理想主义的对文学状态的想像，也可以说40年代前期是一个文学共生的时期。不仅"纯文学"，通俗文学也得到了发展，张恨水等的处境，他们和新文学作家的关系，得到了调整。新文学内部的各种追求，各种派别的关系，也发生了变化。"共生"，"生态平衡"，在80年代以来，是被许多作家、批评家所理想的境界。谢冕老师在80年代有一本书，名字叫作《文学的绿色革命》（贵州人民出版社1987年版），就是从对历史的检讨中，很集中表达这种理想。谢老师自己很看重这个小册子，多次遗憾地讲到它未能再版。"绿色革命"指的就是一种生态平衡。这是很多人的希望。因为实现起来不是那么容易，而且常会忽略没有办法回避的制度、权力等方面的问题，所以，也可以说是一种"浪漫想像"。这种想像是建立在虽说文学"共生",文学的"生态平衡"是一种"浪漫想像",但是,也要看到,在不同的历史时期,各种文学力量、文学事实之间的关系确实有许多变化,作为知识范畴的文学与"权力"之间的关系,也呈现多种不同的状态。虽然也可以说,文革后的中国文学也是一种"一体化",并不是什么"多元共生",但这是另一种和五六十年代不同的"一体化"。

希望通过文学自身的,一种"自然的"调节,或者文学与社会之间的"自然的"调节,通过"自然竞争"来促成文学的发展。这种想像当然很好,但实际上可能没有考虑到文学与社会,还有文学"自身"的复杂因素。自然界也不像我们所描绘的那样和谐,包括生物界,"生存竞争"、"弱肉强食"的状况是不必细说的。况且社会生活跟自然界的状况也还不一样。作家的生活、创作有一个良好的环境,有作品发表、出版的自由,以一种公正的尺度来获得评价;也就是文学生产处在一种没有暴力的、强制性的外力干预,特别是政治性质的干预的状态下——这种环境是我们长期以来所盼望出现的。但是,没有任何干预、制约、规范的文学环境是否可能?即使没有这种强制性的政治的干预,文学也会受到各种其他因素的干预,这些干预也不见得就是"健康",或者说"自然"的调节。况且,文学"自身",或者说文学这个领域也不是我们想像的那么美妙、纯洁,"自身调节"也会出现各种出乎想像的事情。这方面的道理,在今天已经不需要讲太多的话,同学们就能体会到的。当然,如果说这种"自然调节"指的是建立一种制约机制,来约束干预的权力不致无限度地滥用,来不断调整文学体制的内部关系,那还是有道理的。

这种文学共生的理想境界的表达,在中国文学界,在三四十年代,一般是具有"自由主义"文艺倾向的作家所提出。"自由主义"文学家的这种想法的产生,和其中的内涵,是要进一步分析的,这一点我后面还要讲到。但是对左翼革命文学派别来说,是完全不赞成这样一种理想或局面的。顺便说一下,"自由主义文艺"、"自由主义作家"等概念,现在用得很普遍,而且好像有点"扩大化",或者说非常膨胀。在有的文章中,几乎囊括了激进的左翼文艺之外的所有作家,都包括在"自由主义"这个概念里了。我现在也用这个概念,但

> 萧乾在1948年被郭沫若骂为"反动文人",这篇《中国文艺往哪里走?》可能是其中的一个依据。

范围会有一定的限制。抗日战争结束后,普遍有一种社会复兴、生活重建的期望,文学也是其中的一项,认为会出现一个新的面貌,或者争取各自理想的文学境界的出现。表达这种追求的,也包括我们所说的这些"自由主义"作家,事实上,他们是当时文坛的主要"力量"之一,因此,这种表达是必然的。我们如果要了解这个问题的话,可以翻阅当时的报刊,特别是"自由主义作家"主办的刊物,比如《大公报》的文学副刊,还有朱光潜先生办的《文学杂志》。《文学杂志》是1937年5月创刊的,大概出了4期,就因为抗战爆发停刊。到1947年6月复刊,但是没有出多长时间,在1948年,内战已经发展到一个转折点的时候停刊。这个刊物在创刊号上就曾经提出来,这也是"自由主义文学家"的一个重要的文学信念,就是要求文学自由生发,自由讨论,这个文学杂志的定位是"宽大自由而严肃的刊物"。1947年复刊号的"卷头语",是朱光潜先生写的,又重申了这种主张,而且明确地反对拿文艺作为宣传的工具,或者作为"逢迎谄媚的工具"。当然《文学杂志》在1948年的时候,它也会受到时局的影响,出现了向左靠拢的倾向,那其实也是许多知识分子在当时作的选择。许多作家,像冯至先生等,在40年代后期都发生了一些变化。

另外一个就是《大公报》。战争结束之后,萧乾回到国内主要负责《大公报》的工作。现在经常引用的他的一篇文章是1946年5月4号发表的。5月4号现在叫青年节,"旧中国"当时叫"文艺节"。"文艺节"这一天,《大公报》发表了萧乾的社评《中国文艺往哪里走?》,这个社评后来成为文艺界纷争的重要事件之一。萧乾在1948年被郭沫若骂为"反动文人",这篇文章可能是其中的一个依据。社评的主旨,是要谈五四对过去30年的文艺产生的影响,"从而探索中国文学今后应走的途径"。它列举五四的功绩，但是也着重批评五四时期的"幼稚病"，一是对于"本土传统"，对于"过往一切"的"弃如糟粕"，另外一个是文坛缺乏民主的风气。其中引起最大争议的，是这样一些话："近来有些批评家对于与自己脾胃不合的作品，不就文论文来指摘作品缺点，而动辄以'富有毒素'或'反动落伍'的罪名来抨击摧残。"说要"革除只准一种作品存在的观念"，并且重申他们主张的"民主"，即"容许与自己意见或作风不同者的存在"。这些话，明显是针对左翼文艺界的。这个文章还讥讽、指责当时文坛的"集团主义"，"偶像崇拜"，说走上"集团主义"之后，"必有头目招募喽啰"。萧乾接着说："近来文坛上彼此称公称老，已染上不少腐化风气，而人在中年，便大张筵席，尤令人感到暮气"，说要革除文坛上的"元首主义"。——这种种说法，当然都是有的放矢，而且可能都有很具体、确定的目标：这是招忌恨的说法。对40年代文学有印象的人都知道，茅盾被左翼文学界称为"茅公"，郭沫若被称为"郭老"。"郭老"的称呼，解放后还延续了下来。他自己在1958年写的诗也说，"郭老不算老，诗多好的少"。"人在中年，便大张筵席"——这大概是指郭沫若50岁时，在重庆为他开过一个很隆重的祝寿会。但是这个祝寿会当时肯定有更重要的政治含义，实际上是在国统区对革命，对革命文学的一种宣传，扩大影响，确立权威地位。茅盾是不是也祝过寿？据日本东京大学的丸山昇教授的考证，说在这段时间，没有材料发现为茅盾举行过隆重的公开的祝寿会[1]。至于"偶像崇拜"和"元首主义"，根据1957年萧乾在成为右派分子时对他的批判，认为是分别指向鲁迅和毛泽东的[2]。

对于"自由主义作家"的对"民主"的要求，呼吁，左翼革命派通

---

[1] [日]丸山昇：《建国前夕文化界的一个断面——〈从萧乾看中国知识分子的选择〉补遗》，文洁若译自日本1990年《中国现代文学论集》，收入《微笑着离去：忆萧乾》，第482—483页，沈阳：辽海出版社，1999年。

[2] 参见《萧乾是怎样一个人？》(《文艺报》1957年第23期)、陈白尘《洋奴政客萧乾的嘴脸》(《文艺报》1957年第22期)。

常会反过来责问:在国民党统治的情况下,革命文学是处在受压制的地位,究竟应该向谁要民主?这是左翼文学反驳的主要根据。他们指责萧乾不去向当时在中国施行法西斯统治的国民党政权要民主,而向处于被摧残、压制的革命力量要民主,这就坐实了萧乾是"大资产阶级、大地主政权"的"帮凶"和"帮闲"的罪状。不过,从"自由主义作家"的历史际遇和现实处境上来推测,他们可能是另一种立场、想法。一个是从中国文艺界的状况看,国民党政权确实没有自己的有实力的作家,没有能建立起有影响的文学力量。而左翼文学从 30 年代起,就是不容忽视的文学派别,而且越来越占据"主流"或者"主导"的地位。也就是说,在当时存在的"中国文艺往哪里走"的问题上,有资格、有力量谈论这个问题的作家派别,一个是左翼文学界,一个是"自由主义"作家。后者在文艺上要"民主"的要求,自然是向能左右文学走向的力量去提出。另外一点是,"自由主义"作家对于"民主",对于自由竞争的主张,又联系着对自己的潜力和优势的估计。也就是说,在文坛所占地位上,他们处于"弱势",但在文学创造的信心上,却十分自信:这是他们在理念上强调"民主"、"容忍"的根由。他们一派会认为自己是中国最有才华,最有创造力的作家,他们都可能有这样的想法,没有才气的、平庸的作家,才需要文学之外的东西,比如拉帮结派,靠外部力量,来提升他们在文坛上的地位,而他们不需要这一切。因此,"拿出作品来"、"拿出货色来"、"真正大作家,其作品便是不朽的纪念碑"等等,就是他们常说的话。要求"民主"、"容忍"的人,很可能是在文坛上处于弱势,在创造力上又是很自信的。

我们设想一下——这种设想可能不太好,有点刻薄,而且好像也没有根据——当他们某一天成为强势力量,并处在控制的地位

提倡文学的"自由竞争",文学"民主"的派别,往往是在政治、经济等"资源"上处于弱势,而对文学创造潜力又颇有信心者。1957 年 4 月,沈从文在家书中针对有的作家的写不出好作品是"上头束缚限制过紧"的埋怨,认为:"我不大明白问题,可觉得有些人提法不很公平。因为廿年前能写,也并不是说好就好的。有些人是靠小帮口而起来,不是真正靠若干作品深深的扎根于读者心中的。"(《从文家书》272 页,上海远东出版社 1996 年版)

上,他们是不是还会提出要"宽容"、"容忍"呢?胡风1954年"呈交"给党中央的"意见书",也提出过类似的主张。他提出,文艺上不同的意见和不同的措施,应该通过实践去解决和辨别,而不应该通过外力的干预或下结论的方法来解决。胡风当时是处于被压抑的地位,也是对于自己一派的文学成绩和潜力充满自信的。通过实践来辨别,在他看来,就意味着他们主张的胜利。但是,胡风对于"更弱势"的人和集团,可能就不一定特别坚持通过"民主"的方式来解决了。

举一个例子说,1954年秋冬,全国文联主席团召开联席扩大会议,检查《文艺报》的"错误"。因为当时毛泽东认为《文艺报》在"红楼梦研究"问题上压制新生力量,保护了"资产阶级权威",保护了俞平伯和胡适,所以要检查《文艺报》的错误。胡风误认为这是毛主席看了他的"意见书"以后,支持他的意见,开始要清算周扬等的问题。所以在这次会议上,他做了两次长篇的发言[1],对当时的文艺界的主持者周扬等做了猛烈的抨击。他抨击的根据主要是两条,这两条也就是毛泽东说的那两条,在这一点上他也没有什么创造性。一条是说对"新生力量"采取打击的态度,但是他所说的"新生力量"不是广泛的,是专指胡风一派里头的作家,如路翎、阿垅等,认为解放以后对他们采取粗暴的压制态度。第二条是抨击当时的文艺界包括《文艺报》对朱光潜、俞平伯这样的"胡适派"的批判不够。胡风认为,《文艺报》对待朱光潜的态度,是"把思想战线上的敌我关系当作进步阵营里面的意见不同",是向朱光潜求和,"实际上等于求饶"。如果说,对于朱光潜的问题也许涉及到所谓政治态度等方面的问题,使胡风觉得不能加以"平等"对待,那么,诗的形式问题又怎么样呢?对于在50年代初,提出新诗也要注意格律、"建行"的问

---

[1] 全国文联和中国作协主席团召开的联席会议,从1954年10月31日到12月8日,共举行了8次。胡风分别于11月7日和11月11日两次发言。见《文艺报》1954年第22期。

> 能不能实行"费厄泼赖",最好要看他是不是在"台"上,如果不是在"台"上,这个话可能就要打折扣;或者要想一想,看他是什么意图。

题,如林庚先生,还有俞平伯、何其芳、田间等,胡风也都判定这些主张是"形式主义",认为作家协会组织了这方面的讨论,就是"陷入了形式主义","向资产阶级美学投降"了。胡风在这个发言中,正确地批评了当时文坛上存在严重的理论和批评的"庸俗社会学",说庸俗社会学"是不从实际出发,不是凭着原则的引导去理解实际,而是用原则代替了实际"——他在新诗形式上的这种观点,不正是他所要反对的批评上"庸俗社会学"的具体例证吗?为什么主张重视新诗的格律,就是"资产阶级美学"呢?联系到胡风他们在40年代后期,对许多作家,如沙汀、曹禺,特别是对有现代主义倾向的作家采取的猛烈抨击的态度,我们有时候也会想,假如胡风他们掌握了文艺界的权力,那又会怎么样?我们至少会想起王蒙先生所说的:能不能实行"费厄泼赖",最好要看他是不是在"台"上,如果不是在"台"上,这个话可能就要打折扣;或者要想一想,看他是什么意图。王蒙的这段话的出处,我没有记住,希望引用不会出错。另外,要特别说明的是,上面的这种分析,不应该削弱对胡风他们在文学理论和创作上的重要贡献的强调,和他们在当代质疑、对抗"一体化"的文学规范上的意义。

我在上面讲到"自由主义"作家,甚至还有胡风等对"文学民主"的争取,提出要以实践,自由竞争来解决分歧和争论,并且对他们的主张,作了一些分析。这种分析,不是怀疑他们主张的"真实性",不是从"道德"上来质疑他们的"真诚"。我的目的不过是,当我们在谈论诸如"民主"、"宽容"、"平等"这些概念的时候,有时容易把它们孤立起来,抽象化。我们要做的,不过是重新建立这些词语、主张和"语境"之间的关联,辨析它们特定的内涵,而不是要完全质疑"民主"、"创作自由"、"多元共生"等主张的意义和价值。其实,这

> 在谈论诸如"民主"、"宽容"、"平等"这些概念的时候,有时容易把它们孤立起来,抽象化。我们要做的,是重新建立这些词语、主张和"语境"之间的关联。

种质疑,这种对于"限度"的意识,倒应该是有识见的作家和批评家的一种素质。有了这种意识,看起来是一种束缚、限制,但其实也是一种"解放"。

对于"自由主义"作家的这种主张,左翼的革命文学力量当然是反对的。左翼作家的信念绝对不是奉行"多元共存",他们抨击所谓"容忍"等是一种伪善。这就像我们经常讨论的"百花齐放,百家争鸣"这个问题一样。一直到现在,有的人总在争论"双百方针"的真正含义到底是什么,应该怎么样才能"真正"实行"双百方针"。其实,在50年代反右派斗争的时候,那时的权威批评家就反复讲,"双百方针"不是"资产阶级自由化",是一项"坚定的阶级政策"。我看他们讲的倒是更"真理"些。究竟允许什么"花"放,哪一"家"鸣,允许放和鸣到什么程度,要由政策的制定者和实施者来确定和解释,而这种确定和解释,根据的是一定的政治和文化气候。这已经为"历史"所证实。"自由主义"作家在40年代对于"民主"、"宽容"的坚持,既是一种信念,但也是为自身的生存设想。后来,整个的政治、军事形势的变化,发生的转折,到了1948年前后,"自由主义作家"已经失去了他们在文坛上的地位,他们已经没有力量和资格与革命文艺进行辩论了。

"独立的"文学传统

上次课讲到,许多人经常引入俄苏文学作为中国当代文学的参照。我过去在讲课的时候,也曾经这样做过。这种对比,通常有两个视点,一个是从知识分子问题的讨论中来提出的,另外一个则是从文学的"独立性"的角度着眼。从前一方面说,问题是这样提出的:在相似的环境下,知识分子或作家是不是有勇气、有能力坚持

> 在20世纪的环境中,维护文学的"独立传统"问题,在某种情况下,已演变为一个"政治性"的"介入"问题。

自己的独立精神,不放弃自由思考?是不是能创造有独立精神价值的产品?从第二方面,问题则是,现代中国是不是建立了相对独立的文学传统?这两个视点,看起来有些矛盾。一个好像是重视文学的"介入"的性质,一个则是维护文学自身的"独立"。但是,在20世纪的环境中,它们可能又是一个问题的不同方面。因为,维护文学的"独立传统"问题,在某种情况下,已演变为一个"政治性"的"介入"问题,正像我前面谈到"自由主义作家"的主张所引起的冲突那样。

1988年,在北戴河的那次"文学夏令营",我也讲过课。我当时也很受"时尚"的影响,在讲课时,也是在和俄苏文学的比较中,大谈文学的"独立传统"这个话题。当时的观点是,中国现当代文学为什么出现很多问题,成就也不尽人意,原因可能是没有形成一个相对独立的"文学传统"。那个时候,所谓"市场经济","消费文化"的问题虽然已经存在,但还不像90年代那么突出,那么让大家人心惶惶,所以,谈起"独立",主要是指和政治、和政党集团的关系说的。把文学这架马车上搭载的过多的东西,不属于它的东西扔下来,在80年代的文学研究界,好像是很多人的"共识"。

记得文革刚结束读夏志清的《中国现代小说史》,是台北传记文学1979年的那个版本,里面贯穿的思想之一,就是指责中国现代小说和政治,和社会问题的距离过近。刘西渭30年代在评论萧军小说《八月的乡村》的时候,也有相似的抱怨。不过,李健吾先生好像比较明白"现代中国"的"国情",在谈到这个事情的时候,有较多的谅解。讲到30年代的社会环境,他使用了"神人共怒"这样的词语,因为他身处这样的环境中,不像夏志清先生那样可以"隔岸观火"。不管对这个特征怎样评价,中国现代文学过分社会政治化,

> 讲课的稿子后来整理成《文学传统与作家的精神地位》一文发表(天津:《文学自由谈》1988/6)。文章以80年代的那种斩钉截铁、不容置疑的语言方式宣告:"我们的文学的'脆弱',最重要的一点是,还没有形成深厚的、有独立性的文学传统,一个与政治分裂、脱离的文学传统。"

普实克和夏志清的这场争论,现在已经不太为大家所注意。不过,争论涉及的问题有相当重要性,也是文学史研究中经常遇到的,今天看起来,仍然没有"过时",还是有它的意义。

写作注重社会问题,这是大家都承认的。文学有太多"负累"的状况已经让人不耐烦,大家都想快一点让文学回到文学"自身"。那时,也介绍了捷克汉学家普实克与夏志清之间的争论[1],相信大多数中国学人当时的同情面是在夏志清一边。普实克的观点,研究方法,使用的概念和评述方式,经历过五六十年代的"学术训练"的人,是太熟悉了。追新慕奇总是大多数人的心理。

普实克和夏志清的这场争论,现在已经不太为大家所注意。问过许多同学,包括博士生,大多一无所知。不过,争论涉及的问题有相当重要性,也是文学史研究中经常遇到的,今天看起来,仍然没有"过时",还是有它的意义。所以,用一点时间做些介绍是值得的。1961年,夏志清的《中国现代小说史》由美国耶鲁大学出版社出版。第二年,捷克斯洛伐克的汉学家普实克就撰写了批评这部小说史的文章。普实克是信仰马克思主义的学者,是欧洲重要的汉学家。李欧梵先生在1980年,曾经把普实克有关中国现代文学的论文汇集出版。他当时对普实克的研究评价很高,认为是"广博的视野与深入细致的分析相结合"。在谈到历史研究的"历史事实"和叙述者立场、历史时间和叙述时间的复杂关系这些问题,普实克认为,研究者不可避免会有主观因素的加入,但是要"努力克服自己的个人倾向性和偏见",要坚持"客观性",目的在于"发现客观真理"。这个看法,对我来说,当然并不陌生,在五六十年代,是我们在学术研究上的信仰和努力的目标。今天,却可能受到普遍的怀疑。但是,在指出夏志清的研究存在的内在矛盾上,普实克是说得对的,很中肯。夏志清在《中国现代小说史》中一再说,文学史叙述,对作家作品的评价,要依循文学的标准,不应该为了满足外在的政治

> 夏志清的《中国现代小说史》的中文繁体字版,在增收王德威《重读夏志清教授〈中国现代小说史〉》和刘绍铭的新序后,由香港中文大学2001年出版新版。大陆简体字版于2005年由复旦大学出版社出版。目前,普实克著作的中文译本,主要是李欧梵编选的《普实克中国现代文学论文集》(湖南文艺出版社,1987),它翻译自1980年英文版的《抒情的与史诗的:现代中国文学研究》。《普实克中国现代文学论文集》由上海三联书店2010年重版,书名改为《抒情与史诗——中国现代文学论集》。普实克另外的重要著作如《中国历史与文学》,尚未见中文译本。

---

[1] 这场争论,发生于60年代初。80年代初,中国社科院文学所出版的《文学研究参考》曾有所介绍。1987年湖南文艺出版社出版的《普实克中国现代文学论文集》(李燕乔译),收入他批评夏志清《中国现代小说史》的文章《中国现代文学史的根本问题——评夏志清的〈中国现代小说史〉》。

的,或者宗教的标准而进行带偏见的叙述。普实克指出,可是,《中国现代小说史》这本书,"绝大部分内容恰恰是在满足外在的政治标准"。夏志清小说史的这个问题,现在已经为大多数学者认识到。也就是说,夏志清的小说史用以评价和划分作者的标准"首先是政治性的,而不是基于艺术标准"。他虽然十分强调普遍的文学标准,但是最终还是接近毛泽东所说的"政治标准第一,艺术标准第二"。普实克说,夏志清对左翼作家、作品就"怀有恶毒的敌意",相反,对于"彻头彻尾的汉奸行为,例如对于周作人的背叛行为,却异常地迁就"。在对于鲁迅、茅盾、老舍等人的具体评价上,他和夏志清也有很大分歧。总的来说,如果联系我们的现代文学史研究的情形的话,那么,大概可以说,普实克对这些作家的具体评价,和我们五六十年代很相似;而夏志清的看法,则和我们 80 年代以后的一般看法更接近。比如对鲁迅的小说,夏志清显然更重视《彷徨》,而普实克则认为,《彷徨》中的一些作品,"战斗性和艺术独创性都稍显逊色","反映出某种衰退"。普实克和我们五六十年代对鲁迅的评价一样,认为鲁迅 1927 年以后(在中国文学史界,当时称为鲁迅的"后期")更成熟,那些杂文更具有"思想深度"。夏志清当然完全不同意这种看法。另外,对于茅盾和老舍的评价,虽然对这两位作家的艺术特征,他们有相近的概括,但是评价却截然相反。他们都指出,老舍对"个人命运"比对"社会力量"更为关注;而茅盾,如普实克所说的,"个别人物的奇异命运只有在服务于表现社会问题的范围内才使他感兴趣"。他们都承认有这样的分别,但是,夏志清推重的是老舍,普实克却认为茅盾是更重要,更有成就的作家(《普实克中国现代文学论文集》第 211—245 页)。

这种分歧,涉及他们不同的社会背景、思想信仰、政治立场和

对于夏志清的"艺术标准",人们也注意到它的来源、根据,主要是欧美 20 世纪的现代小说。在这样的标准下,他当然会觉得赵树理小说的叙述方式是滑稽可笑的。

审美判断等方面。今天不可能一一分析。李欧梵把他们放在一起比较之后，有一个颇有趣的评述。他说，"夏志清作为一个对西方批评准则有理解的中国学者，对中国现代文学的一般水准所下的评语反而相当苛刻；而普实克这位欧洲学者对中国作家却更为同情，对他们的成绩也做了更多的肯定"（《普实克中国现代文学论文集》"前言"，第6页）。按照一般的情理，事情好像应该倒过来才对。我们对于发生在"自家人"身上的事情，应该会比较宽厚。但事实常常不是这样，反而会过分苛刻。

这场争论和我们现在讨论的问题有关系的，有两个方面。一个是，我们怎样看待、评价现代中国作家十分注重社会问题这个特点。另一个是，在文学史研究，作家作品品评时的标准和方法。关于第一点，普实克说，中国作家关注社会问题，使他们的作品符合社会的需要，这一点不该加以指责，"更恰当的做法"，是"揭示他们选择这一文学道路的必要性"，也就是研究决定中国现代文学这个特征的"历史背景"。很显然，普实克是维护五四时期"激进的中国思想家"，如陈独秀、钱玄同、李大钊等在文学和社会变革之间的关系的主张的。普实克还认为，其实，这不仅是左翼作家的特点，也是胡适、周作人等"右翼作家"的特点，也是他们"普遍持有"的态度。

这种判断，和胡风的说法很相似。胡风曾经说，在五四，即使是主张"为艺术而艺术"的作家，也是关切社会人生，关切艺术的社会作用。这不是胡风的原话，大致意思是这样。普实克的这个判断应该能够成立。但是也还有可以进一步说明的地方。为什么在现代中国，主张文学"独立"的作家实际上也和社会政治关系密切呢？这是因为，对一种不为社会政治问题"束缚"的文学的提倡，在中国现实环境中，或者是自觉对抗文学激进力量的，或者虽是无意，但在文

随着夏志清《中国现代小说史》简体字版2005年在中国大陆出版，对它的评价再次引发争议。有评论认为，"估夏志清的斤两，一是要了解他膜拜的英美'新批评'文学理念；二是要了解当时冷战氛围；三是要看到夏本人的反共立场及'自我种族歧视'的自虐倾向。所有这些，都规定了他对现代中国文学的基本看法。此书80年代初同邓丽君蛤蟆镜等一道入境时读来觉得新鲜（当时同司马长风的通俗版《新文学史》一道流传），但谁也没把它太当回事。不料二十多年后又被小资和专家们一同炒作起来。中国学术之低迷堕落，可以此为证。……此书在理论上不堪一击，在意识形态上偏见重重，在文学阅读上是小儿科，还都是次要的问题。关键是文学史教学法，在美国大学文学训练中，一向受到摒弃（这值得国内文学研究界借鉴）。一旦以开放的文本为基础，在开阔的社会和审美视野里进行理论辨析和自由讨论，这种冷战学术，还有多少人要读呢——

坛格局中，实际上成为一种对抗性力量。这就是说，摆脱政治束缚的文学主张，就是一种政治主张。加上中国文人的心理传统，使有关文学"独立"的诉求，总带有复杂的、可疑的品性。

他们的争论在研究方法上的分歧点，按照普实克的说法是，夏志清对中国文学在现代的革命时期的状况的研究，未能把他研究的文学现象"正确地同当时的历史客观相联系，未能将这些现象同在其之前发生的事件相联系或最终同世界文学相联系"，而是满足于运用"文学批评家的作法，而且是一种极为主观的作法"。这里提到的问题，也就是我们在讲课的开头讲到的，在文学史研究中，是将文学现象，作家作品放置在"历史情境"中加以考察，还是将现象从具体语境中抽取出来，以我们信奉的准则加以评判？普实克是主张前者的。当然，他也不是绝对地反对夏志清把中国现代小说和欧洲小说作比较，他反对的是这种比较的"主观"、"偶然性"，不是"出自对这些作家的系统的比较"（第220页）。我想，他们的争论，分歧，对我们是有启发的。自然，我们现在在看待他们的分歧的时候，态度可能比80年代要复杂得多。对于夏志清重视的文学评价的普遍性标准，我们在首肯之余，会发现这个标准在事实上的某种褊狭性质，也就是完全以欧洲文学的某种标准来度量中国现代文学是否可行？但是，普实克对文学现象和历史的关联，是不是强调得有些过分？对于"历史客观性"的信仰是不是恰当？等等。我们的态度变得复杂起来。"复杂"，也就是变得模棱两可，含糊不清。这大概也不是什么好兆头。

缠绕不清的问题

对中国现代文学和社会生活，和政治的密切关系，我们看到有

除了做意识形态史研究的史料？"

与此不同的看法则是，"透过其间纷纭变幻的历史时空，在今天重新阅读此书，可能有两种观照方式。一种是经典化的观照，毫无疑问，这部《小说史》经过四十余载的阅读和检验，已经获得了文学史经典的地位，其中预设的文学史观、价值尺度以及对现代小说家的具体评价都可以采取经典的眼光去观照；而另一种观照则是所谓'再历史化'的方式，这是因为这部小说史依旧正在参与着当今文学史观念的建构，而且随着更多大陆学人对简体字版的阅读，它将继续影响当下的文学史写作图景，影响今天的批评标准，用王德威在《小说史》英文本第三版导言中的话说，'此书仍与当代的批评议题息息相关'（31页），仍然在与当下的文学理念和方法论构成着对话关系。而这两种观照方式——经典的眼光和当下的视角——之间或许存在着矛盾和张力，却也恰恰验证着这部《小说史》所具有的经久生命力。"（吴晓东）

写作和现实生活、社会问题之间的关联……前几年包括谢冕老师主持的"批评家周末",经常会就这个问题发生争论,有时候争论非常激烈。

不同的评价。当然,现在同意夏志清看法的,可能还是占多数。但是,在环境,在文学现象出现新的变化的时候,也会有发生观点转移的现象。在90年代,过去呼唤文学回到"自身"的作家、理论家,看到文学出现另一方面的问题,又会转过来强调要关切社会生活问题。这几年,诗歌界,小说界都有这样的呼声,也是现在经常争论的一个问题,在80年代后期以来,一直困扰着中国的一些作家和批评家。写作和现实生活、社会问题之间的关联究竟是一个什么样的问题?这种关联是什么性质的?前几年包括谢冕老师主持的"批评家周末",经常会就这个问题发生争论,有时候争论非常激烈。有人认为,90年代之后很多作家都采取对现实回避或退缩的态度,失去了应该有的勇气、责任心,对现状采取妥协的态度。我想可能是有这个状况。但是紧接着出现的现象是,一些批评家非常羡慕80年代初的文学与政治、社会生活非常紧密关联的状况,把这种状况当成一个理想的境界,而希望回到那样的情景中。且不要说"回到"是不可能的,对于那个时期的文学情况,也要有所分析。把"新时期文学"开端的那种情景理想化,恐怕不是解决问题的方法。

在"批评家周末"的一次讨论会上,那次会讨论的是诗歌写作现状。一些批评家很激烈地提出,在80年代,诗和读者关系密切,当时像熊召政、叶文福、雷抒雁的诗在社会上产生了多么强烈的反响!现在的诗有谁读?认为诗离读者越来越远。肯定地说,80年代初的诗歌是有值得维护的,不能轻易否定的传统,但是,这些批评家提问题的方式,和他们作出的判断如果能够成立的话,那么,我们是不是要回到那种用文学、用诗作为干预现实手段的文学环境去?在文学、诗和社会政治的关系上,我们总是陷入一种循环的"怪圈"之中。当时参加讨论会的许多写诗的青年人,都不同意这种指

"是的,'文学是国民精神前行的灯火',可是今天,这样的'文学'在哪里呢?这样的'灯火'又在哪里呢?我一直在寻找这样的文学这样的灯火,可惜的是,我还没有找到。"(韩毓海:《知识的战术研究:当代社会关键词》)

> 许多讨论会，我们聚在一起，或者几个钟点，或者两天三天。等我们分手时，你还是你，我还是我，大家都刀枪不入；"对话"在我们的身上没有留下什么痕迹。

责。但是，互相之间又找不到开展对话的基点，所以，要不就大吵一阵，要不就有些不屑地一言不发，没有办法交流。我参加的许多讨论会（不仅限于诗歌问题），都是这个样子。我们聚在一起，或者几个钟点，或者两天三天。等我们分手时，你还是你，我还是我，大家都刀枪不入；"对话"在我们的身上没有留下什么痕迹。

在我们的文学环境中，文学和社会的问题，像团乱麻，缠绕不清，有时真是解不开。我也说不清楚。这里介绍耿占春先生对这个问题的看法，作为大家思考时的参照。耿占春是个坚持人类精神自由的信仰的人文主义者，他最近编了一本散文选，叫《新时代的忍耐》（社会科学文献出版社1998年版）。在这本选集的导言《散文的旅程》中，他讨论了这个问题。我们现在经常使用"90年代"这个概念，包括"90年代文学"，"90年代诗歌"等。这种概念的使用，蕴涵着时期划分的意义。这是存在争论，有不同看法的，就像"后新时期"这个时期概念一样。不过，不管怎样说，比起80年代来，这十年的社会生活和文化状况，的确发生许多变化，出现了一些没有充分预想到的问题。对于这样一个"时代"的特征，耿占春作了这样的描述。他说，我们到90年代之后，生活的世界处在更加复杂的状态中，这是迅速滋生实利主义生活观和人生的快乐原则的时代，纯粹的金钱标准已经大大超越了文化价值和道德原则；但是"旧的体制"并没有瓦解，和过去的时代的不同，"惟一的差别是：在旧体制下，人们为了'活下去'，为了'活着'而放弃独立的精神和自由人格；而今，人们为了活得更快乐，为了享乐地活着而放弃了这一切"。面对这种复杂的情况，可能采取的是这样两种态度。一种是急于给这个"精神匮乏的时代"提供一种"简单明了"的道德裁决，作出绝对的善恶区分。另一种态度则是陷于模棱两可，"被无限延期

我是个期望产生"交流"，"对话"的理想主义者。而事情可能应该是："既然分歧的根源深藏于社会的奥秘之中，廉价的'和解'与'宽容'又复何意？那么，何不各自记录那些讨论、争论、误解乃至攻讦怨怼……"（同样引自韩毓海的《知识的战术研究》）

在现在,要有力量"对真实性的细微差异和复杂性作出辨别",似乎就需要这样的"晦涩"文风。

的道德判断成了一种无用的智慧",他认为这就是90年代盛行的"解构主义病"。耿占春在这里用的"解构主义病"这个词,引用自韩毓海老师的一篇文章。在对社会和文学环境作了这样的分析之后,耿占春讨论了我们现在所关心的"写作"问题。他引述了苏珊·桑塔格在《符号学原理》中对萨特和巴尔特的讨论。我们知道,萨特是主张"介入"文学的,"文学(而非诗歌)与作家的职责具有一种'道德承诺'"。而罗兰·巴尔特追求的是一种"形式的道德性"。桑塔格说,前者渴望简单、决断、一目了然,热切地寻求对决;后者则是无可改变地复杂、自我专注、典雅,不求决断,避免对决和绝对化。在这样的对比之后,引出了耿占春这样一段话:

> 写"重要"问题的作家与写"不重要"的事物的写作者之间的区别在哪里呢?其实重要的在于怎么写。写重要事物的人也许会增长权力感,写不重要事物的人也许会落入趣味性写作,或纯粹的唯美主义。写时装、烹饪或日本茶道的巴尔特也许会是另一个林语堂或周作人,但巴尔特对"写作"本身所做的革命性解释使他暗中成为另一种萨特或鲁迅。权力感与使命感也许会一起成双成对地增长,也许不会。但如何能够肯定纯粹的趣味不是在对邪恶装聋作哑呢?(第13页)

我想,耿占春可能特别喜欢这种"缠绕"的句式,也可能不喜欢。但他只能采用这种方式。在现在,要有力量"对真实性的细微差异和复杂性作出辨别",似乎就需要这样的"晦涩"文风。因为的确存在多种可能性,事情也不是一目了然。但这又和时代的特征有关。现在已经不是"革命"的时代,"革命"离我们已经很遥远,已被

"独立"的文学传统并不必然地涉及文学应该紧密,还是疏离社会现实的问题。

我们所"告别"。而在"革命"的岁月里,是不会有这样的"模棱两可"的,那时,一切的表达都必须明确、绝对。所以,毛泽东在50年代提出的"文风"的最高标准是:准确、鲜明、生动。文风的问题,在很大的程度上关系我们对世界的认识和表达。革命时期的世界也许并不就简单,但世界被单纯化了,成为一组对立的存在。现在这个时代,好像是所有简单的事情都变得复杂起来。于是,我们就有理由在需要作出反应的事情面前犹豫不决,不置可否,保持沉默,像耿占春先生说的,"模棱两可的暧昧成了我们可怜的智慧的标记"。

但无论如何,事情本身的复杂性,敦促我们对这些问题作出判断的时候,还是不要过于简单从事。简单的道德渲泄是无济于事的。也许,事情可以试着从另一个角度来考虑?比如说,不是争论"题材"的"重要"和"不重要",以及作家和社会关联的程度等等,而是看看作家是不是建立了与社会生活的独特的联结方式,一种"文学"的方式?说"独立"的文学传统,说和过分的政治化文学相抗衡的文学力量,是在这样的意义上来说的。如果我们承认诗、文学有它的"特质",而且对这种"特质",又不限于所谓"形象性"等的理解,那么,"独立"的文学传统并不必然地涉及文学应该紧密,还是疏离社会现实的问题。

前面讲到过,现在许多学者、批评家对俄苏文学很感兴趣,有的在谈这个问题时,把他们所推重的俄苏作家的特征,归结为政治上的对抗性。谈到那些过去被迫害的作家作品,一般会从反抗政治体制的角度来谈论这个问题。像曼德尔斯塔姆、古米廖夫、皮利尼亚克、阿赫玛托娃、茨维塔耶娃、布尔加科夫、扎米亚金这些人。但是,这种理解可能有些偏颇。前些年出版了一本书,叫《复活的圣火》,书的副题是"俄罗斯文学大师开禁文选"(王守仁编选,广州出版社1996年版)。里面收的就是过去被枪毙、流放、囚禁的作家的文章、书信,他们的有关写作、生活、文学信念的文字。他们的作品被禁达几十年之久,现在重见天日。在这本书的"代序"中,楼肇明先生——他是北大俄语系毕业的,现在在社科院文学所,从事现代散文批评和散文理论研究——认为,这些作家的创造力主要表现在跟文学有关的领域之内,除了索尔仁尼琴一人外,从古米廖夫到布罗茨基,"没有一人是反共反十月革命的"(《启示录时代的启示》,《复活的圣火》第5页)。也就是说,他们其实并不是在写政治小说、政治诗,主要不是要对政治、社会问题发表意见。有时候我们会想当然地认为,这些作家是借作品在反抗"暴政",发表不同政见,等等。事实上不完全是这样。我们读他们的诗、小说,会发现他们很少针对"时政",作品本身也很少直接涉及什么政治问题。楼肇明举了一个例子,诗人古米廖夫在1921年被枪毙,理由是他参加反革命活动。但实际上没有任何材料能证明他参加了政治活动。他只不过和白卫军的人士有私交,没有及时断绝关系。我对这些作家、诗人的创作读过一些,但不是很系统,全面。所以,我不清楚楼肇明的这个判断的可靠程度。不过,从我读过的有限的部分看,他的说法是有道理的。索尔仁尼琴确实是"典型的""政治异见者",从他的活动,他的谈话、文章,和《古拉格群岛》、《癌病房》等主要作品,都能看到这一点。其他的作家、诗人,就不一定是这样。但是,他们的创作和"体制"之间,又的确构成了"冲突"。这是一种什么性质的冲突呢?根源主要是他们坚持自己伦理的、哲学的,或者美学的信念和追求,这种信念和追求跟当时的"体制"发生了矛盾,或者说,当时的"政治体制"不容许这样的追求存在。所谓"反体制"是在这样的含义上来理解的。这包括茨维塔耶娃的诗,包括在50年代

像阿赫玛托娃、茨维塔耶娃、曼德尔斯塔姆、帕斯捷尔纳克的诗,萧斯塔科维奇的音乐,布尔加耶夫的《大师玛格丽特》等小说,都很难,也不应该简单归结为一种"政治对抗"的寓言;虽然我们可以以开放态度来分析这些文本的"政治性"。从根本的一点说,这些作家其实认为音乐、小说、诗比"政治"要更为重要。

在苏联和中国被批判为"反十月革命"或"反共"的小说《日瓦格医生》。这部小说的名字,我在1958年就知道,《文艺报》发表过谴责、批判帕斯捷尔纳克的文章。当然,我们读到这部作品,已经是30年后。许多作品都是这样。50年代初,我们也相信日丹诺夫对阿赫玛托娃的谴责,说她是"混合着淫秽和祷告的荡妇和尼姑"[1]。其实我们并没有读过她的诗,除了日丹诺夫报告中引的一小段之外。文革中有一条毛主席语录,大家经常引用的,叫作"世界上怕就怕认真二字,共产党人就最讲认真"。可是我们都很不认真。

《日瓦格医生》确实不能简单把它称作反十月革命或反共的小说。当然,它对十月革命,对这场革命在人的精神和心灵上留下的伤痕,产生的后果有严重的忧虑和批评。后面我在讲左翼文学在构造他们的评价标准时,可能还会涉及这个问题。但是不能从一般的意义上说它是反十月革命的小说。《日瓦格医生》在中国大陆已经有多个译本。我最初读的是漓江出版社的版本,最近又读了外国文学出版社的。据有的人说,外国文学出版社的译本更好,但是我总觉得漓江的好一些。这大概是"先入为主"的印象。这种情况会经常发生。比如我第一次听西贝柳斯的交响曲,第二和第四交响曲,听的是阿什肯纳吉指挥的,觉得很好。在音乐欣赏上,我很保守,或者说守旧,觉得这位指挥家处理得很抒情,旋律连贯,很有诗意。但是内行的人告诉我,最好的恐怕是戴维斯指挥波士顿乐团的。我听了以后,总觉得不如阿什肯纳吉的好。这个"第一次"的印象太牢固了,无法"颠覆"它。我试着改变自己,好进入"正确"的"主流性"判断;转念一想,听音乐对我来说,也就等于闹着玩,不致闲下来无所事事,产生非分之想,又何必难为自己呢?这种事情有的时候很奇怪,说不清道理。这是先入为主的感觉。"先入为主"有的时候可能

---

[1] 日丹诺夫:《关于〈星〉和〈列宁格勒〉两杂志的报告》,《苏联文学艺术问题》第47页,人民文学出版社,1953年版。

很有价值,但有的时候会使你长期陷于偏见之中。

我们还是再谈《日瓦格医生》,是很难把它看成一部"政治小说"。但是在50年代的苏联和中国,对它的批判,都是把它当作"政治小说"的。现在可能还会有这样的见解,从这个方面去挖掘它的含义。我在1986年看过美国米高梅公司拍的电影,它的阐释也有点朝着这个方向。一方面是突出里面的爱情,另外一个方面就是突出对革命的"批判"。电影在处理游行示威的场面时,是嘲讽的,相当漫画化的。这是拍这部电影的那些美国人的阐释,好莱坞的模式。实际上,《日瓦格医生》在写到战争,俄国革命时,是非常严肃的。有批判,质疑,但是基调是忧虑,而且是从革命对人的精神生活和人性建设的层面,来思考革命问题的。

从这一点说,我倒是觉得日丹诺夫对俄国思想、文学的"异端"传统的描述,比较恰当,当然,他是从批判、挞伐的角度谈的。日丹诺夫被西方有的学者称为"文化沙皇",这是指他40年代对苏联文化实行的严厉控制。他1946年的一个报告,引用了高尔基说过的话,高尔基说,在1907到1917的这十年中,够得上俄国知识界历史上"最可耻和最无才能"的十年。从1905年以后,知识界大部分"背叛了革命","把无思想作为自己的旗帜高竖起来","他们忙着诋毁俄国社会的优秀和先进分子为之奋斗过的崇高理想。社会上浮现出了象征派、意象派、各色各样的颓废派,他们离弃了人民,宣布'为艺术而艺术'的提纲,宣传文学的无思想性"。日丹诺夫说,阿赫玛托娃就是"空洞的无思想的贵族沙龙诗歌的旗手之一"。日丹诺夫讲到阿赫玛托娃的一首诗,很有意思。这首诗是苏德战争撤退的时候写的。这首诗"描写自己不得不和一只黑猫分担的孤独","黑猫像世纪的眼睛一样望着她"。日丹诺夫说,这是"与苏联文学

日丹诺夫(1896—1948),曾任列宁格勒第一书记。1934年担任联共(布)中央书记,次年进入政治局,一直负责苏联意识形态和文化领域领导工作。战后,具体领导一系列由斯大林亲自发动的意识形态批判活动。在西方,有"日丹诺夫主义"之说。1948年8月突然去世。他的死直至现在仍是一个谜。在第一次苏联作家代表大会上的演讲中,提出了区分资产阶级上升时期和没落时期文化的论点,指出由于资本主义制度的衰颓与腐朽,资产阶级文学也变为衰颓和腐朽了。

> 目前,在一些作家和批评家那里,"宏伟叙事"、"重大题材"已经成了贬义词,这透露了我们对事情理解上的转移。

绝缘的孤独和绝望的情绪"(《苏联文学艺术问题》第 45—47 页)。从这首诗的题材和主旨上看,显然和政治无关,可以说是"个人"的"日常生活"的体验。这里面可以看到,这个在苏联长期受到压制、禁锢的文学传统,这个线索,主要并不是它所表现的政治对抗意图,而是它的"无思想性",它主张的"为艺术而艺术",它的"神秘主义",它的"不问政治",它对个人生活,个人精神处境的关注,对于旧时代的"文化遗迹"的迷恋……当然也有对于革命的后果的忧虑。"无思想性"和"不问政治",在那样的时代的逻辑中,就是"政治",一种政治立场和态度。我们只能在这个意义上来谈论这个传统的"文化政治"含义。阿赫玛托娃,还有茨维塔耶娃的许多诗,写的纯属个人的体验。与黑猫分担孤独,有什么政治对抗性的含义呢?但是,在苏联的那个时代,包括中国当代的某些时期,个人的"无意义"的生活和情感,对"渺小的灵魂"的"个人体验",悲观孤独,都是对崇高理想,对革命政治,对思想性的严重对抗和腐蚀。在这样的意义上,日丹诺夫称这个传统是"反动的文学泥坑"。

讲到这个地方,也会有些犹豫,好像我们强调的,要建设的"独立"的文学传统,指的就是上面讲的这种文学主张和写作趋向。那么,和社会生活,和"重大"历史事件保持更紧密联系的文学,是不是应该作为一种失误加以"清除"呢?目前,在一些作家和批评家那里,"宏伟叙事"、"重大题材"已经成了贬义词,这透露了我们对事情理解上的转移。事情可能不完全是这样的。对我们来说,在今天,不仅要发现和社会斗争、"革命"保持距离的文学这条线索的意义,它的价值,而且要在"反思"中重新审察那条曾经是"主流",现在则已大大削弱的线索可能有的价值。比如说,日丹诺夫报告中极力推崇、赞赏的"俄国革命民主派文学"(他列举的是"别林斯基、杜勃罗从90年代末到21世纪这些年，在创作和理论上，中国文学界出现重新召唤"左翼文学"亡魂的思潮。使用"亡魂"这个词，是因为在一段时间它在很大程度被摒弃和忘却。这些年，有对"纯文学"的批判反思，对80年代"重写文学史"的检讨，对二三十年代革命文学、左翼文学研究的进一步开展，对当代"社会主义文学"重新关注，以及"人民性"、"底层写作"、"打工文学"等概念被重提或发明。自然，如果从文学实践看，能够"拯救"衰颓的文学的，归根结底不是靠潮流的发动和道德上的支撑，而是创作者自身的经验、感受、艺术创造力的性质和高度。拿"底层"来说，"如果诉诸鲁迅文学的话，这就是鲁迅与'聪明人'的区别——不给被奴役者以任何不切实际的解放的幻觉，也是鲁迅和'傻子'的区别——拒绝从外部把'解放'赋予对方。"（张柠《"底层"与"纯文学"》）就如竹内好所说，鲁迅就是一个"醒了却无路可走"的奴隶。

留波夫、车尔尼雪夫斯基、赫尔岑、萨尔蒂科夫－谢德林"），现在是不是就没有意义了呢？在20世纪初，"革命民主派文学"，是被阿克梅派所批判的。在现在，我们不会同意日丹诺夫对古米廖夫、阿赫玛托娃等的阿克梅派的挞伐，肯定了提倡唯美主义、宣称"不要给生活以任何改正，也不要给生活以批评"的诗歌流派的价值。在这样的情况下，是不是因此就反过来否定那些重视"介入"生活的文学派别和作家呢？我看不能做出这样简单化的、非此即彼的决断。因此，谈到中国现代文学缺乏像俄国文学那样的"独立"的，或者说有比较深厚根基的美学理想、伦理要求的文学传统，那并不是要简单地指责中国文学和社会生活之间的紧密联系。也就是说，这个"传统"的建立，需要从那个和政治，和社会问题保持距离的文学派别中寻求"资源"，也需要从另一线索中发现根据。后面这一点，指的是"启蒙主义"的文学，"左翼"的文学。当然，这个文学线索，出现了许多失误，在文学与政治，与社会生活的联结方式上，在作家的视点上，都需要反思和"剥离"；但不是简单地抛弃。这个问题，在后面，如果有时间的话，还会进一步讨论。

在40—50年代，左翼文学通过推动文学实现"转折"，来确立它的绝对支配地位。这种设计的实现，和中国现代文学缺乏相对独立的文学"传统"有关。这是上面我谈到的。但是，还可以考虑另一个问题，就是左翼文学在当时，有没有吸引许多作家和读者的魅力？现在有一种说法，许多作家在这个文学转折期转向左翼文学，是由"外部力量"造成的，带有"干预"、"强制"的性质。这可能和事实不大相符。不过，讨论这个问题会相当麻烦。首先要弄清楚的是，中国的"左翼文学"，或"革命文学"究竟指的是什么？这两个概念是不是等同的？革命文学或左翼文学在它的发展过程中，出现许多变提出的口号、主张，和写作的具体成果，也存在复杂的情形。

化，你说的究竟是哪一时间、哪些作家为代表的左翼文学？

认真想想，我们对左翼或革命文学的内涵的把握，可能是相当模糊的。有一些作家、作品的归类，大家可能都没有异议，比如说20年代末、30年代初蒋光慈的诗与小说，又如殷夫参加革命运动之后写的诗，还有叶紫的小说，华汉的小说，蒲风、杨骚的诗等。当然，三四十年代根据地和解放区的革命文学，如《白毛女》，赵树理的小说，李季的诗，丁玲、艾青后期的小说、诗等等，都是没有疑问的。但是除了这些以外，其他的一些作家、作品，究竟在什么程度上可以被称为革命文学，或左翼文学？革命作家与民主主义作家、自由主义作家之间的界限在什么地方？这些问题，在文学史的处理上，我们并不总是非常清晰的。这种不很清晰，重要原因之一，是文学创作并不是政治立场、思想观念的简单表达，它本身总有相当的复杂性。茅盾显然是个"左翼"作家，但他的小说，都可以被看作是"革命文学"，或"革命小说"吗？《蚀》三部曲可以不论，《子夜》呢？《霜叶红似二月花》呢？《腐蚀》又是什么小说？张天翼写在30年代的短篇又怎样看？萧红的《生死场》也许可以被称为"左翼文学"了，《呼兰河传》属于什么样的类型？甚至是被国民党杀害的革命作家胡也频、柔石等，他们的一些作品，也不是都可以在革命文学的名义下来分析。40年代胡风等的"七月派"作家群，一般来说是被认为属于革命文学"阵营"，他们自己更是坚信无疑。但是路翎的《财主底儿女们》《平原》集中的小说，应该怎么"归类"？这都不是很容易说清楚的事。

提出这些问题，并不是要模糊中国现代文学各种派别、集团和写作路线之间的区别，而只是要说明，所谓"左翼"等称谓，它的含义也是历史形成的，并不断发生变化。同时也说明，左翼文学家之

"左翼文学"和另外类型的文学之间的界限、区别,既是政治意识上的,同时又是艺术形态上的。它们的文化构成因素,既有各自的系统和渊源,但也存在互相混杂、渗透的状况。

间,在文学观念、创作方法上,存在许多的不一致,发生过许多冲突。还有一点是,提出的口号、主张,和写作的具体成果,也存在复杂的情形。这导致"革命文学"和其他类别的文学之间,有的边界并不是那么清晰。苏联的美学家卡岗,有一本书是研究艺术形态学的。他谈到形态研究的方法论立场时,认为对待艺术的毗邻样式、品种、种类之间界限,它们的疆界,不应看作是"不可穿透的墙壁或不可逾越的壕沟,而是发生着一种现象向另一种现象逐渐转变的边缘地带",他把这个称作"对毗邻的艺术现象的相互联系的'系谱'理解"[1]。这种方法论立场,用来看待、分析中国现代的文学"派别"构成和它们之间的联系,是有借鉴意义的。我们应该看到,"左翼文学"和另外类型的文学之间的界限、区别,既是政治意识上的,同时又是艺术形态上的。它们的文化构成因素,既有各自的系统和渊源,但也存在互相混杂、渗透的状况。

> 卡岗引述另一位学者(安布罗斯)的观点说,"艺术间的'边界线'实际上不是线,而是宽窄不等的'地带',它们被'笼罩在神秘的昏暗中'……"

左翼文学界中的"主流"派别,是看到这一点的,这也是他们要解决的一个问题。40年代后期,他们批评国统区革命文学的这种边界不清,认为是"右倾"现象。清算这种"右倾",就是要为"革命文学"重新正名和定义。中国左翼文学界内部各个时期的"激进派别",都是从指责前此的革命文学的"右倾",向资产阶级投降(或"跌到修正主义边缘")作为开端,来重新"定义"革命文学,并确立这一派别的"主流"地位的。四五十年代之交是这样,文革时期也是这样。左翼文学界在40年代所进行的文学规范,做的就是这样一项工作,这也就是"当代文学"的发生:把不太清晰的界限清晰化,由此来构造"当代文学"的基本特征。

那么,比如说在三四十年代,或50年代初,革命文学本身是不是具有一种吸引力?甚至在某种历史情景下,对某些读者构成一种

---

[1]《艺术形态学》,第181页。凌继尧、金亚娜译,生活·读书·新知三联书店1986年版。

震撼的力量？我想这是肯定的。从我自己的经验（这当然不是学术性的分析）看，我觉得左翼的革命文学在当时，动人的、最有价值的部分可能表现在两个方面：一个是它的批判精神。这种批判精神，可能更多继承了俄国、法国19世纪文学的特点。中国的"社会主义文学"的设计者总是要竭力超越"旧现实主义"，超越"批判现实主义"，其实，批判性，对现状的质疑，是左翼文学的生命力的根本点。

第二个方面，是在批判精神之上所表现的一种精神创造意识。这种创造意识大体上可以理解为对时代，对历史的发展的一种信念，或者对未来的一种乐观的态度与情绪。左翼革命文学跟林语堂、周作人、梁实秋等作家最大的区别在什么地方呢？就是对他们所发现的丑恶的社会现象、人性现象，对社会不公，对民族压迫的不能容忍的态度。这种文学是反"闲适"，反"平淡"的，是反"静穆"，反"超脱"，也是反"犬儒主义"的文学。是常常对现实直接发言，有强烈的干预现实欲望的文学。在对于社会变革的呼应中，提供关于社会、人生、道德观念的新的价值体系，和新的社会图景。我想这是当时对许多读者具有吸引力的地方。在50年代初，我读了许多有左翼倾向的作品，产生的就是这么一种印象。人的思想状况和心理，可能就是这样：在那种平庸的，琐屑的，没有生气，而且带有腐烂气息的环境中，对这种生活感到厌倦，这个时候，你通过文学等媒介，看到另一种生活，接触到另一种世界观，会感到面前打开了一个新的境界。

因此，尽管革命文学有的作品，显得粗糙，简单，也能感动人；事实上，在那样的阅读情境下，过分的细致和繁复的技巧，倒会被认为是一种"颓废"的表现。这种成熟得已经要腐烂的生活状况，希

郭沫若、茅盾、邵荃麟等在40年代后期，都撰文赞赏赵树理小说。郭沫若虽经常被人觉得总在"夸大其辞"，他也自我辩解说，"或许有人会说我在夸大其辞，我不愿置辩"，但他仍坚持对赵树理小说的评价分歧，"不单纯是文艺的问题，也不单纯是意识的问题，这要关涉到民族解放斗争的整个发展"。他指出："看惯了庭园花木的人，毫无疑问，对于这样的作家和作品也会感觉生疏，或甚至厌恶的。"（《读了〈李家庄的变迁〉》）

望它改变的普遍性的情绪,我想是左翼文学在一个时期产生广泛影响的原因。但是,左翼文学后来并没有珍惜它的一些值得珍视的特征,而是通过对自身的"体制化"和"规范化",把自己逼进了死胡同。所以,左翼文学后来的困境,主要并不是另外的文学力量、派别的逼迫、挤压,而是它自己限制、削弱了自己。当然,时代风尚的变更、转换,也是重要因素,而且可能是更重要的因素。

"一体化"和"价值多元"

40年代文学存在多种文学样态,存在多种追求和文学主张。这是上次课讲到的。同时还讲到,战争结束后,对中国文学未来发展方向的最有力量的发言,主要来自两个方面。一个是左翼文学的主张,一个是被称为"自由主义"作家提出的主张。我还讲到,"自由主义"作家在文艺现状与文艺方向上的主张,萧乾为1946年5月4号《大公报》写的社评,还有朱光潜在《文学杂志》上的言论和办刊方针,是有代表性的。他们当时的观点概括起来讲是:五四以来中国文艺界充满着各种论争,各种冲突,现在,这种冲突应该结束了,是到了拿出作品来的时候了。萧乾在他撰写的社评中这样说,"今日已不是'现代'战'语丝','创造'对'新月'的时候了。中国文学革命了28年,世界张手向我们要现货,要够得上世界水准的伟作",说希望全国的文艺工作者"把笔放到作品上","使文坛由一片战场而变为花圃"。他还提出了一种很理想化的未来文艺格局:在这样的花圃中,"平民化的向日葵和贵族化的芝兰可以并肩而立"。这也是"新时期",特别是80年代经常讲到的文学的共生态或生态平衡的理想化描述。在对"五四"和"五四"精神的理解和阐释上,左翼作家更强调"五四"体现的革命、变革精神,反封建,对旧传统的否定,对旧文艺的超越。萧乾等作家就更突出"五四"的民主精神。——这也是不同作家,不同的文学派别对"五四"理解的不同侧重点,和在特定的现实境遇中采取的不同的阐释策略。

存在多种文学主张和文学样态,这是40年代的一个事实。这个"存在",当然也不是"共生"和"平衡"。这种"共生"是非稳定的,暂时的。但无论如何,还是存在这样一种状态。对于这个状态的存在,左翼文学家也是承认的。价值、意义的多元,是中世纪的宗教式的总体性,或者宗教的一体性解体之后产生的一种局面。那种一体性的意义结构发生了分裂。马克思、恩格斯在《共产党宣言》中分析过这个事实。他们说,所谓信仰中的分裂,实际上是资本主义社会中自由竞争的状况在信仰领域中的体现。左翼文学家或者说马克思主义文艺家,承认多种文学形态所体现的多种价值观的事实。但是,他们对这个问题的解释,对这种现实的态度,跟"自由主义"作家相比,有重要的不同。

一个是对产生这种现象的原因的分析,左翼文学家认为,这种不同的文学价值观的分裂,主要是由于阶级地位,阶级集团利益所造成,是阶级冲突的结果。在他们看来,阶级之间在现代社会中的结构关系,并不是平等的,不是平行不悖的。它们在社会历史进程中的地位,有"先进"、"落后"之分。同样,反映这种阶级地位的不同文学主张,和体现这种主张的不同文学形态,也不可能是一种平等的关系。提倡所谓"共存"、"并肩而立"的局面,左翼文学家认为这种说法反映了资产阶级的虚伪。左翼文学家坚定认为自己的文学主张,代表了先进的生产力,代表了先进的文化发展趋向。所以,他们虽然看到这种"多元"的现实,但要致力于这种现实状况的改变。

在四五十年代周扬、郭沫若、邵荃麟等当时左翼文艺界主要领导人的文章里，都坚定地表示了这样一种观点，就是体现无产阶级阶级利益的文学应该占据支配性的地位。在他们的论述中，为这种体现阶级的、党派性的价值观的文学，从社会经济结构，从阶级斗争各个方面，提供一种客观真理性，或历史正当性的叙述，以历史地解决左翼文学在各种文学派别、力量、主张的总体格局中的地位。这种"正当性"的证明，还放在民族独立和国家现代化的基点上。被批判、反对的派别，都把它们和封建主义、帝国主义势力联系在一起，指责它们反映了把中国变为封建、殖民地国家的图谋（参见1948年香港《大众文艺丛刊》第1辑郭沫若《斥反动文艺》等文）。在这里，"现代性"当然也是左翼文学所依据的重要尺度。在文学理论和文学史叙述上，选择"革命"、"进步"、"反动"这样的修辞手段，来描述当时的各种文学派别，主要原因就是要"历史地"解决这种"多元"的局面。"进步"、"反动"等的修辞对不同文学的性质的判定，成为40年代后期确立左翼文学地位的最主要的理论和实践策略。记得1955年批判"胡风集团"的时候，在胡风给张中晓的信（1950年8月13日）中，指责当时的文艺界"在一个罩子下面"，"舆论一律"。毛泽东为胡风这封信，写了很长的按语。这个按语很著名，后来还收进"毛选"第5卷里面。毛泽东说，"胡风所谓'舆论一律'，是指不许反革命分子发表反革命意见，这是确实的"，但是"我们在人民内部，是允许言论不一律的，这就是批评的自由，发表各种不同意见的自由"（《关于胡风反革命集团的材料》第67—68页，人民出版社1955年版）。不过，从当代处理胡风，以及另外的很多事件看来，这倒是有点像鸡生蛋、蛋生鸡一样的纠缠不清。因为胡风等说了"不一律"的话，因此他们是敌人，反革命；又因为他们是

> 毛泽东在"五一六"通知中对此的阐述是："无产阶级对资产阶级斗争，无产阶级对资产阶级专政，无产阶级在上层建筑其中包括在各个文化领域的专政，无产阶级继续清除资产阶级钻在共产党内打着红旗反红旗的代表人物等等，在这些基本问题上，难道允许有什么平等吗？几十年以来的老的社会民主党和十几年以来的现代修正主义，从来就不允许无产阶级同资产阶级有什么平等。……因此，我们对他们的斗争也只能是一场你死我活的斗争，我们对他们的关系绝对不是什么平等关系……"

反革命,也就不允许说"不一律"的话。事情难道不是这样的吗?

说到这些,会想起几年前发生的"人文精神"讨论。这个讨论,它的理论、思想的"生产性"成果,可能不很显著,但它的发生也不是空穴来风。它确实暴露、提出了知识分子在现时期生活和精神处境的重要问题。讨论中也涉及到上面谈到的这个令人困惑的问题:"价值多元"是不是意味着,或者导致了价值的相对性?40年代后期左翼文学界的回答是否定的;它要解决、克服的,要改变的正是这种"多元"状态。刘小枫的《现代性社会理论绪论》中讨论了这个问题(《现代性社会理论绪论》第210—213页,香港牛津大学出版社1996年版)。书里面使用了价值"多神论"和价值"一神论"这样的概念,指出"价值多元"境况,并不等于各种价值是相对的,不等于价值、意义之间的选择取消了。生命和世界的终极性意义的问题,在价值多元状况中必然处于冲突状态,但是这并不导致生命和世界意义的相对性。这部论著着重比较马克思和韦伯在这个问题上的不同主张,他们都认可、坚持"一神式"的价值—意义理念,他们的差异是马克思把世界观决断与阶级冲突联结起来,把无产阶级世界观看成是现代历史最先进的理念,这是"阶级的一神式的意义理念";而韦伯的解决方案是把这个问题"个体化",对个体而言,只有某种价值的绝对性,他坚持的是"个体的一神式的意义理念"。刘小枫指出,韦伯并没有否认个体在价值选择中的"独断性质",但是,"不能通过经验理性的知识论述,把个体决断的价值推论为普遍性的,进而可以要求他人无条件接受的惟一神"。

90年代前期讨论"人文精神",讨论"理想"等问题的时候,这个观点也被一些人所阐述。经历了当代曲折的历史,"理想"、"理想主义"在当时是一组让人疑惑的字眼。在90年代,人们再要把它们提文学领域的"政党斗争"方法的基点是，通过确立文学的评价准则，来划分文学界各个派别，各种作家的不同归属，不同类型；并进而确立不同的作家类型的等级，以区分依靠、团结、争取、打击的不同对象。

出，就必须做出各种限制和说明。其中重要的限定之一，就是把选择"个体化"：个体的价值选择的独断性质是合理的、正当的，但是不应推论为普遍性的，进而要求其他人无条件地接受。这是90年代相当流行的看法；它既是针对当代历史所做的批判性反思，也是知识分子在现实困境中做出的反应。在当代，特别是在文革中，在精神上留有创伤记忆，多多少少感受到像胡风说的"空气是强迫人"（1950年8月13日胡风给张中晓信，《无梦楼随笔》第67页）的，大体都能接受这种主张，这种"自由主义"式的看法。但是，这种说法并不能解决我们的困惑。它不涉及"各种"价值—意义的性质。"各种"价值是否是同等的？应不应该对它们做出必要的"价值评价"？同时，如果把价值选择完全看成是个体的问题，实际上也就取消了这个问题的紧迫性质。要是我们也认同下面的这样一种说法，即知识者的存在方式，不只是独善其身的"逍遥"，而且要有"拯救"的承担，那么，在"价值多元"的境况下仅仅强调选择的个体性质，这是不大能解决问题的。这种论析，可能存有一种"两面性"。它确实表现了一种批判的锋芒，但也可能是一种回避。从后一种可能性来说，它难道不会导致对价值混乱的现实状态的容忍和默认吗？这种情况，只要看看我们当前的文学界，应该是不难明白的。

文坛派别的类型划分

刚才我们讲了，左翼文学为了推动文学的一体化和整体性，并不容许"多元"的状况存在。推动"一体化"的过程，主要采取的方法，是阶级、政党政治斗争的方法。或者说，把政治斗争、政党活动方式引入文学领域中。这种方法的基点是，通过确立文学的评价准则，来划分文学界各个派别，各种作家的不同归属，不同类型；并进而确立不同的作家类型的等级，以区分依靠、团结、争取、打击的不同对象。

类型分析当然是文学批评、文学史工作中经常使用的方法，甚至可以说是难以避开的。如果没有类型区别和类型分析的话，我们的文学史研究就很难进行。但是，这种方法也经常受到张扬艺术"独创性"和"原创性"的作家、批评家的非议。所以陈平原老师在他的《小说史：理论与实践》这本书里，在集中讨论中国小说类型研究的问题时，也花了一些篇幅来为这种方法辩护。他的辩护是"积极"的，"以进为退"的。他不是说这种方法是不是合用，或不得不使用，而是说，正是成功的类型分析，能发现作家的独特创造："把握类型和洞察个体之间并非绝对'水火不相容'。"（第139页）这种方法，既是为了发现"创造"，也是为了指明"类同"和"连续"，是对"独创性"或"原创性"的那种无限信仰态度的怀疑。当然，这是一个"古老"的问题。瑙曼在《作品与文学史》中这样说："最晚从克罗齐以来——倘若不是从狄尔泰以来的话——我们这个学科的理论史就始终是以'作品'为对象和以'文学'为对象这两种对象的规定性之间的矛盾中徘徊"；如果以"作品"的形态出现在我们面前，它具有"个性"的特征，如果以"文学"的形态出现在我们面前，它表示"类属"，"不管作品的个性特征是多么突出，它也只是这个'类属'中的一分子"（《作品、文学史与读者》第181页）。不过，这个问题不是我们今天要讨论的题目，还是回到40年代左翼文学对作家和创作的类型分析上。

左翼作家的这种类型划分，也可以看作是一种文学史叙述。但是它的功能和意义显然不限于文学史上。更主要的，它是在文学领域中通过有目标，有组织的手段，来干预历史进程。谈到他们使用

> 从近一二十年来中国文学界的情况看，在"作家作品"与"文学"这两种对象之间，嫌薄弱的还是作家作品的"个性"探究方面，对"类型"（创作倾向，代际等）存在过分重视的偏向。

的分析尺度,毫无疑问主要是政治尺度,在文学领域中采用阶级分析的方法。文学作品是一种精神产品,观念、情感、感觉,意识和无意识,在其中构成复杂的状态。对这一对象作阶级划分,会有一定的难度。主要是缺乏明确的、可操作性的标准。这大概和40年代末50年代初土改运动的划阶级,不大一样。划分地主、富农、中农、贫农、雇农、小土地出租者等,会规定一些标准。如土地的占有量,雇工的人数,地租收入等。这个标准,会根据不同地区的情况有所不同。在我的家乡(广东潮汕地区),土地很少,人口又很多,当时平均每个农村人口占有的土地不到六分地。一般来说,有十多亩地,雇二三个长工,这个人肯定就是"地主"无疑了。但是在华北,或在东北,人少地多,情况就有很大不同。总的来说,总是有一些可以操作的具体的标准来衡量。可是在"意识形态",在精神、情感的领域,怎么划分阶级,怎么判定他的政治归属?这是一个问题。当然,在1957年以后,生产资料都收归国有,或成为集体的了,阶级划分的方法、标准,变得越来越意识形态化,变得非常含糊了。40年代后期在文艺界所作的类型分析,就是根据作家的行为、态度、言论、作品,归纳出所体现的思想意识的阶级性质,来确定他的归属。这种分析在当时,最重要的根据,是作家现实的政治态度,即他在国共内战中的立场,他对于中国共产党领导的革命,包括革命的文学运动的态度。就像郭沫若在第一次文代会报告中所讲的,你是拥护中国共产党领导的革命战争,还是反对或持中立态度,这是最重要的问题。这种方法,是把文学界也看作现代阶级、政治斗争的组成部分。这产生了一种影响深远的,持续几十年的,到现在还有一定影响的分析方法,并且产生了一系列的特定的概念与词语。40年代类型划分的方法,有两个基本点。一个是指明文艺界存在着对立的两条路线

> 对文学等进行权力控制的时候,采用的方法有多种。对信息的封锁,或者实施检查,如书报检查是其中一种。

的冲突,另外一个是,指明冲突中的不同路线的性质,和各自的价值等级差别。40年代后期,包括50年代产生的一些概念(当然,有的概念的产生要更早),一直到现在都还在使用,真的成了"当代文学"的"关键词"。比如"文艺路线"、"文艺战线"、"作家队伍"、"文艺思想斗争",比如"革命作家"、"反动作家"、"进步作家"等等。从此以后,我们便忙于在文艺界不断划分"路线"和"阵营",从40年代后期的"革命文艺阵营"、"反动文艺阵营",到反右后提出的"文学逆流"、"修正主义文艺路线"、"社会主义文艺路线"、"反社会主义文艺路线"。到文革期间的"毛泽东文艺路线"、"资产阶级文艺黑线"。这种方法,是一脉相承的,虽然具体的指认对象会发生很大变化:许多当初是"革命文艺阵营"中的,后来则成了"文艺黑线"中的"黑帮分子"。

我们知道,对文学等进行权力控制的时候,采用的方法有多种。对信息的封锁,或者实施检查,如书报检查是其中一种。我在《中国当代文学概说》(香港青文书屋,1997年版)中谈到这个问题,讲到为了政治、宗教、道德等的原因,几乎所有的国家,都对包括文学在内的出版物(当然还有影片等)实施各种不同的检查制度,有的并对某种信息加以封锁。文革期间,信息封锁是实行得最为严格的,不仅是境外的信息,而且国内的信息也一样。当然,那个时候,这种封锁的有效性也要打折扣。另一个控制的有力手段,就是特定概念、词语的产生,和跟这个相联系的思维、分析方法的确立,并通过对这些概念、方法的不断使用,取得支配性的地位。通过这些概念、方法,来建立起一种对中国现代文学的特定理解。也就是说,这种"控制",是采用建立一种独立的语言系统来达到。"当代文学"概念系统中的一些基本概念,主要是在40年代确立的,特别是40年

> 当代的"社会主义文学",概念的建构是它的重要部分。"新的人民文学"、"社会主义文学"、"作家队伍"、"文艺战线"、"两条道路斗争"、"正面人物"、"反面人物"、"中间人物"、"香花、毒草"、"深入生活"、"写真实"、"干预生活"、"光明面、黑暗面"、"歌颂、暴露"、"工农兵作家"、"集体创作"、"反党小说"、"阴谋文艺"、"政治抒情诗"、"革命历史小说"、"农村题材小说"……在某种意义上说,正是这些概念成为这一文学的支撑骨架。1999年,我和孟繁华一起主持了"当代文学关键词"的写作项目,约请一些研究者分别撰写相关条目,并结集为《当代文学关键词》(广西师大出版社,2002)一书。但是,当时这项工作并没有做好。后来多次想在这个基础上重起炉灶,终因工作量太大,留下遗憾未能实现。

代后期和50年代初。最近,广西的《南方文坛》杂志的"'当代文学'关键词"的专栏,就是要对这些概念、语词进行辨析。这个做法,主要不是知识性的,而是文学史"重写"的一个组成部分。按我的理解,主要的用意是通过这种辨析,来理解"当代文学"的性质,它的内在逻辑,还有它的"构造"的过程和方式。不过,撰写者各有自己的想法,对这件工作的目的理解不很一样,所以,结果会是怎么样,还很难说。恐怕很难实现当初的设想。

这种类型分析的方法,一直影响着我们对20世纪中国文学的观察。即使在八九十年代的文学史研究中,也仍然有很大的影响。例如,把"五四"以后的现代文学,概括、或压缩为"三大板块",就可以看出这种影响。这三个板块,一个是左翼文学,另一个是"民主主义"文学,还有是"自由主义"文学。这种压缩、划分,在现在的研究中,有它的事实根据,也能说明某一方面的问题。但是,最好不要滥用,不要把它作为不变的视角。也就是说,它是可行的,但又是不完全的,不是惟一的。当然,我们现在在考察一个时期的文学思潮和派别冲突的时候,这种划分这些概念是无法避开的。

在40年代,对左翼文学构成较大威胁,并且有自己的体系性文艺主张、创作追求,在创作上又产生重要影响的,是"自由主义文学"。为什么叫作自由主义文学?"自由主义文学"是怎样形成的?这个概括方式在什么时期、被什么样的力量所使用,它的含义是什么?这些问题,都需要清理。在这个方面,我没有做过认真的研究,不可能讲得很清楚。"自由主义"是一个政治学的、经济学,或社会学的概念。它是在什么情况下成为文学性质的一种限定语的?把中国现代文学的一些派别,冠以"自由主义"的名字,可能和两方面的事实有关。一个是,一些作家所表达的文学观念,以及在中国现代

> 80年代以后,文学史研究中以阶级、政治立场作为基准的分析方法逐渐削弱,衰减。吴福辉认为,从近年的研究趋向(包括一些博士学位论文)看,"自由主义文学"的概念和范围已经逐渐膨胀开来。

党派斗争中所持的立场,可以把他们和"自由主义"联系在一起。比如强调艺术的独立,强调文学表现人性,在政治斗争和文化问题上提倡宽容、容忍,提倡"费厄泼赖"等等。另一方面,有些作家既从事文学工作,有时又参与政治,表达政治、经济的见解,他们提出了自由主义的政治、经济主张。如主张保护个人利益,维护个人财产不可侵犯,强调利润原则,在社会变革中主张温和的改良,反对革命的激烈手段等。而且他们中有的人的文学实践,是和他们的这种政治主张相呼应的。因此,从主要点看,这个概念是一种政治性质的概念。

80年代以后,文学史研究中以阶级、政治立场作为基准的分析方法逐渐削弱,衰减。但是,"自由主义作家"、"自由主义文学"的概念不仅没有随着衰减、退席,反而有很大加强。当然,现在对"自由主义文学"的理解、评价,已经发生了很大改变。"自由主义文学"的文学史地位越来越重要,而且这个概念所涵盖的范围也不断膨胀。以至于在有的论著中,几乎包括了除具有鲜明左翼色彩的作家与流派之外的作家、作品,把它们全收编在"自由主义文学"中。吴福辉先生在香港中文大学的一次学术讨论会上,着重谈了这个问题。他的文章的题目叫《中国自由主义文学的评价问题》[1]。他谈到,从近年的研究趋向(包括一些博士学位论文)看,"自由主义文学"的概念和范围已经逐渐膨胀开来。它不仅是现代文学众多的概念之一,而且被变成了一个"主体级"的概念,或者说被作为文学史的"主体级"的标准来运用。哪些作家和流派可以归到"自由主义文学"之中呢?吴福辉认为真正能够体现"自由主义文学"特征的,大概是这样三个流派:一个是《新月》的诗,一个是"京派"的小说,一个是"九叶诗人"的作品。但是,现在一些论著,不仅把这些作家作

---

[1]《中国现代文学论集——研究方法与评价》第71页,香港中文大学中国语言及文学系,1999年。

品归到"自由主义文学"中，而且把20年代的"语丝社"、"学衡派"、"现代评论派"、"新月派"，30年代的"第三种人"、上海的"新感觉派"以及"海派"，然后还加上西南联大的作家群，把这些都归到"自由主义文学"中。吴福辉认为这种分析方法是不对的。他既批评了这种类型分析的失误，也指出对"自由主义文学"在20世纪中国文学中地位的估计的偏颇。他说，中国"自由主义文学"跟政治党派的若断若续的联系，使其很难成为统领整个20世纪文学史的一支。这个观点，在指出"自由主义文学"的实际位置上，是有道理的；说因为和政治党派的这种联系，便难以成为统领的力量，这种说法却值得分析。吴福辉对目前的归类，提出了许多质疑。他认为，"海派"跟商业文化有密切关系的，而"自由主义文学"抵制商业色彩，反对文学与商业的结缘，认为文学既要独立于政治，也要独立于商业。所以把"海派"归到"自由主义文学"中是不恰当的。又说30年代初期的"第三种人"、"自由人"，这些人原本出自左翼文学派别，也不能把他们称为"自由主义文学"。而左翼文人中，也有部分原来接受"自由主义"，也不能把他们看作"真正的"自由主义知识分子。他举了聂绀弩的例子。说聂在黄埔军校毕业后留苏，30年代参加左联，多年从事革命工作，但对文学和政治，包括左翼的，敢于发表自己见解，"大胆放言"。所以，有的作家，如夏衍称他是"彻底自由主义者"，周恩来说他是"大自由主义者"。他却自称是"民主个人主义者"。

这个例子，说明在对作家进行分类时，事情的复杂。如果讲到具体的创作，就有更多的交错、渗透了。吴福辉使用了"真正的自由主义"这样的概念，就在于表示事情的界限并不那么清楚。对具体的作家来说，这种政治化的划分往往会显得简单化。中国现代作家有时候是非常复杂的，他们的政治信念、文学观的来源是多方面

用某一概念来拢括复杂的互有差异的事物，在当代文学研究中是一种值得注意的倾向。前面已有过分析。吴晓东指出，这是一种"本质主义"倾向，"即把同质性、整一性看作文学史的内在景观"。他在引述本雅明在《发达资本主义时代的抒情诗人》中的论述后认为，"总有一些难以整合的经验碎片，一些彼此冲突矛盾的现象存在于文学史中，而这碎片化的、冲突的、悖论式的图景恰恰是文学史的原初景观。文学史研究正应该回到文学史的原初景观中去，直面文学史的复杂的经验世界"（《审美主义与现代性》，《记忆的神话》91页）。不过，"文学史的原初景观"，"文学史的复杂的经验世界"中的"文学史"，

的,在不同时期也会发生很多的变化。所以用类似的尺度对作家作分析,是不严密的,是在一定的限度内才有效。概念、类型等,在研究时肯定很重要,但是,它不能完全涵盖全部的具体的现象。当然,什么是"真正的"自由主义,那也很难讲明白。总起来说,"自由主义文学"和"左翼文学"等一样,可以成为观察中国 20 世纪文学的一个尺度、视角,但是这个尺度、视角的应用,只能放到跟这个问题相关的这样一个范围中来处理。比如说 40 年代后期,关于"左翼文学"和"自由主义文学"的冲突、论争的范围中来处理,而不能不断扩大化。

> 是否改为"文学"较好一些?

类型分析的目标

  40 年代后期,左翼文学界对文坛的类型划分,主要是要解决两个方面的问题,或者说两个目标。一是和"自由主义文学"划清界限,从政治和艺术的不同方面,来剥夺"自由主义文学"在参与"当代文学"生成的合法性。另一个目标,则是在左翼内部区分"主流"和"逆流",在左翼文学即将成为大陆惟一文学事实时,进行"权力的再分配"。后一方面的事情的解决,要延续到 50 年代的中后期。

  40 年代的这两大文学派别,在政治立场和党派利益上,当然有明显的分歧、对立。这是不用多说的。在文学观的层面,他们当然也有重要的区别,表达了不同的文学理想,提出了不同的文学标准。其实,左翼文学与自由主义文学的主张也有相同的方面。举例来说,它们都有对文学商品化的警惕,都反对、拒绝商品化的文学。在现代社会,文学作品的生产、流通离不开商业手段,书刊实际上也是一种商品,作家的稿酬、版税收入,大部分出版机构的盈利追求,都说明文学和商业之间的紧密关系。但是,不论是左翼文学,还是左翼的"大众文艺",和他们要批判,要划清界限的商业性质的"大众文化"之间是一种什么样的关系?他们如何解决其间存在的"缠绕"?这是四五十年代左翼文学要解决的问题。

自由主义文学,都十分警惕它的"商品化",从作家的意识,作品的性质,和文学生产的方式上,来加以制约。五四产生的新文学,包括它的"左翼"和"右翼",对于"旧小说"、"通俗小说",如鸳蝴派的言情小说,武侠、公案小说等,大都看作封建性或买办性的文化,看作商业性的消费文化,是"迎合小市民的低级趣味"的,而加以批判、拒绝。左翼的茅盾、郭沫若、冯雪峰、胡风、邵荃麟等,在40年代后期,都表达了这样的观点。自由主义作家对通俗小说等同样也不采取同情的态度,这一点他们和左翼文学是相同的。他们主张的"纯文学"、"为艺术而艺术","高尚而纯正的趣味",既反对文学的"政治化",也反对文学的"商品化"。朱光潜1944年发表了《文学上的低级趣味》(《时与潮文艺》第3卷第5期,1944年7月)的文章。这篇文章主要是攻击左翼文学的,反对左翼文学的党派性,但是它也反对作为商业文化的通俗小说。他认为中国读者有很多低级趣味,作者有低级趣味,欣赏上也有低级趣味;低级趣味他开列的头三项,都是属于"通俗小说"的范围。第一项叫作"侦探故事",第二项是"色情故事"(鸳鸯蝴蝶派类型的故事),第三项是"黑幕小说"。左翼作家对这些,也认为是低级趣味,而且认为是有很大毒素的。当然,左翼文学也因此遇到一个颇为复杂的问题。左翼文学是强调、实验文学的"大众化"、"通俗化"的。左翼的"大众文艺",和他们要批判,要划清界限的商业性质的"大众文化"之间是一种什么样的关系?他们如何解决其间存在的"缠绕"?这是四五十年代左翼文学要解决的问题。这个问题需要另外专门讨论。

再举一个例子。1944年傅雷写过一篇评论张爱玲小说的文章《论张爱玲的小说》(《万象》第3卷第11期,1944年5月),用的是"迅雨"这个笔名。傅雷对张爱玲的作品的情调、风格,有很好的描述,这种描述甚至可以说带有"经典"性质。他说,张的小说里的人物为魇梦所苦,魇梦中是淫雨连绵的秋天,窒息的腐烂的气味,烦恼、焦躁、挣扎,没有边界,也就无从逃避;"零星的磨折",生死苦难,在此只是无名的浪费。又说,在阴沉的篇幅里,时时渗入轻松的笔调,好比闪烁磷火,分不清这微光是黄昏还是曙色,知道执着也是徒然,便舍弃了,明哲与解脱,同时是卑怯、懦弱、懒惰、虚无……后来有的研究者对张爱玲的评论,就是在傅雷这些分析基础上的延伸和发挥。不过,傅雷不是对她的作品都满意。他对《金锁记》有很高的评价,说"该列为我们文坛最美的收获之一"。对《倾城之恋》,就颇有微词,认为有些逊色,"华彩胜过了骨干"。而对于当时在报刊连载的《连环套》就有许多批评了,说它用旧小说和京戏中的镜头、技巧,"来给大众消闲和打哈哈",人物缺乏真实性,"弥漫着恶俗的漫画气息","风格上的自贬",不讲节奏、风格、品位,表现了"旧小说的渣滓";"我们固不能要求一个作家只生产杰作,但也不能坐视她的优点把她引入危险的歧途"。在现在的研究中,张爱玲常被当作"沟通雅俗"、"雅俗合流"的作家来赞赏,并且认为这是一条最值得推荐的道路。但是,傅雷当时并不这样看。他的精英的"自由主义"立场很执着,对于张爱玲有可能演变成一个"通俗小说家",创作有可能和"旧小说""混杂",很感忧虑,觉得有必要出来提醒她,给她"报警"。他和左翼文学家同样在贬斥的意义上使用"旧小说"这个概念。在文章的最后,傅雷还引用了一个在中国生活了几十年的外侨的话——"奇迹在中国不算稀奇,可是都没有好收场"——然后颇严重,又很恳切地说,"但愿这两句话永远扯不到张女士身上"。可以说,主张艺术的"严肃",拒绝文学成为消遣品,与商业化保持距离,这是左翼作家和自由主义作家的共同主张。

其实,左翼革命文学是提倡通俗化,大众化的。不是左翼的朱自清在40年代后期也指出了这一点:"所谓现代的立场……可以说就是'雅俗共赏'的立场,也可以说是偏重俗人或常人的立场,也可以说是近于人民的立场。"(《论雅俗共赏》2页,北京:三联书店1983)。但左翼说的"俗"、"大众",和"通俗小说"的"俗",和商业性的"大众文化"的"大众"有重要的区别。另外,左翼文学内部也存在着更坚持"精英化"路线的作家和理论家,这构成在这一问题上的复杂矛盾。

不过，张女士并不怎么同意傅先生的警告和劝说。她写了《自己的文章》(《苦竹》第2期，1944年12月)，来回应对她的作品的批评(自然不限于傅雷的批评)。她也承认《连环套》有欠缺，但基本上为她的写作"路向"辩护："我的作品，旧派的人看了觉得还轻松，可是嫌它不够舒服。新派的人看了觉得还有些意思，可是嫌它不够严肃。但我只能做到这样，而且自信也并非折衷派。""不够舒服"，就是"不够才子佳人的多情"；而"不够严肃"，就是"缺乏主题明朗性"。处在"雅"、"俗"之间，不免尴尬。看来，张爱玲和傅雷先生，在艺术追求上有许多不同。

张爱玲在这篇文章中，谈到一个比较重要的观点。在这个问题上，她和"自由主义文学"的看法又有共同点。她说："我发现弄文学的人向来是注重人生飞扬的一面，而忽视人生安稳的一面。其实，后者正是前者的底子。又如，他们多是注重人生的斗争，而忽略和谐的一面。其实，人是为了要求和谐的一面才斗争的。"她又说："强调人生飞扬的一面，多少有点超人的气质。超人是生在一个时代里的。而人生安稳的一面则有着永恒的意味，虽然这种安稳常是不完全的，而且每隔多少时候就要破坏一次，但仍然是永恒的。它存在于一切时代。它是人的神性，也可以说是妇人性。"

张爱玲在这篇文章里，可以说是相当集中地讲了她的美学理想，和她的小说艺术。要注意到的是，她的阐述，不仅仅在一个作家的艺术个性的意义上来谈这些问题，而且是在一种普遍意义上来谈论不同艺术观的分歧，并且把这种分歧，推到"对立"的性质上来。在这一点上(在处理问题的方式上)，她和左翼文学家处理问题的态度又是相近的。她所谈的，也正好涉及左翼文学和"自由主义文学"重要分歧的一个方面。这种分歧关系到"当代文学"的性质的

"左翼文学"和"自由主义文学"的区别的重要一项,是作家、他们的艺术创造和"历史"的联结方式上。

认定。一般来说,左翼文学强调创作要反映时代,表现历史的重大斗争生活,表现时代的变革。在风格上追求壮烈。要求表现典型环境和典型人物,并要求着重创造英雄人物。而像张爱玲这样的作家,包括那些被称为"自由主义"的作家,可能更主张表现人生安稳的一面,表现日常生活,写"软弱的凡人",写"不彻底的人物"。我想,张女士要说的是,人的日常生活,存在着一种稳固的,各个时代都相通的人性,一种永恒的东西,它们是我们社会、人生的根基。这种想法,当然和左翼作家有很大不同。这种分歧不只是题材上的,或者说这种"题材"意义上的分歧,牵涉到历史观、审美理想分歧的性质。

这样,我们或许可以不单从政治立场、党派冲突方面,而且从艺术观、审美理想上,来发现这些文学派别的重要区别。在40年代后期,左翼文学对"自由主义"文学的批评,还有对革命文学内部"右倾"倾向的批评,对一些"民主主义"作家创作的批评,其中重要的一项,就是在作家、他们的艺术创造和"历史"的联结方式上。下面,我可以举几个大家比较熟悉的例子。一个是40年代初邵荃麟对曹禺的话剧《北京人》的评论。邵荃麟是50到60年代"文革"前当代文坛的主要负责人之一。他的文学观有复杂的一面。不过,这个时候在评论曹禺的时候,他表达的是当时左翼的主流意见。他把《北京人》和高尔基的话剧《布雷曹夫》相比较。这两出剧,都写一个家庭没落的过程。邵荃麟认为,《北京人》虽然有许多值得肯定的地方,但是,没有把人物矛盾"和整个社会的矛盾状势联系起来",没有把人物"放在极广阔的社会斗争中去锻炼,去发展"。这就造成了这个剧的时代背景含糊不清,有的说它写的是"五四"时代,有的说是抗战以前。这个剧把个人命运看得太过重要,邵荃麟说,"历史演

《布雷曹夫》又译为《耶戈尔·布雷乔夫等人》,写于1932年。

进到近代，个人的命运与社会的命运愈趋向一致"（《〈北京人〉与〈布雷曹夫〉》，《青年文艺》1942年1卷2期）。可以看到，在张爱玲那里被推重的东西，到邵荃麟这里，却是一种缺陷。

另一个例子，是茅盾对萧红的长篇《呼兰河传》的评论（《论萧红的〈呼兰河传〉》，《文艺生活》1946年第10期）。写这篇文章时，萧红已经去世。这是对于一个"太早的死和寂寞的死"的女作家的怀念，写得颇动感情。茅盾谈到，并肯定了这部小说的"非规范性"，这对茅盾这位在大多数情况下坚持欧洲"写实小说"的规范要求的批评家来说，大概是一个例外。他说，也许有的人会觉得《呼兰河传》没有贯穿全书的线索，不是有机的整体；也许有的人觉得它很像自传，却又不像自传……茅盾说，要点不在它"不像是一部严格意义的小说，而在它于这'不像'之外，还有些别的东西——一些比'像'一部小说更为诱人的东西"。这是一种开放的态度。他给这部小说以"一篇叙事诗，一幅多彩的风土画，一串凄婉的歌谣"的评语。但是，他从"左翼"的文学理想出发，最后也指出了萧红这部小说"思想的弱点"。说在这里面，我们"看不见封建的剥削和压迫，也看不见日本帝国主义那种血腥的侵略"。这就是邵荃麟对《北京人》的批评的根据，即人物所处的时代、社会环境的问题。创作上的这种弱点，在茅盾看来，和萧红这个时期的生活和心境有关。在茅盾所说的"这样的大时代中"，萧红却在香港过着"蛰居"的生活。茅盾在《萧红的小说——〈呼兰河传〉》中这样写道：

> ……她的一位女友曾经分析她的"消极"和苦闷的根因，以为"感情"上的一再受伤，使得这位感情富于理智的女诗人，被自己的狭小的私生活的圈子所束缚（而这圈子尽管是她咒

在左翼的文学批评中，仅仅关注作品中写到什么是不够的，还要关注它没有写到什么。这是左翼文学批评中的重要尺度。

诅的,却又拘于惰性,不能毅然决然自拔),和广阔的进行着生死搏斗的大天地完全隔绝了,这结果是,一方面陈义太高,不满于她这阶层的知识分子们的各种活动,觉得那全是扯淡,是无聊,另一方面却又不能投身到农工劳苦大众的群中,把生活彻底改变一下,这又如何能不感到苦闷和寂寞?(《文汇报》1946年10月17日)

茅盾感到"惋惜"的是,这位"对于人生有理想,对于黑暗势力作过斗争的人",由于局限于"私生活的圈子",不能和广阔的斗争相联系,不能投身大众斗争,而给她的写作带来遗憾。茅盾的这种着眼点,这种评述的方式,立论的依据,正表现了左翼文学和张爱玲,和"自由主义"文学的不同。在历史进程中,是更重视"斗争"、"变革",还是重视"安稳"、"永恒";是重视人的"日常生活",人的带有"原始性"的平凡的一面,还是强调表现时代的"生死搏斗",认为这更有意义;是表达一种"积极"的情绪,还是不能摆脱"寂寞"、"凄婉"的狭窄情调——这些,既是思想上的,又是美学上的重要分歧。

关于这方面的区别,还能从这个时期的批评活动和文学论争中,清楚看到。比如在第一次文代会的报告中,茅盾就把"不能反映出在当时社会中的主要矛盾和主要斗争",看作40年代国统区革命文艺多种缺点的"根本根源":脱离直接革命斗争,只能写许多"次要"的社会现象,乃至许多和社会本质没有关系的社会现象。而周扬对赵树理小说,对解放区文艺的高度评价,其中重要一点,就是它们有力地表现中国的伟大变革过程。从深层的理解上看这个问题,这反映了不同的时间观,不同的历史观。

这一点,韩毓海老师有过分析。在我前面提到过的一篇文章

不过,我们要感谢茅盾先生的是,他在指出萧红"被自己的狭小的私生活圈子所束缚"之后,写下了这样体贴的文字:"……不忍轻易忘却的,莫过于太早的死和寂寞的死","对于生活曾经寄以美好的希望但又屡次'幻灭'了的人,是寂寞的;对于自己的能力有自信,……但是生活的苦酒又使她颇为悒悒不能振作,而又因此感到苦闷焦躁的人,当然会加倍的寂寞;这样精神上寂寞的人一旦发觉了自己生命之灯快将熄灭,因而一切都无从'补救'的时候,那她的寂寞的悲哀恐怕不是语言可以形容的。"

《中国当代文学的发生与现代性问题》(《从"红玫瑰"到"红旗"》第199—214页)中,他引了沈从文写在1934年的一段话,是发表在《大公报》"文艺副刊"上的。他讲到,在那条流淌的河流上,河上小小的灰色的渔船,船上船顶的沉默的鱼鹰,石滩上走着的拉船人……"这些东西于历史似乎毫无关系,百年前和百年后皆仿佛一样",他们的忠实庄严的生活,对于自己那份命运的担负,在他们的生活、爱憎、得失里,也依然摊派了哭、笑、吃、喝。沈从文说,"历史对于他们俨然毫无关系,然而提到他们这点千年不变无可记载的历史,却使人引起无言的哀戚"。韩毓海指出,这是不同的两种叙述话语,两种不同的时间观。一种是强调变化,革命,破坏,以建立新的生活,创造"新人",一种是重视"日常世俗生活";一种是"创造历史"的时间观念,一种是"解历史"的,"俗世化"的时间观念。

在中国现代文学史上,那些对激烈变革,对革命产生疑惑的作家,都会转而将社会历史比拟于自然界现象,而强调平凡、朴素、原始的"永恒性"。沈从文的表述,也是冯至40年代初在他的《十四行集》,他的散文《一个消逝了的山村》中的表述。这个偏远的山村,它的人和物仿佛在人间之外,默默地对着"永恒";在这种"永恒"面前,"我随身带来的纷扰都变成了深秋的落叶","孑然一身地担当着一个大宇宙"。纯朴、单纯和无名,是万物之始,也是万物的终结,最原始的也就是最永恒的。因此,山野中的无名的小草、小花,"一切的形象,一切喧嚣/到你身边,有的就凋落/有的化成了你的静默"(《十四行集》第4首)。其实,在80年代的文学中,在一些诗和小说中,也渗透有这种意向。比如在王蒙的中篇《杂色》里面,就表达了这样的时间观念和情感意向,我觉得这是他八九十年代写得最好的一篇之一。

> 冯至在《十四行集》中所表述的时间观念,对于个体与历史关系的看法,要复杂些,有许多的困惑和矛盾。

在 40 年代后期，左翼文学所做的主要工作，我用了这样一个词，就是对自己不断进行"剥离"。这种"剥离"，当时主要是划出与"自由主义"文学之间的界限；此外，是在左翼内部进行的"剥离"，对胡风等派别的文学主张和文学创作的批评性划分。这种工作，酝酿了文学在这个时期将要出现的"转折"。

同学们也许会注意到，我对左翼文学，或革命文学的评价，一般会采取一种比较慎重的态度。一方面是"中庸主义"的习惯作祟，总是回避激烈和极端。还有和自身的经验有关系。我自己的爱憎、价值判断，在这几十年中就经常变化，这弄得我在形成自己的观点和好恶的同时，总是对自己的决定非常疑惑。谢冕老师在他的一篇文章中，说他的信念是"永不后悔"。他给他的一个学生的题词是"无悔青春"。这是一种很好的品格。具备这种品格的人是坚强的、精神完备的人。我却时时在后悔。一件事还没有做完，就对这件事的必要和做法，产生怀疑。因此，无论做什么事，都不成功。在五六十年代的大部分时间里，我是积极追求"革命"的，虽然在那个时候，"革命"的含义已经含糊不清。不过，我的这种革命"追求"，没有得到认可。1957 年反右时，对我的立场的鉴定是"中中"。这种判定是秘密的，本人并不知道，只写在个人的档案里但有人透露给我。政治的中间立场，分为中左，中中，和中右，右派也分一般和"极右"。这大概是我对"革命"的理解，和当时的标准不同吧。现在呢，我好像又比较倾向于"改良"，"自由主义"了。但是"改良"是什么，也不大了了。由于有这些经验，我也不大愿意对"革命"和"革命文学"作笼统的，没有分析的否定（当然也不同意目前有的人所做的，不分青红皂白地为当代的"革命"和"革命文学"辩护）。我猜测，"革命"其实是很不容易的事情。上大学的时候，我和同班的一个同学，读过车尔尼雪夫斯基的《怎么办？》，里面写了一个革命者，叫拉赫美托夫。他是贵族出身，抛弃了优裕的生活投身革命。为了了解俄国社会情况，也为了准备好参加革命所需要的体力，他锻炼身体，到处浪游，在伏尔加河当过纤夫，他只吃黑面包。为了试验能不能经受考验，他在毡毯上扎了几百枚钉子，就睡在这些钉子上面，弄得背上鲜血淋漓。书里称他是个"严格主义者"。今天看来，这个"新人"形象，有些不近情理，在我们这个崇尚"个性"，放纵欲望的时代，会被看成是"异化"的怪物。从艺术方面看，对他的描写也是很"概念化"的。但是，我们当时很神往。大概是年轻时候大家都有过的"浪漫"吧。我和我的同学也商量过，是不是要向他学习，也做一些准备。便在冬天洗冷水澡，长跑，有时候晚上九十点钟了，还到操场跑。当时看很多写"革命"的小说，看到那些革命者受严刑拷打，老想，碰到这种情况能不能经得住？在大多数情况下，我都觉得可能经受不住（学生大笑）。这些，当时都是很认真，很严肃的，现在看起来就像笑话了。

> 所以，在90年代葛优他们的电影《敌后武工队》中，一些原本严肃、神圣的东西，就做了调侃、滑稽的处理。

第五讲 文学体制与文学生产

虽然我在80年代后期的"当代文学"基础课上,当代文学体制和文学生产就已经提到,但一直没有做系统、深入的研究。这方面的工作,需要做许多调查,掌握比较全面的资料。在当前的条件下,很不容易。这里,我只是提供一些线索,让同学们对这方面的情况,有初步的印象。

当代文学的"一体化"

首先要说的是,目前很多人在谈论50—70年代的大陆中国文学时,都使用"一体化"这样的概念。也就是说从1949年以后,是一个文学"一体化"的时期。这个概念什么时候开始用在"当代文学"上面?我不太清楚。我自己在讲课时,大概是80年代末开始使用。1992年在日本东大教养学部上课,就用得很多了,成为一个关键性的概念。但是,我在文章、著作中使用,最早是1996年的那篇《关于五十至七十年代的中国文学》(《文学评论》第5期)。后来的《中国当代文学概说》,和最近的《中国当代文学史》,对我使用的"一体化"的含义,有比较清晰、具体的说明。在《概说》这个小册子里,指出在20世纪中国文学中,"'左翼文学'(或'革命文学')如何经过1942年延安文艺整风的'改造',成为50—70年代中国大陆惟一的文学现象,是考察20世纪中国文学需要着重关注的问题之一"。我对"当代文学"内涵,作了这样一个说明:从20年代后期开始的左翼文学,发展到40年代的时候,主要在根据地,在延安,演变成为一种"工农兵文学"的形态。这种形态虽然在40年代初期就已经确立,但是它在全国性的范围内,成为支配地位的文学规范,要到中国共产党成为大陆的执政党之后。所以《概说》里说:50—80年代的"当代文学",可以称为毛泽东的"工农兵文学"建立起绝对支配地位,以及这一地位受到挑战而削弱的文学时期(第2—3页)。——这种叙述是明确了,但是现在检讨起来,"工农兵文学"这个说法,也并不是十分恰当。因为50—70年代的文学,很难笼统地把它称为"工农兵文学"。现在谈到"当代文学"的"一体化",我们的理解可能会周全一些。首先,它指的是文学的演化过程,这就是我刚才说的,一种文学形态,如何"演化"为居绝对支配地位,甚至几乎是惟一的文学形态。其次,"一体化"指的是这一时期文学组织方式、生产方式的特征。包括文学机构、文学报刊,写作、出版、传播、阅读、评价等环节的高度"一体化"的组织方式,和因此建立的高度组织化的文学世界。第三,"一体化"又是这个时期文学形态的主要特征。这个特征,表现为题材、主题、艺术风格、方法等的趋同倾向。

"一体化"这个词,对50—70年代这一阶段文学的概括,大概是比较合适的,有效的。但它又不是一劳永逸的。或者说它不能代替具体、深入的分析。正像我们现在经常使用的概念,比如说"国家权力话语"、"主流意识形态"等等,这些概念在某些地方很合用,但不是万能的,不能够代替对一个时期的文学状况的具体研究。我的意思是,不能用"一体化"这样的一个词,来代替对当代文学的深入的分析。概念的"泛化"和滥用,是常见的现象。某些本来有效的概括方式,因为我们的懒惰而成为套语,"主流意识形态"这种概念,就遭遇到这样的命运。如果当代文学的"一体化"也成为一种套语,那它可能把这个特征加以凝固化,纯粹化。这对于我们了解这个时期的文学状况,不是很好。所以,我们使用这个概括方法的时候,最好不要把它看作是静态的,纯粹的。

为什么要避免作这样的理解?有这样的一些原因。第一,"一体化"格局的形成,是一个持续的、充满剧烈斗争的过程。在这个过程

显然,"一体化"这一概念和运用这一概念所作的历史概括,包括有强烈的价值判断色彩。因为它是在如下的"参照框架"中提出的:一是概念使用人关于文学的多样性、"多元共生"的想像,另一是对文革后中国大陆文学状况的认识。了解这一点很重要,会让我们在使用这一概念和具体历史评述时,保持较为清醒的态度。

中,各种文学主张,文学力量之间,互相渗透,又剧烈冲突,构成了紧张的关系,构成了规范和挑战,控制和反控制的复杂情景。第二,这种复杂性,还在于各种文学力量、派别的位置,也不断发生调整和转移。因此,"一体化"的目标,事实上不可能有终结,不可能有终点。"激进",大概就是不断的变革,追求绝对的纯粹。因为"纯粹"的标准和具体的样态,会不断调整,更加"高远",所以它是无止境的。在40年代的解放区,赵树理的小说,李季的诗,歌剧《白毛女》等,是一种"新文艺"的典范。到了50年代,它们的典范性已经有所削弱。这个时候,《红旗谱》《创业史》《红岩》等,成为这一时间更能体现新的文学目标的作品。不过,到了60年代中期以后,这些作品的"不纯性",它们存在的裂痕,在更激进的目标下又被发现,被揭发。因此,"一体化"并不意味着文学文本和作家加以划分的工作的结束。在"一体化"的总体格局下面,文化领域的"分层"的现象,不同力量的矛盾与冲突并没有消失。这也是一个事实。即使不同的文学派别和力量的冲突与矛盾,并没有改变50—70年代文学的基本面貌,但是也起到牵制的作用。

第三个因素,就是左翼文学的激进思潮的体制化过程,带有不确定的、实验的性质。我在文章和文学史中,把左翼文学,包括江青的样板戏等,称为"文学实验"。左翼文学要建立一种新型的文学,就带有一种"实验"的性质,包括在解放区、根据地,他们的文学活动,文学创作以及文学运动的方式,都带有实验的性质。实验,就有不确定的特征。它的预想的目标和结果,理论与实践,常常会出现很多裂痕,出现不一致的地方,不会是那么一目了然,那么清晰。——这三方面的原因提醒我们,对50—70年代的文学进行具体深入的研究是可能的,而且也是必要的。不应该用一些含混的概念来代替具体分析。

"一体化"文学格局下的"分层"现象,表现在文学形态之间的关系上,也体现在具体的文学文本里面。前面一种,我们都很熟悉了。在"当代",不同的,在一定历史情境下处在对立地位的不同文学形态,它们之间的冲突,是当代文学史的一个重要现象。为了说明、概括这种现象,我们已经"发明"了"主流文学"、"非主流文学","显在"的,"潜隐"的,以及"地下文学"、"民间"等的语词。后一种情况,指的是某一作家创作,或同一文本内部的"文化构成"的多层性。最近一段时间,在"再解读"的活动中,许多研究者都表现了对发现当代一些"经典"文本的裂隙,发现其中的文化"多层性"的兴趣。如《白毛女》、赵树理小说中的"民间文化"成分,如《林海雪原》、《三家巷》等和中国现代通俗小说(侠义、言情)的关系——"通俗小说"在失去合法发展空间的情况下,它的文体因素和叙事成规,如何融入"现实主义"的小说之中,产生或协调,或不协调的关系。

文学体制和文学生产

接下来要讲的几个问题,都涉及到对 50—70 年代文学的特征的研究。一个时期的文学特征,和文学体制、文学生产的方式关系很密切。对文学体制与文学生产的研究,过去我们不太重视。至少在文革以前的五六十年代,没有进入研究者的视界里。在"新时期"以后,这方面的研究引起了注意。这个情况,和中国大陆社会学研究的恢复,重新开展,有直接关系。对文学生产和文学体制的研究,已经取得一些成果。

拿我看到的论著说,可以举几个例子。比如陈平原老师,他在《20 世纪中国小说史》第一卷(北京大学出版社 1989 年版)里,用了

由多人承担的"20世纪中国小说史"计划写5—6卷。现在,十年过去了,只有陈平原的一卷出版,其他的仍未诞生。我负责的第5卷也迟迟未动笔,也不知道是否有动笔的必要和可能。一个人,反复咀嚼那些冷饭,又不能有新的发现,他的沮丧厌倦可想而知。

很多的篇幅来谈晚清到民初小说的"生产方式"。他的这部小说史基本上是两大板块：前四章是"外部研究"，主要谈的是这个时期小说"生产"的外部环境，与社会的关联，包括这个时期带有共通性的作家身世、经历，小说的发表、出版方式，作家的经济收入，报酬，读者的情况等等。后面几章讨论的是这个时期小说的结构形态，也就是所谓的"内部研究"。另外的出色的研究成果，还有王晓明的《一份杂志和一个"社团"》，是研究《新青年》和文学研究会的。旷新年最近的书《1928：革命文学》的第一部分"1928年的文学生产"，也涉及了这个问题。"外部研究"看起来，对我们并不陌生，是当代的文学史研究的传统方式之一，也是文学教育的一个关注点。我上中学的时候，讲一篇文章、作品，老师总会先讲作家的身世，特别是作品产生的社会背景。后来上大学读到的一些文学史，讲一个时期的文学，或者讲某一位作家的创作，在具体分析之前，也总有"时代背景"的说明、交代。作家、作品离不开所处的时代这个观念，真是根深蒂固。因此，80年代在理解新批评派的文本中心，或文本自足的观念时，还颇有点费劲；或者说，这种"痼疾"，使我一直没有办法完全认同新批评的观点。

那么，80年代以来关注文本生产的外部因素的研究，和过去有什么不同呢？我觉得有这样几点。一个是五六十年代谈到社会背景的时候，指的主要是当时的经济、政治，特别是阶级斗争的状况，社会和文化的更广阔的情形，往往被忽视。第二个是，过去，文学的问题，更多从精神现象的方面去理解，"文学性"被相当程度抽象化了。我们认同的，大半是浪漫主义的那种文学观，文学写作、阅读、传播等被过分神秘化了。对于和文学性质关系密切的文学体制和文学生产方式的问题，在很长时间里，实际上没有成为我们的研究

近十年来，当代文学的体制研究取得明显进展，包括文学组织、团体、刊物、出版、评价机制等。如王本朝《中国当代文学制度研究》（2007），吴俊、郭战涛《国家文学的想象与实践——以〈人民文学〉为中心的考察》（2007），张均《中国当代文学制度研究（1949—1976）》（2011），陈改玲《重建新文学史秩序——1950—1970年现代作家选集出版研究》（2006），杜英《重构文艺机制与文艺范式（上海1949—1956）》（2011），李洁非、杨劼《共和国文学生产方式》（2011），李红强《〈人民文学〉十七年（1949—1966）》（2009），钱振文《〈红岩〉是怎样炼成的——国家文学的生产与消费》（2011），黄发有《人文肖像：人民文学出版社与当代文学》（2004），侯桂新《文坛生态的演变与现代文学的转折》（2011）等。另外，钱文亮《新文学运动方式的转变》（2010）是探讨现代文学运动组织方式之间的连接与转换关系的著作。

> 在"当代",文学"一体化"这样一种文学格局的构造,并不一定是对作家和读者所实行的思想净化运动。可能更加重要的,是相应的文学生产体制的建立。

对象。陈平原书中讲到的近代报刊业的出现,作家开始领取稿酬,而且很多作家已经开始依靠稿酬生活,以及读者成分的改变等等这些状况,这是很重要的因素,是导致文学格局,文学形态发生变化的重要原因。第三是,外部的社会因素、文化因素和文学创作之间的关系的理解,也有一些不同。社会文化种种条件,不是作为外在的标志存在,也不是简单的"决定"作用的那种理解。确切地说,社会政治、经济、社会机构等等因素,不是"外在"于文学生产,而是文学生产的内在构成因素,并制约着文学的内部结构和"成规"的层面。有的人认为,注意文学的社会因素,这在"当代"就一直存在,不是什么新东西。这个说法也许在表面上有道理,实际上有很大区别,总之,不是简单的"复活"。

在"当代",文学"一体化"这样一种文学格局的构造,从一个比较长的时间上看,最主要的,并不一定是对作家和读者所实行的思想净化运动。可能更加重要的,或者更有保证的,是相应的文学生产体制的建立。"体制"的问题,有的是可见的,有的可能是不可见的。复杂的"体制"所构成的网,使当代这种"一体化"的文学生产得到有效的保证。为什么说有的是不可见的呢?因为有的事情、规定,并没有形成文字,也没有相应的实施的机构,但靠成员之间的"默契"(不管是自动地,还是被迫的)所达成的"协议"来实现。我在"当代文学史"中,有一段讲到,包括文学批评在内的文学规范体制,它的主要功能是对作家的写作,以及作品的流通等实行经常性的监督和评断。然后接着说,"这种评断,又逐渐转化为作家和读者的自我评断、控制,而最终产生了敏感的、善于自我检查、自我审视,以切合文学规范的'主体'"(第37页)。这就是谈到"体制"的不可见的方面。

如果我们说40—50年代之间的文学出现了"断裂",那么,一个重要的依据是,40年代的文学体制和文学生产方式,到50年代之后发生重大改变,这是"断裂"的明显标志。前面我已经说到,我对文学体制问题没有做像样的研究,下面主要是就我的理解,对这方面做一些介绍和提示。

对"当代文学"来说,比较重要的是这样的几个环节,一个是文学机构,也就是文学社团和作家组织。它们的性质、组织方式、活动方式,在文学生产和运动中起的作用,跟现代文学,或者说1949年以前的文学社团、文学机构相比,发生了什么样的变化。对现代文学的文学社团和文学机构,已经有一些人做了比较系统的研究。如文学研究会,创造社,语丝社等。对30年代"左联"的研究,也取得一些成果。但是,近些年来,对"左联"的研究好像重视不够,这和一个时期的"风尚"有关。第二个是文学杂志、文学报刊,还有出版社的情况。文学报刊在进入"当代"之后,在性质上,作品的刊发方式上,和作家、读者关系上,这些方面有什么特点,发生什么样的演化,又怎样制约、影响当代文学的性质。第三个是作家的身份和存在方式。作家的"身份"在1949年之后也有了很大变化。"身份"的问题,包括作家的社会地位、经济收入、角色认同等等。这种身份的认定,既是社会所赋予的,同时也是作家的自我意识,自我定位,也可以说是这两方面的结合。第四个是文学评价机制,包括文学的阅读与消费方式。这个问题,要讨论的是,在"当代"对作家作品的评价由谁做出,用什么样的方式做出,按照什么样的标准,这种评价又如何转化为一个时期的阅读风尚等等这些问题。

当代的文学机构

我先介绍一下"当代"文学机构的情况。1949年7月召开的第一次文代会最重要的成果是两个方面:一个是确立了当代文学所要遵循的"路线",规定了"当代文学"的性质,以及题材、主题,甚至具体的艺术方法。另外一个成果是成立了"专管文艺"的全国性机构。周扬和郭沫若在文代会的报告和总结中,都着重提到这一点。全国性的文艺机构大家都很熟悉,就是成立了全国文联,还有全国文联属下的各个协会。"文联"这个名称,当时叫"中华全国文学艺术界联合会"。底下所属的协会是陆续成立的。最早成立的有"中华全国文学工作者协会",还有戏剧工作者协会,以后又陆续成立了音乐、美术、电影、曲艺等分门别类的协会。到1953年第二次文代会的时候,文联和这些协会的名称有一些改变。"中华全国文学艺术界联合会"改为"中国文学艺术界联合会","中华全国文学工作者协会"改为"中国作家协会"。其他协会的名称也相应改变。为什么名字要改变?这要根据当时的材料做出说明。不过,我们也可以做些分析。需要说明的是,这种分析是"主观主义"的,不算数的。"中华全国"的"全国",在1953年去掉了。"中华全国"大都是解放前建立的一些机构的用语。当时有很多团体,有的团体、协会,为了标明它是全国性的,就要加上"全国"这个词。到了50年代之后,这个概念已经没有意义了,因为不可能还有其他的组织。当然,后来在简称上,还使用"全国文联"的说法,以区别各省、市的"地方文联"。另外,各个协会的"工作者"都被"作家"、"戏剧家"、"音乐家"取代。这种改变却多少带有"实质性"意义。1949年"进城"之后,大概从1952—1953年开始,文艺界实际上有一个"正规化"的步骤,是在有意识地脱离根据地和延安时期那种文艺模式,那种文学活动方式。不能说完全不同,但也可看到有意识拉开距离。当时,还包括取消文工团。文工团是根据地和40年代内战时期的文艺宣传机构,主要服务于军队和农村的组织,叫"文艺工作团"。到1953年前后文工团逐渐取消了,然后成立"正规化"的剧院,如北京人民艺术剧院,还有后来成立的上海人民艺术剧院,中央实验话剧院,中央歌剧舞剧院等等。还成立了培养专门化戏剧专家、演员的学院,开始叫国立戏剧学院,后来改为中央戏剧学院。这都是当时实施的一整套的措施。到1958年的时候,又发生一些变化,对这种学院化、正规化产生了冲击。1957年创刊的《文学研究》到"大跃进"之后的1959年,改名为《文学评论》。大概是认为"研究"太学院气了,要加强"当代性",这个办刊方针,一直延续到现在。到江青他们进行文化大革命的时候,所有的"剧院"都改成"剧团",中国京剧院改为中国京剧团,还有中央舞剧团等。"剧院",还有"戏剧家"、"音乐家"、"画家"等等,这些词都成为需要批判的对象。这是一些概念的演变的情况。

"正规化"、"专家化"是后来周扬与更激进的文艺力量之间冲突的问题之一。

文联和它所属的各种协会是50年代之后惟一的文艺机构。其他的文学社团、组织都不再可能存在。文联是一个"虚体",它采取的是团体会员制。1953年第二次文代会之前,胡乔木等曾经想取消文联,毛泽东对这件事很生气,说:"有一个文联,一年一度让那些年纪大、有贡献的文艺家坐在主席台上,享受一点荣誉,碍你什么事了?"(张光年《回忆周扬》,《忆周扬》第8—9页)在各个协会中,中国作家协会的地位最为重要。这可以看出文学在文艺领域中地位的重要性。这和苏联是一样的。当然,文学和艺术其他门类(比如戏剧、音乐、电影等)的关系,它们之间地位的错动,在后来也会发生一些变化。在60年代以至文革时期,戏剧等的地位就上升了。某

在当代,不同时期文类关系的变化,是个值得研究的问题。

对于当代文学体制的研究，因为很多材料都没有公开，没有"解密"，而且说不定有的永远都是机密，对这些问题的研究就非常困难。

个时期文类关系的变化的问题，也是一个值得研究的问题。作协等这些机构，虽然章程中说是群众性的团体，"自愿结合"的群众组织，实际情况要比这复杂得多。事实上，当代（50—70年代）已不存在"自愿结合"的文学社团的组织。作家协会的性质，有点类似一种"行会"的性质，保障那些有资格加入"协会"的作家的"权益"，并带有某种程度的对这一行业的"垄断"。但更主要的性质，是国家、执政党管理、控制文艺界的机构。文革之前，中国作协在文艺领域的作用非常重要。研究这个时期的文学，它的体制和生产方式，离不开对中国作协这样一个机构的研究。作协直接受中共的中宣部领导。周扬是作协的副主席，也一直是中宣部的主要负责人之一。作协的宗旨、组织方式和活动方式，跟30年代的左翼作家联盟，跟苏联作家协会，有一种承续的关系。这个机构的核心领导层是里面的党组和书记处。也设主席、副主席、理事等，茅盾在去世以前一直是作协主席，巴金、老舍等是副主席，但是他们的权力很有限，权力核心是在"党组"。我们知道，茅盾虽然也可以说是左翼革命作家，也参加过共产党，但是他有过一段"脱党"的历史，所以他在这个期间不是党员，而是"党外人士"。我们如果看这个时期的一些资料，可以发现，周扬等对茅盾虽然很尊重，但是，决策权力并不是掌握在他（也包括老舍等）手里。比如1957年的"反右派运动"，文艺界开展的对丁玲、冯雪峰、陈企霞等的批判，包括60年代初文艺界的"调整"，所有重要事情，它的决策，都是在小范围内，在党组，甚至更小的"核心"中，像周扬、邵荃麟、林默涵、刘白羽等人中间进行的，然后再向茅盾、老舍等通报。

对于当代文学体制的研究，因为很多材料都没有公开，没有"解密"，而且说不定有的永远都是机密，对这些问题的研究就非常困难。举一个例子,郭小川在1957年写作了《一个和八个》这首长诗,1959年又发表了抒情诗《望星空》,出了问题,受到很严厉的批判。但是有一段时间我们不知道这些情况。对《望星空》的批评是公开的,但对《一个和八个》的批判是在"内部"进行的。50年代后期对赵树理的批判也是在"内部"进行的,我们当时也不知道。郭小川写作《一个和八个》和《望星空》,从当时来看,属于很严重的"错误"。但是后来郭小川好像又没事了。80年代我上课,就想当然地解释说,这是因为郭小川长期参加革命,到延安以后曾经是王震359旅的司令部秘书,后来又当过解放区的县长,领导过游击战争等等,有丰富的革命经历,"表现一直不错",所以后来就没事了。实际情况并不完全是这样。前两个月《文艺报》的一篇文章,提供了当时的一些情况。现在陆续有这样的文章发表,这些文章的作者当时在中南海工作,当过毛主席的某一类秘书,或者在中南海机要机关工作,掌握了很多材料。他们现在根据现实情况的允许,陆续给我们透露一点。据这篇文章的叙述,郭小川当时的"没事",和毛主席的"发话"有关系,大意是说不要太多追究。自然,因为犯了这些"错误",郭小川失去了作协书记处书记的职位,到了《人民日报》当"特派记者"。所以,60年代他跑了许多地方,到了东北、内蒙、福建、云南,这个时期的许多诗和报告文学,都和这些地区有关系。所以,我原先的推测是不对的。当代文学的许多材料被垄断,当代文学还怎么研究?许多人提出这个问题。我想,目前我们一方面是耐心地等待在门外,看有关的人士是否还能从门缝里递出来更多一点的材料。另一方面只能根据掌握的材料来进行研究。总不应该等材料都"解密"以后再做,况且这个时间也遥遥无期。当然,这样在结论、叙述上会有许多的问题。当代文学研究的难度,和这个情况有关。

> 黎之(李曙光)的《文坛风云录》(河南人民出版社1999年版)和2000年出版的《郭小川全集》(广西师大出版社),都提供了许多珍贵的研究资料。
>
> 在提供"十七年"当代文学和当代知识界状况方面,除黎之《文坛风云录》(1999)之外,陈徒手《人有病,天知否?》(2000,2013修订版)、《故国人民有所思:1949年后知识分子思想改造侧影》(2013),徐庆全的若干著作,陈为人《唐达成文坛风雨五十年》(2000),李辉长期的访谈、口述的大量工作,都值得重视。

刚才谈到机构的问题。从现在来看,作协或文联在中国文艺界的地位显然已经削弱,或者说它的威望、权威性已经极大降低了,90年代以来尤其如此。现在可以看到,作家并不一定要参加作家协会,也可以发表作品,并且得到承认和积极的评价。当然大多数作家还是想进入作协这样的组织,这毕竟代表了一种承认,一种资格。但是和文革前比较,削弱的趋势很明显。这种"削弱",主要是作家还可能有其他的"生存方式"。同时,在文学评价上,除了作协的机制外,也存在另外的机制。有的人把这称为"民间"的评价机制。"民间"这个词,在这里只能相对于"作协"这样的机构来说。作协主持的一些评奖,总会听到许多不满的意见,如茅盾文学奖、鲁迅文学奖等这样的"最高奖"。有的人认为,有一些作品根本就不应该评上,事实也证明了他们的意见是有道理的。有的作品,在文学史上,不管是现在,还是将来,都是没有地位的。所以,没有得奖也不要太伤心,得了奖也不要太高兴。这些奖项的评出,大致上是各种不同目标,不同文学观,甚至不同的"利益集团"妥协、折中的结果。这从评奖委员会的人员组成上,也可以看到这一点。

总的来说,在50—60年代,中国作协的组成和工作,还是相当注意它的权威性的。有的人认为,这种权威性完全为当时的政治权力所赋予。这个说法有一定道理,但是不全面。我们也要看到,当时作协的领导机构和核心层的组成,是相当注意成员的"资格"和文学成就的。1949年的作协(当时叫中华文学工作者协会)有两个副主席,一个是周扬,一个是柯仲平。柯仲平这位诗人,有的同学可能不太熟悉,他开始写作的时间很早,20年代后期吧,是位左翼的诗人。他比较出名的,是在延安时期提倡街头诗、朗诵诗运动,也写了不少这种性质的作品,在根据地、解放区的文学界有比较大的影

这种权威性,也可以说是对作家、知识分子的有限的"自主性"的维护。但由于文学写作,以及电影、戏剧等产生的巨大社会影响,这种"维护"就越发困难。在八九十年代,作协等的"权威"的极大削弱,也是其"自主性"削弱的表现。布迪厄指出,现代社会中,专业的"最自主的从业者不断受到最不自主的从业者背叛性竞争的攻击,这些听命他人的从业者,总是能找到途径","把对外部经济、政治和宗教势力的依附引入到学科内部","利用自己同外部势力……的有利关系来加强对本学科的控制"。其结果是,根据该文化生产场域的既定标准是"最被看不起的生产者"颠覆"场域内部的权力关系",达到对它的控制。(《倡导普遍性的法团主义:现代世界

响。后来他的地位逐渐下降，除了其他的复杂原因外，实际上也是周扬等重视核心层权威性的一个结果。到1953年，作协的主席还是茅盾，副主席除了柯仲平、周扬外，增加了丁玲、巴金、老舍、冯雪峰、邵荃麟。这几位作家，在革命文学阵营，或所谓"进步作家"之中，应该说有比较认可的权威性。这个"权威性"，没有疑义地是在当时文学规范的限度之内。像"自由主义"作家，或者有类似倾向的作家，包括沈从文、废名、师陀、萧乾、朱光潜、傅雷、钱锺书、李健吾、梁宗岱等，以及其他一些诗人或批评家，当然都被排斥在副主席、理事等之外。现在的作协等机构，当然也还会继续考虑这种"权威性"。不过也发生了一些变化。主席、副主席、委员、书记处书记等等，成员中自然有许多有成就的作家、批评家。但是有的时候，比如说我们这些不明底细的人，对有的事情，也会感到莫名其妙，不知道当副主席、当委员、理事的那个人是从什么地方跑出来的（学生笑）。从未见到他们有什么作品发表，或者是小说、诗都写得不怎么好，甚至相当糟糕，却成了这个专业团体的领导。另外，有的作家，为这些官职也争得很厉害。其实，"意识形态"分歧的色彩也已淡薄，突出的倒是帮派的利益。

中国文联和中国作协在50—60年代的工作，我们可以看到的主要是三个方面。一个是制订、发布有关文艺的方针政策，包括对一些关系到文艺"路线"的理论和政策问题的阐释。因此，作协的领导者，都有许多的"报告"和"指示"性质的讲话、文章。大家翻翻《周扬文集》，就可以明白这一点。第二是总结一个时期文学创作、文艺思想的成绩和问题，需要发扬和纠正的。这是领导文学运动的主要方法。比如对年度的，或者一个时期的创作，还有文学理论的评述。第三个是直接领导全国性的文学运动，特别是50年代以来的

中知识分子的角色》，《学术思想评论》第5辑，辽宁大学出版社1999年版）

要知道，我们都是要从助教、讲师、副教授慢慢"爬"到教授的位置的，所以要不断"炮制"许多符合这个体制的评价标准的"产品"。社科院的研究生，有把自己称作"黄埔一期"、"黄埔二期"的。

文学批判运动，或者叫"文艺思想斗争"。关于第二个方面，那天我和戴锦华老师聊天，她说到，如果我们观察中国的文学机构，以及和文学相关的机构的构成情况的话，大致可以分成三个部分。一个部分是中国作协等的这种坚持统一性的权威机构，它的政治色彩自然明显。另一个部分是一些教育、研究机构，比如北大等这样一些教学研究机构。这方面的情况有些不同。有的部门，可能"自由主义"色彩比较浓厚，不一定按照统一的语调说话，有时也不太承认一种统一的评价标准，或者说对这种评价标准会有所质疑。这类研究机构有它自身的"体制"的规约，有时常常表现出一种缺乏活力的与现实生活、现实问题脱节的"学院气"。要知道，我们都是要从助教、讲师、副教授慢慢"爬"到教授的位置的，所以要不断"炮制"许多符合这个体制的评价标准的"产品"（学生笑）。这些"产品"有的很出色，有的就没多大意思，有人把这些没意思的论著，称作"学术垃圾"。介乎这两种机构之间的，可能是像社科院文学所这样的机构。那里集中了许多出色的研究人员，除了个人性的研究成果外，同时也承担了一种"指导"性质的任务。比如说我们看作协的创作研究部，它的重要职责之一，就是分门别类地研究这一年，或者近几年的长篇、短篇、诗歌等创作的情况。这种工作的目的，就是要让领导知道，我们的文学创作取得什么成绩，存在哪些问题，为确定下一步的工作目标提供依据。看看"主旋律"是不是很突出，还是受到削弱；应该采取什么方针来突出。哪一方面的题材需要加强，引导大家去关注这方面的创作，出现了哪些值得肯定，或需要批评的作品等等，作为文艺政策制订的依据。社科院文学所也部分承担这样的任务，因为从道理上说，这是国家最高的学术机构。所以，社科院的研究生，有把自己称作"黄埔一期"、"黄埔二期"的。文学研

> 在当代,文学界在进行政治和文学决策的时候,常常带有一种"实用性"或非专业性的特点。存在"外行领导内行"的现象。

究所从1958年开始,就很注重研究批评的"当代性",重视文学现状的观察。只要比较1957年和以后的《文学研究》(《文学评论》)这份刊物,就可以看到这个机构在任务上所做的重要调整。这个机构在很长一段时间,也分门别类对文学现状进行年度的,或阶段性的考察,经常对各个时期的文学作出描述性的评价。这种描述性的总结虽然并没有成为政策性的指示,但由于这个机构的性质,显然也具有一定的权威性,或自认为具有权威性。我们这里的当代或现代文学教研室,就比较"自由散漫",没有这种"责任感"(当然,也没有谁赋予这种责任),大家爱研究什么就研究什么。也有一些老师很有"责任感",有一种"社会承担"的抱负,但是性质和表现形式不同。在三四十年代,与大学体制相联系的作家、批评家,他们的"发言"在文学界具有一方面的影响力。这种情况,50年代之后迅速衰减,现在可能还是这样。由于现在和未来,"大众文化"的"崛起",这种趋势会更明显,大学的声音会越来越微弱。你不想"边缘"也不行了。

中国作协在50—60年代表现了很高的权威,有很大的权力。但是反过来说,"权力"在当代的文艺机构中,有时也会有一些不很清晰的地方。在当代,文学界在进行政治和文学决策的时候,常常带有一种"实用性"或非专业性的特点。这个问题,也就是前面提到的,作协等机构虽然不缺乏专家,专业人员,文学界权威,但在许多情况下,常常不采用把问题分放到专家或者职业人员去做决定的方式。比如说对文学问题的决策,应该由对文艺了解的专家或专业人员来做出。但是许多时候不是这样的。这就会反过来破坏、削弱文联和作协的权威地位。这个问题,实际上1957年右派分子对当时的"体制"发表批评意见的时候,就提出来了,他们指责存在"外

> 毛主席还有一段话,说我们不要怕教授,教授有什么可怕的? 自然科学的教授还有点学问,社会科学的教授有什么可怕的呢?

行领导内行"的现象。认为在学校或工厂中,有的领导者,比如党委书记或党的机构领导,这些人员对专业并不了解,却要做指示,做决定,所以经常出现一些问题。在文艺上也有这种情况。文艺界在五六十年代,是较注意权威性、专业性问题的,但是它会受到内部,特别是周边的各种关系的牵制,使这种专业性质受到削弱。反右派运动时的"外行领导内行"的这一指责,在当时被看作是维护还是削弱党的领导的问题。所以毛泽东在1957—1958年的很多会议上都讲到它。比如说1958年5月在北京召开的中共八大二次会议上,就用了很多时间谈到这个问题。从他对这个问题的论述中,可以联系到文艺界决策上的复杂性。他说,外行领导内行这是一个一般的规律,差不多可以这样说,只有外行才能领导内行(学生笑)。毛主席的辩证法有时候是很精彩。不过,"辩证法"如果没有"界限",那就有可能陷入"实用主义"诡辩。毛主席举了一个例子,说其实对每个人来说,人人是内行,人人又是外行。比如说梅兰芳他会唱京戏,但他只是旦角,而旦角又有许多种类,他只会唱青衣,唱不了老旦,他唱老旦不如李多奎;除了旦角以外,京剧行当中还有老生、小生等等。毛泽东说,就算薛仁贵十八般武艺俱全,对一万行来讲,他还有九千九百八十二行是外行,所以"外行领导内行"是一个规律。接着他还有一段话,说我们不要怕教授,教授有什么可怕的? 自然科学的教授还有点学问,社会科学的教授有什么可怕的呢?(学生大笑)。社会科学不就是马列主义吗? 我们的马列主义掌握得比他们好得多。他说现在风气有些转变了,当年我们进城的时候都非常怕教授,1958年以后就改变了,上海的柯庆施同志已经到复旦当教授。毛泽东的这些话,表明了那个时期在文学领域(当然不限于这个领域)上的"决策"的原则和程序。

> 这里有一则初版付印时抽去的批注:"那时候,毛泽东还为'外行领导内行'费了许多口舌进行辩护、论证。现在,连辩护也不再需要。"

由于左翼文学坚持认为文学就是一种政治"意识形态",突出文学的政治功能,因此,在当代,对于文学的特质,它的特殊性的强调,总会保持一种高度警惕。这也就为不仅是文艺部门内部,而且几乎是任何权力机构都可以在合适的时候不受限制地干预文学,提供了理由。这是当代中国的实际情况。某一个领导人看了一出戏,或一部电影,读一本小说,他的意见,常常不只是一个"读者"的意见。他可以规定这个戏怎么排,可以改变这个戏,或者对某一部作品的命运作出"裁决"。毛泽东本人在当代就经常对文艺现象,包括文学理论、作品等发表意见。他当然不是被看作像我们一样的一个读者、观众,他的意见是一种不可违逆的论断。比如说1956年底1957年初,报刊开展关于王蒙的《组织部新来的青年人》的讨论,很热烈,讨论也比较深入。在一段时间,严厉批评的意见很占上风。1957年初,毛泽东在中南海颐年堂跟文艺界领导人谈话,还有他在最高国务会议上的讲话,都谈到王蒙的这篇小说。他批评了马寒冰、李希凡等人对小说的指责,基本上肯定这篇小说,说王蒙这个小说还是好的,"反面人物"写得好,但不会写"正面人物",有小资产阶级情调,但王蒙是新生力量,还是要保护的。这个讲话,事实上为这个讨论定了调子,后来的文章,就在这个基本估计上展开。可是后来王蒙还是成为右派,具体原因我不是太清楚,可能还有另外的问题,或者反右以后,毛主席没有顾得上王蒙了(学生笑)。小到一个剧的名字的更改,比如《芦荡火种》,毛主席说还是叫《沙家浜》好,所以就叫《沙家浜》。毛主席又说,剧的最后要打到敌人内部,要用军队来解决问题,因为中国革命胜利是靠枪杆子的,最后大家看到的,就是新四军打进去,消灭敌人。总之,对中国当代文学的走向,甚至文学创作的具体问题产生重要影响,甚至决定性作用的,不仅来自文学界内部,还有很复杂的各种因素、力量。

　　究竟像作协这样的机构,在决策的权力实施上起到什么样的作用?这个问题不好笼统地说。毛泽东对中国当代文学、当代文化的状况的影响,以他的权力和威望,作用是直接和巨大的。当然,也并不是完全无边的。他对当代文艺问题的决策有巨大的影响力,但是也不是完全由他的意愿所支配。这里头有几个因素。一个是他的看法、决断,会发生变化,有时甚至是矛盾的,这是一个方面。比如说他对新诗的态度,他对新诗的态度很严厉,1958年他说过一句很著名的话:我是从来不读新诗的,给我一百块大洋我也不读。但是在给《诗刊》主编臧克家的信里,又说在青年中间还是要提倡新诗(《给诗刊的一封信》,《诗刊》创刊号,1957年)。1956年他在同音乐工作者谈话中,指出对外国的文化遗产,还有古代文化遗产,应该批判继承,"古为今用"、"洋为中用",不能采取虚无主义的态度。但是文革前夕和文革期间,他事实上又持一种非常激烈的,类乎"虚无主义"的批判态度。这些都可以看出他的矛盾。另一个是他个人的意见、决断,和文学界的领导层之间,在一些事情上,也存在着或明或暗的分歧。这种分歧在大多数情况下可能不是根本对立性质的,也可能很细微,外人难以觉察,但是分歧、不同,包括观点上的,做法上的,事实是存在着。周扬这样的文艺界领导者,虽然一再地强调要坚决贯彻毛泽东文艺路线,并塑造了他们的毛泽东文艺路线权威阐释者和贯彻者的形象,但是他们在不同时期,对毛泽东的文艺观和策略、措施,有时候也有所保留,或者是从自身思想立场出发的"误读"。可以举出的实例不少。比如1949年进城之后,周扬他们所推行"正规化"、"专业化"的措施,对1958年的文艺革命的犹疑,和后来某种程度的偏移和抵制性的"调整"等,都是例子。毛

关于毛泽东1963、1964年对文艺问题的两个批示,不少研究者认为,这是康生、江青、张春桥等"到处搜集材料,谎报军情",引起毛泽东对当代文艺状况的错误判断(如朱寨主编《中国当代文学思潮史》462—463页,人民文学出版社1987年版)。事实上,在文艺路线问题上,周扬等与毛泽东之间,存在着一些重要的、在"马克思主义文艺"范畴内属于原则性的分歧。两个批示所作的判断,并不单纯是出于"误解"。

泽东与文艺界资深力量之间的关系,他可能控制的程度,这也构成当代文学权力问题研究的一部分。

对当代文学"体制",文学机构的问题,我就谈这么多。我说过,这个问题的研究,需要必备的条件。一个是资料的问题,另外是研究者知识和研究手段的准备。说起来,这两方面我们都还不具备充足条件。而且,从内心上讲,我很厌烦这个问题,有时候会觉得离我想像中的"文学"很远。但是,当代文学的很多事情,你忽略了这个因素,又是怎么也说不清楚的。况且它并非已成为"历史",它就是现实问题,你想要躲也躲不开。

出版业和文学报刊

接下来我简单地讲一下当代文学报刊和文学书籍出版的情况。这个问题的研究,也还没有很好开展。总的印象是,文学期刊和出版业在40—50年代之交,也表现了非常明显的"断裂"的特征。我们知道在40年代后期,或者说在大陆政权更替的这个时间,大陆的期刊,文学杂志,除了极个别的以外,都陆续停刊了。包括左翼文学力量在香港,以及解放区办的杂志,也基本上在1948—1949年前后停刊。40年代后期有一些重要刊物,比如郑振铎、李健吾办的《文艺复兴》,这个杂志1947年11月出最后一期。另外一个重要刊物是朱光潜主编的《文学杂志》。这个刊物创办在抗日战争之前,1947年6月复刊,表现得雄心勃勃,想实现他们的文学理想。但是只办了一年多,到1948年11月停刊。

其他的刊物还有《文讯》、《文艺生活》等,这都是在国统区出版的。《文艺生活》是南方的一些作家如司马文森、黄谷柳等办的,在广州一直延续到1950年7月份,但中间也是停停办办。另外,当时

1949年之后基本上结束了晚清以来以杂志和报纸副刊为中心的文学流派、文学社团的组织方式。

还有一个发表杂文的刊物叫《野草》,记得我读中学的时候,还读过其中的几期,薄薄的,纸质很差,是一种发黄的草纸。抗战时期的书籍、刊物,许多是用这种劣质纸印的。《野草》1940年在桂林创刊,夏衍、孟超、秦似、聂绀弩等都在上面发表文章,这个刊物也在1948年底停刊。其他"七月派"成员的一些刊物,像《呼吸》、《蚂蚁小集》,也都在1947到1949年停刊。另外研究新诗的人都会注意的《诗创造》和《中国新诗》这两个刊物,前一个从1947年7月到1948年10月有一年多,后一个只在1948年出过一年。

解放区的一些文艺刊物,如《长城》、《华北文艺》等等,也都在这个时期停办。当然,它们停办的原因,和国统区的刊物不同。和国民党官方有密切关联的刊物,像张道藩的《文艺先锋》,更是这样。可以这样说,几乎没有一个重要刊物延续到1949年之后。1949年之后自然新创办了许多刊物,但是刊物的性质有了很大变化。这是一个重要的、标志性的现象。说它重要,是基本上结束了晚清以来以杂志和报纸副刊为中心的文学流派、文学社团的组织方式。现代意义的文学社团和文学流派,随着期刊性质的改变,基本上结束了。虽然当代文学史研究中,有一些学者也在研究流派(有的研究,其实是在很勉强地"构造"流派),但是那些对象,是很难被严格地称为"流派"的。

出版社也有类似的情况。一些著名的出版社在进入"当代"之后,不是被取消、合并,就是改变了出版社的性质,原先的传统在很大程度上被切断。最重要的是,出版社通过文化改造和生产资料所有制的改造运动,到50年代中期,大都收归国有。"民营"的出版社已不存在。有些著名出版社的独特性也受到削弱。我们知道,有一些出版社,和中国现代文学的实绩有直接关系。像商务、中华,像亚东图书馆、北新书局、开明书店、文化生活出版社等。中华书局、商务印书馆，这两个在中国现代文化史上非常有影响的出版社，1954年总部都从上海迁到北京，变成专业性的出版社。中华书局1957年成为出版中国古籍的出版社，商务印书馆1958年以后主要出版工具书和汉译外国社会科学、哲学名著，与现代文学的关系变得相当间接。开明书店1955年和青年出版社合并，成立了中国青年出版社。上海的一些较小的出版社，像海燕书店、群益出版社、新群出版社、棠棣出版社、晨光出版公司等，在50年代初合并为新文艺出版社。这个出版社在1958年，又和上海文化出版社（50年代初由广益书局、北新书局等组成）、上海音乐出版社等合并为上海文艺出版社。50年代与文学出版有关的出版社的变迁的情况，也还没有从文学生产的层面加以考察。我这里的介绍，也只是一个大致的情况。

1949年以后，经过一段时间的调整、合并，文学创作、理论批评（包括国外著作的中译）的出版，逐渐集中到这样的一些出版社。最著名的是在北京的人民文学出版社，它成立于1951年3月。在很长时间里，它带有"国家级"的文学出版社的权威性质。1957年成立的作家出版社，在五六十年代其实是它的"副牌"，就是一个出版社，两个牌子。这种情况，前些年还有。如前些年，东方出版社实际上是人民出版社的"副牌"。但是"人文"和"作家"现在是各自独立的。在五六十年代，它们的分工，大概是人民文学出版社出版更带"经典"性质的著作。作家出版社在60年代，还成立了它的"上海编辑所"。另一个著名的文艺出版社是上海文艺出版社。还有就是北京的中国青年出版社，在这个期间也出版了不少有影响的文学作品，像《创业史》《红岩》等。在50年代中后期，有的省市也成立了

在北京的人民文学出版社，它成立于1951年3月。在很长时间里，它带有"国家级"的文学出版社的权威性质。

杜英的《重构文艺机制与文艺范式（上海1949—1956）》一书，在制度、文学生产方式的研究上有它的特色。制度研究的论著，容易写得冷冰冰的，见物不见人。但杜英以档案、口述、日记、书信等材料为依托，对50年代初上海小报、民营出版机构、私营电台等的状况有重视感性材料的、细致的描述，体现了空间和"物质文化"在文学史研究中的重要性。

文艺的专业出版机构。比较知名的有武汉的长江文艺出版社,天津的百花文艺出版社,沈阳的春风文艺出版社,南京的江苏文艺出版社等等。

这样,在50—70年代,文学出版和文学期刊就形成了和"现代"不同的一些重要特征。第一,文学杂志和出版,都由国家所控制、管理,实施监督。在这个时期,难以能从同一,或不同的刊物中,看到竞争的、矛盾的信息和观点的表达。前面讲过,不可能出现带有"流派"、社团色彩的期刊。当然,在这个时期,特别是50年代中期,有的作家曾经有过建立"同人刊物"的努力,但是都以失败告终。1957年丁玲、冯雪峰等试图创办自己的同人刊物,后来,这是他们"反党",成为右派分子的罪责之一。同一时间,江苏的青年作家,也想创办同人刊物性质的《探求者》杂志,也流产了,他们也都成了右派。四川的《星星》诗刊,一开始也带有"同人刊物"性质,它的编辑,像流沙河、石天河、白航等,也命运悲惨。北大中文系青年教师乐黛云等,想创办同人刊物《当代英雄》,还未问世他们也都成了右派。这个时期文学期刊的另外特点是,各种期刊间,构成一种"等级"的体制。各种文学杂志,并不都是独立、平行的关系,而是构成等级。一般来说,"中央"一级的(中国文联、作协的刊物)具有最高的权威性,次一等的是省和直辖市的刊物,依此类推。后者往往是"中央"一级的回声,做出的呼应。重要问题的提出,结论的形成,由前者承担。这些特征,也就是有效地建立了思想、文学领域的秩序得以维护的体制上的保证。

五六十年代,中国文联和作协主办了多种刊物。最主要的是《文艺报》、《人民文学》。其他的还有《诗刊》、《译文》。《译文》原来是作协主办,后来由科学院的外国文学研究所接办,并在1959年改

《诗刊》、《人民文学》、《文艺报》等,现在仍被看作是最高等级的权威报刊。实际上这种地位已不复存在。这种"等级"秩序在90年代已经很不清晰。

名《世界文学》。《新观察》也是中国作协办的，多次停刊复刊，到1989年算是彻底停刊。《收获》开始是中国作协的，后来实际由上海作协主办。《文学遗产》文革前一直作为《光明日报》的定期专刊，开始也由作协主办，后来归科学院的文学所。作协1954—1957年还办有《文艺学习》，这在当时也是一份有影响的刊物，出到1957年底停刊。省市的作协刊物，著名的有《文艺月报》(后来改为《上海文学》)、《北京文艺》、天津的《新港》、陕西的《延河》、广东的《作品》、解放军的《解放军文艺》等。

"自由表达"的可能

由国家来控制、管理文学的发表、出版，在这种情况下，不同文学派别的意见有没有可能得到某种程度的表达？是不是就完全不存在不同的声音？这是我们遇到的一个问题。这些年，有的研究者在谈到相关问题的时候，较多的是引入像哈贝马斯的"公共空间"理论，或者称为"公共论域"的理论，来观察现代的报刊等媒介。前面讲课说到，在社会阶层、阶级、集团的冲突，和它们的意见表达问题上，马克思理论主张通过斗争以解决这种冲突，实现一元的局面。而哈贝马斯提出来，可以通过调节或改善的道路来建立一种不同意见表达的合理秩序，使冲突纳入"合理化秩序"，来保障"自由表达"的实现。对于这种理论，左派学者理所当然地揭发它的"资产阶级性质"，他们不是没有道理地指出，所谓"合理化秩序"或"对自由的保障"，大体是一种虚构，实际上是在维护"自由资本主义"制度，维护支持这种制度的意见的表达。不过，从一般的现象上说，由于出版、报刊为国家所垄断，这种所谓的"公共论域"，实际上就已经不存在了。

但是，这个一般性的判断，不能代替对其中存在的一些复杂情况的考察。具体到50—70年代的文学报刊，这种有限的"复杂性"是由下面的原因造成的。一个原因是一种文学规范，或者说确立文学规范的理论原则、政策规定，仍然存在着阐释上差异的可能性。就是说理论或原则虽然提出来了，文艺纲领等等虽然确立了，但是在阐释上、实施上仍然会出现许多差异。同时我们也要看到，马克思主义的文学理论以及毛泽东的文艺思想、文艺主张本身，内部也包含着许多矛盾性。内部的空隙，有可能使不同的人"钻自己的空子"，发展各自的阐释空间。比如说马克思文艺理论中，"政治倾向性"和"真实性"是一组重要的关系，这是一个很大的矛盾空间。不同的文学主张者，不同的文学力量对这个问题的阐释，往往会导致激烈的冲突。其他还有，作家的主观政治意识和艺术表现的关系，文学创作的艺术形式、语言运用与作家的政治立场之间的关系等等。马克思、恩格斯、毛泽东等对这些问题的解释，并非都很明晰，有时候甚至是含糊其辞的。这就留下了很大的矛盾空间。这是为什么还可能有不同声音出现的一个原因。

第二个原因，当代对文学的管理、控制，有一种过程式的循环的状态。有的研究者，如汤森、沃马克《中国政治》（江苏人民出版社1995年版）在谈到这个问题时，使用了所谓"动员和巩固"的模式（第152—154页）。他们指出，"极左分子绝对喜欢群众运动而不是制度化"。这样，群众运动式的"动员"，和"制度化"的巩固，在这个过程中，交替出现。群众运动是当代政治，同时也是当代文学的一种主要展开方式。"运动"的开展和对"运动"所作的整理、修正，交替进行。这就使得50—70年代中国的政治生活，包括文艺生活，出现紧张和松弛交替震荡的状况。有时候紧张，有时候松弛。在"动员"阶段,会提出一些严格的标准,采取激进的姿态,破坏或动摇原有的"制度"。在"巩固"的阶段,会采取一些比较温和的措施,进行整理、退缩。在比较"松弛",或者我们现在常用的词"宽松"的情况下,有限度地让不同的意见表达,就有较多的可能性,特别是决策者有意识地允许某些不同意见表达的时间。比如 1956—1957 年的"百花时代",可以在文艺报刊上看到不同意见的表达。最主要的是从 1956 年开始到 1957 年夏天的《文艺报》,和秦兆阳 1956—1957 年主持的《人民文学》。这个时期的《文汇报》和《光明日报》,也是值得研究的两个报纸。这两家报纸在这个短暂的时期里,可以看作是不同政治、思想派别和集团的意见表达载体。毛泽东 1957 年 7 月 1 日为《人民日报》撰写的社论《〈文汇报〉的资产阶级方向应当批判》指出了这一点,指出当时的《文汇报》和《光明日报》是另外的阶级、政治集团意见表达的工具。这个社论说,当时有两个表现特别恶劣的党派,一个是民盟,一个是农工民主党,说这两个党派"呼风唤雨,推涛作浪,或策划于密室,或点火于基层,上下串联,八方呼应,以天下大乱,取而代之,逐步实现,终成大业为时局估计和最终目的者……"毛泽东在这里用的是四六骈文的句式。这里谈到这些政治"反对派"的行动,也谈到他们的"言论","呼风唤雨,推涛作浪",很重要的是通过这两份报纸来实现。毛泽东当然拒绝那种"自由表达"的"合理化秩序"的理论设计,从来都是揭露这种"合理化"的"自由表达"的"虚伪"的资产阶级性质,就像他在文革开始阶段,对"文化革命五人小组"的《关于当前学术讨论的汇报提纲》所作的严厉批判那样。《文汇报》当时的主编是徐铸成,《光明日报》的社长是储安平,罗隆基当总编辑。另外的例子是,文革前夕的报刊情况和它们之间的关系。像文革前夕的《文艺报》等报刊,它们的主持者,

> 文学的"特性",使情绪、观点、意向的表达,有某种隐蔽性,或"寓言性",存在某种"空白",而有隐含着特定时期不同意见的表达的可能性。

当代报刊的"等级"是个重要问题。文革和文革后一段时间,有"两报一刊"的说法,指认了《人民日报》、《解放军报》和《红旗》杂志在最高级别权威地位的事实。不过,在文革发动前夕短暂时间,《人民日报》一度失去这一地位。《评新编历史剧〈海瑞罢官〉》(姚文元)、《向反党反社会主义的黑线开火》(高炬,即江青),《评"三家村"》(姚文元)等重要文章,都不在《人民日报》,而在《文汇报》、《解放军报》、《解放日报》上发表。《人民日报》的权威地位到文革开始后才恢复。

以及它们所代表的集团,在面对"风暴"来临的压力所表现的紧张、慌乱状态,和他们所采取的策略,他们的言论、姿态呈现的扭曲形式,在《文艺报》等报刊中,都可以看得很清楚。这个问题,姚文元在《论反革命两面派周扬》的长篇文章中,有过分析。撇开姚的立场不论,他的分析并不是完全没有"道理"。在60年代的文革前夕,各种重要报纸的地位,言论发表的差异,在当时也变得明显起来,承担了冲突中的不同政治力量的意见表达。当时我们就感觉到,在1966年上半年的一段时间,《人民日报》的最高权威地位已经削弱。而上海的《文汇报》、《解放日报》和北京的《解放军报》、《光明日报》地位得到加强。一个重要的实例是,在对待批判《海瑞罢官》的文章问题上,各家报纸的不同反应,不同处理方式,可以看到出现的不同声音。《评新编历史剧〈海瑞罢官〉》发表在1965年11月10日的《文汇报》。后来全国各种报纸开始转载。11月29日《解放军报》转载时,明确称《海瑞罢官》是一株"大毒草"。同日《北京日报》转载,却引用"毛主席语录",强调"学术的问题应该自由争论",说"在这个问题上,不同的意见可以开展争论"。30日《人民日报》转载,但是放在第五版的"学术研究"专栏中,编者按说:"对待历史人物和历史剧的问题,应该进行辩论。"这种不同的处理方式,敏感的人都能意识到。这是一个许多人都知道的事件。这说明,在特定时期,也可能出现不同意见的表达。当然,这些情况的性质,提出什么问题,那需要作另外的分析。

对于"文学"来说,还有一个原因可以提出来讨论。这个原因跟"文学"的特点有关系。文学的"特性",使情绪、观点、意向的表达,有某种隐蔽性,或"寓言性",存在某种"空白",而有隐含着特定时期不同意见的表达的可能性。在谈到文学的"特性"时,有的理论家会从这个方面来谈这个问题，指出文学包含了一种"超意义"，即我们通常说的"言外之意"。或者说文学作品具有一种"背叛能力"。这种"背叛能力"，指的是在不同历史条件下对作品的不同理解、阐释；文学作品可以引入许多新的意义而不破坏它的"同一性"。像法国的文学社会学家埃斯卡皮等，都谈到这个问题（《文学社会学》第107、123页）。一方面，作家能够在作品中隐蔽性地寄托某些情绪或观点，另外，读者也可能在保护作品的"同一性"的情况下，引入新的意义。"文学"给作者和读者这两个方面，都留有这样的余地。因此，国外或国内的"当代文学"研究者，会很留心发现在作品中可能存在的不同的声音，不同的情绪、意见的表达。当然，在这样做的时候，作为读者的我们的"自由度"有多大，限度在哪里？这也值得我们考虑。"不破坏作品的同一性"怎么理解？"同一性"怎样确定？都是颇费心思的问题。总之，在这方面，也存在对阐释的随意的警惕，也可以说是"过度阐释"吧。这一点，前面讲课好像已经提到了。

作家的身份和"存在方式"

文学体制和文学生产方式的问题，接下来要讨论"当代"的作家的"身份"。50年代以后，中国作家的"身份"发生了重要变化。这种变化的特点是什么？由什么样的原因造成的？在谈这个问题之前，我先介绍最近出版的一本社会学著作，叫《中国单位制度》，作者是杨晓民和周翼虎。杨晓民现在在中央电视台的干部处任职，他又是个诗人，到我们这里参加过谢（冕）老师主持的"批评家周末"的活动。这本书谈到，共和国建立之后，政府和社会的关系发生巨大的变化。"主要特征表现为政府资源和权力前所未有的扩张。由于社会主义纲领的实施，作为政治权力来源的旧经济和社会地位的标志——财富、土地所有权、教育、年龄和宗法关系迅速衰落,而外表政治角色(党员、团员、积极分子、公职人员等)成为重新分配政治权力资源的基本凭据。强有力的政府借助于军事和群众积极的组织活动,对越来越多的社会成员进行社会强制性整合。"(第77—79页)

共和国成立之前和成立之后,社会生活发生了许多重要的变化。其中一个重要变化,就是国家、政府和社会之间出现一种新的关系。40年代后期的时候,我当时还小,上小学。在那个制度下面生活过的人都清楚,当时政府对社会的控制,其实是相当有限的。我上学时经常从县政府前面走过,这个政府办公人员并不多,不像现在,机构那么庞大。50年代以后的情形,政府跟社会的关系发生了巨大变化。这种变化是,政府的资源,包括物质的资源和人力的资源,以及政府的"权力",有了前所未有的扩张。正如《中国单位制度》里说的,政府借助强有力的军事和群众运动的动员方式,将社会资源,将分散的社会成员,进行强制性的整合;这种"整合",按照的是社会主义计划经济的模式。过去比如说40年代,社会中有很多分散的人员,他们并不属于一定的组织,如"自由职业者",手工业者,商人,作家,医生等等。"解放"之后,所有的社会成员都被整合在一起,整合成四种成分。一种成分是"干部",一种是"工人",一种是"群众",一种是"农民"。所有的人都分别隶属于这四种成分。作家也是一样。作家、教师等在1949年之后,成为"干部"这个系列的组成部分。我大学毕业以后填表格,好像每年都要填表格,其中有一栏,叫作"何年何月参加革命工作"。开始我不太清楚应该怎样填。我参加过"革命"吗?好像没有。别人告诉我,参加工作那天就叫作参加"革命",你就是"国家干部"了。这实际上是解放初"军事

四种成分中的"群众",值得商榷。实际上,当代中国社会中,也还存在着未被完全"整合"的社会成员(如市镇中的"家庭妇女",无业人员等),但人数很少。"群众"并非是与"干部","工人"等并列的社会成分。

> 所有的作家也都隶属于某一"单位",也都处在这个"等级森严的金字塔社会"的某一个等级中。

接管"和新的政权系统成立过程中建立的体制。"干部"这个身份,包括相当广泛的范围。不仅指政府部门供职的官员,即从事经济和社会管理的管理人员,而且包括专业技术人员、作家、教师、编辑、医生等,这些在30—40年代被称为"自由职业者"的那些人。50年代以后,这些被称为"干部"身份的人,都被纳入到一种称为"单位"的体制中。这个"单位"的制度,实行了严格的等级制,包括相应的工资、福利等级。在这个单位制度的规范结构有两条基本的行为准则:一个是集体主义的准则,一个是森严的等级。每一个人,包括作家在内,都在某一个等级之中。所有的干部,都分为24个等级。最低的等级是24级,就是一般的办事员。大学毕业的等级,我大学本科毕业的级别,大概是22级。科级是18级,处级是14级,师局级是13级。大学校长在五六十年代是副部级,文革后一段时间是司局级,听说现在北大、清华等一小部分大学的校长,又提高到副部级了。副部级是8级。省部级是6—7级。内阁部长,国务委员,是4—5级。国家领导人是1—3级。工资也是这样。在文革前,最高的工资,国家主席的工资大概是640多块钱。最低的工资,最普通的工人工资是22块钱。相差大概有30倍。另外,在教育、卫生、科技等行业,也建立了自身的等级制,如高教的级别,教授是1—3级,副教授是4—6级,讲师是7—9级。这种级别,同时也可以"挂靠"到上面讲的"干部"的级别上。

所有的作家也都隶属于某一"单位",也都处在这个"等级森严的金字塔社会"的某一个等级中。作家,包括知识分子,教师,你要在这个"单位"的制度中生活得比较好,你就要考虑怎么遵守单位制度的内部规范。如果你违逆了这个规范,而且很严重,就有可能从原来的单位中排除出去,从"干部"的系列中排除出去,而失去了

在社会的几种成分中,"干部"显然处于最高等级,其次是"工人",然后是"农民"。从"干部"系列中排除,有可能成为工人或农民。这在当代是一种惩罚措施。作家陆文夫、高晓声等都有过这一遭遇。

原先的保障。对于一个作家来说,他既失去了作品的发表权,也没有固定的工资收入,也没有住房福利制度等的基本保障,而且,他在"人格"上,也处于被蔑视的地位。所以我想,这种制度对一个作家,对一个知识分子的生活和思想,肯定会产生深远的影响。至于影响到什么程度,什么样的影响,那由各个人自己来决定。但多多少少会受到影响。

另外一个问题,是关于作家的经济收入。我们知道,从根据地时期开始,甚至从"新文学"开始,对作家的职业,他所从事的活动,普遍有一种"启蒙主义"的理解。文学写作被很绝对地看作是精神性的"神圣"活动。而根据地和解放区的文学活动的理解和方式,也加强了这样一种观念。在根据地和解放区,没有稿费,也没有什么"畅销书"的收入,"市场"与文学的关联,不是很清楚,不是很明显。作家就是"干部",都是按照供给制,按级别给予相应待遇,领津贴。五六十年代这种观念得到延续,当然,具体情况已发生较大变化。50年代后,作家的收入、经济条件,总体来说,要比三四十年代的作家好。这个看法可能有很多人不太同意。因为我们过去谈到知识分子待遇的时候,经常会拿解放后知识分子的收入跟解放前知识分子的收入进行比较。经常被引用的一个例子,是李大钊先生在北京大学当图书馆馆长的时候,他的月薪是200多块大洋。而毛泽东,当时的图书馆馆员,月工资是8块大洋。然后就有人这样折算:200多大洋能买多少米能买多少肉,买的米可以堆满一个屋子。50年代后,作家、知识分子的收入,就买不了这么多米和肉了。这个比较不是那么全面。一是不同的作家、知识分子那时的经济状况,其实有很大的差别。在30—40年代,有不少作家的生活并非很宽裕,有的还很拮据。另外,这种比较还应该从"横"的方面进行。也就是

> 我要说的是,笼统说中国当代作家"贫困化",不是很恰当。文革前夕和文革中批判"三名三高"的时候,"三名"其中就有"名作家","三高"有"高稿酬",其中有相当的部分都针对作家,特别是知名作家。

说,在一个特定的时期里,作家和社会其他阶层收入状况的比较。在解放后,作家的收入,生活水准,从总体上说,应该属于"中上"以上的水平。他们因为隶属于某个"单位",所以有固定的薪俸。但是如果发表、出版作品,又有稿酬收入。

我常举一个例子,就是刘绍棠这样的年轻作家,50年代初发表了一些短篇小说,出版了《青枝绿叶》、《运河的桨声》的小说集,稿酬的收入就相当可观。他在反右受批判时,有人揭发他提出要为3万元人民币而奋斗,这是反右时候对他批判的一个重要"罪证",意思是说他背叛了他出身的阶级,背叛了劳动人民。这个批判我们不去管它。3万块人民币在当时是一个什么样的数字呢?在当时的普通人看来,是一个天文数字了。当时大学教授的月工资是200—300多块钱,工人的最低工资不到20块钱。当然,刘绍棠在当时,是一个比较知名的作家,作品也比较多。我要说的是,笼统说中国当代作家"贫困化",不是很恰当。当然,这个问题的研究,应该有更多的资料和分析。50年代之后,政府给这些"精神的劳动者"的待遇,并不是使他们贫困化。文革前夕和文革中批判"三名三高"的时候,"三名"其中就有"名作家","三高"有"高稿酬",其中有相当的部分都针对作家,特别是知名作家。另外,解放后作家的政治地位、社会地位,我看也有大幅度的上升。人民代表、政协委员中间,有许多是著名作家。现在也还是这样。这在过去是不多见的。有不少作家担任这样的职务。前一段时间在看资料时,看到1957年一位"民主人士"说过这样的话,他讲到,目前的制度,造成政治地位高于一切,高过社会地位,"过去是行行出状元,现在是行行出代表(人民大会代表),行行出委员(政协委员)";他认为这是一种"政治社会化",或者社会的"泛政治化"现象[1]。这个现象到现在,程度上好像有所

---

[1] 叶笃义在中央统战部召开的座谈会上的发言,《人民日报》(北京),1957年5月17日。

如果一个作家的地位、成就，需要用政治级别、地位来证实，否则便不可靠，那么，对一个时期的作家和文学的状况带来的影响，可以想见。

减弱，但是也还在延续。有这样一个例子，就是李希凡和蓝翎，两个"小人物"1954年起来批判俞平伯的《红楼梦研究》，向唯心主义开火，被毛主席肯定，两个人都出名了。很快，李希凡就成了第二届全国政协委员。可是不知道是什么原因，蓝翎却没有得到这个"殊荣"。蓝翎就很不满。他后来写的回忆录《龙卷风》，里头有一段谈到这件事。到了1956年初，突然把他增补为全国政协的列席代表，这样他才比较平静下来，"心理稍有平衡感"（学生笑）。当然，蓝翎先生在写这个回忆录的时候，是有所反思的。他说："在别人看来这是一种荣誉，其实，细想起来，也没有多大意思，徒有虚名而已。无奈苍生想不透，多被虚名误了。"[1]这里需要做一点说明，蓝翎先生有一点说得不大准确，代表、委员等等，其实不完全是虚名，是包含了"丰富内容"和实际利益的。如果一个作家的地位、成就，需要用政治级别、地位来证实，否则便不可靠，那么，对一个时期的作家和文学的状况带来的影响，可以想见。我这里谈的，是体制，不是评价某一个人。我们周围有许多优秀、杰出的学者、作家，都是委员，代表，他们确实做出了很大的成绩。而且，让谁当委员、代表，即使他不很看重这些东西，但好像也不能说我不要（学生笑），不要好像没有什么道理，还会被人看作是矫情。所以，我们在这里说说很容易，真正遇到了，可能也是颇费心思的事。

"身份"的几个问题

上一堂课讲到作家的身份问题。"身份"在这里指的当然是"文

---

[1]《龙卷风》第47—50页，上海远东出版社1995年版。蓝翎在这里还说，"当政协会议快要结束时，由郭沫若在大会上宣布，成立中国亚洲团结委员会，念了委员的名单，举手表决，鼓掌通过。前后不到十分钟，我就成了该会的委员，而周围举手鼓掌的谁也不认识我。……事后，也没有参加该会的任何活动，只收到过几次舞会票，而我却是从来不会跳舞的，白白浪费了。这不也是徒有虚名的头衔吗？等我再过一年多戴上了有丰富的实际内容的'右派'帽子之后，这些空头衔也就自动消失。"

化身份",不是生理的或其他方面的身份。谈到身份的问题,就会联系到现在存有争议的问题,比如"主体"、"自我"的性质,我们不在这里讨论这些问题。总的来说,身份对一个人是很重要的,是他在这个社会里的位置,"角色"。一个最普通的例子是,我们联系事情,或者和人初次见面,总会交换名片。名片上印的头衔,可能就是当事人最看重,最希望突出的那种"身份"。而在名片上突出什么"身份",又跟他生活的社会的风尚,跟那里对什么东西重视有很大的关系。记得我在日本上课的时候,几乎所有的教授的名片,上头都简单写着某某大学的教授或副教授的职称,很少再写其他头衔的。有的教授,虽然当上了学部长,或者在什么学会担任理事,好像也不太热衷于把这些头衔印在名片上。我推想,他们可能认为"教授"已经足够了,特别是像东京大学教授,那就足以表明他们的"身份"的价值,不需要别的东西来加强和提高。

我们这里的情况可能不太一样。这跟制度和社会观念有很大的关系。比如说,我们会觉得,光是"教授"什么的还很不够,因为教授多的是。如果担任什么官职,那是更重要的,而这些官职在名片上会放到教授的前面,这个"身份"对他来说可能更为重要。我看到的大学教师或研究人员的名片上面,有的头衔,最多列到 11 项之多。这 11 种头衔,除了自己的职称,比如教授、副教授、研究员、副研究员之外,还有他担任的各种职务,主任、副主任、理事、会长、常务理事等等。中国学术界有各种各样的学会,中国文化源远流长,有那么多作家、著作、流派、事件可以来办各种各样的学会。每个学会当然就有理事、会长、副会长。一般来说,这些职务是学术地位或资格的证明。

咱们系的李零老师写了一篇文章,叫《"真孙子"(山东日记)》[1],

---

[1]《冷漠的证词》第 162 页,社会科学文献出版社 1998 年版。

名片上罗列的头衔还有某某学科的"学术带头人",或者"学术骨干",或硕士生导师,博士生导师。可笑的不是印名片的人,而是制定这种头衔的体制,构造这种体制的机构。

中国大陆的当代文学研究会便有两个,都成立于80年代初。一个以北方地区为主,叫"中国当代文学研究会",称"北会",一个是"中国新文学学会",称"南会"。它们好像各有自己的"势力范围"。

说的是山东的事情。他说,"山东的特产是'圣人'",山东的广饶和惠民这两个地方,都认为《孙子兵法》的孙子的"故里",是在他们那里,便发生了"孙子争夺战"。双方剑拔弩张,各说自己那里的孙子是"真孙子",别的地方的是"假孙子"。这种争夺,不仅发生在孙子身上,在另外的省份,还有包拯、关羽等等。这样,同样一个人,同一部著作,便不仅有一个学会、研究会了,可以安插、分配的头衔就更多。名片上罗列的头衔的另外一个类型,就是政协、人大等的职务,这也是很重要的头衔。还有就是比较奇怪的,比如某某学科的"学术带头人",或者"学术骨干"(学生大笑),或硕士生导师,博士生导师。这看起来很可笑,但是可笑的不是印名片的人,而是制定这种头衔的体制,构造这种体制的机构。"学术带头人"、"学术骨干"等等,我们以前也使用过,大抵上是当作一种比喻性的说法,像说某人是这个学科里的"权威"一样。好了,现在它变成了一种实体性的级别,大概也跟工资、住房挂钩,是按照规定的程序评审出来的。在这方面,在设计各种名目的级别上,我们真的很有创造性,很有想像力。另外还有把"享受政府特殊津贴"也印在名片上的。其他还有"一级作家"什么的。当然一般来说,"二级作家"就不大会印在名片上了(笑)。作家分一级二级,就像五六十年代有一级、二级、三级教授一样,并不是现在的发明。

"身份"在我们的生活中,应该是个很重要的问题。我曾经印过两次名片。一次是90年代初;另外一次是前几年。但是大部分都分发不出去,觉得好像没什么人可送。去日本教书的时候,当时还是副教授,为了不能在名片上印上"教授"的头衔,暗暗苦恼过。也曾经想,在教授、副教授之外能不能找一点"更好"的头衔印在上头?想来想去,真是想不出来。我这一生业绩最"辉煌"的时期是在江西

"五七"干校的时候,有一段我当上"大田班"的班长(学生笑)。"大田班"就是种水稻的,其他还有炊事班、菜田班等等。当时我领导的人最多,有 22 个人是我的"兵"。但是"大田班班长"好像不能印到名片上头去。这是说笑话。

讲作家的写作为什么要讲"身份"?因为"身份"对作家的创作会带来很多的影响,所以才会研究这个问题。什么叫"身份"?大家可以看佛克马、蚁布思《文学研究与文化参与》这本书。里面讨论了"身份"的问题,介绍、评述了多种看法(第 5 章《身份与成规》)。其中对"身份"提出了一个简单的定义。里面说:"一种个人身份在某种程度上是由社会群体或是一个人归属或希望归属的那个群体的成规所构成的。"(第 120 页)这里使用了"归属"和"希望归属"这样的说法,也就是说,"身份"既是"给予"的,也是想像和冀望的。另外,他们指出,一个人可以属于不止一个群体,而且大多数情况下都是这样的。比如我们是中国人,是汉族人,又是北大的老师、学生。这里可能是交叉关系,是大的类别和小的类别的关系,同时可能又是一种平行关系。对不同群体的"成规"的忠诚构成一个人身份的一部分。第三,书中还讲到,一个人在不同的时候,不会总以同样强调的程度来"激活"这些不同的特征,可能是一个时间激活这一种,另一个时间强调、激活另一种。因此,一个人在不同时间和场合中,会扮演不同的"角色",或者说有不同的"角色认定"。我要补充的一点是,当一个人在激活某一方面的特征,具有某种身份,扮演某种角色的时候,另外的特征并非不存在,不是消失了,不过是被抑制。这些被压抑的特征,也会影响、制约到所激活的特征的呈现。当时,不同的身份、特征也会出现冲突,构成某种矛盾。

我在 90 年代初写的小册子《作家的姿态与自我意识》,其中有

> 不依靠写作获取稿酬版税过日子，可能是一种好处，减轻对政治权力或市场的"依附"的压力；但是，有时候没有柴米油盐的考虑，有优裕的生活保障，也可能会成为一种"毒素"。

相当一部分，实际上就是讨论作家的身份和角色的问题。对于当代中国大陆作家，如果不是谈具体的某一个作家，而是考虑带普遍性的问题，从这方面来分析的话，在"身份"上有几组问题可以提出来讨论。这些问题，80年代以来在文学界已经多次提出。它们主要是，第一，作家和"学者"的身份的问题；第二个是作家和政治家，和"文化官员"的问题；第三个是"专业作家"和"业余作者"的关系；第四个是作家和"知识分子"之间身份的关系。另外，在八九十年代，在"身份"上还会提出其他的一些重要问题，比如"作家"和"商人"的关系等。现在，有的从事文学创作的人，并不是那么"专业"，他可能是个"生意人"，当公司老板，同时又写作品。比如在香港、上海做生意的吴正，原来是上海人，后来到香港。做什么生意我不大清楚。这些年写了不少诗，也出版了长篇。人民文学出版社在1994年开过他的作品讨论会。他自己谈到他这种"生意人"的身份和"作家"身份之间的关系，认为他这种写作方式和写作心态可能比专业作家要更"健全"一些。他说反正我不为稿费写作，不靠稿酬生存，所以能更尊重自己的心性，写作心态也比较宽松。他的说法有一定道理。当然，这个问题其实颇复杂。不依靠写作获取稿酬版税过日子，可能是一种好处，减轻对政治权力或市场的"依附"的压力；但是，说真的，有时候没有柴米油盐的考虑，有优裕的生活保障，也可能会成为一种"毒素"。不应该一概而论，对每个人来说都不一样。这个情况是一种新的情况，这是50—70年代不存在的身份问题。那个时候，"生意人"、资本家是剥削者，把他们和"纯洁"的精神产品生产者、和"灵魂工程师"联系起来，是不可思议的。

上面提到的几组身份问题，有的就不具体谈了，简单地提过去就算了。比如说"作家"跟"文化官员"之间的关系，大家已经谈过很

在新世纪，作家身份问题上有一个现象，就是不少企业家、生意人从事诗歌写作，资助诗歌活动。成功的企业家与诗歌写作之间构成的复杂关系，是个值得研究的奇特的当代现象。这和作家与学者的关系不完全相同。

> 当代有的作家,可能把这种"官员"的身份过于扩大,无限制地延伸到大部分的时间和场合,使他们的心态、性情、文笔都"异化"了。

多。在当代,有的作家,特别是批评家、理论家当上部长,或担任文化部门、作协的"官员"之后,写的批评文章,许多是政策指导性质的,或者是对某种理论教条的阐发,面目确实不是那么可爱。周扬许多文章,包括他1962年为《人民日报》写的社论《为最广大的人民群众服务》(5月23日),读起来让人头痛。倒是他在有的会议上的讲话,还能见到他的一些"性情"。在五六十年代文学领导阶层中居重要地位的张光年、冯牧等,也是这样。他们不是没有才情的作家、理论家,张光年写了《黄河大合唱》;冯牧60年代初写的《澜沧江边蝴蝶会》等散文,也还算不错。尽管这篇文章,叶圣陶先生认为有不少语病,而且啰嗦,做了大量修改,在当时为中学语文教师开设的讲座上,把这篇六七千字的文章,修改成三千多字。除了冯牧文章的问题外,这里面更重要的,是反映了作家和语文教育家在语文观念上的冲突,这个问题留着以后再讨论。总之,当代有的作家,可能把这种"官员"的身份过于扩大,无限制地延伸到大部分的时间和场合,使他们的心态、性情、文笔都"异化"了,写作的"个性",个人风格,越来越模糊。这个问题我就不讲了。

"作家"和"学者"的问题。说一个作家同时又是一个学者,是从两方面的意义上来谈的。一个是从他的文化修养和实际的学术成就。比如说郭沫若是诗人,剧作家,同时又是历史学家,当然也是一个文化官员。"作家"与"学者"的身份,另一方面是从他从事的职业上谈。他写诗,写小说,同时在大学或研究机构中担任教授或研究员。钱理群老师他们的《中国现代文学三十年》,对30年代作家最主要的"派别"有过划分,这种划分方式现在得到许多人的认可。在当时活跃的文学"派别",一个是"左翼"的派别,一个是"海派",一个是"京派"。左翼作家这个派别,被认为是大城市产业工人的代言

> 从政者不一定写不好诗,同样,诗人也不一定当不好部长。法国的圣琼·佩斯,既是政治家,外交部长,又是诗人。不过,他拒绝自己,也劝告读者不要把政府官员的亚历克西·莱热(他的真名)和圣琼·佩斯联系在一起,称"我始终最严格地保持双重人格"。罗杰·加洛蒂却指出,"圣琼·佩斯诗歌世界的题材……来自亚历克西·莱热的生活经历"(罗杰·加洛蒂:《论无边的现实主义》,77页,百花文艺出版社1999年版)。

人;"海派"是以上海为中心的东南沿海城市商业文化的产物,和当时的商业经济的关系非常密切;"京派"作家则是北京为中心的北方城市的学者型的文人,这些作家大都在大学中任职。这种分析是有道理的。"京派"的许多作家都是大学教授,或以前、以后是大学教授。现代很多作家都曾在大学里任教,如胡适、闻一多、朱自清、冯至、沈从文、梁宗岱、朱光潜、废名、林徽因、李健吾、郑振铎、林庚、俞平伯等等。当然,他们并不都是"京派"作家。

进入"当代"之后,作家和学者的这种身份的情况,发生了重要的变化。50年代之后,我们可以看到,跟大学关系密切的"京派"作家的"失势",他们失去了原先在文学界的重要地位。在"当代"文学规范中,强调的是革命的生活实践、经验,题材的转移,在工农和实际工作者中发现、培养作家的"战略目标",导致学院、大学在文学领域的地位的极大削弱,也导致跟大学有联系的作家地位的下降。这种趋势,应该能看得很清楚。大体上,在50年代初,当时大学的文科教授和学者对文学界还有过一定的影响力,作协等权力机构也还借重他们的作用。像北大的吴组缃、朱光潜、王瑶先生,北师大的黄药眠、穆木天、李长之先生,还有其他学校和研究机构的教授,当时在文学界还有一定的影响和发言权,特别是在理论批评方面的影响。但是到50年代中期以后,这个影响迅速减弱了。80年代末期,作家康濯——他是解放区作家,他最好的作品好像是小说《我的两家房东》——写过一篇回忆胡风事件的文章[1],里面讲到王瑶先生在50年代担任《文艺报》编委的事。他说,不知道什么原因,一个大学的教授突然成了《文艺报》的编委,意思好像是说,有些莫名其妙。康濯说,后来才知道,王瑶在批判胡适的时候写的文章受到毛主席称赞,表扬了王瑶。这种叙述的口气、语调,颇能反映

---

[1] 康濯《〈文艺报〉与胡风冤案》,《文艺报》1989年11月4日。

当时50年代文学界权力调整后的等级关系，反映文学界主持者对大学里的作家、学者的评价。

还有一个例子，1958年在大学进行的"拔白旗，插红旗"的批判运动，对主要是大学里的文科教授和作家的批判，有许多迹象表明，实际上是由当时文艺界的权力阶层所领导，至少是参加策动的。1958年对学校的"资产阶级权威"的批判，不仅是教育系统的措施，而且和文艺部门，如作协等有直接关联。比如说当时北大中文系批判王瑶，批判吴组缃，批判林庚诸位先生，还有在其他学校开展的批判。文革期间，长期担任中文系主任的杨晦先生谈过，1958年张天翼到北大来，和开展的这个批判运动有直接关系。张天翼先生当时在北大住了一段时间，公开的说法是"体验生活"，他要写一部表现青年知识分子的长篇小说，并且就在我在的那个班"蹲点"，参加过我们班一些活动，我们对他很尊敬。他应该是负有另外的使命的。经过了1958年之后，大学里的作家，或者说大学在文学界的地位、影响，已经很有限了。大学被看作是"脱离实际"的地方，"经院式"的知识传播场所。

1961年，我毕业留校当教师不久，就听说系里的文艺理论教研室，组织了一个讨论，讨论题目是，我们应该走普列汉诺夫的道路，还是走侯金镜的道路（笑）。侯金镜是解放区来的批评家，没有受过很正规的学院教育，当时在《文艺报》担任领导工作，写过一些有影响的批评文章，特别是在小说批评上。比如他对茹志鹃创作所发表的意见，就很有见地。所以被认为是当代成就突出的文学批评家。而普列汉诺夫可能被归在"学院"出身的理论家一类。这个问题的提出方式，现在看起来有些可笑，因为不论从什么意义上讲，侯金镜和普列汉诺夫好像都不能放到同一等级上来比较。当时提出这

80年代初,王蒙提出作家的"学者化"问题,所针对的,正是这种作家的"非学者化"的普遍状况。

个问题的意思是,革命的理论批评家应该走"侯金镜式"的道路,这条道路是重实践的,经历实际工作、革命斗争的锻炼,在"斗争",包括文艺路线的冲突中成长起来。重视工农兵生活,强调实际工作的经历,也导致了将大学和文学写作隔离的倾向。大学里可能出作家、诗人,但不能培养作家,这是当时的"共识"。许多人抱着"作家梦"进入中文系,而每一年开学,中文系主任在新同学迎新会上,总要特别强调中文系不是,也不能培养作家,来打消有的人的"作家梦"。学院的写作,校园里的写作是"习作性"的,学生腔的,不成熟的,脱离现实生活的这种观念,一直延续到现在。但实际上我们可以看到,在20—40年代,不少好作品,特别是诗,是在大学中学习的学生写的,像汉园三诗人,像西南联大的诗歌写作。曹禺早期的话剧创作,也是这种情况。80年代初,王蒙提出作家的"学者化"问题,所针对的,正是这种作家的"非学者化"的普遍状况。其实,作家和学者这两者,不一定,甚至可以说不应该强制地串连在一起,不过,这个问题的提出,却有现实针对性。我相信,在大多数情形下,一个人的观察、体验的深度,表达的强度和创造力,是和他的"学养",他的"文化修养"的状况相关的。刘绍棠在大学待了一年,便觉得学校妨碍他的创作而退学,这反映了当时已经开始流行起来的普遍观念。在这个问题上,文革后的状况已经发生了很大的变化。现在,不少有成就的作家、诗人,都有很深的学养,而且有的就在大学里当教授。

80年代以后,这种情况有了改变。不少诗人、作家都受过高等教育,而在大学和研究机构中任职的作家也增加了。如曹文轩(北大)、格非(清华)、徐坤(社科院文学所)、西川(中央音乐学院)、王家新(北京教育学院)、臧棣(北大)等等。王安忆等作家还经常到大学讲授系统课程。贾平凹、莫言等也被一些大学聘请为兼职教授。

另外一个问题,是业余作者和专业作家的问题。"专业作家"、"业余作家(者)"这样的概念,当然不是当代才有的。但是,这些概念在当代被赋予特定的含义,并被广泛运用。在"现代文学"阶段,这些概念可能也存在,但是含义不一样,而且没有成为作家身份的

> 在"当代","专业"和"非专业",不仅指个人工作精力和时间的分配,而且是一种文学写作能力和价值的估定,是一种认定的"资格"。作家协会虽然是有强烈的政治色彩的机构,但是它的性质、组织、管理方式,带有中世纪"行会"的某些色彩。

一种重要概念。不过,这个问题还需要做些调查,才能弄清楚概念演化的具体情形。另外,到了80年代之后,这组概念的重要性,和使用的状况,也发生了变化。像"业余作家(者)"之类的说法,似乎在慢慢淡化、消失。在辞书里,"业余"有两方面的意思,一是工作时间之外的,另一是"非专业"的。当代的"业余作者"这一概念,这两层意思都有。和"业余作者"相类或有关联的概念,在当代还有"青年作者"、"业余文学作者"等。与这个相对应,"专业作家"既指文学写作是他的主要工作,也指他在写作上的成就,技能上的成熟、"专业"程度。但是,需要指出的是,后一方面的意思,占有更主要的成分,即"专业"和"业余"的界限,主要由他的文学写作的成绩来判定。事实也正是这样,当代有的"业余作者",在写出受到文学界认可,得到较高评价的作品后,便能转为"专业作家"。像茹志鹃、胡万春、浩然等等。

> 在八九十年代,业余作者的"业余",更多指写作的状况,而不是一种社会身份,这与50—70年代的含义不同。

因此,在"当代","专业"和"非专业",不仅指个人工作精力和时间的分配,而且是一种文学写作能力和价值的估定,是一种认定的"资格"。这个情况,我觉得可以看作是当代作家在"身份"上制度化或体制化的表征。也就是说,在50—70年代,比起二三十年代,比起文革之后来,取得"作家"的资格的"程序",要更复杂,而且要更严格。就是说,当时要"当"一个作家,要被承认为"作家",比现在要难。不像现在,"作家"、"著名作家"的头衔,很容易取得。我过去上课的一个讲法可能不太对。我讲过,50年代当一个作家比较容易。现在想想,这个说法可能不太准确。或者说,如果从文化准备或文化修养的角度,可以这样讲,但是如果从获得认可的"体制"的角度,这个讲法有缺点。那么,在50—70年代,"作家"的认定通过什么方式来进行?在很大的程度上,是看他是否加入了作家协会,特别是中央一级的作协,这是一个重要的标志。作协虽然是有强烈的政治色彩的机构,它按照政治机构的组织方式来组织,但是它的性质、组织、管理方式,也带有专业"行会"的色彩。为什么这样说呢?这里面有两个特征值得注意。一个是它有某种"垄断"的性质。"专业"的"专"字,除了有"专长"、"专门"的意思外,也有"专利"、"专断"、"专权"的意思。只有一个作家协会,没有别的文学团体。是否获准加入这样一个机构,表明了当时的文学界对你的"作家"资格是否认可。这就是一种行业上的"垄断"。在五六十年代,加入"作协",当然不是件容易的事。第二个是它的等级性质。它有中国作家协会,全国性的协会,同时又有省市的分会。一般来说,加入全国作家协会,是取得更高级别的证明。因此,在五六十年代,"业余作者"、"分会会员"、"中国作协会员",是不同的级别。相对于全国性的作协来,分会的加入要容易些。同时,作家协会里又有"专业作家"的编制,另外一个名称叫"驻会作家"。这些作家的人事编制在作协,工资是在作家协会领取,但并没有担任其他的职务,"专门"从事写作。大家知道,茹志鹃原来是一个刊物的编辑,50年代她写了一些短篇,受到较高评价。后来"转为"脱产(不再担任编辑等工作)的专业作家。这是一个标志,她被承认为是一个比较稳定的,比较有成就的作家了。作协这种制度的目的是什么呢?值得研究。除了基于对作家的有效管理、控制的考虑外,我看它是一种防止"外来者"过分轻易进入的制度,通过一定的制度,来保护这个"行业"的专业性人员的相对稳定性,保持这个专业"圈子"的边界的相对清晰,预防其权威和利益的降低和流失。在如何进入这一体制,如何取得"作家"资格上,"当代"基本上是沿用"师傅"和"徒弟"的关系这么一种规格,来规训后继者。50年代初由丁玲负责的"中央文学研究所"(后来改名中央文学讲习所),就是一种"作家"后备者的培训机构。后来又多次召开专门针对"业余作者"的全国性会议,也充分表现了这种关系[1]。这种措施,即使进入"作家圈",这个"圈子"的扩展得到有效的控制,并且使这种扩展在文学规范的秩序中进行。至于一些"老作家"对"文学青年"的指导、培养,在当时也不只是个人的关切,也是一种制度化的行为。这种制度,在规范"作家"的"补充者"的资格方面,应该说能起到重要作用。

涉及作家"身份"的另外一个方面,是作家和"知识分子"的关系。这是一个老话题了。说它"老",是因为在这二十多年里,甚至更长的时间里,总在不断谈论它。有时候对这个话题已经感到厌烦,但是,又好像总也没有"过时",在不同时间里,会以不同方式重新提出,并且造成新的困惑。"当代"的一段相当长时间,"知识分子"这个词,和它标示的"身份"特征,大体上是"有知识的人",从事某种特定的职业,比如教师,作家,医生,科学家,技术人员什么的。这被看作是"实体性"概念,也就是根据人们的受教育程度,从事的职业的性质,或者按照不同时期普遍的受教育程度来确定。我上大学的时候,1957年毛主席说当时中国有500万知识分子;当时的这个统计,知识分子的标准,是指高中毕业以上的文化程度。1956年提出"向科学进军",对"高级知识分子"的生活、科研条件有特殊照顾。那个时候,"高级"知识分子,在大学里指的是有讲师职称以上的教师。现在,这些标准自然已经不适用了。现在的教授数目很多,教授已经不够"高级"了,不能够充分体现这个社会所需要的等级划分。我们的社会是个"等级"社会。当原有的区分界限趋于模糊时,就会有新的界限来强调这种划分。这就是为什么"教授"之上,还要创造"博士生导师"、"学术骨干"、"有特殊贡献"、"跨世纪人

在五六十年代,茅盾、赵树理、张天翼、严文井、康濯等"老作家",都做过许多指导"青年作者"、"业余作者"的工作。中国作协内部也有专门的机构,并先后创办《文艺学习》、《文学知识》、《萌芽》等专门指导青年和业余作者的刊物。

这里提出"作家"与"知识分子"的关系来谈作家的身份问题,现在来看有欠周全。"知识分子"这个概念,有时候是指实体性的职业,有时候其实是指一种与公共事务相关的精神态度。我在这里没有区分这两者的不同,笼统将它与政府官员、企业家、大学教师等职业身份并列讨论,看来不大恰当。

---

[1] 1956年,中国作协在北京召开过"全国青年文学创作者会议",1965年,又召开过"全国业余文学创作积极分子大会"。

萨特说过,知识分子是"爱管闲事的人",这是一个很通俗的定义。

才"、"特聘教授"种种名目的原因。这说明,这种"受教育程度"和"学术地位"的标准,是随时间的变化而变化的。

我们现在说的作家和知识分子的关系,按照80年代中后期关于知识分子问题讨论的说法,"知识分子"是把它看作一个"功能性"的概念。就是从他对社会、对人类所承担的责任上来看。对知识分子的这种定义的表述,当时引用得最多的,从我读到的文章看,一个是德国的社会学家曼海姆,还有是意大利的共产党领袖葛兰西。其他的还有法国作家萨特等。比如萨特说过,知识分子是"爱管闲事的人",这是一个很通俗的定义。在当时,有的文章还谈到现代意义上的知识分子的"发生",说到1898年法国的德雷菲斯事件,在这个事件中,法国的著名的作家,左拉、法郎士、普鲁斯特、纪德、罗曼·罗兰等,联名发表了《知识分子宣言》,认为这个事件是现代意义的"知识分子"出现的标志。我们读巴金的文章,包括他文革后写的《随想录》,他也经常从作家的社会责任、思想承担的角度谈到这个事件,当然,巴金的思想资源还有卢梭等人。80年代中后期有关知识分子"定义"的讨论,反映了当时的一种思想潮流,强调存在一个特殊阶层,他们对社会和人类负有责任,在社会受到挑战,面临困难和危机的时候,能利用他们具有的知识、经验,和对历史的了解,来探索问题的解决,从而能够发挥作用,指出出路。这是那个时间启蒙的"精英"意识高涨的表现。90年代以来,社会的迅速"俗世化"趋向,使有关这种"知识分子"的谈论曾经有过的庄严、崇高的意味剥落了,在许多场合,甚且转化为调侃、嘲讽的话题。不过,这个问题并没有成为过去,它还会在不同场合,为具有不同的思想立场的人所重提。现在很出名的,写《东方主义》的萨伊德有一本书,叫《知识分子论》,被台湾的《中国时报》评为"1997年十大好书",就是关于这一主题的。

很明显,在一个"俗世化"的世界,在一个存在多种复杂病症的社会中,尽管"知识分子"的处境和工作条件更加困难,但是,也更加需要这些负有质疑的,批判性责任的知识者的存在。《知识分子论》这本书开头,有萨伊德的两段话。一段是对他所说的"知识分子"的身份的理解,一段是对知识分子责任的理解。第一段说,"大多数人主要知道一个文化、一个环境、一个家,流亡者至少知道两个;这个多重视野产生一种觉知:觉知同时并存的面向","流亡是过着习以为常的秩序之外的生活。它是游牧的、去中心的、对位的"。这是我们以前谈到的"流亡者"的话题。但是它指的不仅是"实体"身份上的流亡者,而且更指精神上,思想态度上的。对于某些问题的"觉知",批判的力量的获得,和这种"多重视野"相关。第二段话是:"批评必须把自己设想成为了提升生命,本质上就反对一切形式的暴政、宰制、虐待;批评的社会目标是为了促进人类自由而产生的非强制性的知识。"这些看法,在80年代的知识分子问题讨论中,也都得到阐述。不过,值得我们注意的是,无论在萨伊德的书中,还是这几年在我们这里有关知识分子的谈论中,都有了一种在80年代有所欠缺的自我反省的态度。这样,所谓责任、承担的意识,就离不开对自身现实处境的清醒。《知识分子论》中指出,我们都身处社会之中,是国家的成员,每个人都分属于不同的国家,有自己的语言、传统,有自己所处的特定的历史情境,而且都是跟"体制"(学院、教会、职业工会),和世俗权势处在一种复杂的关系中;而在我们这个时代,体制"收编"知识分子已经达到异乎寻常的地步。因此,"知识分子"的主要责任就是从这些压力中寻求相当的独立。我们经常说的边缘性、独立性或疏离性的特征,就是从这样的意义上作家究竟是一个社会批判者,一个"公共知识分子",还是一个文学写作的"手艺人"?

说的。

　　当然,这里不是在抽象地讨论知识分子问题,讨论的主要是作家和知识分子的关系。一个经常发问的问题是,"知识分子"的责任和社会承担,对作家来说是否具有一种普泛的性质?是否作家都应具有这样的知识分子意识?也就是说,作家究竟是一个社会批判者,一个"公共知识分子",还是一个文学写作的"手艺人"?或者两者都得兼顾?或者可以有"作家"和"知识分子作家"的不同选择?第二个问题是,"知识分子作家"在我们这样的现实环境中,如何确立他与某一文化体系、价值信仰的态度?与它们的疏离又意味着什么?第三,在面对"铺天盖地"的社会权威和强有力的网络——如媒体、集团、政府、学术机构等——的巨大压力下,"知识分子作家"又是否已为自己的"边缘性"处境的选择做好了必要的准备?包括是否准备放弃"解答一切难题,克服一切障碍,完成一切探索"的自信,而勇敢地面对自身的"无力感"?

第六讲 当代的文学"经典"

可供观察的方面（一）

讨论当代文学的文化体制，还必须涉及到的，是文学的评价体制的问题。其中一个比较核心的问题是对文学经典的审定和确立。"经典"问题涉及的是对文学作品的价值等级的评定。"经典"是帮助我们形成一个文化序列的那些文本。某个时期确立哪一种文学"经典"，实际上是提出了思想秩序和艺术秩序确立的范本，从"范例"的角度来参与左右一个时期的文学走向。

首先我要说明一下，文学"经典"在这里指的是什么。我不是从一种比较确定的意义上来使用这个词的。也就是说，这里讨论的，不是有关"经典"的标准，和在这一标准下，如何审定当代的文学经典问题。所以，我并不想参加进这几年有关 20 世纪中国文学经典的争论。也就是说，主要不是讨论"经典"的定义，讨论哪些文本应成为"经典"。而是关注当代的文学经典重评这一现象，关注"经典"评定的不稳定性，它的变动，这种变动所表现的文学变迁。中国现代文学的研究者，都会普遍意识到，在现代中国，社会政治、文化的剧烈变革，与大规模的价值重估、"经典"重评的事件是联结在一起的。佛克马、蚁布思在他们的书里讲到，中国现代的经典的剧烈变动，大致表现在这样的几个时间里，一个是五四时期，一个是 1949 年的共和国成立，还有就是文革期间和文革的结束。他们认为，这种变动，主要取决于政治机构对文学经典的认识和态度。同时，他们对这种剧烈变动的描述，主要从经典的"国际化"的程度着眼（《文学研究与文化参与》第 45—47 页）。他们的这些讲法，我看是能成立的，虽然事情可能要更复杂些。我们对于当代的文学经典的研究，面对的可能是这样一些问题。第一，当代是

> 对于当代文学（主要指前三十年）的文学经典问题（等级评定的标准、状况，评定的制度和程序，以及和"经典"评定相关的文化冲突等），我在《中国当代的文学"经典"问题》这篇文章中，有比较全面的分析。见《中国比较文学》2003 年第 3 期，收入《当代文学的概念》(2010)。

否存在文学经典的认定事实？如果存在，这一"事实"从哪里得知？第二，当代对于经典的认定的程序，或这种"认定"是由谁做出的，怎样做出的？第三，当代的经典认定在"管制"和"放开"之间的关系。这后一个问题，讨论的是政治和文学管理机构对于文学经典重要性的认定程度。我们知道，在50—70年代，经典（当然不限于文学方面）的确定，被看作是否危及现存文化体制和政治体制的严重问题，所以，确定的权力被牢固地控制。而80年代之后，对这个问题的严重性质的理解好像有所降低，而允许了某种程度的自由，"监督"、"管制"的程度也有所放松。经典的认定便会出现分散、冲突的情况。"谁的经典"（更准确说，是"谁选定、确立的经典"）的问题也就跟着被提出。这种现象，近来特别惹眼。因为是临近"世纪末"了，文学界掀起了一阵为这百年文学确立历史"秩序"的热潮，便有各种各样的"经典"排定的活动展开。如20世纪文学大师的排座次，各种"百年经典"的选本的出现，人民文学出版社组织，由专家投票的"百年百种优秀文学图书"的评出，香港《亚洲周刊》的"20世纪百部中文小说"的发表等等。可以看到，每一种评定，都引起纷纷的议论。

　　对当代的文学经典问题的研究，涉及范围很大。这里如果详细讲起来，会占用很长时间。课上我只作一些提示，提供一些研究上的思路供参考。首先要提出的是，在当代，并不存在一个发布文学经典的机构和可以明确把握的制度，并没有谁提供一个明确的经典目录。在这种情况下，我们研究这个问题，在方法上要从什么地方入手？对这个时期的文学经典问题，怎么做出判断？这是首先要解决的。当然，有的时候，也出现那种类似于"经典目录"的东西。如1954年7月，中国作协为了帮助"文艺工作者""有系统有计划地进行自修"而开列了一份书目[1]，涉及到"马克思列宁主义理论和中外古典文学名著"两个部分。虽然这个书目的说明中指出这只是第一批，而且一些重要的著作由于多种原因未列入。但是，可以看作当时文学界对"中外古典文学"经典的一种认定。这个书目有一些现象值得分析。比如在中国古典文学方面，显然很重视明清小说。另外，虽说是"古典"，但鲁迅的作品有3种被列入。在外国古典作品方面，"俄罗斯和苏联"单独占有一个部分，可以见出书目的侧重。同样有些奇怪的是，虽说范围仅是"古典"，但是高尔基和马雅可夫斯基的作品也在其中，而且高尔基达到7种之多；是所有作家中列入作品最多的。在俄国文学中，有普希金、莱蒙托夫、果戈理、屠格涅夫、车尔尼雪夫斯基、托尔斯泰、契诃夫等，却没有陀思妥耶夫斯基的著作。这些都可以从中窥见当时"经典认定"上的一些问题。

可以从下面的几个方面，来观察当代的文学经典的状况。一个是文学书籍的出版。50年代以后的一个较长时期，和这个时期中的不同时间段，中外的文学著作出版的情况，进行一些必要的梳理。特别是一些重要的，权威的出版社。出版的重点是什么，向哪一方面倾斜。比如北京的人民文学出版社和另外一些重要的出版社，对于中国古典文学，外国古代和现代文学出版的情况，还有就是对中国现代作家作品的出版。这些出版社都是国家控制的，它们的出版方针，一个时期的选题，反映了那一时期的文学政策和对经典的理解。第二个可资考察的方面，是这个时期的文学选本。包括供一般读者阅读的选本，和供大学文科专业学习选本。还有就是中小学语文教科书中入选的作品。一般来说，文学作品比较稳固的部分会在大学和中学的文学教育中得到反映。所以大学的教科书、文学史著

教育机构对文学经典的确立，和与此相关的有关"经典"的评定标准的传播，有十分重要的作用。

---

[1] 这个书目，以《文艺学习》（北京）编辑部的名义，在这份刊物1954年第5期上刊载。

作以及相关配套一些作品选,是研究的一个对象。比如要了解50年代对五四以来的新文学的诸多作家和作品在价值上的等级排列的话,那么,离不开对50年代前期几部中国新文学史的考察,包括王瑶先生的《中国新文学史稿》,刘绶松先生的《中国新文学史初稿》,蔡仪的《新文学纲要》,张毕来的《中国新文学史纲》,丁易的《中国现代文学史略》等。这几部文学史在经典认定上虽然有许多差异,但又有共同性,可以作为考察50年代前期现代文学经典状况的对象。

另一个值得注意的点是,50年代后期到60年代初,周扬主持的全国文科教材编辑委员会,集中了全国的著名专家,编写了多种大学的文学教材。这批教材也可以代表当时对文学经典选择、鉴定的情况。这些教材有游国恩等主编的《中国文学史》,唐弢先生主编的《中国现代文学史》,有朱光潜先生的《西方美学史》,北大西语系教授杨周翰先生主编的《欧洲文学史》,包括上海出版的和《西方美学史》配套的《西方文论选》。这些文学史写入了哪些作家,不提哪些作家;列入的作家在文学史、作品选中是怎样处理的,作了怎么样的等级排列,都反映了经典认定的情况。举一个小例子来说,在唐弢主编的《中国现代文学史》中,列为专章的作家,被看作是最有成就的,也可以说类似于"大师级"。这部文学史列为专章的有鲁迅、郭沫若、茅盾、巴金、曹禺、老舍,这就是我们通常说的"鲁郭茅巴老曹",这代表了五六十年代的评价。我们现在看到的钱理群、吴福辉、温儒敏的《中国现代文学三十年》的修订本(北京大学出版社,1998年),列为专章的作家的数目有了扩大,增加了好几位,一个是艾青,一个是沈从文,一个是赵树理。但是有的人会觉得艾青有些勉强,另一些人则认为赵树理"够不上"。文学史对赵树理的处

唐弢主编的《中国现代文学史》在文革前只出版"供讨论"用的未定稿,正式出版是文革后的1979(第1、2卷)和1980(第3卷)。主编者署名增加了严家炎。

"鲁郭茅巴老曹"的认定与排列,在当代是如何形成、如何构造出来的?这是个有趣的现象。程光炜先生正在研究这个问题。

理,一直是个奇怪的现象。周扬对他曾有过很高评价,把他称为中国现代的"语言大师"之一。这是他在 1956 年作协理事扩大会的报告中宣布的,另外的大师是郭沫若、茅盾、巴金、曹禺、老舍。但周扬组织编写、唐弢主编的《中国现代文学史》,还是没有把他列为专章。另外,如果北师大的王一川先生来主编现代文学史的话,他很有可能会把茅盾从"专章"的这个等级中去掉,改成一节,而为金庸设一专章。

有关的题外话

"文坛"最近一段时间没有热点了。中国的"文坛"如果没有热点,就会让人觉得有点奇怪。但最近有了王朔和金庸的争论,才不致过于沉闷。那天我正在读卢卡契的《理性的毁灭》(山东人民出版社 1988 年版,王玖兴等译),同学们知道,我的"理论素养"是不太行的,读得脑袋都要爆炸了,非常辛苦。后来拿起《中华读书报》(1999 年 12 月 1 日),看到王朔和金庸的争论,就觉得非常快乐(学生大笑),用张颐武老师常说的话是:"很好玩。"有些人认为这个争论没有什么意思。还是有点"意思"吧?从这个争论里面,可以看到对于同一作品的不同评价,不同的解读态度和方法,"意思"就在这里。以我们现在谈的文学经典的角度,就有引发我们思考的"价值"。在这一期的报纸上,有赵晋华先生编辑、采访几位学者、批评家的文章和谈话,谈对金庸小说的看法。王朔对金庸的小说有许多批评,可能觉得现在文学界对他捧得太高了。袁良骏先生(中国社科院文学所的研究员)对金庸的武侠小说批评也很厉害。他是我大学同年级同学,常常是直言不讳的。他不仅针对金庸,而且认为像武侠小说这样的东西,是非常"落后"的,早就应该把它"扫荡掉"。

这完全是五四以来那些激进的新文学家的观点。"精英文学"、"严肃文学"与"通俗文学"的碰撞、冲突，长期就存在，为什么现在又突出了起来？一方面是金庸小说的巨大影响，还有是在文学格局中，"通俗小说"、大众文化的地位在逐渐加强，成为"主流"，对"纯文学"、"严肃文学"产生了很大的压力。在过去，比如二三十年代，更不要提五六十年代了，言情、武侠等的"通俗小说"处在"弱势"地位，在"当代"的大陆，准确些说是没有地位。像欧阳山的《三家巷》、《苦斗》，里面有了一些言情小说的因素，在文革前夕就受到批判。现在情况不同了，"通俗小说"扬眉吐气了，轮到"严肃文学"处境有些不济，轮到它慌张了。但是，在事实上，"纯文学"的优势地位仍存在，这在这次关于金庸小说的讨论中，也可以看得很明白。《中华读书报》辑录的几位先生的话，对金庸的小说的评价很不相同，但是，里头也有共同点。这就是，不管是持肯定还是批评、否定的态度，他们所依据的标准却很相似。这里有一个问题，文学评价是应该坚持一种统一的标准，还是应该有不同的标准？如果认为必须有一个统一的标准，这个标准是什么？"统一"有没有实现的可能？这些都是难以简单回答的问题，我们只好先躲开它们。

> 近年对金庸武侠小说的评价，不管是肯定还是否定，所依据的大多是一种"严肃文学"的标尺。

回过头来接着谈对金庸的评价。王朔批评金庸的理论依据，是一种很"精英"的文学观点。这有一点点让我感到意外。因为在许多时候，王朔是以对"精英"的质疑、"解构"的姿态出现的。王朔说，第一次读金庸的小说只留下一个印象，就是情节重复，行文罗嗦，人物永远是见面就打架，一句话能说清楚的偏不说清楚，而且谁也干不掉谁，等到要出人命的时候，就从天上掉下来一个"挡横"的（学生笑）；全部人物都有一些胡乱的深仇大恨，整个故事情节就靠这个推动者；金庸笔下的"侠"与其说是武术家，不如说是罪犯，每一门派即为一伙匪帮。王朔还说，金庸很不高明地虚构了一群中国人的形象，这群人被广泛传播，某种程度上代替了中国人的真实形象。我觉得王朔在评论金庸武侠小说的时候，用的完全是"经典"的西方19世纪"写实主义"小说的标准。比如要求人物要有来历，情节和人物性格要有机关联，性格要有历史依据，有因果的逻辑等等。这是"写实主义"小说的若干标准，我们从匈牙利理论家卢卡契的著作中（比如中国社会科学出版社1980年出版的《卢卡契文学论文集》第1、2卷中的《现实主义辩》、《叙述与描写》等），从茅盾的《作家论》和其他的小说评论中，可以看到对这种标准的表述。王朔攻击金庸小说的巧合，可是巧合正是"通俗小说"情节的主要支柱。如果以"写实主义"小说的标准来衡量，过分巧合肯定是一种弊病。矛盾无法解决，或者"正面人物"危难的生死关头，天上掉下"挡横"的，正是这类"通俗小说"情节的常规。但是，"通俗小说"的读者好像并不太追究它的合理性。这关系到不同类型的小说，文本与读者在长期的"交往"过程中建立的默契，所形成的艺术"成规"的问题。对于某一类型的小说，我们的评价和这种类型的艺术"成规"是什么样的关系，是值得思考的。当然，不同"类型"的边界不是绝对的，评价的尺度也会游动。但完全不理会这种类别的区分，好像也不太合适。

赞成金庸的人怎么看呢？我举一个例子，是社科院文学所的靳大成先生。靳大成先生是研究文学理论和学术史的，有不少精辟见解。他对金庸的肯定，依据的显然是五四新文学的标准。十分有趣的是，他和王朔都是从金庸对"中国人"的表现的"真实性"上来立论的，却得出十分对立的结论。王朔是说金庸小说歪曲了中国人形象，靳大成正相反，他把金庸跟鲁迅放到一起来比较，说他在表现

> 王朔从"中国人的真实形象"的视角来品评、指摘金庸小说，也是很"典型"的当代小说评论的立场，这种立场强调文学叙述与历史叙述的"同一性"。

> 其实，"通俗"等概念和类型尺度，也是历史性的、流动的。近代小说的出现，本身就是一个"通俗"的大众的文类。而某一部作品究竟属于"严肃文学"，还是"通俗文学"，往往也处在变动不居之流之中。

> 目前的争论是两种力量的冲突：一种是竭力想让"通俗小说"在"纯文学"的"殿堂"中占有一席之地；另一种则是想保卫"纯文学"的这个"营垒"，坚守它的界限。

中国人的处境和精神上的深刻，具有和鲁迅一样的成就。他说，金庸的小说丰富了五四的文学传统，丰富了文学现代性；和鲁迅不同，金庸推动了另外一种资源，来对"传统"进行批判；历史在他这里不仅仅是吃人，而且想像出另外一种景观；人的基本生存问题，始终困扰着金庸，他反对用绝对的道德化评判，他创作了一批"自然人"的形象，这些人无父无母无邦国，有心练功无心得功反而成了武林高手。他说，金庸质疑了狭隘的民族观念，质疑了传统的历史观，不断地挑战着读者的思考力量。

在我看来，目前的争论好像表现出这么两种努力，或者说是两种力量的冲突：一种是竭力想让"通俗小说"（武侠小说是其中重要品种）在"纯文学"的"殿堂"中占有一席之地，而且是其中的重要一席；另一种努力，则是想保卫"纯文学"的这个"营垒"，坚守它的界限，千方百计地想把"武侠"之类的东西挡在外头。争论的双方，好像还较少有人理直气壮地说，"通俗小说"本身的成就高低，并不需要依靠别的小说类型的规则，它自身自有规则。我看这可以成为第三种观察的角度。这样，大家就可以理解，为什么金庸在回答王朔时，在有关他的小说的评价问题上，并不特别强调大量读者的喜爱，不强调销售的数量，却特别重视大学里的看法，强调向来都是举荐"纯文学"、"严肃文学"，并为它们"立法"的学院的反应。金庸在他的文章开头提到三个例子，一个是北师大王一川教授把他列为20世纪中国文学大师，一个是我们系的严家炎教授在北大开设了"金庸研究"的课程，第三个是1998年在美国的科罗拉多大学举行的"金庸和20世纪中国文学"的研讨会。他特别地提到这三个事件。《上海文学》的蔡翔在这一点上，指出了问题的"关节"。他说，金庸自己不大喜欢被人称为"武侠小说作家"，而喜欢称他为"作家"，邵燕君认真地对我说,"不读金庸,您这一生会失去许多乐趣的"。

但是我觉得他还是"武侠小说作家",他的小说是武侠小说,也受武侠小说的限制,人物角色安排、情节冲突都有武侠小说的模式。他笔下的大侠小侠都存在程式化和模式化的构造。很显然,在90年代,武侠等"通俗小说"的地位提高了,但好像还没有高到可以并排坐的地步。这是蔡翔的意见。在他看来,其实金庸本人也这样看:"作家"和"武侠小说家"之间,仍然存在等级的差别。蔡翔的观点看起来比较平实,但也是在肯定这种等级上的平实。他说,金庸既不是大师,但也不是一无是处,他在武侠小说上达到了很高的水平……金庸是被放在低一等的小说类型上来肯定的。他们的观点,这里我就不多介绍了。

同学也许会问,你讲到这场讨论所表现出来的"意思",那你对金庸怎么看?喜欢他的小说吗?这个问题我真的不能回答,因为说真的,金庸的小说我几乎没有读过。说"几乎",就是说也读过一点。大概是90年的时候,我有病,休息了好几个月,上课、研究什么的都停止了。当时在系里读硕士的邵燕君抱了《天龙八部》到我家,好心对我说,趁有病做不了别的,正好读金庸,这样病会好得快些。我就开始读起来,读了几十页也不能进入"情况",确实读不下去,终于连第一本也没有读完。大概是像批评家吴亮说的,"口味不对而已,没有道理可讲"。邵燕君后来问起,听说我读不下去,很吃惊,也很失望。她认真地对我说,"不读金庸,您这一生会失去许多乐趣的"(学生大笑)。这句话给我印象很深。一个人一生的"乐趣"本来就不是很多,有"乐趣"还不去争取,那就有点不应该了。

最近严(家炎)老师也说过,金庸小说读不下去的人,可能是有心理障碍。严老师做学问很认真、严谨,我想他不是随便说的,这里面肯定有他的道理。严老师对金庸的小说评价很高,这是大家都知

邵燕君在中国新闻社工作多年后,又回北大读博士学位。

道的。他在我们这里讲课的稿子已经出版了。在这本书的序里,他把在北大讲金庸,推重金庸,和"五四"时期北大开设元曲课程受到攻击联系起来,说"当初北大开设元曲的课就受到攻击,如今推重被陈世骧教授比作如'元剧异军突起'的金庸小说,又复受到讥嘲,这真使人感叹历史仿佛就是转圈,在中国,'向着好的、往上的道路走'何其艰难!"(《金庸小说论稿》第4—5页,北京大学出版社1999年版)对这个问题的意义和性质的估计,我可能和严老师有点不同,不是看得那么严重。但是,我对金庸小说不感兴趣,读不下去,是不是阅读趣味太单调了,太褊狭了?是不是有"心理障碍"?倒是常想起。所以,我已经下了决心,一定要重新来读金庸。遗憾的是,到现在为止,总有许多好像比读金庸更"要紧"的事,所以这个计划还是没有实行。

可供观察的方面(二)

这个题外话就讲到这里。下面接着讲对当代文学经典研究的方法,也就是从什么方面入手这个问题。第三个可供考察的方面是,这个时期的批评和研究的情况。这是深入一步地观察经典的选择和确立的根据,和具体的处理的状况。涉及的材料有重要的批评文章和研究论著。这个方面就不细说了。第四个方面,是关注在"当代"围绕文学经典问题所发生的讨论。实际上就是看经典在选择、确立的过程中,出现了哪些问题,发生了哪些冲突,试图从什么方面去解决。50—60年代发生的跟经典相关的比较有分量的讨论,大概有这么几次,大多集中在中国古典文学方面。比如1954年关于《红楼梦》的讨论。《红楼梦》在20世纪成为中国文学的经典,这是没有疑问的。但是,它是在怎样的意义上,或者说,以什么样的"资困难之处在于,如何既保护这些作品的"经典"地位,但在阐释上又符合当时确立的"经典"尺度。

格"成为经典,却有不同的看法。当然,《红楼梦》讨论涉及的问题,主要不限作品的重评。1955—1956年还有关于李煜的词的讨论,许多讨论文章刊发在《光明日报》的《文学遗产》专刊上,有游国恩《略谈李后主词的人民性》、毛星《评关于李后主词的讨论》等文章。另外,1956年有关于戏曲《琵琶记》(高则诚)的讨论,文章除《文学遗产》以外,还刊在《人民日报》、《剧本》、《戏剧报》等报刊上。1958—1959年,有关于巴金作品的讨论。这是一次比较重要的讨论。最早发表对巴金30年代作品的重评文章的,是姚文元。这可以看作是"激进派"当时推动的一次"经典重评"。当时的讨论文章主要发在《中国青年》、《文学知识》、《读书》、《文汇报》等报刊上。这场讨论的规模不算小,有的大学中文系师生,还组织了巴金作品研究或批判小组[1]。主要对象是他的"激流三部曲"和"爱情三部曲",特别是《家》、《灭亡》等。讨论主要围绕两个方面的问题,一个是,如何看待巴金作品在三四十年代的社会影响、社会效果;另外一个是这些在"民主革命时期"产生积极作用的作品,在"社会主义时期"是否更多表现它的消极作用?姚文元在这期间,发表了几篇长文章[2]。这个讨论,涉及到作品重评的标准的不同理解,也涉及到经典的重构和更换等问题。另外,1958—1959年关于陶渊明的评价问题,1959年还有关于李清照的讨论。60年代最初几年,还发生对中国古代"山水诗"的讨论。

这些讨论要解决的,是对文学遗产的态度,评价的标准。从"经典"的角度上说,则是对于过去时代认定的"经典"的重新审察:它

---

[1]《中国青年》(北京)1958年第19期(10月1日出版)开辟了"巴金作品讨论"的专栏。该刊编者说,"巴金同志的小说,曾在青年中流传很广,为了把共产主义的红旗插遍一切思想领域,我们从本期起,将陆续对巴金的主要著作,进行分析批判。"《文学知识》(北京)和《读书》(北京)也都从10月起,开辟"大家来讨论巴金作品"和"巴金作品讨论"的专栏。

[2]《论巴金小说〈灭亡〉中的无政府主义思想》(《中国青年》1958年第19期)、《论巴金小说〈家〉在历史上的积极作用和它的消极作用》(《读书》1959年第2期)、《分歧的实质在哪里?》(《中国青年》1958年第22期)。

们能否继续作为新的时代的经典构成。对于当时文学界的"主流力量"来说，困难之处在于，如何既保护这些作品的"经典"地位，但在阐释上又符合（至少是不发生矛盾）当时确立的"经典"尺度。这是那个时期遇到的普遍性难题。像李清照的词，王维的诗，李煜的词，陶渊明的诗文，我想，当时的许多作家、读者，包括文学界的领导人，都不愿意轻易地把它们从"经典"的名单中去除。但是，他们又必须作出说明，作出它们虽然存在局限，仍有很高价值的论证。因此，才有了在李后主的词中去寻找"人民性"的研究文章。也就是说，有一些作品富于"艺术魅力"，受到相当多的读者的喜爱。但是拿当时的评价标准衡量，如同情下层人民苦难，表现阶级斗争，表达乐观精神等等，则有很大距离，甚至根本就不沾边。这个情况怎样解决，如何弥合、调和这之间的矛盾，正是问题的症结。这个方面我就提供上面一些思考。

除了注意这些讨论之外，在当代还有一些针对文学遗产作专门论述的报告、文章。如茅盾的《夜读偶记》，是1958年写的一篇很长的文章。文章的主旨，是为了维护社会主义现实主义的权威地位的，因为在1957年大鸣大放的时候，社会主义文艺的理论和创作，受到质疑和攻击。这篇文章，全面阐述了当时主流文学界对中国古典文学和西方文学评价的基本原则。另外，还可以注意周扬、邵荃麟、何其芳、冯至等人的文章。他们在会议上作的报告，撰写的一些文章，常带有政策阐释的性质。所扮演的是一种权威发言人的角色，而不仅仅是个人的观点。

当代"经典"的若干问题

如果对当代的文学经典问题做一种比较粗疏的了解，我觉得有这样的几个基本特征，提出来，可以作为进一步研究的思考线索。第一个是，文学经典的选择和确立，在50年代以后虽然有这个阶段的"时期特征"，但是，也还是发生许多变化，不能把这30年的状况一概而论。在50—70年代，当时政治权力和文学权力对这个问题的理解是，文学经典对政治秩序和文化秩序的建立是至关重要的，它直接参与到对社会政治和文学秩序的建构中。因为有这种理解，所以对经典的确立有严格的监督和控制，并且提出了一些明确的评价尺度。虽然在某些问题上，对某些具体的作家作品的评价可能会有分歧，但是整体上有明确的尺度。这种监督和控制，主要通过理论批评、书刊出版、图书流通等渠道来实现。哪些作家的哪些作品可以出版，获得什么样的评价；哪些书可供借阅都有规定。出版方式也有区别：除了公开出版外，有的是限制读者群的"内部发行"。"内部发行"这个当代特有的出版流通方式，本身就值得研究，它体现了监督和评价的权力运用。"内部发行"的书刊不在书店公开发售，而分别规定可以购买的读者群体。通常是以行政级别作为尺度，或供某一级别以上的专业人员阅读。在图书馆，也设立了"内部书刊"借阅部，也相应规定可获进入的条件。

文革之后，经典的选择和确立有了比较大的自由度。统一的监督和控制虽然也很想继续实施，但是效果已经不很理想。这种相对的"自由度"的出现有两方面的原因：一个是监督和控制的机制，它的权威性，它可以动用的资源和手段，受到削弱。虽然文学权力机构仍然会有推广自己的文学评价标准的措施，但实际上已经较难办到。一个明显的例子是，有的重要的评奖，常常反映了文学界不同力量、不同评价标准的妥协。授给长篇小说创作的茅盾文学奖，以及近年新设的鲁迅文学奖，中国图书奖等就是这样。它们的权威

在50—70年代，文学经典被看作是直接参与社会政治和文学秩序建构的主要因素。因此，建立了对"经典"确立的严格监督、控制机制。

性已很脆弱。另外一个原因,也跟"文学经典"在社会生活上的重要地位的下降有关系。可能现在对这个事情的理解,跟毛泽东的理解有了不同。对意识形态的东西,包括文学艺术究竟在社会上起到什么作用,不像以前理解的那么严重。当时毛泽东对文学等精神产品在社会上可能发生的影响、作用,十分敏感,有时达到"病态"的程度。这种敏感性现在已经降低了。因此经典的选择和确立就出现了多样性。

刚才讲的对金庸小说的争论,是这种多样性的一种迹象。包括谢冕、钱理群老师他们主编的《百年中国文学经典》(北京大学出版社1998年版),有很多人提不同的意见,特别是对"当代"的部分,这也是多样性的一种表现。在文革结束之后,如果我们要谈文学经典的话,就像我前面说到的,首先要提的问题是"谁的经典"?实际上选择和确立"经典"的,已经不是一种统一的力量来做出了。目前出现很多围绕文学经典的争论。比如说北大现在给理科一年级学生开设的"大学语文"课,这个课程的作品选目,就有很多争论,特别是现当代文学部分。比如该不该选周作人的作品?有的人就提出来,现代文学有那么多好作品,为什么那么推崇"汉奸"的作品?这会给青年人这样一个信息:当汉奸没有关系,只要文章写得好就可以了。这就是对经典选择的一种判断。记得在50年代,林庚先生在他的《中国文学简史》这部著作中,以及在课堂上,都非常推崇王维的作品。1958年批判他的时候,也是提出类似的问题:王维是个"叛变文人",为什么这样推崇他?我们知道"安史之乱"的时候,王维被俘虏了,虽然他也称病,但是最后还是当了"伪职";这大概跟周作人有点相似。当然,这两个作家的行为,好像不能做这样比较的。不过,50年代批判林先生时,也问他为什么推崇一个"变节文人"的创

其实,不管是哪个时代,"所谓的'文学经典',以及'民族文学'的无可怀疑的'伟大传统',却不得不被认为是一个由特定人群出于特定理由而在某一时代形成的构造物。"(特雷·伊格尔顿《二十世纪西方文学理论》13页,陕西师大出版社1987年版)

> 在当代不是所有的经典问题都具有同等的尖锐性质冲突,主要是集中在如何对待外国文学(尤其是20世纪的外国文学)和中国的现代文学上面。

作。从这些例子,可以看到经典选择上的分歧。这种状况,用佛克马的书(《文学研究和文化参与》)里头的一句话,可以叫作"开放性的结局"。在这种情况下,研究的重点应该落脚到什么地方呢?佛克马认为,研究者主要要问:是谁,维护着何种经典?对这个问题的研究必须在具体的情况下来进行,就是在具体历史语境中来考察。

50年代以来文学经典的选择和确立,虽然可以以文革结束为界划分为两个阶段,但是每个阶段又各发生一些变化,出现一些小的段落,特别是在前30年。文革前夕和文革期间,出现了非常激烈的"无经典"时代,采取了一种非常激进的选择尺度和评价方式。阶段性,这是研究中值得注意的一个点。

第二个问题是,文学经典在"当代"有它的焦点问题。也就是说,不是所有的经典问题都具有同等的尖锐性质,冲突的程度也有不同。50年代以来,这个方面所展开的尖锐冲突,主要是集中在如何对待外国文学(尤其是20世纪的外国文学)和中国的现代文学上面。当然,中国古代文学在当代也不是不重要,在这些方面,50—70年代也发生过许多争论。但是其紧张程度和重要程度,跟前者还是不能等同的。我们可以看到,在50—60年代,对中国古典文学,相对说,学者之间大体上还可以心平气和地进行一些学术性的讨论,比如前边提到的关于李后主词、王维的诗等的讨论。但是一碰到外国文学,特别是20世纪西方现代文学和中国的现代文学,在一些问题上,便会演化为紧张冲突。产生这种状况的原因,是因为西方现代文学、中国现代文学跟中国当代政治和文学的关系的"直接"。冯至先生在1957年反右派斗争的时候,写过一篇文章,题目叫《从右派分子窃取的一种"武器"谈起》(《人民日报》1957年11月21日)。他谈到,一些"右派分子"在"向党进攻"的时候,会借用西方文学作为"武器"。比如,中央戏剧学院教授孙家琇,引用了莎士比亚的十四行诗;萧乾在当时名噪一时的文章《放心、容忍、人事工作》(《人民日报》1957年6月1日)中,引用了服尔德(伏尔泰)的话——"我完全不同意你的看法,但是我情愿牺牲我的生命,来维护你说出这个看法的权利";北京大学学生中的"右派",在大字报中也引用西方文学中的一些名句,像拜伦、雪莱的诗句("天上和人间的暴风雨,怎能摧毁你的果敢和坚忍"等)。冯至说,"值得注意的是,从中国古典文学、苏联文学以及中国现代文学中窃取武器的,则非常稀少"。另外,冯至还说到,一些作品,一些人物形象,像罗曼·罗兰的《约翰·克里斯朵夫》,梅里美的《嘉尔曼》(《卡门》),司汤达的《红与黑》等,都曾经对青年起过"迷惑作用":"这些富于反抗精神、追求绝对的自由和爱、倡导超人式的个人英雄主义的作品",凭借它们"艺术上的成功和感人的艺术形象",使一些青年有一个时期"竟忘记了自己是社会主义时代的青年,而一度丧失了立场"。冯至是从文学作品对一些青年学生的思想影响上,来指出西方古典文学在当代的"严重"意义的。如果从更扩大的"文学经典"的方面,事情还需要有另外的说明。实际上,对西方现代文学,问题要更加尖锐。这在下面可能还要说到。另外,"中国现代文学"的评价问题,在"当代"也是个"严重"的问题。这直接涉及"当代文学"的"传统"的问题。

第三点,50—60年代文学遗产的评价标准。当时在思想倾向上提出"民主"精神,"人民性"这么一些衡量的尺度,而在"创作方法"上,则是以"现实主义"作为主要标尺。前面我提到,在50年代,1958年的"拔白旗,插红旗"的运动中,林庚先生受到批评,是因为他对王维的评价高过杜甫。批评者认为,无论从哪一方面说,王维

1958年底,人民文学出版社出版了批判《简·爱》、《红与黑》、《苔丝》、《牛虻》等作品的小册子,原因也由于"整风和反右斗争中,有些右派分子在向党、向社会主义猖狂进攻的时候,曾经引用某些外国古典作品中的片言只语",因而"如何分析、研究和批判外国古典文学遗产,在今天仍然是我们的一个战斗任务。"(人民文学出版社的出版《前言》。参见黎之《文坛风云录》188—189页。河南人民出版社1999年版)

当时批评上的"人民性"的提法,主要来自列宁提出的一个时代有两种文化的理论。就是每个历史时期都有两种文化,统治阶级的文化和被统治阶级的文化。

都是不能和"关心人民,热爱祖国"的杜甫相比的。批评者还认为,对于白居易,林庚肯定、推崇《长恨歌》、《琵琶行》,而对"反映人民生活疾苦"的新乐府《秦中吟》,却认为价值不大。对于杜甫,也是重视他的《洗兵马》、《哀江头》、《秋兴》,而对"三吏"、"三别"、《北征》,却相当忽视。当时在北大中文系,还批评浦江清教授,说他推崇欧阳修的《陇岗阡表》,推崇柳永、李清照的词,而对岳飞的《满江红》,文天祥的《正气歌》,讲课的时候"一句带过"。可以看到,"反映人民疾苦",批判统治阶级等,也就是"人民性",是当时的一个重要标准。因而,有的古典作家,在文学史的地位,可能并没有出现大起大落的变化,但是对其创作价值(思想的和艺术的)的阐释,却会有许多的差异。像鲁迅这样的作家,一直都受到很高的评价。但是,不同时期,更肯定哪些作品,肯定些什么,对作品作什么样的阐释,却有很大变化。50—60年代,对鲁迅的一些作品,评价上显然有更多的保留,如《野草》,认为是他前期的创作,反映了鲁迅思想在没有发展到马克思主义之前的弱点;里面表现了"不健康"的情绪。可是到了80年代,对鲁迅的评价同样很高,却出现了《野草》热,《野草》在一些研究者那里,几乎成了鲁迅最好,而且具有"世界水准"的佳作。他的《故事新编》的地位,也有了很大提高。

当时批评上的"人民性"的提法,主要来自列宁提出的一个时代有两种文化的理论。就是每个历史时期都有两种文化,统治阶级的文化和被统治阶级的文化。毛泽东在《讲话》里,对这个标准,也有过阐述。大致意思是,看一个作家是进步的,还是反动的,主要看他对待人民的态度。他的作品是不是反映了人民的利益,代表了人民的愿望,说出他们的声音等等。50年代对文学遗产的评价,对文学经典的问题,在"艺术原则"上则提出了现实主义标准。当时,认

> 北大中文系55级在当时是个很出风头的年级。这个文学史的封面是红色的，内容是革命的，所以当时称它作"红皮文学史"。

为现实主义是一种进步的，应该加以坚持的创作方法。同时还提出，在"现实主义"之中，要区分"批判现实主义"和"社会主义现实主义"的区别，认为社会主义现实主义是最好的创作方法。

"文学经典"的考察，有许多问题可以做。也可以从一些具体的事件入手。有些题目我很想做，但是没有做成。现在明白了什么叫"力不从心"。举一个例子说，如我们系55级学生在1958年"大跃进"集体科研编写的《中国文学史》，就是考察时期风尚与文学经典确立之间的关系的很能说明问题的个案。这在当时的文学和教育界，是个重要的事件。55级在当时是个很出风头的年级。现在我们系的不少老师，像谢冕、孙玉石、费振刚、陆俭明、张少康老师，还有在外面的孙绍振、张炯等，都是这个年级的。他们做了许多有影响的事情，所以他们很骄傲。我们56级的，便有些"灰溜溜"的，没有做出什么成绩。1958年批判"资产阶级学术权威"，批判他们的"伪科学"，提倡青年学生，"小人物"要敢想敢干，用马克思主义占领"阵地"。55级学生便组织起来，"苦战"了大概两三个月，集体编写了七十多万字的《中国文学史》，正式出版。这部文学史是为了推翻、颠覆当时他们认为有问题的，"资产阶级"的文学史著作。这个文学史的封面是红色的，内容是革命的，所以当时称它作"红皮文学史"。康生当时还给这个年级写来了信，表扬他们的这种革命精神。《光明日报》发表的文章，也把它称为"一部真正的红色文学史"。这部文学史的文学史观，作家作品评价，跟过去的文学史相比，发生了很大的变化，体现了"大跃进"时期政治和文学评价标准。

但是，很快就发生问题，觉得评价"太左了"，也就是太激进了。有这种看法的，不仅是当时的一些学者，而且还来自当时文学界的一些领导，包括周扬在内。后来就组织进行修改。修改的时候

> 中国古代文学史的写作，从"红皮"到"黄皮"，又到了"蓝皮"，这种演变的具体内容，很值得研究。红、黄、蓝的颜色，在我们这些富于"象征思维"的人看来，很有象征意味，是我们"当代"的"色彩政治学"的一个例证。

不仅有青年学生，还加进去一些老师。修改之后，1959年又出版了一次，这次的文学史的封面是黄颜色的，所以大家叫它"黄皮文学史"。到了1960年，周扬等组织全国著名学者编写大学文科教材，就聘请了一些专家来组成编委会。说是在55级文学史的基础上进行，实际上是另起炉灶。这些专家包括：《楚辞》研究专家、北京大学的游国恩，戏曲研究专家、中山大学的王季思（王起），杜甫研究专家、山东大学的萧涤非，还有北京大学的季镇淮等。费振刚是作为55级青年学生的代表进入编委会的。可是年轻的激进力量在这个重新组合中，已经处在陪衬的地位，已经相当"边缘"了。"大跃进"的"革命时期"的"群众路线"，被革命退潮后"复辟时期"的"专家路线"取代。他们编出来的共有4本的《中国文学史》，出版的时候是用深蓝色的封面，所以叫"蓝皮文学史"。这部文学史，在文革前的60年代，和80年代，是大学文科古代文学的最主要教材，现在有的学校还在使用。

在黄皮的修改本的《前言》中，编写者说："去年我们编著的《中国文学史》，基本方向是正确的"，"然而由于我们毕竟还是文艺战线上的新兵，……在贯彻马克思列宁主义的基本观点时，产生了若干简单化的缺点"。

中国古代文学史的写作，从"红皮"到"黄皮"，又到了"蓝皮"，这种演变的具体内容，很值得研究。红、黄、蓝的颜色，在我们这些富于"象征思维"的人看来，很有象征意味，是我们"当代"的"色彩政治学"的一个例证。所以，在文革期间，把这种演变过程，批判为是一种"反革命的倒退"。这种演化，重要表现是作家、作品的选择、评价的变化，这就是"文学经典"的认定和标准的问题。这是"经典"研究的有意思的"个案"。从这里面可以看到当代文学一个时期中的阶段特征，看到不同的文学观念，文学体制中的不同力量，在这样一部文学史的写作过程中发生的冲突。我觉得这是一个好的题目。有一次，博士生资格考试的时候，孙玉石老师还谈到当时编写文学史的一些"趣闻"，因为他和谢冕都参加了这个活动。这种"集体科研"的一般程序是,先学习理论,掌握"武器",通常是马、恩、毛等的著作、论述。然后是讨论、设定著作的编写原则和纲要。由于会遇到一些共同性的问题,特别是作家评价和作品阐释的问题,所以,又会选择一些作品来开展讨论,这在当时叫"解剖麻雀"。他们当时解剖的一只"麻雀",就是《琵琶记》。《琵琶记》为什么成了一个难题呢?因为作品中写到的一些内容,特别是作家表白的写作主旨、意图,在50年代认为是属于"封建糟粕"的东西,但是,作品本身,实际上并不完全是这样。这就是当时所说的"世界观"和"创作方法"的矛盾。如果用新批评的理论来说,叫作"意图谬误"吧?以为作家的意图一定会在他的创作中得到贯彻,把意图和文本等同。《琵琶记》就成为处理作家观念和文本之间的复杂关系,处理当时大家谈得最多的"世界观和创作方法矛盾"的一个例证。孙玉石老师说,当时张炯先生主持这次讨论,他做了一个很长,带有总结性质的发言,讲了一个多钟头。实际上,张炯先生当时并未认真读过《琵琶记》,故事情节是知道的,可是里头人物的名字都不太清楚,他的发言,就说"男主人公"怎么怎么样,"女主人公"怎么怎么样(学生大笑)。不过,这是当时的一种风气,并不是某一个人的现象。当时的一个口号是"以论带史",理论认为是最重要。我当时也参加"集体科研",如编写中国古代戏曲史,编写现代文学史,也是这样。并不太重视史料的把握和分析,而是拿理论去套,目的是"推翻"以前的"非马克思主义"的,"资产阶级"的历史叙述。这是当时的研究思路和方法。这种研究方法其实很有生命力,在八九十年代势头也没有减弱。只不过"先行"的理论,换成了别的,主要不再是马克思主义理论,而是另外的一些理论,如结构主义的、女权主义的、后现代主义的等等。

对西方经典的"自主姿态"

在"当代",周扬他们对于文学遗产,特别是西方19世纪(也包括文艺复兴、启蒙时代)的经典,在处理上是相当慎重的。在1958年"大跃进"时,出现一股"藐视古董"、批判遗产的激进潮流,他们还是想办法加以抑制。1958年10月的时候,上海的《新民晚报》曾经发表一篇文章,叫《托尔斯泰没得用》,说要"漠视"托尔斯泰,认为托尔斯泰对社会主义时代的人,对这个时代的新型文学,都没有用处了,并且说要发动工农兵群众自己来写。对这种思潮,我想周扬他们是很不安的。所以,当时《文艺报》主编张光年写了一篇文章,回应这种观点,题目是《谁说"托尔斯泰没得用"?》(《文艺报》1959年第4期),登在《文艺报》的头条,可以看到对这个问题的重视。张光年用无可辩驳(他用了"不容"这一语词)的语气说,"不但我国古代的优秀遗产不容否定,而且外国古代的优秀遗产也不容否定;不但对自己民族的伟大先辈不容漠视,对别的民族的伟大先辈也不容漠视"。这可以看到他们的基本态度。

当然,对这些"优秀遗产"或"伟大先辈"的阐释、评价,在重心上、理解上,"当代"肯定发生了变化和转移。也就是说,同样高度肯定托尔斯泰,但从什么角度评价,肯定些什么地方,会有许多不同。1960年,茅盾在托尔斯泰逝世50周年的纪念大会的报告,题目是《激烈的抗议者,愤怒的揭发者,伟大的批判者》。这可以看到肯定的重点,即这个作家对资本主义制度,对农奴制的谴责、批判。在五六十年代的中国大陆,对他的创作,一般是把《复活》排在第一位,看作是最有价值的作品。而在另外的地方,比如西方的许多批评家,一般会更高评价《战争与和平》、《安娜·卡列尼娜》这些长篇。这个情况,跟韩国某个时期有些相似。最近,我读了韩国汉城大

> 在韩国,比较起英美文学来,一般读者对俄罗斯文学有更多的亲切感,也有更多的人阅读。

学英文系教授白乐晴的一本书,是一部论文集,已经翻成中文了,叫《全球化时代的文学与人》,里面有一篇题为《以主体姿态理解西方经典小说》的文章。白乐晴先生说,在韩国,比较起英美文学来,一般读者对俄罗斯文学有更多的亲切感,也有更多的人阅读。他提供的材料说,在70年代末,韩国的《读书》月刊有一个调查,长期以来阅读最多的外国经典是陀思妥耶夫斯基的《罪与罚》和托尔斯泰的《复活》,而哈代的《苔丝》,纪德的《窄门》也排在前面:"它们都是可怜而又纯洁的——或能够那样看待的——年轻女主人公的催人泪下的故事。"(413页)白乐晴说,像俄国的托尔斯泰、陀思妥耶夫斯基、屠格涅夫、契诃夫这样的作家,不但广为人知,也给人带来最深刻的感受。在托尔斯泰的小说中,为什么《复活》在韩国"首屈一指",在"外国"权威批评家中,把《复活》列为托氏的"最高杰作"的一个也没有?白乐晴说,篇幅的适中可能是个因素,而它对现实的揭露:被害人受到审判,害人者则坐在陪审员席上,审判员、检察官、书记、律师等都对犯罪负有责任;作品中反映的土地、司法、农民等问题,写到的贵族、监狱等国家机器的状况……所有这些揭露、批判性质的描述,是这部小说在一定时期获得很高评价的原因。我说的"一定时间",是因为阅读、阐释、评价的状况,和一个时期的时代问题、风尚、社会心理等相关。当然,在现在的中国或韩国,这种评价肯定已经发生了变化,大概不会有太多的人把《复活》看作托氏最好的作品。但是,我们怎样看待过去的这种阅读感受呢?白乐晴这里的一段话,对我们会有启发。他说,"我们没有必要因《复活》在韩国读书界长期受宠而感到害羞。只是应该避免将《复活》看作托尔斯泰的最好杰作,尤其是要提防用感伤主义阅读《复活》的态度和与此相反的只注意于'揭露现实'的态度"(第440

页)。他说,这样的话,这部小说,"至少比卡夫卡、乔依斯、普鲁斯特,还有福楼拜或左拉的任何小说都能给现今的韩国多数读者提供更加饱满和新鲜的食粮"(第441页)。80年代以来,我常常为过去的阅读选择和阅读态度感到惭愧。读了白先生的这番话,也增加了信心,觉得不必要"害羞"了(学生笑)。白先生其实不是在逃避"反省",他的这段话讲得很清楚。但是,他的理论基点是,即使是对待"西方经典",像韩国这样的国家的读者,完全有理由采取一种"自主"的姿态。"现今的韩国多数读者"的判断、选择,是必须予以考虑的。这就是我们前面说的,是谁,维护何种"经典"的问题。

即使是对待"西方经典",我们也完全有理由采取一种"自主"的、"主体"的姿态。不过,高远东说得好,"第三世界"摆脱作为"第一世界"的文化依附、文化"臣属"的关系的"生死搏斗",不应是"你死我活",而应是"一种伴随着竞争、植根于交流沟通的'互为主体'的文化创造过程"。(《以主体的姿态面对》,《"为了21世纪中韩文学人的相互理解"研讨会资料集》69页)

白乐晴教授谈到俄国文学时,还说到这样的一个事实,说在60年代以前,韩国是偏爱陀思妥耶夫斯基,而在六七十年代,托尔斯泰的地位上升了。这个情形很有意思。有时候,两个或一组作家的评价史,常是互相关联着的,而且会呈现起伏扬抑的状况。托尔斯泰和陀思妥耶夫斯基就是常常被放在一起比较的作家。意大利作家莫拉维亚和皮奥维涅都讲到这一点。他们说,托氏小说中创造的人物,"几乎从来不是托尔斯泰",而陀氏笔下的人物,则"几乎始终如一地是陀思妥耶夫斯基"。皮奥维涅也在比较中谈到这两个作家艺术道路上的区别。不过,在评价上,却又不很一样。莫拉维亚认为,托氏的杰作是人类的财富,他是一个典范,是"可企及的完美的化身",但他对"当代文学"的影响是最小的,"再也没有联系",而陀氏的影响就大得多,从他而产生了一整个流派。皮奥维涅却强调了托尔斯泰对"当代"的意义,说他"属于未来";这是因为皮奥维涅认为"现代派"的革新已经穷途末路,今天的作家应该效法托尔斯泰。这种评价上的错动,在俄国和中国,也都是存在的。1954年中国作协开列了一个文艺工作者学习政治理论和古典文学遗产的参考

> 当代对西方"现代派"文学的拒绝,主要不是通过公开批判的方式进行,而是借助信息的掩盖、封锁来实现。

书目,关于这个书目,我前面讲课已经提到过。其中苏联、俄国的作家作品中,陀思妥耶夫斯基就没有被列入。当时对他也有所肯定,在50年代,他也曾被"世界和平理事会"列为"世界文化名人"来纪念。但是中国当时比较肯定的,是他早期的《穷人》这样的小说,强调的也是批判性、揭露性的因素。不过,在文革结束以后的八九十年代,陀氏在中国文学界的地位显然上升了。这和"现代派"文学热度上升,膨胀的状况,联系在一起。

对于"现代派"的策略

当代对于文学经典、文学遗产的处理,还遇到另一个尖锐的问题,这就是如何对待"现代派"文学。这个问题,后面还要讲到,这里先简单提几句。对于范围广泛的,被称为"现代派"的文学思潮和作家作品,中国"当代文学"是采取严格的拒绝态度。但是,这种拒绝,主要不是通过公开批判的方式进行,而是借助信息的掩盖、封锁来实现。产生的后果是,一般读者,甚至当代的不少作家,都不大清楚有这样的思潮和作品存在。在50—70年代,几乎没有"客观地"出版什么"现代派"的作品,也很少有评论文章。我之所以用"客观"这个字眼,是因为在一些时候,也出版过诸如《等待戈多》、《麦田的守望者》、《在路上》这样的作品,以"供批判"的"内部发行"的方式。有时,文学报刊上也会出现和所谓"现代派"有关联的一些作家作品,但那是极偶然的情况,或者是有另外的因素在起作用。比如《译文》杂志1957年初曾刊发过波德莱尔的《恶之花》的选译,译者是诗人陈敬容,同时还刊发了法国作家阿拉贡肯定波德莱尔的文章。不过,这是在贯彻"双百方针"的极短暂的时期。另外,50年代《人民文学》等刊物还发表过艾吕雅、聂鲁达等诗人的作品。对这些作家的

> 当代对"现代派"的拒绝,是通过信息掩盖、封锁来实现——这个看法应该能够成立。但也不是说就一点没有批判性文章。如60年代初,《文艺报》等报刊曾刊发表可嘉、王佐良等对艾略特的批判,1963—1964上海《文汇报》针对德彪西的《克罗士先生》一书引发的争论,都程度不同涉及这方面问题。

肯定，是因为他们有进步倾向，倾向"社会主义阵营"，有的还是共产党员的缘故。

对于"现代派"作家，"现代派"文学，"当代"是坚决持拒绝、否定的态度。但是，这种否定，并不意味着组织批判运动，而是用一种不动声色的方式，把它们剥离出去。不要说西方20世纪"现代派"文学没能获得出版、介绍的机会，就是中国具有"现代主义"倾向的作品，也不再刊印发行。冯至的《十四行集》在50年代后没有再版过，直到文革后的80年代初，才得以重新出版。李金发的诗也不再印行。穆旦、郑敏等诗人的作品，也是这样。当时的文学史中根本不提他们的名字。60年代初，作为大学文科教材的杨周翰先生主编的《欧洲文学史》，朱光潜先生主编的《西方美学史》，基本上都只是写到19世纪末。20世纪的西方文学，特别是"现代派"文学，20世纪西方非马克思主义文论，采取不予理睬，不予置评的处理方式。这种方式，有时比批判挞伐更有效。文革结束后，西方现代文学，包括"现代派"文学开始大规模介绍，所引起的强烈、紧张的反应，包括肯定的和否定的，都是这种封锁、遮蔽的后果的表现。

"当代"为什么对"现代派"会有这样的态度呢？我们可以在茅盾的《夜读偶记》中找到解释。茅盾拿"现代派"和欧洲17、18世纪的古典主义比较，说古典主义的思想基础是"唯理论"，而"现代派"则是它的反面，是"非理性"，艺术形式是"抽象的形式主义"。茅盾说，"非理性"是19世纪末以来"主观唯心主义"中"最反动"的流派，它的代表人物是叔本华、尼采、柏格森、詹姆士等；"非理性"的思想，否定理性思维能力，否定认识真理、认识世界的能力和可能性，而把直觉、本能、无意识抬高到最高位置。因此，"现代派"对于现实的看法，对于生活的态度，可以用"颓废"这个词来概括，"现代派"文艺,也往往被称为"颓废文艺"。茅盾认为,"现代派"文艺,是资本主义发展到帝国主义阶段,危机深刻化时,对现实不满而对革命又害怕的小资产阶级知识分子绝望、狂乱的心态的反映。茅盾很形象地比喻作"火烧房子里的老鼠"。他说,"他们被夹在越来越剧烈的阶级斗争的夹板里,感到自己没有前途,他们像火烧房子里的老鼠,昏头昏脑,盲目乱窜"。这个问题,我们下面还会讲到。

第七讲 当代文学的"资源"

"左翼文学"等概念

50—70年代的当代文学,它主要以什么样的"传统"来作为自己的构成因素,有意识地选择、继承哪种文学成分,这就是"资源"所要讨论的问题。上节课讲的文学经典和文学遗产,实际上也是在回答这个问题。

我们说,进入"当代"之后,左翼文学或革命文学,成为惟一的合法存在的文学。这就必须先讨论中国的"革命文学"或"左翼文学"这样的概念,究竟指的是什么。这个问题看起来好像是不言自明的,事实上要讲清楚,并不是十分容易。跟这些概念相关的,还有"无产阶级文学"、"工农兵文学"、"新的人民文学"、"社会主义文学"等。对这些概念的分析,在这里不可能做得很充分,但是可以指出把握的基本思路。通常,我们在使用"左翼文学"、"革命文学"这些概念时,有时内涵并不很清晰,指涉的对象、范围也不总是很清楚。这是一种比较笼统的用法。这种用法,按照政治倾向和与政治紧密关联的文学观念的分野,区分20世纪中国文学,来指认其中的一种文学潮流、文学派别。在这种情况下,"革命文学"、"左翼文学"等概念可以相互替代,它指的是从20年代末的革命文学运动,到左联文学运动和作家创作,到50年代以后的"社会主义文学"等。但是,这些概念又是在特定的情境中产生的,它们有着不同的内涵,因而其中一些概念又不能任意互相取代。比如,一般来说,"左翼文学"是和左联,和30年代的左翼文学运动有关;"工农兵文学"则更多联系着40年代根据地、解放区文学的主张和实践;而"社会主义文学"却是产生于50年代中期的概念。这样,在使用的时候,我们要分清不同的情况,并给予相应的说明。如果只是在一般意义上来使用"左翼文学"这个词,那它不一定是特指30年代的左翼文学运动,而只是在对20世纪中国文学做思想政治倾向区分时的一种用法。

不过,讨论这些概念,我们还要注意到这些概念本身存在的"含混性"。这一点很重要,是下面要着重讨论的。像"左翼文学"、"革命文学"这些概念,内涵和对象有的时候可能比较清楚,特别是在这种文学主张提出,或不同文学派别论争的时候。文学观念,包括对这种文学的形态以及它的功能等的"设计",会阐述得比较清楚,也会出现一些实践这种"设计"的作品。但并不是所有的时候都是这样,特别是联系到具体的作家、作品的时候,情况要更复杂。这种"复杂",表现在这样几个方面。第一,通常归入"革命文学"(或"左翼文学")阵营的作家之间,在观念和创作上会有许多差别。第二,"革命文学"阵营之外的作家,和革命作家之间,他们的观点和创作,有的时候也不是那么泾渭分明;革命作家和别的派别的作家的关系,很多时候也错综复杂。第三,某些革命作家的主张和创作,也处在不断变化的过程中。第四,"革命文学"阵营本身在不同的历史阶段,也出现各种演化的现象;另外,文学主张、观念和创作之间出现的差别,也是显而易见的。

提起这个话题,会联想起有关20世纪文学社团、流派、思潮研究的方法论问题。既要重视它们的区分,所谓"质的规定性",又要看到这些团体、流派、思潮也有"聚合",界限也有不很清晰的地方。我前面提到过吴福辉先生有一篇文章《中国自由主义文学的评价问题》,这篇文章讨论了"自由主义文学"概念。他说,"中国自由主义文学"这个概念即使"聊备一格","比如可以在一个特定的文学时期里用它来区别各种思想和文学混合的流派,也不宜作为文

> 在讨论"当代文学"的发生,讨论它在确立过程中对文学"资源"的选择和改造这样的问题时,可以引入概念变迁的视角,作为进入论题的"通道"。

学史主体级的标准来运用"。他抱怨说,现在的情况恰好有这样的趋势,"不是单独地应用'新月诗歌'、'京派小说'、'九叶诗派'这些概念,而是把语丝社、学衡派、现代评论派、新月派、第三种人、自由人、京派、新感觉派、海派、西南联大作家等这样一个个群落归入庞大的体系,梳理出系统的几十年的自由主义文学发展脉络"(《中国现代文学论集——研究方法与评价》第71页)。

在文学史研究上,吴福辉的批评是很有道理的。当然,换一个角度看,"自由主义文学"的概念在80年代以来使用上的"扩大化",又是一种重要现象,值得我们研究。这种"扩大化",或者说企图以"左翼文学"、"民主主义文学"、"自由主义文学"这几个"板块"来描述中国现代文学的做法,事实上并非90年代才出现,而是出现在40年代后期,这是当时"左翼文学"界使用的类型分析方法。这种主要立足于思想政治视角的分析方法,是为了当时的现实需要。现在有些学者只不过沿袭了这种方法,对它缺乏"反省"。这样的情况提醒我们,概念的传播、接受、使用过程,是一个不断变异的过程。我们应该把这种"变异",也就是"接受"的情况,纳入考察的视野。在讨论"当代文学"的发生,讨论它在确立过程中对文学"资源"的选择和改造这样的问题时,可以引入概念变迁的视角,作为进入论题的"通道"。

40年代后期是这样一个时期,它关系到左翼文学这样的派别要确立它在文艺界的支配地位,是这样的紧要的关节点,也就是推动"当代文学"的生成。要达到这样的目标,首要一点是要界定自身。但"左翼文学"或"革命文学"在40年代,它的对象、范畴并不是很确定、清晰。除了前面说过的创作和理论等的复杂情况以外,还和抗战时期文学界的情形有关。邵荃麟1948年在香港的《大众文艺丛刊》(第1辑)上撰文《对于当前文艺运动的意见——检讨·批判·和今后的方向》,总结40年代的文学情况时,说"这10年我们的文艺运动是处在一种右倾状态中";说造成这种"右倾状态"的原因,是由于"忽略了对于两条路线斗争的坚持"。它的具体表现是"缺乏一个以工农意识为领导的强旺思想主流,缺乏这种思想的组织力量",在文艺思想上存在着"混乱状况"。邵荃麟这里讲的,并不是所有的文艺运动,而是"革命文艺运动"。茅盾1949年在第一次全国文代会作报告,总结"10年来国统区革命文艺运动",也说到这一点。在指出成绩之后,也着重列举了"缺点"和"有害的倾向",并认为"这种种有害的倾向正是进步文艺的敌人有意散播到我们的阵营中来的"(《在反动派压迫下斗争和发展的革命文艺》,见《中华全国文学艺术工作者代表大会纪念文集》)。因此,就要对这种"混乱",这种"有害的倾向"的侵入进行清理。"清理",就是一种"纯洁化",也是对"概念"的重新界定。所以,在40年代后半期,文学思想、文学派别的划分,和因为这种划分而出现的冲突,不断加剧。"左翼文学"的主流力量会提出更严格的标准,来纠正这种"右倾"。重新界定"概念"的"纯洁化"过程,前面我说过,就是"当代文学"的生成过程。它的工作有,一是指认那些被看作是"右倾"的文学实践,包括创作,也包括文学观念;另外就是确认哪些文学"传统"能够成为"左翼文学"的构成成分,也就是"资源"的问题。当然,"当代文学"的生成,还有一个重要的问题要解决,这就是"组织"、"体制"的建立和职能的确定。

也就是说,像"革命文学"、"左翼文学"等,在成为"当代"社会主义文学的主要文化资源的时候,是经过梳理、分析、剥离等"重新定义"的工作的。在90年代后期以来,文学界在试图重新揭发"左翼文学"的现实意义,作为重建文学的现实介入品格资源的时候,同样面临这样的"重新定义"的工作;这表现在这个时期诸多研究成果中,包括与80年代不同倾向的鲁迅研究。和四五十年代不同的是,这种"重新定义",已经不可能以一种统一的声音出现。

"资源"的问题指的是,在众多的文学传统和思潮中,40年代的"左翼"文学力量究竟打算选择、吸收什么,改造、发展什么,又排斥哪些东西?它面对的问题,从大的类别看,大概有这样几类对象:一个是中国古典文学，一个是西方文学，还有是对民间文化以及"大众文化"的态度。当然也有一个如何对待五四以来新文学内部不同派别的问题。它要处理的事情不少，也相当复杂。这里头有主次、轻重的区分。上节课我已经讲了，对西方文学，特别是西方现代文学，和对五四以来新文学的处理，最为紧迫。我谈到"左翼文学"对"现代派"的态度，现在继续讲这个问题。

《夜读偶记》和卢卡契

我讲到过，茅盾的《夜读偶记》这篇长文，是了解中国左翼文化对西方"现代派"的基本观点和态度的一份重要材料。茅盾这篇文章的主旨，是论述"社会主义现实主义"创作方法和文学的先进性。因此，它是在文学史的框架中，通过比较来完成这种论证。在茅盾看来，社会主义现实主义文学的先进，不仅表现在文学"进化"的历史过程上，而且也体现在共时性的方面。就后者说，比较的对象是"批判现实主义"（或旧现实主义），特别是20世纪的"现代派"文学。茅盾主要指出，"现代派"（他提到过去曾使用"新浪漫主义"这个说法）思想基础是非理性，艺术上是抽象的形式主义，是一种"颓废"的艺术。茅盾在文章中，没有明确说明这种批判的理论来源，但肯定不完全是他的创造。不过，可以看到，他对"现代派"特征的归纳，包括他批判的展开方式，和匈牙利美学家卢卡契有相近的地方。当然，我们不好说他的理论就一定是来自卢卡契。

卢卡契是重要的美学家。记得80年代读过韦勒克的一个小册子，谈20世纪的四位重要美学家的，其中就有卢卡契，另外还有克罗齐、英伽登、T·S·艾略特。由于卢卡契的文学主张和政治实践带有某种复杂性，所以当代中国的左翼文学界对他的态度也相当

中国左翼文学家对于"现代派"文艺的立场，除了基于自身的处境外，在理论上，应该与高尔基，日丹诺夫等人的有关论述有直接联系。高尔基、日丹诺夫等关于资产阶级"上升时期"与"没落阶段"的两种文化的论述，是评价"现代派"文艺的一个基点。

暧昧。这表现在,一方面,有些理论家、批评家在谈论批判现实主义和社会主义现实主义的分别,谈论世界观和创作方法的矛盾,以及谈论现实主义小说的典型问题时,包括对"现代派"文学的批判这样一些重要的问题,一定程度会受到卢卡契观点的影响,尽管这种影响常是间接的。通常他们的文章很少,或几乎没有出现卢卡契的名字。总的来说,在50—60年代,卢卡契在中国是个受批判的对象。50年代,在中国和其他社会主义国家展开的社会主义现实主义问题论争中,中国理论家往往把他当作这种创作方法的反对者、否定者。以群写在1957年的一篇文章,说这种创作方法诞生以来,就"不断地受到苏联国外的阶级敌人和国内的阶级异己分子的攻击"。以群首先举到的,就是卢卡契,说他1939—1940年侨居苏联期间,就对"社会主义现实主义""进行了种种的歪曲和诬蔑"(《苏联文学为思想的纯洁性而斗争》,《文艺报》1957年第33期)。我看以群的这种概括不很准确,卢卡契应该只是强调社会主义现实主义和19世纪现实主义的联系和延续。卢卡契在我们这里成为反动人物的另外原因,是1956年匈牙利十月事件的时候,他担任了纳吉政府的文化部长。纳吉政府我们知道,在当时的苏联和中国,被认为是"反革命"政府,是资产阶级复辟(现在好像又不全这么看了)。还有,卢卡契当时写了一篇题为《近代文化中进步和反动的斗争》的文章,这篇文章被看作是他的"修正主义"思想的证据[1]。这篇文章的中译本收入《卢卡契文学论文集》第1册里,同时还收入他同样写在1956年的另一篇重要文章《关于文学中的远景问题》。在这个时期,他对社会主义现实主义的看法有了变化,有所质疑,但也很难说就是"否定"。同学们可以看看这些文章。对于发生在1956年的波兰事件、匈牙利事件,我在《1956:百花时代》这本书

> 我在这里提出茅盾对现代派的观点受到卢卡奇影响这一猜想,主要是基于他们主张上的相近,并没有材料上的依据。针对这个说法,广东外语外贸大学中国语言文化学院刘玮婷的硕士论文《〈夜读偶记〉中的卢卡奇影响》,认为这一猜想不能成立。论文指出,茅盾20年代初使用的"新浪漫主义"有复杂内涵,指称的对象并不限于"现代派",因而不可以等同"现代派"(论文也引述王中忱对这个问题的分析);而茅盾在1929年前后对"现代派"所持的批判性观点已经形成,这些观点和《夜读偶记》的看法相近,《夜读偶记》的观点只是它的延伸。因此,并不存在受到卢卡奇影响的问题。

---

[1] 参见草狄编写:《十月事件前后的匈牙利作家动态》,《文艺报》1957年第25期。

的"后记"中,讲到一点点。十月事件以后,大概是11月,我们国家的电台、报纸都说匈牙利发生了反革命叛乱,共产党员被杀害,有的被挂在街上电线杆上。记得报上有"社会主义在血泊中"的标题。当时正好匈牙利人民军歌舞团在中国演出,按照我们的理解,他们的国家已经"变质"了,回不去了,成了"无家的孤儿"。所以歌舞团在我们学校大饭厅(现在的大讲堂)演出的时候,同学们都很激动。演出结束时,大概是学生会的干部提议一起唱《国际歌》,作为对他们的声援。但是台上的合唱团并没有响应他们,连同指挥,都抿紧嘴唇肃立。这让我很感意外,所以印象很深。这一年我17岁,连同第二年的鸣放和反右运动,一点都没有思想准备地被卷进这样的政治风浪中。那个时候经历的,许多是"宏大"事件,好像顾不到"日常生活";"日常生活"的那些琐碎的方面,好像只是在社会日益"世俗化"的年代,才凸显了它的"意义"。

卢卡契这个有争议的人物,在西方研究马克思主义文学批评的学者那里,看法也不一致。比如前面我提到过的佛克马、蚁布思合著的《20世纪文学理论》这本书的第4章《马克思主义文学理论》,谈到"正统"的马克思主义者和"新"马克思主义之间的区别。区别的界限划在什么地方呢? 佛克马说,无条件地依据马克思、恩格斯、列宁的言论,同时服从共产党在文化与科学方面的领导的,这种人叫正统的马克思主义者。而"新"马克思主义者则是,虽然信仰马克思、恩格斯的理论,但是并不是用教条的方式去解说他们的理论,或者不承认共产党在文化和科学方面的绝对、至高无上的地位。佛克马根据这样一个标准,认为阿多诺、本雅明、戈德曼、利恩哈特、詹姆逊等人是"新马克思主义者","但卢卡契却不是"(第122—123页)。这里的区别在于,是把马克思主义的准则当作绝对真理来接受,还是仅看作一种"灵感来源"。

对于卢卡契的"定位",也有和这种看法不同的,如《西方马克思主义探讨》这本书里的观点。书的作者佩里·安德森,是英国《新左派杂志》的主编。这是他介绍评述西方马克思主义的小册子,写在1977年,中译本出版在1981年。安德森跟佛克马的处理方式不一样。他把卢卡契直接放到西方马克思主义这个"阵营"中。他在谈到传统马克思主义和西方马克思主义的区别时,不像佛克马那样简单,好像谈得要细致一些,深入一些。安德森的书,分析了西方马克思主义产生的历史年代,以及它的地区分布。他说,传统的马克思主义者,他们的出生地以及活动区域,都集中在苏联、东欧一带,但是西方马克思主义者的出生地和活动区域,愈来愈集中到了欧洲的西部。接着分析了西方马克思主义"形态结构"上的几个特点。一个是"与政治实践相脱离"(第41页)。第一次世界大战以前的"经典马克思主义者",像梅林、考茨基、列宁、卢森堡、托洛茨基、鲍威尔、布哈林,他们的理论跟政治实践密切结合;他们就是革命家,是政党的负责人,是革命运动的领导者、推动者。而西方马克思主义者逐渐走入学院,脱离了政党和革命的实践。安德森说,西方马克思主义者头几个重要理论家,起初都是政党的主要领导人,参与了革命实践的。如卢卡契曾是匈牙利共产党的主要负责人,1928年当过总书记。葛兰西是意大利共产党的领导人。还有德国的科尔什,也是这样。但是,作为一种趋势,"西马"的理论家逐渐走入学院,与革命实践脱离。这是在历史压力下逐渐出现的。"历史压力"这个说法,在我看来,既指外部的压力,同时也指革命理论和实践本身出现的问题。安德森指出的"形态结构"的第二个特点,是"形式的转移"。在理论中心上,由经济学、政治学转向哲学。像本雅明

在马克思主义美学范畴里,对"现代派"的批判态度、理论逻辑,应该不是始于卢卡奇。贺桂梅指出,"洪子诚在分析茅盾关于'现代派'论述的理论渊源时,认为这种观念'和匈牙利美学家卢卡奇有相近的地方'。美国学者卡林内斯库(Matei Calinescu)在考察马克思主义文艺批评中的'颓废'概念时则指出,'首先提出一整套艺术颓废理论的马克思主义者,当是俄国的革命哲学家普列汉诺夫。……他的一些观点,特别是他对于西方资产阶级文化颓废的解释成为苏联批评的标准主题。这些观点在日丹诺夫思想专制时期得到加强,即使是在斯大林主义垮台后仍被理所当然地接受。'并且,'这一理论方向不仅为苏联官方批评的主流所遵循,而且为一些更富学识的马克思主义知识分子所遵循,如卢卡奇和克里斯托弗·考德威尔'。因此可以说,茅盾及50—70年代中国主流文坛对于'现代派'的拒绝,可以从国际共运正统理论中找到其根源。"(《"新启蒙"知识档案·"现代派"与先锋派》(2010)

> 有的学者认为马克思主义美学传统有两条分离的线索,一条是源自列宁的著作,并由苏联的日丹诺夫——在三四十年代加以编纂,第二条线索"源自恩格斯的传统",更值得重视。

这些人都是哲学家。理论形态学院化,文风也变得艰涩(第66页)。还有一个特点是"主题的创新"。他们倾全力关注"上层建筑",而且他们的重点不是研究"上层建筑"中的法律、国家,而是研究"上层建筑"中跟"经济基础"离得最远的文化、艺术。西方马克思主义这种转移,在我看来带有"悲剧性"的意味,这和共产主义运动自身遇到的问题有关。安德森就是把卢卡契归入"西方马克思主义"的。不过,也指出他是一个"过渡性"的人物。

另外,同学们也可以参考《法兰克福学派简史》,其中也谈到这个问题。作者引述了G·斯坦纳的意见,认为马克思主义美学传统有两条分离的线索,一条是源自列宁的著作,并由苏联的日丹诺夫——在三四十年代,他主持苏联的文化事务,西方有人把他称为苏联的"文化沙皇";有的西方研究者在研究中国当代文艺问题时,也仿照这个说法,把周扬称为"中国的文化沙皇",但是这种说法的漏洞可能比较大——在第一次苏联作家代表大会上加以编纂,"认为只有展示了公开的政治党性的作品才有价值",说这"最终培育出乏味的斯大林的社会主义现实主义正统"。第二条线索"源自恩格斯的传统",更值得重视。说恩格斯在评价艺术的时候,较少根据作家的政治意图,并认为作品的客观的社会内容,可以跟作家公开的意图相违背,可以超越作者的阶级出身。恩格斯的这些观点、论述,主要来自他1888年写给哈克奈斯的那封信,这是我们学习马克思主义文论时,都会读到的。斯坦纳认为,卢卡契因为可以同时放在"两个阵营"的这个特点而代表了一种复杂的情况,他"企图沟通列宁主义者和恩格斯阵营之间的鸿沟";不过,"他一直没有真正从列宁主义的紧身衣中挣脱出来"(第199—200页)。重要的标志之一,是他对现代主义艺术,对"现代派"文学的排斥态度。这种对

（1956—1957年,秦兆阳(何直)、周勃等在质疑社会主义现实主义时,都引用恩格斯关于现实主义的论述来支持自己的观点。张光年在反驳的文章中,专有一节谈到这个问题,题目是"如果恩格斯还活着……",说"如果他听到说,有人用他的名义来反对社会主义现实主义,他高兴呢?还是不高兴呢?"(《社会主义现实主义存在着、发展着》,《文艺报》1956年第24期）

马克思主义文学"阵营"内部所作的分析，有一定的道理。50年代的苏联和中国，一些批评家在质疑社会主义现实主义的时候，往往会更多引用恩格斯的论述，他们会请出恩格斯来为自己撑腰。但是，把马克思主义文学内部截然划分为"两个阵营"，把它们之间的差异描写成"鸿沟"，这一点是不是妥当，值得考虑。

欧洲30年代发生的关于"表现主义"争论这件事，现在我们都不再陌生。这场争论后来常常概括为卢卡契与布莱希特的争论。当时布莱希特写了一点小文章，他把他的观点写在日记里，这些日记等到50年代才发表。当时参加争论的主要人物是德国的另一位马克思主义者，叫布洛赫。刘小枫在谈20世纪知识分子的"流亡"现象的文章《流亡话语与意识形态》（《这一代人的怕和爱》第13章）里，布洛赫被作为一种类型的人物举例。他说20世纪知识分子面对"总体话语"和"个体话语"的艰难选择。有的知识分子选择了"总体话语"，有的则坚持着"个体话语"；另有一类持动摇和徘徊的态度，布洛赫就是在两者之间动摇的人物。我对刘小枫先生的这种分类方法，以及对"总体话语"、"个体话语"的这种概括，并不很赞同，前面的课上已经谈到这一点，这里不再讨论。在30年代关于"表现主义"的笔战中，卢卡契表达了他对于"现代派"的基本观点。这些观点，也是茅盾在《夜读偶记》中阐述的基本观点。卢卡契认为，社会现实存在着"现象"和"本质"的不同部分，而"现象"和"本质"是可以统一起来的。另外，作家的主观体验和客观真实也可以统一起来。卢卡契的现实主义论建立在这样两个基本估计之上。所以，在他的现实主义论中有两个重要的概念，一个是"整体"，一个是"典型"：作家通过典型，通过典型环境中的典型人物的创造，来表现生活的"整体性"，来揭示社会生活的本质，表现现实的发展的趋向。

> 在"当代"中国,对"现代派"文学有着一种惊恐心理,在处理上则表现了激烈的拒绝。

而"表现主义"等艺术流派,卢卡契认为它所描写的现实是断裂的碎片。在1938年发表的《现实主义辩》(中译本见《卢卡契文学论文选》第2册)这篇文章中,他比较了乔伊斯这样的作家,跟当时的现实主义者托马斯·曼之间的区别。他说这两个作家都表现了当时社会现实的间断性和破裂性,这是资本主义发展到帝国主义阶段的一种现实的和思想的状况;但是乔伊斯把这种状况等同于现实本身,而没有揭示这种破裂和间断图像的本质,以及产生这种情况的原因。这两个作家同样表达了忧虑,但是托马斯·曼通过对本质、原因的揭示,引导人们离开"忧虑",而卡夫卡或乔伊斯却是把人们引向忧虑,引向悲观。另外,卢卡契指出,在艺术形式上,表现主义崇尚抽象、寓言化、形式主义,作品的细节是可以互换的,而托马斯·曼的小说却不能这样,细节是具体、确定的,有固定的,不能随意更改的位置。在茅盾的《夜读偶记》中,卢卡契的这些基本论述,从文学史的角度上得到重申。

激烈拒绝的态度

在"当代"中国,对"现代派"文学有着一种惊恐心理,在处理上则表现了激烈的拒绝,上一堂课我已经讲到这个情况。我举到的例子,是冯至先生对他的《十四行集》的处理方式。这个诗集50—70年代没有再版过,其中的诗也没有进入各种选本中。冯至50年代初期谈到这个问题时,有这样的交代。他说他曾写过一些"受资产阶级文艺影响很深,内容和形式都矫揉造作"的东西,现在看起来是完全没有价值的,是他当时思想发生"问题"的表现,所以他不打算把这些作品印行(《冯至诗文选集》"序",人民文学出版社1955年版)。"形式主义",就是茅盾在《夜读偶记》中对"现代派"艺术的批判性概括。记得1958年徐迟在一个诗歌座谈会的发言中,说他最近写诗的时候,笔下突然写出了这样的句子,"天空上飞来蓝色的音符",一看,这不是30年代接受的"现代派"的尾巴又露出来了吗?他赶快从稿纸上划去——好像有些神经质;但这是一种"社会心理",不是某一个人的。这种情形其实不难理解。一种被宣布,被"公认"为非法、反动、有毒素的事物,人们总会避开它,惟恐和它有粘连,发生纠葛。

1957年"大鸣大放",由中国作协党组召开的座谈会上,诗人陈梦家说,我不喜欢有人老把过去的招牌(指"新月派")挂在他的身上,说这招牌对他不大合适,当时他只不过是喜欢写诗,和"新月派"诗人接近而已。他抱怨说,何其芳等比他更接近"新月派","却因为他改造了思想,入了党而不再给他挂这块招牌,我虽然没有入党,也不能老挂着这块招牌"。饶孟侃也为陈开脱,说他确实不应该为"新月派"承担责任(《作协在整风中广开言路》,《文艺报》1957年第11期)。这里面当然有个事实的辨析问题,和对事情的理解的方法。不过,陈梦家的这番抱怨,是发生在"新月派"被看作是"逆流"、"非法"的情境下。现在,"新月派"已被看作中国新诗的重要流派,文学史家更多的是谈它的贡献,我看就不大会出现这种抱怨,出现设法和它搞清关系的举动了。

当然,有的时候,从"技术"的层面上,也会考虑接受一些非"写实"的表现因素。比如60年代初"戏剧观"问题的提出,就是这样。1962年,上海人艺的导演黄佐临发表了谈戏剧观的文章[1]。50年代以后,中国的话剧,在创作上,主要是"易卜生模式","写实"的戏剧模式;在表演上,则受苏联的斯坦尼斯拉夫斯基的演剧理论的影响最大,是"斯坦尼模式"。黄佐临认为,我们不能只认定某一种戏

---

[1] 1962年3月,黄佐临在广州召开的全国话剧、歌剧创作座谈会上提出了这个问题。尔后,他的《漫谈"戏剧观"》的文章,发表在同年4月25日的《人民日报》上。

剧观、演剧理论，也应该参考别的演剧理论，别的流派，达到创作、表演上的多样化。他认现代演剧理论有三大流派：一种是斯坦尼斯拉夫斯基这样的，强调要在舞台上创造像现实生活那样的"真实"情境，演员的表演完全是投入的、体验"规定情景"的方式。黄佐临说，除了这个之外，还有布莱希特的演剧理论，强调"间离效果"，要让观众明白舞台上是在演戏，破除关于"真实"的幻觉；另外一种是梅兰芳的演剧理论，就是中国传统戏曲中的那种虚拟的、程式化的表演。黄佐临还在他执导的话剧《激流勇进》里，运用灯光、幻灯投影的方法，来表现剧中人物的心理活动。——从这里可以看出，在60年代初期出现某种灵活性，包括当时音乐界对印象派作曲家德彪西等的有限度的肯定。但是，即使是"技术性"的，也很警惕。这种略微松动的情况，存在时间也很短暂。

　　了解左翼文艺史的同学可能会提出来，左翼文化界对"现代派"，并不是一律采取激烈对抗的，批判的态度。他们中的一些人，一些派别，对"现代派"也持肯定的态度，有很高的评价。这是事实。比如前面提到的布莱希特，还有法兰克福学派的一些理论家，都是这样。另外，人们还注意到这样的事实，"现代派"一些派别的人物，后来在政治、文化问题上持"左倾"立场，有的还参加了左翼革命运动。像未来主义的马雅可夫斯基，超现实主义的艾吕雅等。我们对这种现象的解释，是说他们转变了立场，世界观、政治倾向发生改变。其实，事情也不是这么简单，左翼文学多多少少就带有"未来主义"的色彩。这些现象提醒我们，要对事情作具体的，而不是笼统、含混的考察。不过，从整体的情形看，20世纪左翼革命文学力量，和"现代派"在历史观、艺术观上是不同的，甚至是"对立"的，这个理解，这种估计应该能够成立。

那么，布莱希特的情况是不是有些特别？他在文艺功能，文艺创作所应确立的思想立场等问题上的看法，和其他的马克思主义者，比如说卢卡契，并没有根本性的不同。他很强调文艺思考生活、教育群众的作用，因此他特别重视戏剧。凡是重视文艺的社会效果，重视它和社会行动的关系的文艺家，都会重视戏剧这一文类。但是布莱希特又明确表示不同意卢卡契把19世纪的现实主义奉为圭臬。他有一部剧作叫《高加索灰阑记》。这个剧本写作的部分"灵感"，来自中国元代李行道的杂剧《灰阑记》。这是写包公断案的故事。《灰阑记》在19世纪三四十年代传入欧洲，1925年布莱希特在柏林看到这个剧的演出，他40年代写了《高加索灰阑记》。《灰阑记》的故事包含有一个"原型"，据说在民间故事中，类似的故事至少有一打以上。《圣经·列王纪》中记载的所罗门王断案，也是类似的故事。台湾的学者张汉良有一部著作《比较文学理论与实践》（台湾东大图书公司1986年版），谈到布莱希特的《高加索灰阑记》，是谈文学影响的，题目叫《从〈灰阑记〉到〈高加索灰阑记〉》，在比较中来讨论布莱希特对这个故事的"改造"。布莱希特在情节上采取了"反设计"[1]。旧俄时期的总督夫人在革命时逃亡，抛弃的亲生幼儿由厨娘抚养。后来，总督夫人要认领有财产继承权的儿子，发生了孩子的归属的问题。于是便在地上用白灰画一个圆圈，两个妇人便都伸手来拉孩子。和元杂剧《灰阑记》相反的是，这回孩子不是判给亲生母亲（不事生产的腐败的统治阶级），而是判给厨娘（劳动阶级）。因为不愿意看到孩子受伤，恰恰不是亲生母亲而是那个厨娘，在拉拽孩子的时候两次松手。从这里可以看到，以前的类似故事强调的是人性，强调血缘联系。布莱希特强调的则是阶级。阶级论者有这样的信念，"血不一定浓于水，共同生存的方式反倒更重要"；阶级的共同性比血缘更重

参见黄子平《革命·历史·小说》中的"灰阑的叙述"。

---

[1]《灰阑记》的这种"反设计"还有一个有趣的例子，这就是香港作家西西写的《肥土镇灰阑记》。见何福仁编《香港文丛·西西卷》，三联书店（香港）有限公司1992年版。

要。这是革命文学要表达的一个重要观念。

　　这个观念对我们来说，一点都不陌生。"样板戏"《红灯记》讲的就是这样：李玉和、李奶奶、李铁梅并不是亲生骨肉，但这个主要以阶级情谊建立的家庭，它的成员的关系比用血缘联结的更牢固，也更崇高。还有一点是，布莱希特对这个故事的兴趣，根源于他对于"选择"的这种行动的重视。在他看来，戏剧的主要功用不是娱乐性，而是教导性：激发观众的行动，思考选择。正因为这样，《高加索灰阑记》设计了"戏中戏"的情节结构。这里，两个妇人争夺孩子的故事，用来服务于现实中要解决的问题。剧的开头，写革命之后有两个农场争夺一块山谷，为此争论不休，上面派人来调解。在调解的时候，让大家都去看一出戏，就是这个"灰阑记"。这表现了布莱希特的戏剧观念，创造"间离"效果，要演员和观众都不要认为剧场中演出的是"真实"的生活，打破这种幻觉。实际上就是打破写实主义所要营造的幻觉。所以他提出来，戏剧并不是要引导观众去想像、投入戏中的生活，而是要观众保持一种清醒的态度，知道剧场中演出的是戏剧，而不是"真实"的生活；艺术不是创造一种"信以为真"的幻象。

　　布莱希特的这种戏剧观，看起来好像跟朱光潜（还有克罗齐）主张的审美的距离有些相似，实际上很不相同。布莱希特是要让观众意识到舞台跟生活的距离，不要把戏剧跟生活混同。朱光潜强调的，是试图把人的审美态度跟功利的，伦理的思维区分开来，把审美过程看作是摆脱现实功利纠缠的"沉醉"。这种距离来自对审美的沉醉，忘记对现实的思考和批判。布莱希特正相反，建立这种距离恰恰是为了加强对现实问题的思考和批判。法兰克福学派的理论家对这些观点很看重，认为布莱希特的距离，或间离说，质疑了阿多诺认为,"现代派"的那种抽象、变形、破碎的"形式",并不是"形式主义",而是用不调和的、矛盾的"形式"去否定现实的破碎和荒谬,艺术形式本身就具有一种颠覆的力量。

现实主义那种"忠实"描写社会历史的方法,同时也质疑了卢卡契认为"现代派"是"形式主义"的这种批判。阿多诺在谈到卢卡契和布莱希特的区别的时候,这样认为:卢卡契的那种认为文学能够真实揭示现实本质,真实反映现实的看法,是建立在一种错误的理解上,就是主体与客体,社会与个人是能够统一的。阿多诺认为,在现代社会中,社会与个人、主体与客体之间的分裂与对立是不可克服的现象,人所把握、认识的现实只不过是一种"经验现实",这种"经验现实"在很大程度上为社会意识形态所"伪饰"。因为人是处在一个被"物化"("异化")的社会中,他没有办法跳出来审视这个社会,而只有带着被"异化"的自身,来试图从"内部"来捣碎、揭露这种"异化"。正是基于这种理解,阿多诺他们认为,"现代派"的那种抽象、变形、破碎的"形式",并不是"形式主义",像卢卡契、茅盾所批判的那样,而是用不调和的、矛盾的"形式"去否定现实的破碎和荒谬,包括对"传统"的艺术形式、语言的反叛,也就是说,艺术形式本身就具有一种颠覆的力量。所以,法兰克福学派的理论家们推崇卡夫卡、乔依斯的小说,还有贝克特的戏剧,勋伯格的音乐。

历史观、对"现实"的态度,这是中国左翼文学对"现代派"采取激烈否定立场的关键,根源正在这个地方。中国左翼文学,强调文学应该,而且能够把握客观真实,表现现实生活的"本质",从而为历史的进程指出明确的方向。如果这一点受到怀疑,这个基点动摇了的话,也就动摇了这一文学派别的根基。李欧梵先生在《漫谈中国现代文学中的"颓废"》这篇文章里谈到这个问题。中国新文学,包括左翼文学的占统治地位的意识,是一种"理性主义"的,信奉历史进步的历史观,"在这种历史前进的泛道德情绪下,颓废也就变成了不道德的坏名词了"(《二十世纪中国文学史论》第 1 卷第 64

> "颓废"在中国左翼文化中是个"坏名词",因为它不能容忍对于"时间进步"的信念的怀疑和反抗,也不能认可文艺表达"颓唐美感"的合法性。
>
> 汉学家普实克曾经把现代中国文学主流分析为"史诗"和"抒情诗"的两个"准传统",并且论证它们和欧洲文学存在着"一致性"。

页)。确实是这样,"颓废"是我们用来批判、挞伐包括"现代派"文学在内的那些不能指明方向,"悲观主义",情调上不明朗、健康的文艺作品的一个常用词,或者是"关键词"。李欧梵说,"颓废"是一个西洋文学和艺术上的概念,英文是 decadence,在二三十年代的中国,曾经有人翻成"颓加荡"(《二十世纪中国文学史论》第 1 卷第 59 页),是音译,又是意译。在西洋文学、艺术中,这个词可能并不包含道德上的价值判断,但是在现代中国,也包括在苏联社会主义现实主义文学语境中,它确实是个包含有严重贬斥意味的"坏名词"。我想,这是因为不能容忍对于"时间进步"的信念的怀疑和反抗,也不能认可文艺表达"颓唐美感"的合法性。

捷克斯洛伐克(现在这个国家已经分为捷克和斯洛伐克两个国家了)的著名汉学家普实克,曾经把现代中国文学主流分析为"史诗"和"抒情诗"的两个"准传统",并且论证它们和欧洲文学存在着"一致性";比如在茅盾的叙事作品中可以找到和欧洲 19 世纪现实主义的联系,而五四时期抒情性作品表现的某种倾向,则和欧洲两次大战间产生的现代抒情风格极其相似——也就是和被称为"现代派"的文学艺术相似。对于后面这个看法,李欧梵表示了不同意见。他说,"从波德莱尔以来充斥于欧洲文学艺术的先锋派气质是由一系列完全不同的艺术前提决定的,所以,它在性质上同五四运动的文学气质大相径庭,尽管两种文学作品有不少形式上的相似之处"[1]。李欧梵对这个问题的看法是有道理的。他在这里所说的"艺术前提",包含了历史观、艺术观等的综合的因素。

"异化"问题

在"现代派"问题上的冲突,还牵涉到现代社会人的"异化"的

---

[1] 李欧梵:《普实克中国现代文学论文集·前言》,《普实克中国现代文学论文集》,第 5 页。

不同看法。但是,"异化"的问题,又恰恰是卢卡契提供给左翼文学和后来的法兰克福学派的重要的遗产。从这里,也可以看出卢卡契的复杂性,他的"过渡"人物的身份。对"异化"问题的研究,卢卡契花了很多心血。法兰克福学派实际上是继续了卢卡契的研究。中国当代文学为什么拒绝"现代派"文学?其中一个很重要的原因,是不承认社会主义社会内部出现"异化"现象。80年代初,周扬和胡乔木之间,以及当时"学术界",围绕人道主义和异化问题,曾经发生激烈论争。这个争论刚过去十多年,但许多人已经忘记了。有一次当代文学博士生论文写作资格考试,问了几位博士生,都说不出所以然来。1983年,是马克思逝世100周年。3月7日,周扬在中共中央党校的纪念的学术报告会上,作了题为《关于马克思主义的几个问题的探讨》的报告。这个报告的撰写的前后经过,大家可以看王元化的文章《为周扬起草文章始末》(《南方周末》1997年12月12日)。这个报告随后公开发表(《人民日报》1983年3月16日)。它的目的是为了"清算"中国几十年的"左倾"政治思想路线的思想、哲学根源。里面最引起争议的,是马克思主义和人道主义的关系,和社会主义社会中是否存在"异化"的问题。周扬当时认为,在社会主义制度下也存在"异化"现象。他谈到三种形式的"异化":经济领域的异化、政治领域的异化(权力异化),和思想领域的异化(个人崇拜等)。周扬的报告受到许多人的支持,也引起一些人的恼怒。对周扬的批评,最系统,而又最具有"权威"性质的,是胡乔木的《关于人道主义和异化》[1]的长篇文章。文章说周扬的报告的错误是"带有根本性质的",是"离开社会主义的方向","诱发对社会主义的不信任情绪"。这些,在当时,都是很严重的指责。所以周扬1989年逝世的时候,颇为冷寂,去世了好久才开追悼会。按照我们这个很讲究

---

[1] 这是胡乔木1984年1月3日在中共中央党校的讲话,经修改后刊发《红旗》(北京)1984年第2期。

级别、规格、礼仪的国度,葬礼的安排也显得有些异样。这当然是表现了对周扬晚年"离开社会主义方向"的不满。但是,在我看来,这位复杂的、饱受争议的、有不少过失的人物,这最后的生命却是较有光彩的一页。

对于"异化"这个问题的关注,周扬其实要早得多。在60年代初就开始思考这个问题。这种思考,当然是带着那个时期的明显的限度的。比如1961年6月在全国故事片创作会议上的讲话,就谈到这一点。他说,"社会主义的新人"不应该是头脑简单、感情简单、趣味简单的人。他举了一个例子,北京师范学院有个女生,一切都讲原则,按原则办事,除了《红旗》、《人民日报》、《毛选》,其他课外书都不看。家里送点东西来,她分给大家吃,以为会像电影《上甘岭》那样互相谦让,结果是大家争着吃,使她大失所望。她父亲对她弟弟身体很关心,她批评父亲:"你给小孩什么影响?"同学对她的评语是,她人很好,可惜不像是生活在人类社会里的人。周扬说,培养这样的简单化的人,他很担心。他觉得革命所要创造的"社会主义新人",不应该是这个样子,这样简单和苍白。他举出这个例子,是要使大家看到,人事实上是被"物化"了;他所信仰的观念本身已经没有什么具体、生动的内容,而变成了一种抽象的东西,来压抑丰富的、变化的个性,压抑人与人之间的关系。所以,当时周扬说,相比起来,林黛玉还是很可爱的,她痛苦的时候就会哭[1]。

异化问题,不仅是哲学、社会学、政治理论和实践的问题,而且和文学问题有关。这也是法兰克福学派着重研究的一个问题。他们认为,在异化社会中,文学作品所承担的责任就是要揭露这种异化。而这种"揭露",并不是采用萨特那样的"介入"的方式,一种直接的批判方式。他们更倾向于肯定布莱希特的那种"形式主义"式

---

[1] 参阅《在全国故事片创作会议上的讲话》,收入《周扬文集》第三卷,北京:人民文学出版社,1990年。

的批判，认为所谓的"间离效果"本身就是对这种异化现象的批判。所以阿多诺认为，在现代社会，卡夫卡的作品揭示这种异化现象，要比现实主义的作品要有力得多。同样，20世纪的先锋音乐也比传统的那些音乐，要对我们现代人更有力量一些。因为阿多诺是一个音乐评论家，对音乐有过很多的研究。他特别推崇的是20世纪的先锋音乐，像勋伯格、韦恩等。音乐上阿多诺特别推崇无调性和十二音体系的勋伯格，还有勋伯格的学生，奥地利的贝尔格和韦恩。我虽然有时听点西方音乐，但是很外行。勋伯格的听过一些，不能说喜欢。我也有贝尔格的唱片，是他的小提琴协奏曲，由著名小提琴家穆特演奏的。但说实在话，接受起来很困难。而据说贝尔格在"十二音体系"的作曲家中，算是比较好接受的。

虽然法兰克福学派属于马克思主义体系，但是对现代派艺术采取一种非常支持的，几乎是无保留的肯定的态度，这跟中国的左翼文学完全不同，也跟苏联的社会主义现实主义者完全不同。贝克特等的荒诞派戏剧，取消了传统戏剧的要素，没有情节冲突，没有发展过程，人物没有身份，场景是抽象的，细节是可以替换的。不像现实主义的作品，比如说托尔斯泰的作品，细节是不可替换的，构成一种特定的具体的情景。先锋派的这种艺术，法兰克福学派认为，这是拒绝已经成为大众日常的惯例的艺术传统，而这种传统已经具有"媚俗"的意味，所以艺术应该表达对这种"媚俗"的传统的拒绝。这就是法兰克福学派所说的"艺术的政治性"。"艺术的政治性"并不是在作品中表达政治观念，而是通过形式的创新来打破惯例，来达到政治的潜能。在这里，阿多诺等表现了强烈的拒绝大众流行文化的精英立场。

不过，阿多诺他们对斯特拉文斯基的音乐，却有很激烈的批

左翼的"现实主义"，或"社会主义现实主义"，是否应该向别的艺术开放，是个争论不休的问题。秦兆阳的文章题目（《现实主义——广阔的道路》），就包含了"开放"的意思。60年代，法国左翼文学家罗杰·加洛蒂的著作《论无边的现实主义》，也持"开放"的立场。不同的是，秦兆阳开放、接纳的对象，主要是"旧现实主义"（或"批判现实主义"），而加洛蒂则肯定卡夫卡等"现代派"文学的积极意义。（参见《论无边的现实主义》，百花文艺出版社1999年版）

判。斯特拉文斯基的代表性作品是《春之祭》、《火鸟》,还有《彼得鲁什卡》,都是芭蕾音乐。《春之祭》1913年在巴黎首演时,因为它的不谐和音,它的节奏、调性的冲突,引起听众的骚动。斯特拉文斯基在当时应该也是先锋派的了。但是阿多诺对他却有强烈批评。看到他的分析,我有些吃惊。他说斯特拉文斯基利用俄罗斯古代的原始仪式的东西,来暗示了法西斯元首的独裁控制。开始看到这种分析,很让我吃惊,觉得他也够"庸俗社会学"的了,能从音乐中直接听到政治独裁的声音。这样地把音响和社会政治直接连结来谈论,真是有点奇怪。阿多诺也不推崇贝多芬的交响乐,他认为这都是表达一种传统的观念。这种观念认为,一个美好的世界是能够想像的,而且是能够把握的。而他们认为这种状况在20世纪已经不存在了。他们推崇的是贝多芬晚期的作品,比如他晚年的弦乐四重奏,和一些钢琴奏鸣曲等,认为这些作品是通过一些不谐和的东西来对抗表面上的统一,表达对人性的完整性、社会的完整性的一种怀疑。现代派艺术在法兰克福学派,在西方马克思主义那里,成为非常重要的文化资源和精神形式,而且成为他们反抗现实的最重要形式。

谈到中国当代的有类乎"现代派"特征的音乐、绘画、小说、诗歌等,许多情况我不太清楚,也没有研究。但是,总觉得好像在现代中国它们缺少根基。80年代前期,包括宗璞、王蒙、北岛的一些被称为"现代派"的作品,实际上跟西方的作品在艺术观念上有很大的不同。许多评论家都指出了这一点,不管是贬义上的"伪现代派",还是肯定意义上的"中国特色"的说法,都指出了这种不同。我以前提到韩国的学者白乐晴说,我们更需要像托尔斯泰这样的作家,而不是更需要卡夫卡,这是一种很有代表性的观念。这种观念,产生于各不相同的历史情景和对文艺的不同的历史承担的理解。但是，西方现代派的艺术成果和文化遗产，对我们的文学也提供了重要的参照，应该说也是重要的"资源"。我觉得，如果拒绝这种"资源"，对表现我们生存的这个社会，对表现生活在这个社会中的人的境况和体验，会带来很多的损害。

这个问题，可以举一个例子来说明。许多同学都读过米兰·昆德拉的《小说的艺术》（三联书店1992年版，孟湄译）那个小册子。在谈到"卡夫卡现象"时，他讲到发生在捷克的这样一件真实的事情。这个事实我觉得在中国也是常见的，不用花很多力气就可以找到。有一个工程师到英国去出席学术会议，回来的时候看到报纸上刊登了一条消息，说他在国外发表了污蔑祖国的言论，并且已经叛逃。他简直不敢相信自己的眼睛。找到报社，报社承认事情发生差错，但认为责任不在他们那里，稿子是从内务部来的。内务部说，他们是驻伦敦的使馆的秘密部门收到报告的。内务部向他保证不会有什么事，让他放心。然而，他很快就发现他处在被严密监视的情况下：电话有人监听，外出有人跟踪，他时时刻刻提心吊胆，经常做噩梦。直到他冒着真正的危险逃出这个国家成为真正的移民。对这个故事，我们的直接反应是，它不就是卡夫卡《城堡》的那个"迷宫"故事吗？昆德拉说，"工程师面对着一个机构，它的特点是一个一眼望不尽的迷宫。他永远走不到它的无限长的走廊尽头，永远找不到那个做出宿命的判决的人"，他和土地测量员 K 一样，他们都处在这样的世界中，"这个世界不过是一个巨大的迷宫式的机关，他们走不出那里，永远不明白它"（《小说的艺术》第98页）。昆德拉分析了他所称的"卡夫卡现象"的几个方面。他把陀思妥耶夫斯基的《罪与罚》和《审判》做比较。他说，在《罪与罚》那里，拉斯科尔尼科夫承

> 我们应该编一个文革期间的自我检讨的文录，来看看是怎样为惩罚而寻找错误的。

受不了他的罪恶的重压，为了使自己获得安宁，他自愿同意惩罚，这是"众所周知的错误寻找惩罚"的境况。而在《审判》中，逻辑正好相反，受罚者不知道惩罚的原因，惩罚的荒谬性难以忍受，使得被告为了获得安宁，总想给自己的痛苦找到一个说明，这是"惩罚寻找错误"。接着，昆德拉指出了卡夫卡小说中的"喜剧性"的特征。他说，在卡夫卡现象的世界里，"喜剧性不代表悲剧（悲喜剧）的对位"，"它把悲剧毁灭在它的萌芽状态，使受害者失去了他们所能希望的惟一的安慰：存在于悲剧的伟大（真正的或假设的）中的安慰"（同上书，第 100—103 页）。

　　对于我这样经过过去一些年代的人，甚至也就是现在的生活中，这种情况都不是说非常少见，不是说难以理解的。文化大革命的时候，我们见过多少这种"惩罚寻找错误"的事情，有的就发生在我们自己身上。那个时候，很多的检查，很多的自我批判以及对别人的批判，都是先设定了"惩罚"，而寻找出有关"错误"的原因、论据。所以，我们应该编一个文革期间的自我检讨的文录，来看看是怎样为惩罚而寻找错误的。这种"荒谬"的情况在我们的文学中，没有什么有力的揭示。我在"五七干校"的时候，听过许多"活学活用毛主席语录"的"讲用"报告，有一个报告印象很深。"讲用"的是学校一位干部，讲了有一个多钟头。他说他从北京到南昌的干校的时候，带了几个烧饼。烧饼本来是想在火车上吃的。当时，北大到"五七干校"的一千多名教师，包了一列火车。火车上的饭供应充足，烧饼就没有吃。带到南昌，因为天气热就捂出毛来了，发霉了。他这一个多钟头的"斗私批修"的"讲用"，讲的就是怎样处理这几个发霉的烧饼，要不要偷偷丢到茅坑里，这样的反反复复的激烈的思想斗争。然后又是如何学习毛主席语录，来认识自己的这种"错误"。现在看来，这不是一种非常奇怪的"异化"现象吗？大家读《欧阳海之歌》，书里写到的那种带有"自虐"性质的思想改造，现在看起来，也是够触目惊心的。

革命文学的"宿命"

今天，是最后一堂课，讲一点上次没有讲完的内容，如果有时间，也把这门课简单总结一下。另外，布置的考试的题目，也请同学们按期完成。有的同学提出，写这些读书报告，需要翻阅许多五六十年代的报刊资料，时间要很多，希望能延长一点时间。个别同学如果有困难，再和我联系。

这学期其实主要是讲一个问题，即"当代文学"的生成以及它的特征。"发生"的问题讲得比较多，"特征"也讲了一些，但许多还没有真正涉及。但我们已经没有时间了，而且它也变得不那么重要了。什么事情，开始时总会郑重其事，到了后来，就不明白讲这些有什么意思。但是，也许以后会有另一门课，来专门讨论这个问题。

所谓50—70年代的"当代文学"，其实就是中国的"左翼文学"（广义上的使用），或者说中国的"革命文学"的一种"当代形态"。革命文学在进入"当代"之后，发生了很大变化，特别是到了文革期间，可以说是"穷途末路"，用"学术语言"来说，那就是出现了"困境"。"困境"是什么意思？就是僵化，不可能再有发展，也不可能靠自身的力量来调整、解决矛盾的状态。所以，文革之后出现的文学的"转折"，是一种必然的现象。"转折"其实包含两方面的意思，一是"革命文学"本身经过调整，重新赋予某种活力，尽管这种活力是有相当限度的。第二是，另外的非革命文学的文学形态，获得生存、发展的合法地位。

"革命文学"开始的创新力量,正是在"正典化"、制度化的过程中逐渐失去,逐渐耗尽的。

"革命文学"在"当代"的困境的形成,它的过程是一种在特定的社会环境中的"自我损害"。这种"自我损害",好像带有一种不可抗拒的趋势。如果按照毛泽东的说法,这是一种"辩证法",换一种说法,那就是难以抗拒的"宿命"。这种"自我损害"危及到它自身的存在。因此,我的想法是,"革命文学"在八九十年代地位的削弱,影响的减弱,不仅是其他文学形态的"挤压"的结果,更主要是它的"自我损害"所造成的。

为什么会出现这种状况?"革命文学"在某些阶段是相当活跃,是有它的生命力的,并不是一开始就出现这种"僵化"的状况。它的生命力怎样削弱,怎样失去,是我们要研究的一个问题。"革命文学"在"当代"的一个最重要的问题,是它处在一种"制度化"的过程中。"制度化"这个词我不知道用得对不对,如果用得不好,我再来做改正,总之,是一种近似的讲法,它是社会学的概念。"革命文学"的文学"原则"、文学方法所蕴含的文学创新,在开始的时候,对原有的文学形态,具有一种挑战性、创新性,在当时的文学格局中,是一种不规范的力量。这种不规范的力量,在它进入支配性、统治性的地位之后,在它对其他的文学形态构成绝对的压挤力量之后,就逐渐规范自身,或者说"自我驯化"。什么要歌颂,不要暴露呀,英雄人物不能有"品质"的缺点呀,"反面人物"、"中间人物"不能成为作品的主角呀,应该是乐观的基调呀,以至什么"三突出"、"多波澜"呀,这是它在"当代"的演变过程。左翼的革命文学从 20 年代末开始,从"边缘"不断地走到"中心",而且成为一种不可质疑的"中心"。那么它的"革命性"和创新力量,正是在这种"正典化"、制度化的过程中逐渐失去,逐渐耗尽的。

其实这种状况,这种演化过程是一种很普遍的现象,也可以说是一切"先锋"的命运。"革命文学"在20世纪也可以说是"先锋"。是不是一切变革者,一切在艺术上、思想上提出新的命题,进行一些激进的实验的"先锋",最后都是这样的命运呢?我不知道。上一堂课讲到《法兰克福学派史》这本书。作者在书的《第2版序言》[1]中讲到这么一个事实:60年代他开始写作这本书的时候,马尔库塞正隐藏在美国南加州的法兰克福学派的另一个著名人物洛文塔尔的家中,因为马尔库塞已经接到好几个匿名的死亡威胁。马丁·杰伊在写作这本书的时候,同时也正发生巴黎的"五月事件",也就是1968年5月愤怒的学生的游行示威运动。学生们提出了几个当时信仰的领袖,是马克思、毛泽东、马尔库塞。法兰克福学派的另一些不太激进的成员,如阿尔都塞等,正被这些学生看成是对革命事业的"背叛"而受到谴责——马丁·杰伊写作的时候就处在这样一种境况中,也就是法兰克福学派的激进派正处在风头的时期。但是等到这本书在70年代出版的时候,这篇《序言》写到:法兰克福学派这种"穿越制度的长征"的激情与希望已经失去,在短短的10年中已经耗尽了。在社会和学术体制中,这个学派以及它的美国追随者实际上已经进入了"中心"的位置。作者在编辑美国追随者的文集的时候,发现当初不被承认的、"边缘"位置的这些人,这些供稿者大都已是哈佛、康奈尔、斯坦福、哥伦比亚、莱斯、西北、得克萨斯、芝加哥等著名大学的政治学、哲学、历史、法国文学等专业的教授,美国权威学术机构的著名学者。尽管他们当时的成果还疏离于传统的学院背景,还不能完全被传统的学院体制接纳,但他们实际上已经进入了学院的"中心"位置。作者把这种现象归结为资本主义文化机制的一种"驯化"力量。当然,法兰克福学派的思想成果一直到现在仍然有它的活力,它的批判理论仍然保持它的重要性,"它

---

[1]《法兰克福学派史》第3—16页。第2版序言写于1995年6月。

意外地适应了在其初创时期只是朦胧觉到的一个时代的关切和焦虑";但是,这样的事实是无可否认的:"新左派的学术化恰恰是其政治热情耗尽后的标志","学术实际上是法兰克福学派这种类型的批判思维的最后逃亡地"。从反体制的"斗士",到进入体制中心的这种现象,到处都是一样的;很多的政治、文艺流派,都经历了这一过程。

90年代初我在日本工作的时候,也认识了一些在60年代参加激进的学生运动的学者,他们也可以说是日本的"红卫兵小将"了,有的到过中国的井冈山"革命圣地",有的还参加过在日本影响很大的占领东京大学安田讲堂的战斗。中国的教授、学者如果初次到日本,到东京本乡的东大,日本的同行带你去参观校园的时候,都会指着让你看讲堂顶部残留的火烧的痕迹。不过,这些"斗士"现在许多已经成为大学中的重要教授。这在中国也是一样的。当时我在那里的时候,一位在60年代很著名的左翼激进运动的领导人,已经在竞选国会的参议员了。我从住处乘车去东大教养学部上课,要经过一个叫下北泽的地方。日本教授告诉我,这里有许多剧场,以前是学生从事戏剧运动的地方,那也属于"左翼"的文化活动。不过,这些都成了过眼烟云,说的人的神情,也有点恍如隔世的样子。这是一种"宿命"吗?"革命"总会走到这么一步吗?资本主义的文化机制政治体制,好像都有一套办法,来"驯化"造反或变革的力量。但"社会主义"的政治、文化机制,不也是这样吗?

我还举日本的一个例子。六七十年代,在日本的原宿一带,在代代木公园大道,年轻人聚集在那里跳舞唱歌,大概是摇滚乐、霹雳舞一类的,也属于发泄不满情绪,带有反体制的性质。但是,在现在,这项活动,已经成为东京观光的一个项目。每到星期天中午,从

12点开始，原宿附近的街道就开始交通管制，车辆不许通行，警察在那里维持秩序。整条代代木公园大道，专门给你唱歌跳舞，你爱怎么唱怎么跳都行。我到那里参观过，许多还带着发电机、大功率的音箱，跳舞的青年人的穿戴很新潮，很异端，但活动本身却被纳入合乎体制的框架中。到了下午6点钟，大家就散伙回家。这种"驯化"的力量，就是把激进的抗议活动，变成一种"无害"的文化"风景"。所以现在外国人到东京旅游，到原宿看跳舞，就成了一个项目。

革命文学的"驯化"

但是革命文学的"驯化"、"制度化"，跟上面讲到的情况，可能不太一样。对这个问题，我们的研究还不够。这种"制度化"，从根本上说，就是取消它内部的活跃的、变革的思想动力，包括活跃的形式因素。我们知道，任何有活力的东西都是不"纯粹"的，内部都有一种矛盾性的"张力"，它才有可能发展，有生命活力。但是，革命文学在进入"当代"之后，内部的变革的活力、矛盾性的张力在逐渐削弱，被取消，而逐渐走向僵化。我们可以引用阿多诺的一句话，来说明这种"制度化"和僵化的性质，以及它是怎么实现的。阿多诺是正面地提出这个问题的："不要把要求绝对看成是可靠的，也不要因强调真理的概念而削弱任何东西。"[1]——这是阿多诺在谈到他所信仰的真理和主张的时候，所提出的告诫。阿多诺告诫的这一点，正好是中国的"革命文学"在四五十年代以后所走的道路：要求绝对，纯粹，强调理论概念的重要性。我在《中国当代文学史》中，经常使用"纯粹"这个词，来说明"当代文学"的追求和它的进程。不断地强调纯粹，强调理论概念的重要性，并且在实践中把这种要求不断

---

[1] 转引自霍克海默为《法兰克福学派史》撰写的《序》，《法兰克福学派史》第2页。

> 激进的革命文学家存在着对"绝对"、"纯粹"的强调,对自己所坚持的信仰和概念的强调,而且不同程度地产生对经验,包括对自身经验的不信任感。

推进,这就是"当代文学"的过程。

这个过程包含着一种矛盾性或悖谬的东西。要求"纯粹",要求"绝对",可能包含对一个完整世界的渴求。参加革命的人,包括参加革命的文学家,大都有对一个"完整世界"或"大同世界"的渴求与想像,对"绝对"、"纯粹"的强调,对自己所坚持的信仰和概念的强调,而且不同程度地产生对经验,包括对自身经验的不信任感。这就导致了这样一种冲动,一种欲求,不断从经验,从感性中抽离。所以,矛盾也就在这个地方:革命文学如果要跟"传统"的文学形态划清界限的话,就要以变革的面目出现,这是它存在的理由,也是它活力的来源;但是这种坚持与"传统"文学划清界限的限制的活动,无限地对一切"不纯"的因素的划分,最终又导致它的活力的丧失。中国"革命文学"中出现的冲突,包括周扬与胡风的矛盾,江青与周扬的矛盾,在实质上,就是"纯"与"不纯"的划分,是不断地对矛盾的划分。结果,"革命文学"可能成为一个没有血肉的空壳。但是,它如果停止这种反抗与剥离的话,又有可能被强大的传统力量所侵蚀,所混同,所吞没,而最终失去了它的"质"的规定性,或者说失去了它的独立性。这大概是一种悲剧性的命运。

从40年代后期开始,到70年代末的30多年中,中国"左翼文学"开展了许多批判运动,来划清它跟其他文学的界限。它批判了"现代派"文学,批判了跟"现代派"有关的艺术实验,它也批判了跟商业结缘的以市民阶层作为消费对象的通俗小说,它划分了与关注"日常生活"的"和谐美学"作为其特征的文学的关系,比如说"自由主义文学",它就是倾向于关注"日常生活"的文学,或者说从"日常生活"来寻找美感的文学。同时,它也批判了左翼内部的胡风、冯雪峰的现实主义,也就是一种更强调感性体验,强调表现中国人的

> 革命、先锋等文化的革命内涵和力量,不仅来自它自身的性质,也与语境有关。那些在历史上曾经作为激进、先锋作用的文化形态,似乎都难以避免被驯化,成为大众消费对象的结局。最近的例子如"样板戏",如80年代的"反文化"的先锋诗歌和具有革命意涵的摇滚乐,都是这样。

感性生活，并从那里面发掘革命的生命力的左翼文学。从40年代开始，这种文学的主流派别，就不断地重视表现历史的主要矛盾，主要斗争，表现重大变革，强调"转折"在历史过程中的地位，强调"宏大叙事"的重要性，认为这是揭示历史和现实的"本质"所需要的。它绝对化地跟沈从文、张爱玲这样一些重视"日常生活"，重视人生安稳一面的作家划清界限。50年代以后的中国大陆小说，从里面可以看到这一点，越来越脱离了中国人日常的感性生活，脱离了人生的安稳的底子。当代的革命文学，后来就变成了只知道"斗争"的动人与强大，而无法认识和体验"斗争"的"酸楚"（"酸楚"也是张爱玲在《自己的文章》中使用的一个词），而革命斗争的酸楚的一面也是值得我们体验的，这是许多参加"革命斗争"的人都能够感受得到的。只发现"力"的快乐，而不能体验"美的悲哀"；只急于完成，而不耐烦"启示"；只喜欢高潮和"斩钉截铁"，而不喜欢变化和复杂的过程；只喜欢有力的英雄，而不喜欢不彻底的凡人——我讲的这些选择，可以概括当代在文学问题上发生的很多争论：从50年代初期，也就是第一次文代会刚刚开过之后的可不可以写小资产阶级人物的争论，到批判萧也牧的小说，批判路翎写朝鲜战争的小说（《洼地上的"战役"》），讨论赵树理等人的小说，以及对写"中间人物"的批判等等。

  这里附带提一下我们研究上的一个问题。我开的书目中，有美国学者史景迁的《天安门》这本书。并不是说这本书就写得非常好，很深刻，但是它的一个前提很重要。它的研究思路和我们现在当代文学有的研究思路不太一样。作者虽然觉得参加中国革命的知识分子的命运和想法有共同性，但是他不试图去概括出几条"规律"，几个特征，来统领、涵盖不同的生命和不同经历的人，他宁愿采用对具体对象分别叙述的方法。作者在这本书的《英文版前言》里说，"书中叙及的每个人的生活都有各自的内容和形式，并不表现时下颇为流行的'集体传记'的风格。或者说，我欲揭示的是，他们每一个人在不得不作出日常决定时所面临的困难，他们身处其间的混乱环境，他们本想置事外却免不了的外来干预，以及他们偶尔做了出格决定后外界如何反应等等"（第4页）。我们现在的当代文学研究，有的喜欢把复杂的现象简单化，概括出几条规律，进行简单的分类。分类是要的，但是没有再前进一步。现在一些研究者对中国知识分子或中国作家的区分，也常常使用这种方法。从李泽厚开始，他的《中国现代思想史论》把近代以来的中国知识分子区分为"六代"，即辛亥的一代，五四的一代，大革命的一代，"三八式"的一代，以及解放的一代，文化大革命红卫兵一代。刘小枫在他的著作中，也仿照这种方法，把中国知识分子分为"五四一代"、"解放的一代"、"四五一代"和"游戏的一代"，并进而用"总体话语"和"个体话语"来将他们划分为三个部分。我前面讲过，这种划分有时能说明一些问题，但它的有效性，我觉得有限，有时是很可疑的。

另外，左翼文学主流派从40年代开始，批判了它内部的胡风、冯雪峰等派别。这种批判，对它自身来说，也造成了重大的损失。胡风、冯雪峰他们最重要的"遗产"，或者说他们最重要的思想观点，有两点是后来的"革命文学"所拒绝的，而这两点我觉得非常重要。一个是强调感性生活，这是胡风和冯雪峰都反复强调的。强调感性生活，强调作家实践的生活意志，"泥土"这个意象是胡风和相关的诗人经常使用的，强调作家的"脚下的土地"。胡风在1948年发表了他重要的理论著作《论现实主义的路》，这是对批判他的人的回应，一部论辩式的著作。这本书的开头，引用了意大利诗人但

"当代文学"就是用"人民"、"工人阶级"、"群众"这些概念,赋予论述的权威性,来压制所有不同的声音的。

丁《神曲》中的一句话,从这里可以看到胡风他们和左翼文学主流派的分歧。"我跑到一个沼泽里面,芦苇和污泥绊住了我。我跌倒了,我看到我的血在地上流成了一个湖"。他在文章的后面讲述了引用这句话的原因:一个作家就应该在这种"污泥"里头前进,用他的"肮脏的手去开拓光明的前景",而不是主要在理论的、概念的层面上来进行对中国现实和中国文学的思考。这是他的很重要的观点,也是他跟左翼主流派的非常大的分歧。在这里,肮脏、污泥,都表示了对一种纯粹、干净的怀疑和拒绝。另外一个分歧,就是强调作家创作的"主观和客观的融合",强调作家的主观意志、主观精神在创作中的重要性。但是左翼文学的主流派,在批判胡风的过程中,拒绝了这种有益的思想,而强调了对概念的狂热的执迷。对理论概念的强调,对政治意识形态的强调,而把个别的、具体的、活生生的东西不断抛开。1957年反右派运动中批判王蒙等人的小说,批判冯雪峰、秦兆阳的理论,姚文元在一篇文章《文学上的修正主义思潮和创作倾向》(《人民文学》1957年第11期)中提出了一个很有代表性的观点。当时,冯雪峰批评当代文学,"人民的痛苦在作家那里得不到反映"。姚文元反驳说——他用的就是这样一种逻辑——在我们的社会里头,"作为人民,作为整个工人阶级来说,在社会主义社会中是没有什么痛苦的",他们有的是"乐观的,自豪的,充满胜利信心的感情","'痛苦'是那些不甘心自动退出历史舞台的剥削阶级分子,那些人民的敌人"。这种逻辑今天听起来非常奇怪,但是,在当代,那些批判,许多的"经典"论述,多是在这个逻辑上展开的。当提出"人民"这个概念的时候,我们首先要问,"人民"究竟指的是谁?"工人阶级"是什么?而"当代文学"就是用"人民"、"工人阶级"、"群众"这些概念,赋予论述的权威性,来压制所有不同的声音的。

人的到达"概念"的预期,得到实现,所以就觉得心里很踏实。

　　这是对胡风、冯雪峰的批判所造成的损害。当然不能说是因为批判胡风、冯雪峰就造成了对概念的偏执狂;反过来说也是能够成立的,正是这种偏执,导致对胡风他们的主张不能容忍。这种情况,在我们现在的研究和阅读中,经常还会起到强大的作用。我们会喜欢概念、思考、分析,喜欢一种确定的思想。在我们看来,思考、分析、概念,就意味深度,意味着我们的思考能够离开"平庸",能够和别的人不一样。但是这些概念、思考,也会变成非常专横、武断,有时也会成为一种"祸害"——就像法国作家杜拉斯所说的,是一种"祸害"。把丰富的生活,丰富的感受简单化,加以肢解。我看到一个音乐爱好者写的短文,他谈到这样一个观点:说他不喜欢交响乐和标题音乐。因为交响乐和标题音乐好像都有一个明确的主题,然后按照这个主题、这个乐曲的"动机"来展开,从发展达到高潮。他认为听这些曲子的时候,常常有一些概念来妨碍他的感受,他喜欢的可能是一些没有标题,也没有所谓"主题"的室内乐。这当然说得太绝对,而且,也不是有比较明确的"动机"和"主题"的音乐就不好。

　　"文革"后期,学校开始招工农兵学员。有一次上课,请中央音乐学院教师来讲解乐曲,提高学生的分析能力。当时就在一教,是101那个大阶梯教室,用录音机放了两部曲子,一部是"文革"期间很著名的钢琴协奏曲《黄河》,当时是殷承宗(文革时他改名殷诚忠)演奏的,一个是舒伯特的《第八交响曲·未完成》。这位老师作了非常详细的讲解。他在讲《黄河》的时候,讲得很具体:某一个乐句表现什么,那个乐句表现什么,都很明确。比如说黄河的划手非常奋力地跟风浪搏斗,然后遇到急流,船受到阻碍,但是经过大家艰苦奋斗,越过了险滩,然后取得胜利等等。大家听了以后都非常高兴,觉得音乐原来就是这么好懂,人的到达"概念"的预期,得到实现,所以就觉得心里很踏实。但是谈到舒伯特的乐曲的时候,就讲不那么具体了,至少是讲不出这一句表现什么,那一句表现什么,只能说这旋律"低沉",表现了小资产阶级在革命低潮时期的"苦闷"和"忧郁"。不过,可以看出来,这位教师内心更喜欢后面这部"资产阶级"的乐曲,虽然他一再批判它。后来,大概是 80 年代初,我还在电台上听过沈阳音乐学院某位教授的系列音乐欣赏讲座,也是充满了"小资产阶级"、"资产阶级没落时期"、"通过斗争走向胜利","健康"、"不健康"之类的概念和道德判决,真让人倒胃口。

从那以后,我就有一个想法,如果你不是专业的音乐工作者,不是要专门吃音乐这碗饭,只是个"爱好者",只是一般的听听音乐,你千万不要听电视、电台上的那些絮絮叨叨的讲解,也不要太多地读那些教授讲解音乐的书。你原来可能有的一点点感觉,一点点体验,在这种讲解和分析的规范下,显得"肤浅"了,慢慢失去了。你开始变得"深刻",有条理,学会了分析,但是感觉也迟钝起来,你也平庸起来。我在上课的时候常常讲到,作为一个"专业者"和作为一个"业余者"之间的区别,这一点很重要。对文学的爱好,最理想的是当一个"业余者",能够比较自由一些,不受很多的要求"深刻"的压力,要求分析,讲出许多"道理"来的压力。就像我上课一样,要想方设法讲出许多"道理"来;一首诗,一篇小说,要绞尽脑汁,分析出许多条条。因为这是我的"职业"。

最近读了一些作家的文集、选集。这些书前面往往有作家各个时期的照片。比如邵燕祥先生寄给我的诗选(《邵燕祥诗选》,百花文艺出版社 1994 年版)。书的前面有邵燕祥小时候,30 年代的照片,也有 50 年代的,还有 60 年代初他和他的夫人、孩子的照片。"老照片"现在是非常时髦的,很受欢迎,满足了许多人的怀旧的心理。我看了邵燕祥先生的旧影,那种感觉很难说出来。邵燕祥先生我们多次见面,主要是因为开会,也谈过一些话,但都属于寒暄的性质。看到他几十年前那种"风华正茂"的神情,有时会产生想要知道他这几十年是怎么过来的冲动。但是又会想,照片所告诉我的,可能比直接叙述要生动、丰富得多。有一些时候,读一些作品,读一些诗歌,觉得能有一些并不很清晰的体验也就够了。把每个词,每个句子都解析得很清楚,反倒是多余的。现在,一些青年写的诗,很受指责,整个诗歌创作都受到很多的批评。一些过去支持朦胧诗的批评家,也对目前诗的境况很不满。我觉得是不怎么公平的。当然,有的诗我也读不懂,读的时候也不求甚解。因为有时候"解"起来非常头疼。但是不少诗还是能够得到一些感应的,有的诗还能够受到很大的触动。这种触动跟读那些经典的古典诗歌完全不一样,跟读唐诗宋词那些名篇的触动是不一样的。所以我坚决认为现代汉诗有它存在的价值和理由,而且也取得很大的成绩,尤其在 90 年代。自然,它有很多的问题和缺点。现代人有现代人的境遇、情感和体验。随便举个例子,我读西川的《一个人老了》,就有很大的触动。诗评家崔卫平女士说,这是西川在探索一个关于"黑暗"的问题。她说得很深刻,但我的感想,是很平常的,很简单的。我的关于生命的问题,是很平常的生老病死的问题。很简单,因为我也"老了",我的触动就是从"老了"开始。"老了"是无所不在的,是不知不觉的,是持续发生的,是无法阻挡的。"在目光和谈吐之间,在黄瓜和茶叶之间,像烟上升,像水下降。黑暗迫近";"秋天的大幕沉重地落下,露水是凉的。音乐一意孤行。"——西川年纪轻轻的,为什么会有这种体验?他是带着怜悯的感情来写这首诗的吗?许多青年诗人,都在写"老",写"死亡",这让人奇怪。也许,对于衰老、死亡的最深刻体悟,恰恰是来自于离死还很远的青年人?

我讲得离题太远了,浪费了大家的时间。刚才我讲到,"业余者"是最快乐的,特别是文学、音乐、艺术的业余者。如果你在一张画面前看来看去,百思不得其解,看不出所以然来,你不必装作很深刻,说一些"真是不错"之类的话。你不喜欢、不懂,走开好了,即使很多人都说很好。当然你要检查自己的趣味、理解力有哪些缺陷,哪些不足,就像朱光潜先生所说的,不能把自己固定化,这种趣味的固定化也是很不好的。上面讲到概念、思想对我们造成的压力。当然,不能反过来强调感觉是惟一的,或者感觉就最重要。要不,也会走到另外的一个极端。

另外,就是对"现代派"作品的批判问题。上节课我对这个问题已经讲得很多。这也是一个非常棘手的问题。中国的革命文学或革命的信仰者,是乐观的历史哲学的信仰者,从根本上拒绝悲观和绝望,拒绝对历史以及对世界在认识上的犹豫不决。或者简单地说,就是拒绝不可知论。从这个意义上说,左翼文学拒绝"现代派"这个总体倾向,是理所当然的。当马克思主义者,或者当革命文学的主张者开始颂扬卡夫卡、贝克特,或者颂扬音乐上的勋伯格等这些"现代派"艺术家的时候,那么这些马克思主义者就离开了"正统",被称为"变异"的马克思主义者了。用 50—70 年代中国的词汇来说,就是"修正主义",用现在的词来说,就是"新马克思主义"或"西方马克思主义"。西方马克思主义是诞生在一个革命已经失去希望,在西方的环境中,革命已经"沉寂"的时期。所以归根结底,西方马克思主义是革命失败时期的马克思主义,同时也是像苏联这样的革命政权陷入困境时的马克思主义,像托洛茨基所说的"工人国家的官僚化"的时期的马克思主义。当马克思主义者承认卡夫卡的

罗杰·加洛蒂:"从斯丹达尔和巴尔扎克、库尔贝和列宾、托尔斯泰和马丁·杜·加尔、高尔基和马雅可夫斯基的作品里,可以得出一种伟大的现实主义的标准。但是如果卡夫卡、圣琼·佩斯或者毕加索的作品不符合这些标准,我们怎么办呢?应该把他们排斥于现实主义亦即艺术之外吗?还是相反,应该开放和扩大现实主义的定义,根据这些当代特有的作品,赋予现实主义以新的尺度。"(《论无边的现实主义》175—176 页)

重要性的时候,他自己大概也已经变成为悲观主义者了。悲观主义的"现代派",只有在马克思主义者也多少变得悲观的时候,它才能被马克思主义者所接纳,被重视。80年代以来,中国也存在相当普遍地对革命进行反省、批判的思潮,存在悲观的态度。在这样的时期,对"现代派"的热情才会这么高涨,它才会成为一种重要的思想艺术资源。在这个时期,革命的希望在减少,信心在减少。就像英国新左派评论家安德森所说的:葛兰西的理论遗产是,革命所要面对的力量,是比马克思他们当时所估计的力量要强大得多的资本主义,这种资本主义能够经得起经济崩溃的考验,革命跟他们之间的对抗是一种长期的"消耗战";而最后这场斗争是无法弄清谁胜谁败的结果的斗争。这是葛兰西的观点。他也是对"现代派"表现了有限度的同情与肯定的一个共产党思想家。所以他把自己称为"理智的悲观主义者","意志的乐观主义者"。葛兰西还讲过这样一段话,他说:每个人都想成为历史的"把犁人",成为"雄狮",没有人想成为"历史的肥料",成为"绵羊"。但是在这两者之间,你甚至并不存在选择的余地。你的生活并不像一头雄狮,哪怕一分钟也不是,远远不是。你年复一年地过着一头绵羊还不如的生活,并且你知道不得不那样生活。——这是一种悲观的看法。我们由此可以明白,法兰克福学派的理论家为什么那么热爱"现代派"文艺。而且他们为什么会在这种描写人的无望的悲剧的作品面前,感到非常震惊。这也是我80年代读这些作品的时候所体验到的感受。因为"现代派"文学就是描写一些不明历史的、没有自己的故事的"城堡"、"监狱"或人物的活动,而这些人像"后现代"理论所说的,是"历史感被耗尽"的人的处境和生活。但是,如果说革命文学变得同情、靠近"现代派",那么,革命文学自身存在的理由也值得怀疑了。这也就是我所说的革命文学面临的矛盾的主要原因。

但是,中国的革命文学对"现代派"文学的批判,确实造成了在思想、体验、艺术创造方面的某种局限,阻碍了对某种生活情境、社会现实和人的心理状态的表现,而失去了在这方面的力量。简单地说,在我们日常生活中广泛存在的"异化"现象面前,拒绝"现代派"的革命文学常常表现得束手无策。它不可能解释它。它有时也试图解释,但是显得肤浅。它也不可能运用一种带有震惊性的艺术方式来表达它。这是革命文学失去的一个重要的探索的领域。当然,如果反过来想,如果革命文学认同了"现代派"的哲学观念,文学方式的话,那么革命文学自身也就可能发生动摇。1956—1957年那些探索性小说,如王蒙等的小说,以及刘宾雁的特写,可以看到这些作家朦胧地感到在社会主义现实中"异化"现象的存在,但是他们在这种现象面前不可能作出深刻的解释,包括艺术探索上也不可能前进一步。而这种"异化"现象是广泛地存在我们身边的,也存在于我们自身。西方有的批评家、读者在读表现社会主义制度下的人的生活的作品的时候,比如《日瓦格医生》,比如张戎的纪实性小说《鸿》,他们都特别关注革命机构内部,以及革命政权建立之后社会生活中出现的"异化"现象。《鸿》[1]写的是一个家庭中的三代中国女人的故事,在国外受到很高评价。但国内一些读过这本书的人,反应并不很好,相当冷淡。

《鸿》里头写到"父亲"这样一个形象。他对革命非常信仰,非常忠诚,而且身体力行来实践他所信仰的道德原则。书中写到这样的故事:解放战争时期,部队从东北入关,行军非常艰苦。"父亲"当时大概是一个团级的干部,上级给他配备一辆吉普车。他妻子也是军队中的一个工作人员,但他一直拒绝让妻子坐这辆车。后来革命胜

---

[1]《鸿》1991年10月在美国出版。中译本《鸿——三代中国女人的故事》,由内蒙古人民出版社1997年9月出版,张朴译。

> 一种抽象的东西融进了他的面孔,融进了他的生命,逐渐变成他的灵魂,慢慢地他就变成一种"思想的图像"。这是他献身的那种力量不断作用的结果。这种力量是崇高的,但同时又是令人窒息的、无情的。

利,进入大城市,有一次去看戏,妻子已经怀孕,看戏的时候肚子疼得很厉害。她要求丈夫用他的车把她送到医院,也被拒绝了。后来流产了。在这里,革命的原则性和人情,人性的冲突所表现的复杂性,不是简单的评判可以讲清楚的。

《日瓦格医生》中也写到这一类型的人物,叫斯特列尔尼科夫,是日瓦格的情人克拉拉的丈夫,在红军中担任重要的高级职务。这个人物在小说中着墨并不多,主要是通过他的妻子的叙述来写。其中讲到他们相爱的经过,他吸引她的就是那种"纯洁",他从小就对纯洁的事物有非常热忱的追求,说他简直就是思想的化身:他有一张"正直、果断的面孔",而且没有任何做作,一种抽象的东西融进了他的面孔,融进了他的生命,逐渐变成他的灵魂,慢慢地他就变成一种"思想的图像"。小说中说:这是他献身的那种力量不断作用的结果。这种力量是崇高的,但同时又是令人窒息的、无情的。我觉得王蒙在小说《布礼》中实际上也接触到这个主题,写到这种崇高的思想信仰怎么成为一种抽象的力量来压抑人的个性的,压抑活生生的人自身的。这种力量是动人的,又确实是无情的,人已经被这种命运所规定。这种形象,在我们反思文革的小说中并不多见。我们在所谓的"反思文学"中看到的,有张贤亮所写的章永麟这种形象。在这里,革命的信仰者已经变得这样的猥琐,已经不能够跟《日瓦格医生》、《鸿》里头所写的这种人物相比了。猥琐也可以,但叙述者同情这种猥琐,这是很奇怪的。当时我读了《绿化树》,读了《男人的一半是女人》,对章永麟的感觉非常复杂,我觉得很厌恶。最不能忍受的是那种"自虐"和"自恋"。这些当然都是个人的感觉,不能写进"文学史"的。文学史不能只是个人的好恶,况且,《绿化树》这些作品还是"新时期"的重要收获。

这就是革命的"命运"？当革命开始发动的时候，有一种崇高的、正义的力量。俄国有一位在十月革命后被驱逐出境的作家，叫别尔嘉耶夫。中国最近翻译出版了他的一些著作。在这个问题上他有过一些分析。当初别尔嘉耶夫这样的人，一些优秀的知识分子为什么向往革命？那是因为革命有一种非常神圣的力量，为当时落后、贫困而且愚昧、黑暗的俄国提供光明的前景，所以革命者有那样一种献身的精神。但是到革命越来越"制度化"，革命成为一种成熟的体制的时候，这种人物就越来越少了。我们就难以看到真诚的人物。我们现在看到的，更多是所谓宣称自己对革命，对共产主义有信仰，而事实上更像是在演戏的戏子。在他们身上，根本就没有真诚感可言。

以上讲的是革命文学拒绝"现代派"的遗产所带来的问题。但是我也一再讲了，如果认同了这种艺术，那么革命文学的乐观和战斗性又如何体现呢？这就是为什么法兰克福学派最终只是强调艺术的"自律"。像阿多诺、本雅明他们都强调艺术的革命性不在于它表达的思想，而在于形式本身，形式所带来的震惊性。"震惊性"，就是突破习惯的、常见的表达方式。比如苏联电影大师在30年代运用的特写镜头。这种特写，我们现在已经很习惯，但它刚使用的时候，使得那些习惯于看长镜头的观众觉得非常可怕，非常震惊。突然银幕上出现一个很大的面孔，很大的眼睛，这是现实生活中不可能出现的。这种"震惊"，就是法兰克福学派所说的"形式的自律"所达到的革命效果。他们的主张是不是一种后退？或者说是失败主义的最后使用的一种解释？他们认为要用形式的震惊性来摧毁已经被异化的日常心理，这就是文学的革命作用，以激起革命的能量。但在我看来，这里面已经表现了一种挫败感。

批判性失去之后

革命文学最后丧失它的活力的最重要的一点，是它的"批判性"的失去。批判性，或者说对习常的事物提出的质疑，这是革命文学存在的理由，或者说本质的特征。对稳定的事物，包括人与事，揭示它的内部矛盾、裂缝。但是革命文学在它的"当代形态"的转化过程中，这种批判性也逐渐丧失了，而成为社会控制体系的一种装饰品。我们并不是要求每一个作家或每一部作品都应该承担起社会批判的责任，我觉得不是这样的，作家应该可以有自己不同的追求，不是说所有的作家都应该成为"知识分子作家"。但是左翼文学的很多作家从他们从事创作开始，确定的就是"知识分子作家"这样的位置，承担起批判责任的这种位置。既然左翼文学把自己的文学工作和人类解放的目标联系起来，那么批判性就是必备的要求。这种批判精神在"当代"的失去，我觉得有很多复杂的原因，因为存在许多强大的压力，我们谈得最多的就是社会政治环境的干预和压力，这是不需要很多解释的。在40年代的延安，像丁玲、王实味他们所做的工作，就是重建革命文学的批判性，包括作家思考、写作、表达的独立性的要求。1956—1957年一些作家所作的努力，也是重申革命文学的批判性——这两次较大规模的努力和试验，都是以妥协或失败告终。

但是也有更广泛的原因存在。其实左翼作家本身，他们中的许多人，也没有为坚持这种批判精神或批判立场做好准备，包括思想、精神上的准备，或者说对这个问题的设想简单化了。如果要成为一个批判者，在文学作品中来承担这种批判责任的话，一个作家最重要的就是在文学和社会体制中，至少应该保持一种相对独立

在20世纪将要结束的时候，存在着一种"中国当代文学应该重新唤起一种批判的活力"的声音。因为，"写作不是一个从文本到文本的封闭的循环，写作是作家变革自我和变革世界的双重实践"。这种批判活力的丧失，是那种"从话语、利益和个性的分歧、斗争和争辩的角度来观察世界的方式"的丧失，而"合理化成为观察世界的惟一角度"（韩毓海《中国当代文学在资本全球化时代的地位》，《战略与管理》1998年第5期）。不过，中国当代文学批判活力的丧失，不是现在才开始的，五六十年代就进入了这一行程，在当时，"合理化"就逐渐成为观察世界的惟一角度，当时的文学就已逐渐失去分析这个世界的能力。

的位置或精神态度，一种现在常说的"边缘性"。可是，当八九十年代许多作家被"边缘化"之后，他们却那样惊惶失措，那样惶惶无着，他们确实没有这种思想准备。

"边缘人"，或者另外一种说法是"流亡者"，现在经常被谈论，也变得很时髦。在 80 年代中期的时候，"边缘"还是一个很新鲜的概念，但是现在几乎所有的人都自称是处在"边缘"，都是"民间"。"中心"、"精英"、"知识分子"、"体制内"一概变成贬义词，惟恐和它们沾边。原先都以居于"中心位置"骄傲，现在都以居"边缘"骄傲。但是，要具有批判性，真正的"边缘"位置是必要的。如果你要当一个批判性的作家，你应该有什么样的准备？你当一个什么样的作家，这是可以选择的。如果就是想当一个商业性的作家，写一点给大家读起来高兴、消遣的作品，这个选择并不就是道德上有缺点的选择。我不这样看。我在参加社科院文学所主办的"新时期文学与道德"的讨论会时，就说我有些纳闷，在有关文学的问题上，有时真不知道什么叫"有道德"，什么叫"不道德"。通俗小说、畅销书也可以写得很好，而且能够做出很高的评价，等等。但是如果你选择做一个承担社会批判责任的作家的话，你就要有这方面的思想和精神上的准备。

我觉得批判的作家，或者说"知识分子作家"，从精神状态来说，他应该是一个"边缘人"的精神立场。"流亡者"已经从一种现实境遇的研究变成一种隐喻。因为"流亡者"据萨伊德等人的研究，是自古以来就有的。刘小枫说中国的第一个流亡作家，就是屈原，流亡到楚地。20 世纪最大规模的是俄国的知识分子流亡，1922 年是一个重要的年度，这一年有 120 个俄国杰出的知识分子被驱逐出境，很多人到了欧洲。但是"流亡"已经从一种现实境遇，变成一种命运，或者变成一种寓言。以前流亡是针对个人精心设计的惩罚，后来变成整个社群或民族的惩罚,包括对犹太人、巴勒斯坦人等,再到后来就变成一种隐喻。批判性的知识分子应该有多种的视角,或多层的文化体验,这种状况只有在边缘或流亡的地位才能获得。一个很简单的道理,如果你所有的生活、思想都是处在中心位置,你就不可能关注你生活以外的东西,不可能为社会中的弱势群体讲一些话。

萨伊德在《知识分子论》这本书中讲道:知识分子像遭遇海难的人,他应该学着与土地生活,而不是靠土地生活,他不能像鲁滨逊把殖民这个小岛看作自己的目标,而应该像马可波罗一样,怀着惊奇感,是一个生活的过客,而不是寄生虫或征服者。他应该建立起双层或多层的视角,不以孤立的方式来看事物,不是从当权者的方式或角度来看事物。他要用另一种观念和经验,来对照另一种观念和经验。即使他不是真正的移民或真正被放逐,但是他应该具有移民者或放逐者那种思维方式。批判性知识分子总是离开中央集权的那种权威,走向边缘,在边缘处可以看到一些事物。这些事物这些足迹是在传统的那个舒适的环境里所看不到的东西,也就是在参照中了解习以为常的东西的非常态。——这就是萨伊德所谓的双层的视域的含义。但是做这样的作家和知识分子应该准备好承担很多痛苦的东西。有些作家既想担当这样的精神旗帜,但又没有做好牺牲自己的利益的准备。我想对于当代的许多作家来说,矛盾可能就出现在这里。因为到处都是政治,社会权威铺天盖地而来,而且已经织成了强有力的网络,包括媒体、政府、利益集团等等。萨伊德提出了理想的知识分子的精神处境和境界,他说:这种人既没有职位要守护,有地盘要巩固而防卫,因而他们回应的就不是惯常的唯唯诺诺的逻辑,而是大胆无畏,代表着改变、前进,而不是故步自封。

参考书目

《中华全国文学艺术工作者代表大会纪念文集》,新华书店,1950年。

《中国当代文学史料选(1948—1975)》,谢冕、洪子诚主编,北京大学出版社,1995年。

《夜读偶记》,茅盾著,《文艺报》1958年第1、2、8、9、10期;天津:百花文艺出版社,1958年。

《忆周扬》,王蒙、袁鹰主编,呼和浩特:内蒙古人民出版社,1998年。

《中国新文学史稿》,王瑶著,上册开明书店1951年,下册上海新文艺出版社1953年。

《中国当代文学思潮史》,朱寨主编,北京:人民文学出版社,1987年。

《中国新文学史编纂史》,黄修己著,北京大学出版社,1995年。

《共和国文学50年》,杨匡汉、孟繁华主编,北京:中国社会科学出版社,1999年。

《中国现代文学三十年》(增订本),钱理群、温儒敏、吴福辉著,北京大学出版社,1998年。

《二十世纪中国文学史论》(1-3卷),王晓明编,上海:东方出版中心,1997年。

《批评空间的开创:20世纪中国文学研究》,王晓明编,上海:东方出版中心,1998年。

《百年中国文学总系》(11卷),谢冕、孟繁华主编,济南:山东教育出版社,1998年:

  旷新年:《1928:革命文学》

  李书磊:《1942:走向民间》

  钱理群:《1948:天地玄黄》

  洪子诚:《1956:百花时代》

  杨鼎川:《1967:狂乱的文学年代》

  孟繁华:《1978:激情岁月》

《当代中国文学的艺术问题》,洪子诚著,北京大学出版社,1986年。

《作家的姿态与自我意识》,洪子诚著,西安:陕西人民出版社,1991年。

《中国当代文学史》,洪子诚著,北京大学出版社,1999年。

《小说史:理论与实践》,陈平原著,北京大学出版社,1993年。

《文学史的形成与建构》,陈平原著,南宁:广西教育出版社,1998年。

《陈思和自选集》,陈思和著,南宁:广西教育出版社,1997年。

《从"红玫瑰"到"红旗"》,韩毓海著,上海远东出版社,1998年。

《现代文学与现代性》,旷新年著,上海远东出版社,1998年。

《抗争宿命之路——"社会主义现实主义"(1942—1976)研究》,李杨著,长春:时代文艺出版社,1993年。

《隐蔽的成规》,南帆著,福州:福建教育出版社,1999年。

《中国单位制度》,杨晓民、周翼虎著,北京:中国经济出版社,1999年。

《文坛五十年》,曹聚仁著,上海:东方出版中心,1997年。

《想像中国的方法:历史·小说·叙事》,王德威著,北京:生活·读书·新知三联书店,1998年。

《告别革命——回望二十世纪中国》,李泽厚、刘再复著,香港:天地图书有限公司,1996年。

《文化大革命:史实与研究》,刘青峰编,香港中文大学,1996年。

《再解读:大众文艺与意识形态》,唐小兵编,香港:牛津大学出版社,1993年。

《革命·历史·小说》,黄子平著,香港:牛津大学出版社,1996年。

《这一代人的怕和爱》,刘小枫著,香港:卓越书楼,1993年。

《历史的偶然——从香港看中国现代文学史》,王宏志著,香港:牛津大学出版社,1997年。

《20世纪西方文学理论》,[英]T·伊格尔顿著,伍晓明译,西安:陕西师范大学出版社,1987年。

《20世纪文学理论》,[荷兰]佛克马、蚁布思著,林书武、陈圣生、施燕、王晓云译,北京:生活·读书·新知 三联书店,1988年。

《文学研究与文化参与》,[荷兰]佛克马、蚁布思著,北京大学出版社,1996年。

《后现代主义与文化理论》,[美]杰姆逊著,北京大学出版社,1997年。

《文学与革命》,[苏联]托洛茨基著,刘文飞、王景生、季耶译,北京:外国文学出版社,1992年。

《文学社会学》,[法]埃斯卡皮著,于沛、王笑华译,杭州:浙江人民出版社,1987年。

《作品、文学史与读者》,[德]瑙曼等著,范大灿编,北京:文化艺术出版社,1997年。

《普实克中国现代文学论文集》,[捷克]普实克著,李燕乔译,长沙:湖南文艺出版社,1987年。

《全球化时代下的文学与人:分裂体制下韩国的视角》,[韩]白乐晴著,金正浩、郑仁甲译,北京:中国文学出版社,1998年。

《文化:历史的投影》,[美]菲利普·巴格比著,夏克、李天纲、陈江岚译,上海人民出版社,1987年。

《新历史主义与文学批评》,张京媛编,北京大学出版社,1997年。

《诠释学、宗教、希望——多元性与含混性》,[美]特雷西著,香港:汉语基督教文化研究所出版,
　　冯川译,1995年。

《西方马克思主义探讨》,[英]佩里·安德森著,高铦、文贯中、魏章玲译,北京:人民出版社,1981年。

《法兰克福学派史》,[美]马丁·杰伊著,单世联译,广州:广东人民出版社,1996年。

《卢卡契文学论文集》第1、2册,[匈]卢卡契著,北京:中国社会科学出版社,1980、1981年。

《在约伯的天平上》,[俄]舍斯托夫著,北京:生活·读书·新知三联书店,1989年。

《知识分子论》,[美]萨伊德著,单德兴译,台北:麦田出版公司,1997年。

《天安门:知识分子与中国革命》,[美]史景迁著,尹庆军等译,北京:中央编译出版社,1998年。

《极端的年代》,[英]艾瑞克·霍布斯鲍姆著,郑明萱译,南京:江苏人民出版社,1999年。